先秦文獻篇章語法的初步建構——

以《左傳》為主要論據的研究

劉承慧

謹獻給
梅廣老師、薛鳳生老師
以及
我的家人

章節目次

序言 …………………………………………………………………… xiii

第一章　緒論 …………………………………………………………… 1

一、文篇語法的緣起 ………………………………………………… 3
（一）從組成到實現的語法 ……………………………………… 4
（二）以語義關係為根本的語法 ………………………………… 16

二、文篇語法的核心術語 …………………………………………… 21
（一）小句合成模式 ……………………………………………… 21
（二）言說主觀成分 ……………………………………………… 29
（三）基本文篇 …………………………………………………… 37
（四）語體與文體 ………………………………………………… 44

三、小結 ……………………………………………………………… 55

第二章　文篇構式 …………………………………………………… 61

一、從傳統語法到構式語法 ………………………………………… 64
（一）語義關係為根本的構式語法 ……………………………… 66
（二）構式的組合層次 …………………………………………… 73

二、高層構式的聚合與組合 ………………………………………… 78

　　　　（一）高層構式的聚合 ……………………………… 78
　　　　（二）高層構式的組合 ……………………………… 84
　　　　（三）小句合成模式的真實性 ……………………… 94

　　三、基本認知概念的構式化 ……………………………… 98

　　四、從組成到實現 ……………………………………… 105

　　五、小結 ………………………………………………… 112

第三章　小句合成模式 …………………………………… 117

　一、小句合成體與複句 ………………………………… 117

　二、小句合成體的組成特性 …………………………… 123
　　　　（一）自由或定型組合 …………………………… 123
　　　　（二）跨句與分層組合 …………………………… 128

　三、合成模式的類型 …………………………………… 130
　　　　（一）主謂式的類型 ……………………………… 131
　　　　（二）多重事理合成的類型 ……………………… 135

　四、合成模式的綜合運用 ……………………………… 151
　　　　（一）主謂式的擴展與變化 ……………………… 151
　　　　（二）構式內部的成分替換 ……………………… 154
　　　　（三）主謂式和並列式的併用 …………………… 157

　五、主謂式與條件式的淵源 …………………………… 159

　六、小結 ………………………………………………… 161

第四章　言說主觀成分 ⋯⋯⋯⋯⋯⋯⋯⋯ 163

一、言說主觀類別 ⋯⋯⋯⋯⋯⋯⋯⋯⋯⋯ 167

（一）語氣 ⋯⋯⋯⋯⋯⋯⋯⋯⋯⋯⋯⋯ 168

（二）情態與事理 ⋯⋯⋯⋯⋯⋯⋯⋯⋯ 173

二、情態與事理類型 ⋯⋯⋯⋯⋯⋯⋯⋯⋯ 180

（一）可能性與可行性 ⋯⋯⋯⋯⋯⋯⋯ 180

（二）必然性與必要性 ⋯⋯⋯⋯⋯⋯⋯ 183

（三）假設條件 ⋯⋯⋯⋯⋯⋯⋯⋯⋯⋯ 184

（四）轉折 ⋯⋯⋯⋯⋯⋯⋯⋯⋯⋯⋯⋯ 192

（五）讓步 ⋯⋯⋯⋯⋯⋯⋯⋯⋯⋯⋯⋯ 197

三、語氣類型 ⋯⋯⋯⋯⋯⋯⋯⋯⋯⋯⋯⋯ 203

（一）疑問語氣 ⋯⋯⋯⋯⋯⋯⋯⋯⋯⋯ 205

（二）祈使語氣 ⋯⋯⋯⋯⋯⋯⋯⋯⋯⋯ 211

（三）感嘆語氣 ⋯⋯⋯⋯⋯⋯⋯⋯⋯⋯ 215

（四）直陳語氣 ⋯⋯⋯⋯⋯⋯⋯⋯⋯⋯ 220

四、小結 ⋯⋯⋯⋯⋯⋯⋯⋯⋯⋯⋯⋯⋯⋯ 241

第五章　基本文篇 ⋯⋯⋯⋯⋯⋯⋯⋯⋯⋯ 247

一、基本文篇的組成 ⋯⋯⋯⋯⋯⋯⋯⋯⋯ 250

（一）基本文篇的句式 ⋯⋯⋯⋯⋯⋯⋯ 251

（二）小句連貫方式 ⋯⋯⋯⋯⋯⋯⋯⋯ 261

二、組合型文篇 ⋯⋯⋯⋯⋯⋯⋯⋯⋯⋯⋯ 271

（一）以敘述為主軸的敘事 ⋯⋯⋯⋯⋯ 272

（二）以評議為主軸的議論 ‧‧‧‧‧‧‧‧‧‧‧‧‧‧‧‧‧‧‧ 274

（三）說明和評議交織的論說 ‧‧‧‧‧‧‧‧‧‧‧‧‧ 278

三、文篇構式對內部成分的制約 ‧‧‧‧‧‧‧‧‧‧‧‧‧‧ 283

四、小結 ‧‧‧‧‧‧‧‧‧‧‧‧‧‧‧‧‧‧‧‧‧‧‧‧‧‧‧‧‧‧‧‧‧ 288

第六章　語體與文體 ‧‧‧‧‧‧‧‧‧‧‧‧‧‧‧‧‧‧‧‧‧‧‧ 293

一、語體構式 ‧‧‧‧‧‧‧‧‧‧‧‧‧‧‧‧‧‧‧‧‧‧‧‧‧‧‧‧‧ 295

二、表達目的和語體的關係 ‧‧‧‧‧‧‧‧‧‧‧‧‧‧‧‧‧ 302

三、議論語體的多重分類——以《左傳》為例 ‧‧‧‧‧‧‧‧ 306

四、從語體到文體 ‧‧‧‧‧‧‧‧‧‧‧‧‧‧‧‧‧‧‧‧‧‧‧‧‧ 312

五、文體修辭 ‧‧‧‧‧‧‧‧‧‧‧‧‧‧‧‧‧‧‧‧‧‧‧‧‧‧‧‧ 334

六、小結 ‧‧‧‧‧‧‧‧‧‧‧‧‧‧‧‧‧‧‧‧‧‧‧‧‧‧‧‧‧‧‧‧ 338

第七章　結論 ‧‧‧‧‧‧‧‧‧‧‧‧‧‧‧‧‧‧‧‧‧‧‧‧‧‧‧‧ 343

一、文篇語法的要旨 ‧‧‧‧‧‧‧‧‧‧‧‧‧‧‧‧‧‧‧‧‧‧‧ 345

二、語境之於組成的作用 ‧‧‧‧‧‧‧‧‧‧‧‧‧‧‧‧‧‧‧ 348

三、言說主觀的層次性 ‧‧‧‧‧‧‧‧‧‧‧‧‧‧‧‧‧‧‧‧‧ 353

四、結語 ‧‧‧‧‧‧‧‧‧‧‧‧‧‧‧‧‧‧‧‧‧‧‧‧‧‧‧‧‧‧‧‧ 359

引用文獻 ‧‧‧‧‧‧‧‧‧‧‧‧‧‧‧‧‧‧‧‧‧‧‧‧‧‧‧‧‧‧‧ 361

圖目次

圖 1.1：組成到實現關係（I）⋯⋯⋯⋯⋯⋯⋯　7

圖 1.2：組成到實現關係（II）⋯⋯⋯⋯⋯⋯　7

圖 1.3：組成到實現關係（III）⋯⋯⋯⋯⋯⋯　8

圖 1.4：組成到實現關係（IV）⋯⋯⋯⋯⋯⋯　15

圖 1.5：語義關係為本的構式 ⋯⋯⋯⋯⋯⋯⋯　17

圖 1.6：構式的符號結構 ⋯⋯⋯⋯⋯⋯⋯⋯⋯　18

圖 1.7：小句合成圖解（I）⋯⋯⋯⋯⋯⋯⋯⋯　24

圖 1.8：小句合成圖解（II）⋯⋯⋯⋯⋯⋯⋯　25

圖 1.9：小句合成圖解（III）⋯⋯⋯⋯⋯⋯⋯　25

圖 1.10：小句合成圖解（IV）⋯⋯⋯⋯⋯⋯⋯　25

圖 1.11：文篇語法的假設 ⋯⋯⋯⋯⋯⋯⋯⋯⋯　56

圖 2.1：構式中的語義關係 ⋯⋯⋯⋯⋯⋯⋯⋯　69

圖 2.2：「也」字式構式圖 ⋯⋯⋯⋯⋯⋯⋯⋯　71

圖 2.3：「士誠小人也」構式圖 ⋯⋯⋯⋯⋯⋯　72

圖 2.4：「舜，人也」構式圖 ⋯⋯⋯⋯⋯⋯⋯　72

圖 2.5：「豈以仁義為不美也〔M〕」層次分析圖 ⋯⋯　74

圖 2.6：「豈以仁義為不美也〔M〕」構式圖 ⋯⋯　75

圖 2.7：「豈以仁義為不美也」構式圖 ⋯⋯⋯　76

圖 2.8：「豈齊人以仁義為不美也〔M〕」構式圖 ⋯⋯　77

圖 2.9：構式的組合（I）⋯⋯⋯⋯⋯⋯⋯⋯⋯　86

圖 2.10：構式的組合（II）⋯⋯⋯⋯⋯⋯⋯⋯　87

圖 2.11：多層次的組合（I）⋯⋯⋯⋯⋯⋯⋯　89

圖 1.10：小句合成圖解（IV） ………………………………… 91

圖 2.12：多層次的組合（II） ………………………………… 91

圖 2.13：多層次的組合（III） ……………………………… 92

圖 2.14：多層次的組合（IV） ……………………………… 93

圖 2.15：事件敘述 …………………………………………… 101

圖 2.16：物件描寫 …………………………………………… 102

圖 2.17：主觀評議 …………………………………………… 104

圖 2.18：事況說明 …………………………………………… 105

圖 3.1：小句合成圖解（I） ………………………………… 128

圖 3.2：小句合成圖解（II） ………………………………… 130

圖 3.3：小句合成圖解（III） ……………………………… 130

圖 3.4：小句合成圖解（IV） ……………………………… 131

圖 3.5：小句合成圖解（V） ………………………………… 132

圖 6.1：使用條件限定下的語體實現 ………………………… 297

圖 6.2：議論語體的多重分類 ………………………………… 311

圖 6.3：《左傳》三種議論語體的定位 …………………… 312

圖 6.4：語體的實現過程 ……………………………………… 313

圖 6.5：語體與文體的關係 …………………………………… 314

圖 6.6：「君子曰」語體和文體的分化 …………………… 321

圖 6.7：行人辭令舊文體與新語體並行 …………………… 332

圖 7.1：語法和社會活動視角下的篇章定位 …………………… 349

圖 7.2：語法體系和言說語境的互動 ………………………… 350

表目次

表 1.1：基本文篇的概念特徵 ……………………… 37

表 1.2：基本文篇的語法表現 ……………………… 39

表 1.3：《左傳》語體類型舉例 …………………… 48

表 2.1：語法功能成分及其組合形式 ……………… 65

表 2.2：語法組合形式及其語義關係 ……………… 65

表 2.3：句子、小句合成體與篇章的聚合 ………… 81

表 2.4：基本文篇構式 ……………………………… 98

表 4.1：本章論及之言說主觀成員 ……………… 165

表 4.2：呂叔湘的語氣分類 ……………………… 168

表 4.3：本章論及之狹義的語氣類別 …………… 170

表 4.4：本章論及之情態、事理類別 …………… 173

表 4.5：自我之於命題及人際關係的言說主觀類別 ………… 244

序言

　　本書關注先秦漢語的語法體系，研究課題是先秦傳世散文文獻的語法，研究動機在於解釋先秦語法規約的各種繁簡不等的結構體如何組成，進而在言語活動實現為語體。

　　首先要為本書的標題「先秦文獻篇章語法的初步建構——以《左傳》為主要論據的研究」正名。「先秦文獻」限指幾部先秦傳世散文，主要是《左傳》，其次是《論語》、《孟子》、《荀子》、《韓非子》，旁及《莊子》、《墨子》、《國語》、《儀禮》、《中庸》。「篇章語法」表明研究的領域。本書按照通行的縮略習慣將「文獻篇章」簡稱為「文篇」，但其實還有更深一層的意涵，就是呼應梅廣（2004:55）倡議的「文篇的結構分析」。

　　本書以《左傳》語言表現為論證先秦文篇語法的主要依據，是因為放眼眾多先秦傳世文獻，《左傳》具有特出的價值。它是一部記言與記事並重的史書，相較於《國語》和《戰國策》，記事語言更豐富；相較於專論思想的子書，載錄的歷史人物對話具有更廣泛多元的主題與內容。我們認為《左傳》人物對話如《論語》保留了春秋晚期到戰國初期通用的正式風格的口語，然而《左傳》都有記事片段為背景，言說語境有案可稽，為《論語》所不及。

　　本書提出的篇章語法命名為「文篇語法」，難免會引起何不採取「語篇」的疑問。「文篇」正如「語篇」涉及多個小句

組成的結構體，不同的是語篇研究因強調口語之故，較少關注篇幅長且結構嚴整的語言例證。文篇語法從長篇記事及大段申論釐析出先秦文獻再三套用的信息組織方式，即「小句合成模式」；又從結構繁簡不等的組合形式抽取出共享的時空、人我認知特徵，據此假設組合形式實現為語體之前必先經過「基本文篇」的階段。

此外本書還可能引起兩個疑問。第一個疑問是為什麼把「篇章」和「語法」相提並論？篇章出於語言的使用，通常被歸入語用學，反之則是句法學，不考慮語言的使用，而是以形態為論證的依據。先秦漢語形態不發達，向來以「語法」指稱語言的組成常規，然而側重語序與虛詞等形式證據近似句法學。近年盛行的構式語法理論強調語言形式與意義的配對，帶給先秦語法研究很好的啟發，特別是 Croft（2001）提出的「激進構式語法」（Radical Construction Grammar），很適合闡述先秦語法體系。本書提出先秦文篇語法，把篇章納入語法，緣起於激進構式語法。

但凡形式和意義配對而成的語言單位都是「構式」。激進構式語法透過構式內部形式層與意義層的符號鏈接，闡述形式與意義的配對——音韻、形態、句法是形式層的屬性，語義、語用、篇章功能是意義層的屬性，兩層間的符號鏈接使構式成為整體。由較小構式組合成較大的構式，表面上是形式成分組合，實質上是意義成分相結合，包括語用成分在內。只要是按照語法規約組成的篇章，都可以憑藉激進構式語法界定的構式納入由小而大層層建構的語法體系。

第二個疑問是先秦文獻語言和同時期口語的關係如何？先秦傳世散文文獻包括語錄體的《論語》、《孟子》，又《左

傳》中的士大夫發言記錄雖非「逐字稿」，比起同時期的書面語體文獻《荀子》、《韓非子》，應該是更接近口語的。

　　本書舉證優先採取接近口語的文獻，其次是《荀子》和《韓非子》。《莊子》不是研究先秦語言的理想素材，卻擁有其他先秦傳世文獻少見的篇章表現，若有參照或補充需要，即以《莊子》為例。

　　文篇語法體系內的環節，各有各的複雜性，目前僅能以具代表性的例證為論據，如第四章討論的言說主觀成分涉及樣態紛呈的自我表達類型，各類只舉出若干常見成分。不過本書並不是憑著少數的例證作分類，而是在呂叔湘（2014）提出的「廣義語氣」分類基礎上根據言說主觀程度的高低進行再分類，各類舉例都是用於初步印證。第六章討論語體與文體，也僅以《左傳》常見的幾種語體為代表，旁及源自於語體的文體，未全面梳理《左傳》語體和文體類型。

　　無論是就引用文獻的數量而言，或是就舉證的數量而論，本書毋寧止於文篇語法的初步建構。

　　本書建構先秦文篇語法的起點是朱德熙（1985）提出的「從組成關係到實現關係」。「組成」意指語法衍生的組合形式，「實現」則是指組合形式基於使用而被賦予言說效力，成為語體。本書以「語法構式」總括組成和實現單位。

　　最小的語法構式是單詞以及成語、熟語、套語等固定組合。單詞以上的詞組及小句合成體隨著組合層級逐步墊高擴大，屬於語法組成階段。下一步進入實現階段，就不再是形式的增生，而是以組合形式意義與使用條件限定的語境意義相結合而實現為具單一「旨趣」（significance）的使用單位，即「語體」。組合形式不論繁簡都可以實現為語體，語體是文篇

語法辨認的最高層語法構式。

構式成立的依據是「意義」。語法成分若發生意義變化，即使形式不變仍為新構式。要是我們承認詞義引申使一個詞（構式）分化為相同形式的兩個詞（構式），就是站在新意義帶來新構式的立場上。同樣地，某個語法規約的組合形式進入使用階段，它的組合意義連結語境意義即成為另一個構式，縱使形式上沒有任何的變化亦然。語境引申出來的新詞可能隨著語境而消失，也可能因為詞義固化而成為新生單詞；組合形式基於使用所產生的語體構式通常會隨著語境消失，但也可能固化為成語、熟語或套語。

從獨詞句到層層組成的複雜結構體，都可以實現為語體。那麼它們的實現是否受到同一套機制調控？這個問題還沒有被仔細探討過。按理說，由同一套機制調控最符合以簡馭繁的原則。文篇語法將此一調控機制稱作「基本文篇」，由四種認知概念特徵〔＋空間〕、〔＋時間〕、〔＋言說主觀〕、〔－言說主觀〕劃分出四種類型，即「描寫」、「敘述」、「評議」、「說明」。這四種認知概念特徵是文篇構式的語義屬性，不過為了避免與組合意義相混淆，書中都以「概念」或「認知概念」稱說之。

任何的組合形式被實現之前都必須確立為一個有意義的整體（a significant whole）。簡單形式的整體意義很容易辨認，結構複雜的篇章富含語義細節，需要收攏到某種抽象的類型特徵，由類型特徵辨認其整體意義。基本文篇的位置就在組成與實現之間，複雜的組合憑藉文篇的類型特徵確立其整體意義。

單一類型的文篇可以實現為語體，兩種以上不同類型文篇的組合也可以實現為語體。第五章提出「敘述為主軸的敘

事」、「評議為主軸的議論」都是多種類型文篇組合實現的語體。「議論」為總稱，涵攝不同言說效力的分支，《左傳》常見勸說、申論、反駁、評斷等，都是議論下位的分支。「敘事」也是總稱，下位有史書敘事和子書敘事。

基本文篇到語體的形成過程對應著朱德熙所謂的「實現」，被實現的語體是文篇語法設定的最高層構式。劉大為（2013）指出語體為適應特定「使用域」的需求所形成的應用性變體很接近一般通稱的文體。基於使用域而成立的文體若未脫離來源語體，仍為與語體同一層級的語法構式。語體聯繫著通用語言，通用語言必定會隨著時間的推移而發生變化，語體同步變化。如果文體未隨之變化，自然脫離語法構式而成為「存古」的構式。

本書討論語體問題最倚重的文獻是《左傳》，因為它是史書，言語活動的情境多半有跡可循。語體的構式意義是由基本文篇類型限定的組合意義連結使用條件限定的語境意義而來，具言語行為效力，本書稱之為「言說效力」。單詞或簡單的詞組如何取得言說效力，相對容易理解。至於多層次成分組成的結構體乃至多個結構體組成的篇章如何取得言說效力，需要逐步提出解釋，但終歸是文篇類型限定的組合意義與使用條件限定的語境意義相結合。

語體的言說效力有賴文篇類型特徵辨識。例如反駁語體的表達目的是以言辭揭示不贊同的立場或態度，採取〔＋言說主觀〕類型的組合形式行使反駁的言語行為，在此同時，組合意義與能夠補充其空缺或使其具體化的語境意義結合為反駁的表達內容。所以說語體構式是文篇類型特徵限定的組合意義與使用條件限定的語境意義結合所產生。

　　語法成分由小而大地層層組合屬於朱德熙所謂的「組成關係」。組成關係的最後階段是基本文篇。基本文篇以時空及人我有別的認知概念為成立的基礎，立足點很穩固。不僅如此，基本文篇和語法各層級形式之間存有常態對應，反映同一套認知特徵深植於語法體系的各個層級，文篇語法視之為基本認知概念在不同語法層級的構式化。

　　以〔＋時間〕特徵為例，它內化到普通動詞、行為者主語搭配普通動詞謂語組成的行為句、行為句按照時間順序連貫組成的連動結構體，一系列具相同特徵的構式都指向某個具體時間軸上的動態事件歷程。也就是敘述文篇與它內部的構式緣於時間概念構式化而具有同質性。其他類型的文篇也包含一系列認知特徵相同故而具有同質性的構式。

　　構式是形式與意義的配對體。單詞是音韻形式與詞義的配對體，詞組是組合形式與組合意義的配對體，比詞組結構更複雜的小句合成體亦然。基本文篇也是構式，它的形式來自語法規約的組合形式，意義來自組合意義與文篇類型之認知概念特徵相結合。基本文篇的構式意義即為文篇認知特徵限定的組合意義。語法組合形式先要取得某種文篇類型特徵而成為有意義的整體，才得以進入使用階段成為語體。

　　語義關係是建構文篇語法的根本，涵蓋範圍很廣，包括「詞組關係」、「事理關係」、「合成與連貫關係」。傳統語法所謂的「詞組意義」或「格式意義」其實是詞組關係，如述賓詞組的意義是支配，支配關係即是述語和賓語組成述賓式的語義基礎。事理關係在傳統語法屬於複句研究範圍，以廣義的因果、並列、轉折概括透過語言表達的事理類別。由於傳統語法把複句視為詞組和句子以上的組合形式，事理關係的結構位

階自然高於詞組關係；但就文篇語法來說，兩種關係都是簡單成分組成複雜成分所仰賴的語義關係，沒有高下之別。語法層級取決於組合的先後，先組合的成分層級較低，後組合的層級較高。例如先秦小句合成體常見的組成方式之一便是較低層的成分以事理關係層層建構，最高層由主謂關係收束為小句合成體。本書以「合成與連貫關係」總括小句合成體賴以成立的小句合成模式以及基本文篇賴以成立的小句連貫方式，超出傳統語法的複句範圍，過去並沒有得到充分的關注。

　　文篇語法的問題意識在我們探討先秦語法現象的過程中逐漸形成。我們曾經觀察現代及先秦傳世散文中一再重現的信息組織方式，歸納出小句合成模式。[1] 我們也曾經分析先秦句末語氣詞的功能，發現直陳語氣詞「也」、「矣」雖以標註主謂式的謂語為常，卻也有標註主謂式的情況，此時以某個外部成分為表述對象，可見其功能不受句法之「句」的限囿。[2] 此外我們曾經觀察先秦基本句型在篇章中的分布，發現它們的使用情況和語體之間有深厚淵源。[3] 如果把上述的現象聯繫到王力（2015: 40-41）所說漢語存在「無主句」及趙元任（Chao 1968）所說「小型句」是漢語語法的特點，乃至於近年語體語法學者主張語體也應納入語法研究，[4] 那麼梳理先秦文獻篇章是如何由小而大、由低而高地層層建構，以為探索漢語語法體系的初步，自有其價值。

1　請參閱劉承慧（2009; 2010b; 2014; 2015b）。
2　請參閱劉承慧（2007; 2008; 2013b; 2019a）。
3　請參閱劉承慧（1996; 2011a; 2011b; 2011c; 2016; 2018; 2021a）。
4　請參閱陶紅印（1999; 2007）、張伯江（2007）、方梅（2007）、馮勝利（2010; 2018）。

　　語言體系好比玲瓏多面體，任何的語法理論都不可能全然概括。本書的研究目標是解釋先秦文獻中的篇章如何在語法運作下形成，語法理論的適用性是首要考慮。文篇語法一仍激進構式語法的構式界說乃至語義關係為本的語法觀，都是在適用性考慮下作出的選擇。

　　結束序言之前，扼要提出三點補充說明。首先是文篇語法與朱德熙（1985）及 Croft（2001）的關聯性。文篇語法雖然承襲朱德熙對形式與意義如何配對為語法成分的關懷，但主張不僅是組成關係，實現關係也在語法的運作範圍內。文篇語法雖然認為激進構式語法以語義關係為本的語法觀適合闡述形態貧乏的先秦語法體系，依循其思路取消語法和語用的區隔，但沒有承襲激進構式語法對語言類型學的探索。文篇語法是藉由激進構式語法界定的「構式」之層層建構來闡述先秦文獻篇章的組成與實現。

　　其次補充說明基本文篇類目和一般寫作教學文體類目的關聯性。寫作教學所謂「記敘文」、「議論文」、「說明文」、「應用文」等文體類目，與基本文篇都有深厚的淵源。典型的「記敘文」係由敘述和描寫交織組成，或多或少穿插著傳達價值觀的評議。典型的「議論文」以評議為基調，援引事例或事實支持評價立場與觀點。典型的「說明文」即以說明文篇為組成依據。「應用文」有明確的實用目的，所屬文篇類型取決於目的。

　　文篇語法主張，語法的組成到實現途徑是從文篇到語體，先形成語體，然後才有文體。就組成而言，上述寫作教學的文體類目都沒有脫離來源語體，為適應寫作教學需求而產生的應用性變體。

　　簡言之，應用文依據應用的情況選擇文篇類型，正式應用文所使用的套語都依附在文篇組合形式。說明文從說明文篇實現為語體，組合形式乃至構式意義都沒有偏離說明語體，用於寫作教學被稱作文體。記敘文和議論文則是由兩種以上基本文篇相組合而實現為語體，然後成為寫作教學上的文體。[5]

　　此外寫作教學還有「抒情文」，目的在抒發情意。常見的抒情文或以隱喻的心理描寫揭露作者內在世界的曲折，或由描寫和敘述交織出多層次與多面向的情感世界。相較於其他寫作文體，抒情文更適合歸類為文學文體，主要是因為它在語法的規約之外還涉及文學修辭因素，情意比重遠超過典型的「語法構式」，可謂語言的創造性實現。

　　但凡形式與意義的配對體都是構式，但未必是語法構式。抒情文以文學修辭手法將高強度的情感意涵覆蓋到組合形式之上，強力支配著篇章，致使整體意義超過了語法構式的意義限定。寫作教學有所謂「記敘兼抒情」或「描寫兼抒情」，意指帶有情意想像的記敘或描寫，「兼」意味著語法構式的意義對整體意義所起的作用仍足以被辨識；要是情感轉化過於偏離語法構式意義，通常都會直接歸入抒情文。又詩歌、小說、戲劇等都有文學體製的限定，也應直接歸類為文學的文體。它們都超乎語法規約的語法構式。只有因應特定使用域的需求而被視為文體的類目，才是文篇語法肯認的語法構式。

5　本書第五章討論到組合型的議論和敘事文篇，現代議論和記敘也屬於組合型文篇。先秦散文少有描寫，欠缺相當於現代記敘文的作品。先秦以敘述為主軸的組合型文篇主要見於史書，結構最繁複的作品是以敘述為主軸，穿插著說明和評議。記敘文應是起自東漢以後，中古《世說新語》是最早的傑作。詳見劉承慧（2017a; 2021b）。

　　最後是語體方面的補充。語體現象錯綜複雜，目前並沒有從語法角度提出的完整論述。本書第六章只舉例解說基本文篇如何實現為語體，展示《左傳》幾種常見議論語體從多方面分類的可能性，略論從語體衍生的文體的分合發展。以下簡述語體分類的問題。

　　語體類型取決於言語活動的類型，在具體的言語活動中使用語言涉及多方面條件，故而有多重分類的可能性。例如「下對上建言」是從社會階級的角度區分出來的，「行人辭令」是由交際場合區分出來的；《左傳》的下對上建言常用於「勸說」或「申論」，行人辭令常用於「申辯」或「勸說」，而勸說、申論、申辯又都基於表達目的而自成獨立的語體類型。類似的重疊與交叉現象背後有沒有條理可循，有必要進行專論。

　　與此相關的現象是以不同分類條件區劃出來的語體類型可以整併為更多的兼類語體。如「勸說」和「下對上建言」可以整併為「下對上勸說」，即傳統所謂「勸諫」。又「評斷」和「君子曰」整併為「『君子曰』評斷」，即是傳統所謂「褒貶」。

　　語體的根本在表達目的，若是憑空而論，表達目的有多少類型，顯然是無可預測的。但就現實面來看，語體類型與發言者所在社會文化背景下經常性的言語活動目的相關。《左傳》例證顯示春秋士大夫基於職分或生存條件而經常採取的語體是有範圍的。從言語活動及人際關係相對穩定的社會文化區塊切入觀察語體變異，是值得考慮的研究方向。

　　文篇語法的目標在闡述先秦語法體系，本書為初步的研究成果，體系內各個環節的現象都不是目前所能照應周全的。第六章只討論基本文篇如何實現為語體乃至文體與其來源語體的

分合，其他問題留待日後釋疑。

　　本書提出的文篇語法論述，已有部分發表在學術期刊，出版資料請參閱書末引用文獻，不多贅言。以下說明本書內容與已發表的期刊論文的異同之處。書中有關小句合成體的討論與過去研究沒有重大差異，新增部分主要是添加舉例與分析，並放進一個新設的分類架構。言說主觀成分方面雖然以過去研究為基礎，但過去還沒有加以整合，本書統整為第四章。基本文篇和語法組合形式的關係以及基本文篇和語體的關係，2018年以來的著作已有著墨，然而基本文篇之於文篇語法的關鍵地位在本書才得到充分的討論。有關語體的實現及語體與文體的分化都是在本書撰寫過程中新增，目前僅止於小範圍論證。總之期刊論文都聚焦在單點，本書貫串為一套有關先秦語法體系的解釋。

　　本書彙集我過去十多年執行的國科會專題計畫研究成果，謝謝計畫審查委員長期給予支持。初稿承蒙兩位審查人細心審閱並提出批評與指教，使本能以較完善的面貌呈現在讀者面前，我鄭重表達感激之意。本書既然是「先秦文獻篇章語法的初步建構」，自當有所缺失，謹此就教方家。

第一章　緒論

　　先秦傳世散文文獻是漢語歷史語法研究的重要材料，語法史學者多以此勾勒先秦的語法概貌，也已經累積可觀的成果。既有的研究大量集中在詞類、特定詞組語法格式及語法標記等課題，篇章方面較薄弱。但何以跨入篇章？

　　首先，證據顯示某些語法成分的功能要從篇章的角度解析，[1] 例如直陳句末語氣詞「也」、「矣」：

(1) 公孫皙曰：「受服而退，俟釁而動，可也。」（《左傳·昭公七年》）

(2) 隨少師有寵。楚鬬伯比曰：「可矣。讎有釁，不可失也。」（《左傳·桓公八年》）

兩例中的「也」、「矣」都與「可」搭配，如果只著眼於謂語，兩者無可區別。若從小句連貫方式切入，不難分辨它們的功能差異。

　　例（1）發言背景是燕國向齊國求和，公孫皙建議齊侯答

1　其實古漢語詞彙、語法變遷的證據也保存在篇章。劉承慧（2015a）從特定動態標記在上古與中古文獻篇章中的使用分布，論證中古《世說新語》受到翻譯佛經帶入的動態表述形式影響。以語言歷時演變來說，跨入篇章研究亦為必要的開展。只是囿於本書的論旨，不更細談。

應請求，指出接受敵人的屈服而退兵，等到有可乘之機再採取行動，是可行的。「可也」指認「受服而退，俟釁而動」為可行，「也」註記「指認」語氣。例（2）記載隨國少師得寵，楚國的鬥伯比見到隨國內部人事間隙，推定採取軍事行動的時機成熟，「可矣」不以句內成分為題旨，而以現實世界發生的事件為題旨，亦即隨國的政局變化使用兵時機成熟，「矣」註記「評估」語氣。其後的「讎有釁，不可失也」解釋是因為敵人有間隙，「不可失也」的「也」如例（1）中的「也」註記指認語氣。從小句連貫方式辨認出來的「也」、「矣」功能分工反映語法體系對句末語氣詞的規約。[2]

　　其次，先秦句末「也」或者搭配謂語，或者搭配主謂式，不是狹義的詞組或句式所能框限；前者如「舜，人也」（《孟子・離婁下》），後者如「士誠小人也」（《孟子・公孫丑下》）。劉承慧（2019a）指出「人也」、「士誠小人也」都是表述成分，前者以句內主語為題旨，後者以語境成分為題旨，顯示篇章條件對「也」具有限定作用。

　　然而要把篇章納入語法，必須解釋篇章和詞組的淵源。序言已指出文篇語法以朱德熙（1985）的「組成到實現」為研究起點，但不區隔語法和語用，把被實現的單位也視為語法的產物。文篇語法主張語境相關（context-dependent）的句子篇章即如語境無關（context-free）的詞組，是語法衍生的結構連續體。與此配套的是文篇語法援引 Croft（2001）提出的「構式」界說，把傳統語法區隔的形式屬性如音韻、形態、句法都

2　有關「可也」、「可矣」的辨析，詳見劉承慧（2008）。本書術語略有修訂，詳見第四章。

納入構式的形式層，意義屬性如語義、語用、篇章功能都納入構式的意義層，以構式的層層組合闡述組成關係，以語境中的語義衍生闡述實現關係。

隨著篇章納入語法，組成和實現便有了整合解釋的空間。在組成階段，文篇語法提出結構層級高於詞組的「小句合成體」。如例（1）以並列的「而」字詞組為題旨，搭配指認的表述成分「可也」，例（2）由評估的表述成分「可矣」搭配如此評估的解釋成分，是由不同的小句合成模式所組成的複雜結構體。

從組成到實現的調控機制是「基本文篇」，組成階段產生的結構體由此確立其所屬之認知類型特徵，繼而在言語活動中行使與其認知特徵相符的言語行為效力／言說效力。

總之，文篇語法關注，有沒有一種語法能夠解釋文獻中結構繁簡不等的篇章如何由小而大地層層建構？朱德熙（1985）設定了兩階段的建構過程，亦即語法組成和語用實現。那麼有沒有一種語法能夠開解語法和語用的隔閡，使組成到實現得以成為不間斷的連續過程？我們認為 Croft（2001）將普通語言學預設的自然語言屬性整合到構式，乃至語義關係為根本的語法觀，恰正是回應文篇語法問題意識的鎖鑰。

以下分從「緣起」、「核心術語」簡述本書提出的「文篇語法」。

一、文篇語法的緣起

文篇語法從朱德熙（1985）出發，致力建構一套從組成到實現的語法，在此同時基於先秦漢語形態貧乏的特點，援引

Croft（2001）的構式界說，致力達成語義關係為根本的語法
詮釋。

（一）從組成到實現的語法

　　朱德熙（1985）主張漢語的語法體系和印歐語不同，印歐
語的句子是由組成關係衍生，漢語句子的衍生則是由組成關係
到實現關係（頁74）；實現關係意指言語活動所使用的句子
的生成，朱德熙指出「按照這種看法，詞組和句子的關係就不
是部分和整體的關係，而是抽象的語法結構和具體的“話”之
間的關係」（頁75）。

　　朱德熙所謂「抽象的語法結構」只限於組成關係，「具體
的“話”」屬於實現關係，是依循普通語言學對語法和語用的
區隔，[3]亦即組成關係屬於語法，實現關係屬於語用。由於普
通語言學把語法和語用視為語言的不同面向，在句子生成過程
中區隔語法和語用，具有正當性。然而劉承慧（2019a）指出
先秦語言證據並不支持語法和語用為句子生成之不同面向的假
設。同樣出自《孟子》的「舜，人也」和「士誠小人也」，前
者的「也」註記謂語「人」，後者的「也」卻註記整個主謂
式。要是把語用隔開，必須在語法上辨認兩種「也」，一種如
前者，以謂語為註記範圍，另一種如後者，以主謂式為註記範
圍，然而兩者區別仍在於是否以句外題旨為主語，違反語法無
關乎使用的預設立場。

　　雖然我們對「實現關係不為語法」有所保留，但認為朱德

3　更確切地說，普通語言學區隔的是「句法」（syntax）和「語
　　用」（pragmatics）。由於漢語形態不發達，不存在與之相應的
　　句法，故而逕以「語法」稱之。

熙的主張具有啟發性。他指出「通常說的語法體系在很大程度
上是指的語法事實和語法規律的表述系統」（頁 68）；在此
同時也指出，「語法研究的最終目的就是弄清楚語法形式和
語法意義之間的對應關係」（頁 80）。引文中所謂的「語法
體系」是文篇語法致力建構的目標，而「語法形式和語法意
義之間的對應關係」其實不難轉換為「形式與意義的配對」
（form-meaning pair），也就是「構式」。[4]

　　再回到句末「也」的功能問題。若按照 Croft（2001）的
構式界說，把語義屬性和語用屬性併入構式的意義層，把語法
成分的組合視為語義關係的體現，那麼上述的「也」都標註表
述成分。「人」是表述成分，「人也」搭配句內的題旨「舜」
形成表述關係；「士誠小人」是表述成分，「士誠小人也」搭
配句外的題旨，即語境所顯示的尹士對孟子的詆毀，形成表述
關係。

　　要是依循激進構式語法的設想，朱德熙所說組成關係到實
現關係的體系可以理解為通過構式的「語義關係」（semantic
relation）組成各種大小繁簡不等的結構連續體的語法體系。劉
承慧（2019a: 286）指出，激進構式語法將語義關係視為語法
基礎的主張也可由現代漢語得到支持——「時事評論」被理解
為定中式，「評論時事」為述賓式，是源自構式內部成分的語
義關係。激進構式語法界定的「構式」包含形式層和意義層，
形式層的成分並不直接組合，是透過與意義層的「符號鏈接」
（symbolic link）取得組合的語義關係。這種說法表面上好像

4　Goldberg（1995: 4）以「形式與意義的配對」（form-meaning
　　pair）界定「構式」，已經成為廣義構式語法研究的共同起點。

把簡單的問題複雜化，實際上簡約地將句末語氣詞納入語法體系。[5]

　　文篇語法的基本立場是，無論多麼複雜的構式都是由語義關係一層層搭建而成。先秦文獻中具體的篇章即是層層搭建出來的高層構式。在這種情況下，需要照應的不只是抽象的功能成分如「也」、「矣」，還有詞組到句子乃至比句子更大的單位如何層層建構，直到成為完整的篇章為止。

　　前面已提到過去的先秦語法研究偏重詞類、詞組語法格式及語法標記，不過梅廣（2015: 215-259）指出，從形式證據可以確立一種比句法衍生的句子更大或結構層級更高的單位，即「句段」，[6] 主張「句段語法是句法學的延伸」。本書沿循劉承慧（2010b），把相當於句段的組成單位稱為「小句合成體」。雖然兩種研究都關注比句子層級更高的語法單位，所依據的學理及具體意涵不同：句段語法是基於句段的形式證據而被認定為句法的延伸；本書基於激進構式語法把語義關係視為語法根本，[7] 由語義關係辨認小句合成體。

　　從廣義的語義關係探討先秦語法問題，涵蓋朱德熙所謂組成關係和實現關係兩個階段。先看朱德熙（1985: 74）提出的圖示：

5　詳見劉承慧（2019a），另見下一小節。

6　有關「句段」研究的文獻回顧，請參閱梅廣（2015: 215-216）。

7　語義關係為本的論述請參閱 Croft（2001: 233-240）、Croft and Cruse（2004: 285-287），下一小節將有更多的說明。

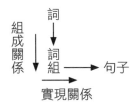

圖 1.1：組成到實現關係（I）

這個圖示同時由「組成」與「實現」兩方面看待句子旳生成，前者是就組合形式而論，後者是就其使用而論。

　　不過凡是能夠獨立運用的語法成分都可能實現為句子；單詞就像詞組，可以獨立運用，也可能實現為句子，即如圖 1.2 所示：

圖 1.2：組成到實現關係（II）

這個圖示由陸儉明（2003: 22）的圖示修訂而來，「＞」代表組成關係，「→」代表實現關係。「句子」是使用中的實現單位，以單詞表述的小型句也包括在內。

　　文篇語法認為組成關係到實現關係並不止於詞組到句子，小句合成體到篇章同樣也可以納入組成到實現的過程，如圖 1.3 所示：

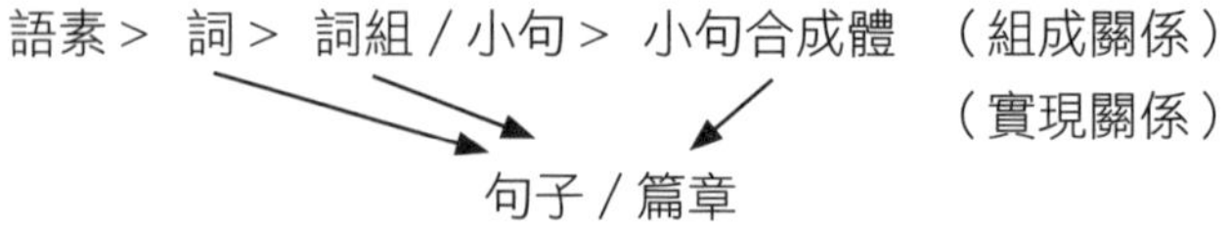

語素 ＞ 詞 ＞ 詞組／小句 ＞ 小句合成體 　（組成關係）

（實現關係）

句子／篇章

圖 1.3：組成到實現關係（III）

此圖顯示本書提出的文篇語法是既有語法研究的延伸與擴展：由組成關係生成的還有小句合成體，而實現關係生成的則是句子／篇章。句子和篇章同樣都是實現關係的產物，只是結構繁簡有別。

語法成分因組合先後而形成結構層次，如「孟子見梁惠王」由「見」與「梁惠王」組成表述成分「見梁惠王」，然後搭配題旨「孟子」，整句話包含兩層的語義成分，分別屬於述賓式和主謂式。小句合成體更是多層次的結構體：

(3) 夫新砥礪殺矢，彀弩而射，雖冥而妄發，其端未嘗不中秋毫也，然而莫能復其處，不可謂善射，無常儀的也□設五寸之的，引十步之遠，非羿、逢蒙不能必全者，有常儀的也□有度難而無度易也。（《韓非子‧外儲說左上》）

(4) [[[夫新砥礪殺矢，彀弩而射，雖冥而妄發，其端未嘗不中秋毫也]①，[然而莫能復其處]②]③，不可謂善射]④，無常儀的也。

(5) [[設五寸之的，引十步之遠]①，[非羿、逢蒙不能必全]②者]③，有常儀的也。

例（3）以兩個空格把文篇分成三個區段，無論空格中填入句

號或分號，都不會改變三個區段的語義關係。前兩個區段皆由多個小句組成，如例（4）和（5）所示，先行組成正反對照的並列成分，再由第三個區段的「有度難而無度易也」總收。

例（4）意思是「拿新磨好的利箭張弓發射，即便是閉著眼亂射，箭尖都能射中極微小的東西，但無法重複射到同一個位置，稱不上善射，這是因為沒有固定標的」。表述「無常儀的也」搭配複雜的題旨④。④中的表述「不可謂善射」以③為題旨；或者也可以從條件關係來解釋，那就是「不可謂善射」以③為條件，是在③的限定下作論斷。[8] ③則由①和②組成，「然而」註明兩者由轉折關係相組合。①本身也是小句合成體，「夫新砥礪殺矢，彀弩而射」提出條件，「其端未嘗不中秋毫也」指認由此而來的論斷，中間插入的讓步成分「雖冥而妄發」提舉一種極端情況，意在假設此一情況可以推翻「其端未嘗不中秋毫」的論斷，結果未能如此，反而更加鞏固了論斷。

例（5）意思是「設置微小的目標，從遠距離發射，若非擅長射箭如后羿與逢蒙之流，不可能百發百中，是因為有固定標的」。「有常儀的也」是表述，以③為題旨；③由①和②組成，「者」標明它是題旨。①和②由條件論斷關係組成，其中論斷項②是雙重否定條件式，由否定條件「非羿、逢蒙」搭配否定論斷「不能必全」所組成。

例（4）和（5）以「無常儀的也」和「有常儀的也」對照，指認善射的認定標準不在於射中目標與否，而在於射擊的

8　主謂關係和條件關係之間其實有模稜，相關討論請參閱第三章第五節。以下凡遇有主謂與條件兩可之例，僅就主謂關係加以分析，以利行文簡潔。

目標固定與否，最後以「有度難而無度易也」作結，組成「正反對舉而後總收」的合成體，即例（3）。

　　文篇語法以小句合成體指稱介於詞組和篇章之間的單位，就好像傳統語法以詞組總稱介於詞與句子之間的單位。或者說，傳統語法把單句內部各層級的組合成分都稱為詞組，文篇語法把篇章內部層級高於小句的各層級組合成分稱作小句合成體。例（3）到（5）是結構繁簡不同的小句合成體。

　　篇幅較長的小句合成體，內部成分組合有賴事理關係，在這一點上近似傳統語法所說的「多重複句」。然而多重複句研究大都聚焦在事理邏輯關係，通常不考慮〔題旨－表述〕在複句中的結構作用。文篇語法主張小句合成體的組成依據除了事理邏輯關係，還有〔題旨－表述〕關係。先秦結構複雜的小句合成體多是綜合運用兩種關係組成。

　　小句合成體在言語活動中被使用而成為篇章，如同詞組在言語活動中被使用而成為句子。傳統語法把句子成分有缺省的現象視為語法生成的完整句基於使用條件將已知信息成分省略所致。例如問話「你吃飯了嗎」，最常見的答話是「吃過了」或「還沒有」，通常都被視為「我吃過飯了」或「我還沒有吃飯」的省略形式。這種解釋隱含的前提是語法和語用屬性不同，言語交際使用的形式都源自語法。然而證諸前面提到的先秦句末「也」的證據，切割語法和語用不符合先秦文獻語言的實際情況。本書提出的先秦文篇語法依循激進構式語法，以語義關係為語法的根本，把語用屬性視為語義關係的一環，因此不由缺省的角度理解使用中的句子。[9]

9　有關文篇語法如何看待成分缺省的討論見於第七章第二節。

　　文篇語法主張組成關係到實現關係的語法體系，是透過語義關係形塑言語活動中所使用的各種結構體的語法體系。不但抽象的語法形式建立在語義關係上，被實現的「話」也建立在語義關係上。例如：

> (6) 師冕見，及階，子曰：「階也。」及席，子曰：「席也。」皆坐，子告之曰：「某在斯，某在斯。」師冕出。子張問曰：「與師言之道與？」子曰：「然；固相師之道也。」（《論語・衛靈公》）

孔子為師冕指路，師冕到了臺階，孔子說「階也」，到了座位上，孔子說「席也」。事後子張問「與師言之道與」，孔子回答「然；固相師之道也」。

　　這段記載顯示具體的「話」有時候仰賴言語活動中的語境成分共同搭配，「階也」、「席也」搭配的題旨是師冕所到位置，儘管語言形式上有空缺，語境確立的〔題旨－表述〕讓它們得以成「話」。同樣地，「與師言之道與」、「固相師之道也」都是表述，搭配的題旨是孔子為師冕指路的事；若非結合語境成分建立語義關係，就不成「話」。值得注意的是孔子在宴席上逐一為師冕指出某人坐在哪裡，使用完整句「某在斯」。可見語境不足以顯示題旨時，便要以具體的語言形式出。

　　雖然「階也」、「席也」以語境成分為題旨，仍是受語法制約：先秦語法容許名詞為表述成分，故而「階」、「席」得與句末「也」相組合。

　　組成關係的產物一旦進入實現關係，就必然與使用條件限

定的語境互動而有語義上的調整。例如句末「也」收尾的句子
因為語義調整而導致功能浮動的現象是很顯著的。試比較：

(7) 夏，君氏卒。──聲子也。（《左傳‧隱公三年》）

(8) 酆舒問於賈季曰：「趙衰、趙盾孰賢？」對曰：「趙衰，
　　冬日之日也；趙盾，夏日之日也。」（《左傳‧文公
　　七年》）

(9) 鑄刑書之歲二月，或夢伯有介而行，曰：「壬子，余
　　將殺帶也。明年壬寅，余又將殺段也。」及壬子，駟
　　帶卒，國人益懼。齊、燕平之月，壬寅，公孫段卒，
　　國人愈懼。（《左傳‧昭公七年》）

(10) 於是叔輒哭日食。昭子曰：「子叔將死，非所哭也。」
　　八月，叔輒卒。（《左傳‧昭公二十一年》）

(11) 桓子曰：「……而能以我適孟氏乎？」對曰：「不敢
　　愛死，懼不免主。」桓子曰：「往也！」（《左傳‧
　　定公八年》）

例（7）中的「聲子也」是史官認證「誰是君氏」，例（9）中
兩個「也」字式是伯有對未來行動的宣告，例（11）中的「往
也」甚至是命令。「也」字式常被稱為「判斷句」，不過以上
只有例（8）和（10）適合稱為「判斷」。

　　這五例「也」的共同功能是「指認」。例（7）是史官指
認《春秋經》記載「夏四月辛卯，君氏卒」的「君氏」即為
「聲子」，例（8）是賈季藉隱喻指認他對趙家父子為人的看
法，例（9）是伯有指認自己將展開復仇行動，例（10）是昭
子指認自己預測子叔將死的理由，例（11）是季桓子指認前往

孟氏居所的決心。「往也」被解釋為命令起自指認功能的延伸——魯國陽貨與周圍的人串通好，要殺掉季桓子，季桓子向車夫表示有意前往孟氏的居所，「往也」指認他的意向，基於兩人地位的尊卑，形同季桓子對車夫下命令。[10]

　　總之，文篇語法站在語言單位由小而大層層建構的立場，將研究範圍擴大到文獻中的篇章。例（3）到（5）顯示結構較複雜的小句合成體同時透過主謂式的表述關係以及小句之間的事理邏輯關係組成。又篇章具有交際功能，表述成分以交際語境中的人或事為題旨形成的〔題旨－表述〕，文篇語法同樣視為構式。此外例（7）到（11）中的「也」字式顯示，語言使用條件並不止於交際活動中的發言意圖，交際雙方的身分地位也包括在內。

　　將使用條件納入語法不是本書的創舉。呂叔湘（2014）從「詞語」和「表達」兩種範疇分析「文法」，「表達」就涉及使用條件。趙元任（Chao 1968）以「發言者有意為之的相對完整的停頓」來界定句子，也顯示對使用條件的關切，「小型句」（minor sentence）獨立成句更是就使用條件而言。文篇語法從兩種著作共同關注的單句和複句出發，推擴到小句合成體乃至被實現的語體構式。

　　語法總稱語言體系規約的結構條理，而文篇語法一仍激進構式語法以語義為根本的立場，闡釋篇章結構體的組成。劉承慧（2010b）指出先秦文獻中的結構體經常套用特定的合成模

---

10 這是就可能的引申路徑而論。如果從《左傳》中的對話用例來看，與祈使有關的「也」很可能已經演變為依附於「也」字祈使式的組成分子，從指認的「也」分化出去。請參閱劉承慧（2019a: 291-293）及第四章第三（四）節。

式，實則為「定型」構式。不過複雜的結構體往往混合使用定型與自由組合的成分。如例（3）最高層是「正反對舉而後總收」，低一層的兩個並列成分（4）和（5）都套用定型構式〔題旨－表述〕。再低層的組合就不盡是套用了。

　　例（4）以讓步轉折合成的「夫新砥礪殺矢，彀弩而射，雖冥而妄發，其端未嘗不中秋毫也」與另一個轉折成分「然而莫能復其處」組合起來，充當高一層構式的題旨，搭配表述成分「不可謂善射」，組成主謂式；再整個充當更高一層的題旨，搭配表述成分「無常儀的也」。這是由兩層〔題旨－表述〕組成的「主謂主語句」，屬於定型構式。以讓步轉折成分與另一轉折成分形成連續轉折的情況在先秦文獻實不多見，應是隨機產生的自由合成體。

　　定型合成模式的類別可以從文獻篇章中的實例歸納得知。自由合成體名稱上已經顯示沒有常規可循，但複雜的小句合成體容或在低層構式展現出隨機組合的自由度，越到高層就越傾向依循定型合成模式。我們認為高層構式的定型趨勢即是先秦語法體系對多層次小句組成關係有所制約的證明。

　　語法體系的制約不僅反映在組合上，也反映在詞類與文篇類型的聚合上——動詞和名詞是基本實詞類型，典型的動詞表述事件發生，與時間相關，而典型的名詞指稱具體物件，與空間相關。詞類與時空認知概念的對應確保動詞與名詞作為基本實詞的穩定性，同時確保順時推移的敘述文篇類型與平行並列的描寫文篇類型的穩定性。

　　此外根據言說主觀成分在先秦文獻中的分布密度來推想，「人我有別」認知的重要性很可能不亞於時空認知。Lyons

（1995）所謂「自我表達」（self-expression），[11] 在我們看來，也是先秦語法體系規約的一環。

劉承慧（2016; 2018）依據時間、空間、人我三種概念區劃出敘述、描寫、說明、評議四種篇章類型，稱之為「基本文篇」。若由圖 1.3 定位，基本文篇介於組成關係與實現關係之間，為語法成分「組成後、實現前」的樣態。整體構想即如圖 1.4 所示：

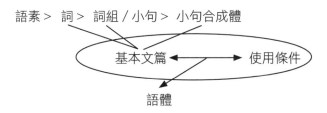

圖 1.4：組成到實現關係（IV）

表示組成關係與實現關係的「＞」、「→」都沿用自圖 1.2，又新增直線與雙向箭號。基本文篇是組合形式的聚合，四種文篇類型為聚合的類別；直線表明組合形式依成分所屬認知概念特徵歸入某種類型的基本文篇。雙向箭號代表使用條件與基本文篇相結合。語體總稱被實現的單位，包含句子與篇章，都出自使用條件限定的語境意義與文篇類型特徵限定的組合意義結合，成為文篇語法辨認的最高層語法構式。

基本文篇有四種類型，以時空與人我兩種基本認知概念為

---

11 Lyons（1995）所謂的「自我表達」是本於他界定的「言說主觀性」（locutionary subjectivity; subjectivity of utterance），亦見於 Lyons（1977; 1994），只是 Lyons（1995）第 10 章集中討論這方面的現象，本書引用 Lyons（1995），以利查閱。

區別特徵。敘述的特徵是〔＋時間〕，描寫是〔＋空間〕，評議是〔＋言說主觀〕，說明是〔－言說主觀〕。典型的敘述文篇由普通動詞按照時間線索連貫，表述發生；典型的描寫文篇由名詞搭配形容詞仿照物件在空間中平行鋪排，表述存現。敘述和描寫由空間和時間概念區劃。評議和說明出自人我有別的認知。當發言者有意揭露「自我」卻不以第一人稱顯示，就使用各種註記立場與態度的言說主觀成分，組成評議文篇；與此相對立的是不使用言說主觀成分揭露自我的說明文篇。

基本文篇是組合形式被實現之前的樣態，組合形式取得某種文篇類型特徵後進入使用階段，以文篇類型特徵限定的組合意義結合語境意義，實現為具有言說效力的語體。如例（7）到（11）中的「也」字句都是評議類型的文篇結合語境意義而取得具有認證、褒貶、威脅、解釋、命令效力的語體實例。

被實現的使用單位都是語體，語體是文篇語法辨認的最高層構式。有些類型的語體因為使用場域固定而被稱為文體，但使用場域就像表達目的或者其他使用情況，是共同形塑語體的條件，故文體仍是語體的分支。語體作為通用語言的實現形式，必定會隨著語言的變化而變化，若相應的文體不隨之改變，自然會脫離通用語言從而脫離語體行列。

文體如果脫離了語體，就超出語法構式的範圍；如果仍為語體的分支，大可逕由語體概括。故而圖 1.4 並未特別標註文體。

（二）以語義關係為根本的語法

文篇語法以激進構式語法為學理依據，是因為它由語義關係界定語法成分的組成。我們從 Croft（2001: 204, 183）及

Croft and Cruse（2004: 285）繪製的構式圖示統整出簡易的版本，見於圖1.5：

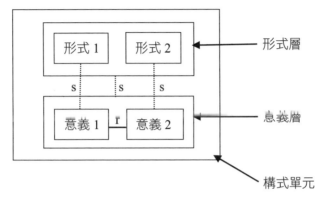

圖 1.5：語義關係為本的構式

圖中以「形式1」、「形式2」代表構式之形式層成分，「意義1」、「意義2」代表構式之意義層成分，"s" 代表「符號鏈接」（symbolic link），即形式層和意義層由 "s" 相聯繫。意義層內部兩個成分之間的 "r" 代表「關係」（relation），意義成分以 "r" 相互連結。形式成分之間未設定 "r" 連結，意味著形式層成分組合係由意義層成分的語義關係而確立。[12]

　　再者，Croft（2001: 18）以圖示表明激進構式語法憑藉構式的形式層和意義層總括普通語言學區別的各種屬性：

---

12 另請參閱第二章第一（一）節。

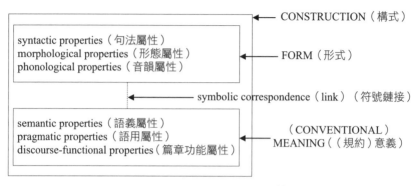

圖 1.6：構式的符號結構 [13]

激進構式語法將普通語言學拆解的屬性予以重整，句法、形態、音韻歸入「形式層」，語義、語用、篇章功能歸入「意義層」。「符號鏈接」（symbolic correspondence（link））將形式與意義配對為構式。[14]

　　激進構式語法主張形式成分之間並沒有直接連結，它們的連結來自形式層與意義層的符號鏈接，而意義層成分的語義關係為語法的根本。以語義關係為本的語法理論很適合解說現代漢語的詞組現象。例如「時事評論」是定中式，「評論時事」為述賓式，不由形式標記，而是取決於語義關係。

　　同樣地，先秦漢語形態不發達，以語義為依歸的語法理論更適合解說其語法體系。例如相同的形式表象「達人」出現在「夫仁者，己欲立而立人，己欲達而達人」（《論語・雍也》）屬於述賓式，出現在「聖人有明德者，若不當世，其後必有達人」（《左傳・昭公七年》）屬於定中式，是由語義

---

13 Croft（2001: 18）原標題為 "The symbolic structure of a construction"。
14 圖 1.5 中的 "s" 顯示，配對不僅存於組合形式與組合意義之間，也存於構式內部個別成分的形式與意義之間。

關係辨認。

　　構式以構式意義為成立依據，構式意義制約其內部成分的意義。「達」在定中式「達人」中修飾「人」，是基於定中式的修飾意義，在述賓式「達人」中支配「人」，是基於述賓式的支配意義。那麼構式意義如修飾意義和支配意義又是從何而來？Croft（2001: 236）指出英語被動式由 "be" 動詞搭配普通動詞過去完成式乃至由介詞 "by" 引介行為者為線索，提供一種「結構完形」（structural Gestalt）以資辨認。我們從「達人」之類的例證看到，就構式的辨認而言，「語義完形」很可能是同等重要的。

　　述賓式「達人」和定中式「達人」不由形式區別，而是由上一層構式辨認所屬語義完形。「己欲達而達人」中的「達人」是表述成分，屬於述賓式；「其後必有達人」中的「達人」為存現動詞「有」的賓語，屬於定中式。述賓和定中都是先秦語法體系規約的語義完形，兩種「達人」只要根據高一層構式的語義關係，就足以推定其所屬語義完形，從而確知低層成分「達」與「人」的關係。

　　激進構式語法以廣義的形式與意義界定「構式」，對形態貧乏的先秦漢語而言，具有適用性。不僅如此，句末「也」註記的成分跨越語法和語用，乃至帶有句末「也」、「矣」的小句功能聯繫著更高層級的篇章構式，顯示語法成分不單由句法屬性概括。

　　語言的使用單位都經過組成與實現兩階段。組成階段兩個或兩個以上的構式基於語義關係相組合，就產生結構更複雜的高一層構式，詞組、小句合成體屬於此類。如果是基於某種條件的制約而使得語義有所變動，即使形式未曾改變，仍然是新

構式，詞、詞組、小句合成體受到文篇類型特徵的制約以及基本文篇進入使用階段連結語境意義，都屬於此類。[15]

再回到圖 1.4。最上方「＞」表明，組成關係的成分由小而大地組成複雜的小句合成體；有的組合成分就如 Croft 所提出的英語被動式，憑藉語法標記註明內部語義關係，更多的是憑藉語義完形如「達人」之類，不論有無標記，都是立基於意義層的語義關係。圖示右下方「→」標示實現關係。組合形式不論繁簡，一旦實現為言語活動中具體的「話」，都取得言說效力而成為語體構式。

介於組合形式和語體之間的基本文篇是組成到實現的關鍵過渡階段，由「空間」、「時間」、「人我有別」概念作為文篇構式的語義完形。文篇語法假設組合形式實現為語體之前都先取得某種文篇類型特徵。圖 1.4 以直線標示組合形式和基本文篇之間的歸類關係。

組合實例都有組合意義，那麼語法體系有什麼調控機制，能夠使無以計數的組合意義行使有限的言說效力？文篇語法認為組合形式被實現為語體之前，先在基本文篇階段確立其所屬文篇類型特徵。組合形式成為基本文篇，形式上沒有變化，但因取得文篇類型特徵而為高一層構式。文篇構式仍以同一組合形式進入使用階段，連結使用條件限定的語境意義，實現為語體構式；語體的表達內容來自文篇的組合意義與語境意義相結合，言說效力來自文篇類型特徵與使用條件相結合。

文篇語法係基於理論的適用性，以激進構式語法界定的構

---

15 序言裡提到單一詞項基於詞義引申而分化為兩個詞項，演變出兩個構式，儘管形式不變，意義改變造成新的形式與意義的配對體，即衍生出新構式。基本文篇和語體都屬於這種情況。

式闡述篇章的組成與實現。由語義關係解說構式的組成，符合
先秦語法的實情。不由形式標記的「語義完形」，實為組成的
重要憑據；傳統語法所謂的「活用」，就是憑藉高一層構式的
語義完形而成立。

激進構式語法的提出，主要是為了語言類型學的探索。本
書的研究成果則顯示激進構式語法亦適用於探索形態不豐富的
語法體系。

二、文篇語法的核心術語

本書闡述先秦文獻篇章的組成到實現，使用的核心術語是
「語體」、「基本文篇」、「言說主觀成分」、「小句合成模
式」。

小句合成模式、言說主觀成分是組成階段的術語，攸關句
式和複雜結構體的衍生方式。語體是實現的構式，儘管使用域
固定的語體往往被歸類為文體，但仍為語體的分支。組成到實
現的調控機制是基本文篇。以下扼要界定術語，以利導入後續
討論。

（一）小句合成模式 [16]

文篇語法將三個以上小句所組成的不只一層的語法結構體
稱作「小句合成體」，組成小句合成體的定型模式稱為「小句
合成模式」。小句合成模式除了傳統複句研究所辨認的各種
事理邏輯關係外，還包括主謂關係〔題旨－表述〕。複句研究

---

16 本小節由劉承慧（2010b; 2014; 2015b）彙整而來，為使行文簡
潔，不一一註記。

將事理關係分為因果、並列、轉折三大類，以下各有若干小類，[17] 先秦傳世文獻中包含多層次成分的複雜結構體，往往是綜合運用主謂關係和多種事理關係組成的，如第一（一）節例（3）所示。

小句合成體是文篇的組成單位，「小句」指合成體中的表述成分。小句合成體多層次的組成方式近似周法高（1961：348）所說的「多合句」，不過多合句主要關注多層次複句中縮合小句的事理關係，本書將主謂關係和事理關係整併為小句合成依據。

主謂式由主語和謂語組成，主語的功能是被表述的「題旨」，[18] 謂語的功能是對題旨的「表述」。題旨總括不同層級主語的功能。如例（12）中的「名有五」是後續五個平行表述成分共同的題旨，它本身又以「名」為題旨，搭配表述成分「有五」。有些主謂搭配涉及動詞對共現論元的選擇限制，有些不然；若區隔語法和語用，可以將前者劃歸語法的主謂式，後者劃歸語用的主謂式。但文篇語法由語義關係界定語法關係，就只有一種主謂式。主謂式容許套疊，例（12）出自兩層主謂式的套疊。

主謂式的下位有三種模式，其中兩種是申小龍（1988）提出的「輻射」與「網收」。輻射型主謂式以多個表述成分針對單一題旨進行表述，形成曹逢甫（Tsao 1979）所說的「話題

---

17 請參閱邢福義（2001）。
18 本書以「題旨」指稱趙元任（Chao 1968）所說完整句的主語，也就是 "topic"。過去最常見的翻譯是「話題」、「主題」。我們之所以未擇一沿用，是因為這些翻譯的術語大都連結到特定語法理論。為了避免多作澄清，我們將「話題」、「主旨」縮略為「題旨」，翻譯 "topic"。

鏈」（topic-chain）。網收型主謂式以多個成分組成的板塊狀
題旨搭配簡單的表述成分。此外還有劉承慧（2010b）指出的
兼用模式。

以下舉出三種合成模式之例：

(12) [名有五]，有信，有義，有象，有假，有類。（《左
　　　傳・桓公六年》）

(13) [群臣為學，門子好辯，商賈外積，小民右伇者]，可
　　　亡也。（《韓非子・亡徵》）

(14) [上不忠乎君，下善取譽乎民，不卹公道通義，朋黨
　　　比周，以環主圖私為務]，[是]篡臣者也。（《荀子・
　　　臣道》）

(15) [陳良]，楚產也，悅周公、仲尼之道，北學於中國，
　　　北方之學者未能或之先也，[彼]所謂豪傑之士也。
　　　（《孟子・滕文公上》）

例（12）是輻射型主謂式，由題旨「名有五」作主語，搭配五
個平行的表述成分作謂語。例（13）和（14）是網收型主謂
式。例（13）以平行的小句組成板塊狀題旨，由「者」註記其
為主語，搭配表述「可亡也」作謂語。例（14）則以平行的小
句組成板塊狀題旨搭配表述「是篡臣者也」，「是」複指題
旨。例（15）是輻射與網收兼用的主謂式，由「陳良」開啟表
述，由「彼所謂豪傑之士也」總收，「彼」複指「陳良」。

輻射與網收兼用的主謂式大多以結構簡單的成分標示小句
合成體的開始和結束，如例（15）所示，由此劃定合成體的界
線。先秦文獻中結構複雜的小句合成體經常以兼用型主謂式標

顯其起訖範圍。再看一例：

> (16) 王如施仁政於民，省刑罰，薄稅斂，深耕易耨；壯者以暇日修其孝弟忠信，入以事其父兄，出以事其長上，可使制梃以撻秦楚之堅甲利兵矣。（《孟子·梁惠王上》）

例（16）以連鎖條件論斷關係合成，由「王」開啟話頭，接著提出假設條件「如施仁政於民」，開展仁政的具體施為「省刑罰，薄稅斂」和「壯者以暇日修其孝弟忠信」，推導出「深耕易耨」和「入以事其父兄，出以事其長上」兩種預期結果，最終導向「可使制梃以撻秦楚之堅甲利兵矣」的評估。小句合成方式如圖 1.7：

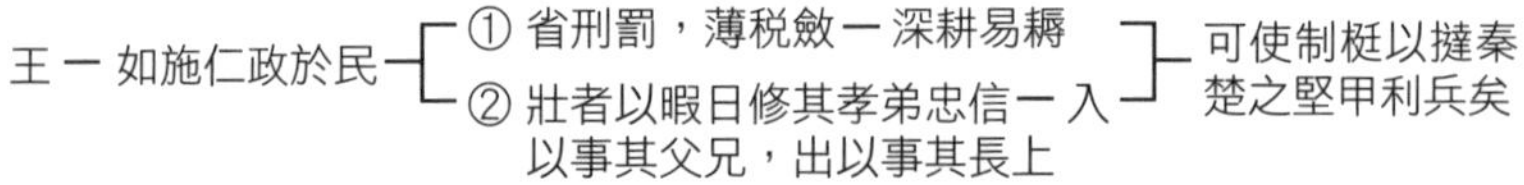

王 — 如施仁政於民 — ① 省刑罰，薄稅斂 — 深耕易耨 — 可使制梃以撻秦楚之堅甲利兵矣
　　　　　　　　② 壯者以暇日修其孝弟忠信 — 入以事其父兄，出以事其長上

圖 1.7：小句合成圖解（I）

如圖所示，①和②是並列成分。「省刑罰，薄稅斂」是行仁政的措施，「深耕易耨」為預期結果。又「壯者以暇日修其孝弟忠信，入以事其父兄，出以事其長上」就其內部成分的搭配關係來說，「壯者」是自主行為者，「以暇日修其孝弟忠信」表述他們在閒暇時日的修身行為，「入以事其父兄，出以事其長上」是修身可預見的結果；但就王行仁政的具體施為來說，「壯者」亦為受支配者——「以暇日修其孝弟忠信」是出於王的指令。亦即「壯者」被賦予兩種功能，既是接受仁君指

導的對象，也是修養品德的行為主體，動詞「修」則同時搭配兩個層級的主語，即「王」和「壯者」——就「王」而言，它是致使動詞，就「壯者」而言則是行為動詞。

例（16）屬於輻射與網收兼用型。從輻射的角度可拆解如圖 1.8：

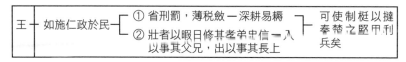

圖 1.8：小句合成圖解（II）

又若從網收的角度，則可拆解如圖 1.9：

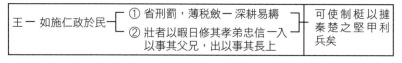

圖 1.9：小句合成圖解（III）

圖 1.8 和圖 1.9 同時成立，亦即題旨「王」搭配假設條件「行仁政」展開的兩個條件論斷成分並列，然後再以整個合成體為題旨，搭配收尾的評估「可使制梃以撻秦楚之堅甲利兵矣」。亦即兼用型主謂式的內部有兩層主謂關係，如圖 1.10 所示：

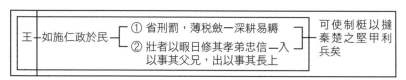

圖 1.10：小句合成圖解（IV）

　　兼用型主謂式內部小句有時候是平行並列，如例（15）所示；有時候是多重事理的層級組合，如例（16）所示。圖 1.10 顯示①和②是條件句並列，橫槓之前的成分是從「如施仁政於民」推演出來的論斷，繼而充當後續論斷的條件，形成平行的連鎖論斷。①的條件項以及②的論斷項也都是並列。

　　事理邏輯關係的種類很有限，卻能夠與主謂關係共同繁衍出無窮變化的小句合成實例，是因為成分的排列組合具有高度彈性之故。然而種種變化之中仍透露出小句合成方式的定型傾向。如例（17）與例（4）意思相近，最高層都屬於網收型主謂式，都使用內含轉折關係的板塊狀題旨，只是低層有出入以致結構繁簡不同：[19]

　　(17)〔夫砥礪殺矢而以妄發，其端未嘗不中秋毫也，然而不可謂善射者〕，無常儀的也。（《韓非子・問辯》）

　　讓我們進一步拆解兩例內部的小句合成方式，以利比較：

　　{〔夫新砥礪殺矢，彀弩而射，雖冥而妄發，其端未嘗不中秋毫也，然而莫能復其處〕，不可謂善射}，無常儀的也。
　　〔夫砥礪殺矢而以妄發，其端未嘗不中秋毫也，然而不可謂善射者〕，無常儀的也。

前者是兩層的網收型主謂式套疊而成，[20] 方括號標示的低層題

19 兩例大意都是「拿著利箭亂射，無論如何都可以射中細微的東西，卻稱不上善於射箭，是因為沒有固定目標的緣故」。
20 此例表面上好像也可以分析為單層的網收型主謂式，但其實不

旨是由轉折關係組成的結構體，轉折之前是讓步關係的結構體。後者是單層網收型主謂式，題旨由條件論斷關係與轉折關係組成。如果說後者由前者縮略而來，那麼縮略方式是把兩層網收型主謂式簡化為單層，取消讓步，將「彀弩而射，雖冥而妄發」簡化為「而以妄發」。兩例高層結構相同，變化發生在低層。

再請比較例（18）和（19）：

(18) [七十者衣帛食肉，黎民不飢不寒，然而不王者]，未之有也。（《孟子・梁惠王上》）

(19) [縱情性，安恣睢，禽獸行，不足以合文通治；然而其持之有故，其言之成理，足以欺惑愚眾]，[是]它囂魏牟也。（《荀子・非十二子》）

兩例都如例（17）以轉折合成體為題旨，組成網收型主謂式，但主語的組成方式不同。

先看轉折前項。例（17）中的「夫砥礪殺矢而以妄發，其端未嘗不中秋毫也」是條件論斷關係，例（18）中的「七十者衣帛食肉，黎民不飢不寒」是並列關係，例（19）則是由並列條件「縱情性，安恣睢，禽獸行」搭配論斷「不足以合文通治」所組成。再看轉折後項。例（17）和（18）中的轉折後項都是單一小句，例（19）則是並列條件「其持之有故，其言之成理」搭配單一論斷「足以欺惑愚眾」。例（19）轉折前、後

然，主要是因為「不可謂善射」並非針對「莫能復其處」，而是針對整個前行的結構體。《韓非子》經常套用這種小句合成模式。詳見第三章第三（二）節例（36）到（44）的討論。

項成分的複雜度都高於前兩例,然而高層結構與前兩例並無二致,是低層結構有出入。

轉折結構體除了充當題旨,還可以充當條件項,與「則」註記的推論成分組成複雜的結構體:

(20) [犧牲既成,粢盛既絜,祭祀以時,然而旱乾水溢],[則變置社稷]。(《孟子‧盡心下》)

(21) [今有馬於此,如驥之狀者,天下之至良也。然而驅之不前,卻之不止,左之不左,右之不右],[則臧獲雖賤,不託其足]。(《韓非子‧外儲說右上》)

兩例都是基於轉折關係所揭示的事理,提出進一步推論:前者大意是如果按規矩奉祀社稷之神,卻仍遭逢天災,那麼就改換社稷;後者大意是如果有看似難得的良馬,卻不聽指揮,那麼連低下的奴僕都不會騎乘牠。「則」註記轉折結構體與後續成分之間的推論關係。[21]

例(12)到(16)顯示輻射型、網收型、兼用型三種主謂式都是將小句組成複雜結構體的定型模式。例(17)到(21)顯示兩種與「然而」轉折相關的定型合成模式,其一是「然而」標註的轉折成分充當板塊狀題旨,其二是由它標註的轉折成分充當條件項,搭配「則」註記的推論項。此外例(3)採取的「正反對舉而後總收」也是經常套用的定型模式。正如同詞組的生成具有可預測性,篇幅較長或事理較複雜的小句合成

─────────────

21 兩例「然而」之前,一用逗號,一用句號,主要取決於成分繁簡,跟高層的小句合成模式並沒有直接關係。相關討論見於第三章第三(二)節。

體也有相當的可預測性。主謂與事理邏輯關係種類有限，小句合成模式是從有限的語義關係中約定出來的常規。[22]

複雜的小句合成體常用語法標記表明組合的事理關係，前面提到的讓步、轉折、推論標記均屬此類。推論標記「則」註記的條件推論關係屬於廣義的因果，讓步標記「雖」與轉折標記「然而」屬於廣義的轉折。值得注意的是事理標記的功能不都止於表明事理關係，讓步的「雖」及轉折的「然」用於口語交際，出示發言立場與態度。

（二）言說主觀成分

所謂的「言說主觀」，意指透過特定語法成分顯示的發言立場與態度。前一小節的舉例有些同時透過語法成分顯示發言立場與態度，如例（13）用「也」標註發言者的指認，例（16）用「矣」標註發言者的評估，位在小句之末的「也」和「矣」都是言說主觀成分。

句末「也」、「矣」多被稱為語氣成分，但是何謂「語氣」仍然有很大的討論空間。我們認為先秦的語氣成分隸屬於 Lyons（1995）界定的「言說主觀性」（locutionary subjectivity; subjectivity of utterance），即「語言使用中的自我表達」（self-expression in the use of language）。[23]

---

22 較完整的舉例與討論請參閱劉承慧（2010b; 2014; 2015b）。另見第三章。

23 Lyons（1995: 337）原文為 ". . . [W]e can say of locutionary subjectivity that it is the locutionary agent's (the speaker's or writer's, the utterer's) expression of himself or herself in the act of utterance: locutionary subjectivity is, quite simply, self-expression in the use of language."

　　所謂「自我」指「發言者」（locutionary agent），「言說主觀」卻不為相對於「客觀」的「主觀」。語言表達起自發言者的認識，相同的情況由不同的發言者道出，自然會基於個體的主觀認識而選擇不同的語言形式，然而未必涉及立場或態度的表達。所謂的「自我表達」限定在發言者使用特定的語法形式揭露自我。

　　揭露自我的成分涵蓋範圍從「指代」（indexicality; deixis）、「時態」（tense）、「體貌」（aspect）、「情態」（modality; modal expression）到「語氣」（mood），總稱為言說主觀成分。[24]

　　試比較：

(22) 長沮曰：「夫執輿者為誰？」子路曰：「為孔丘。」
　　（《論語・微子》）
(23) 世子曰：「然。是誠在我。」（《孟子・滕文公上》）

例（22）中的「為孔丘」是子路回覆長沮詢問，未以言說主觀成分出示立場或態度。例（23）包含兩個言說主觀成分，獨立謂語「然」表示贊同，應是從指示代詞「然」演變而來的，在言語活動中出示對受話者的肯認態度，[25] 語氣副詞「誠」是針對「在我」而發，表明發言者對命題的肯認，亦即肯認責任誠

---

24 請參閱 Lyons（1995: 293-342）。這裡把 "mood" 譯為「語氣」是按照一般翻譯。漢語是否存在對應印歐語 "mood" 的成分仍有待商榷。因此儘管將 "mood" 譯為「語氣」，我們並不主張句末語氣詞或語氣副詞就相當於印歐語的 "mood" 成分。
25 請參閱劉承慧（2019b）及第四章第二（四）節。

然在自己身上。

　　句末語氣詞和語氣副詞是典型的言說主觀成分。又按照 Lyons 的界說，指代和情態成分也是言說主觀成分。指代之例如（23）中的「然」所示。再看下面的語氣和情態成分：

(24) 尹士聞之，曰：「士誠小人也。」（《孟子‧公孫丑下》）

(25) 王曰：「余殺人子多矣，能無及此乎？」（《左傳‧昭公十三年》）

例（24）中的「士誠小人也」兼用「誠」和「也」，「士」為發言者自稱，「誠」是針對「小人」所述為真而發，「也」向受話者指認自己真是小人。例（25）中的「余殺人子多矣」是楚靈王對自己殺掉別人孩子數量之多的評估，是「余」和「殺人子多矣」組成的主謂式，謂語「殺人子多矣」又是「殺人子」和「多矣」組成的主謂式，「矣」註記「多」出自發言者評估。「能無及此乎」以反問表示強調，也就是楚靈王清楚難逃一死，然而「乎」的不定語氣透露心存僥倖的意味。[26] 表示可能性的「能」是情態成分，出示楚靈王對可能性的認識。

　　本書從 Lyons（1995）的界說出發，參酌呂叔湘（2014）所謂的「廣義的語氣」並由《左傳》、《論語》等口語文獻所見加以驗證，以「言說主觀成分」總括下列的語法成分：

---

26 句末語氣詞收尾的句子和語境意義相結合，往往揭露不只一層的言說主觀。相關討論請參閱第七章第三節。

A. 句末語氣詞和語氣副詞

B. 言語活動中表明人際照應的指代成分

C. 情態下位表示「必然」、「必要」、「可能」、「可行」的成分

D. 事理關係下位表示「假設」、「轉折」的成分

E. 定型的表態合成體

A 是傳統語法指出的語氣成分。B 和 C 屬於 Lyons 所說的言說主觀成分。C 和 D 是呂叔湘分辨的「虛與實」之「虛說」成分而有所擴充，虛說成分僅限於表示假設及表示可能、必要的成分，我們根據《左傳》對話記錄，把廣義的轉折成分如讓步標記「雖」與轉折標記「然」也列入。最後本書從構式的角度把固定用於表態的構式一併收納。

A 和 B 之例已見於例（23）到（25）。以下底線標示的小句為 C 和 D 之類：

(26) 夫尹公之他，端人也，<u>其取友必端矣</u>。（《孟子·離婁下》）

(27) 子曰：「父母在，不遠遊，<u>遊必有方</u>。」（《論語·里仁》）

(28) 孟施舍之所養勇也，曰：「視不勝猶勝也。量敵而後進，慮勝而後會，是畏三軍者也。<u>舍豈能為必勝哉</u>？能無懼而已矣。」（《孟子·公孫丑上》）

(29) 子曰：「由也，千乘之國，<u>可使治其賦也</u>，不知其仁也。」（《論語·公冶長》）

(30) 齊侯曰：「以此眾戰，誰能禦之？以此攻城，何城不

克？」對曰：「<u>君若以德綏諸侯</u>，誰敢不服？<u>君若以力</u>，楚國方城以為城，漢水以為池，雖眾，無所用之。」（《左傳・僖公四年》）

(31) 緩曰：「自始合，苟有險，余必下推車，子豈識之？<u>然子病矣</u>！」（《左傳・成公二年》）

例（26）中「其取友必端矣」的「必」表示擇友正直的必然性，例（27）中「遊必有方」的「必」表示出遠門去向明確的必要性；例（28）中「舍豈能為必勝哉」以反問的「豈」否定必勝的可能性，例（29）中「可使治其賦也」的「可」表示使其掌理國政的可行性；例（30）中「若以德綏諸侯」、「若以力」用「若」提出正反兩種假設條件，例（31）背景是在戰場上，晉國主帥郤克受了點傷就出言抱怨，對冒死幫助兵車前進的車右鄭丘緩卻不聞不問，緩就此表達不滿，「然」隱含著相互間的人際照應。

以上「必」、「能」、「可」為 C 類，「若」、「然」屬於 D 類，都是在實義成分所表命題意義上出示發言立場與態度。值得注意的是，D 類通常被歸入事理標記，但劉承慧（2010c; 2019b）從《左傳》對話記錄辨認出口語使用的假設標記「若」和轉折標記「然」兼具表態意味，劉承慧（2019b）更指出口語中帶有表態意味的「然」進入書面語，因為缺乏即時的人際互動而失去表態的功能，演變為事理標記。

言說主觀成分不止於單詞，也包括定型組合，即 E 類。例如：

(32) 使告於宋曰:「君若伐鄭,以除君害,君為主,敝邑
以賦與陳、蔡從,則衛國之願也。」(《左傳‧隱
公四年》)

衛國使者向宋國請求聯合出兵去攻打鄭國,套用定型的謙敬請
求構式〔若 X,則 Y〕,[27] 把請求的內容當作假設條件,至於
能否實現,完全交給對方決定,展現春秋行人言語表態上的講
究。[28]

　　透過〔若 X,則 Y〕表示請求,有別於直白提出願望。試
比較:

(33) 有為神農之言者許行,自楚之滕,踵門而告文公曰:
「遠方之人聞君行仁政,願受一廛而為氓。」文公與
之處。其徒數十人,皆衣褐,捆屨,織席以為食。
(《孟子‧滕文公上》)

例(33)是農家學者許行率同門徒到滕國,向滕文公表達定居
願望,「願受一廛而為氓」搭配語境中的第一人稱主語,直接
使用表達願望的動詞「願」提出請求,有別於本書所謂的言說
主觀的表達。

　　以普通動詞「願」表達發言者的意願,在態度上趨近於中

---

27 構式是抽象的結構格式,只要構式意義相同,內部成分容許變
　異。謙敬請求構式中的「若」或在句首,或在主語之後,不影響
　構式意義。它的位置不固定,實則揭露從條件標記「若」分化為
　謙敬請求構式之組成分子「若」的痕跡。
28 請參閱劉承慧(2010c: 233)及第四章第二(三)節。

性，除非發言的時候伴隨著表明態度的語調、表情乃至肢體動作，然而這些訊息不可能從文獻得悉，因此不納入討論。[29]

發言時使用言說主觀成分表明發言立場與態度，本書稱之為「表態」。言說主觀成分數量越多，表態的程度越高。反之要是發言者無意出示立場，或刻意隱藏己見，通常會避免使用言說主觀成分；要是處於不允許直白表態的交際情況卻被要求表達意見，就會把言說主觀成分縮減到最低限度。[30]

Lyons（1995）指出自我表達反映的情意認知無法限縮為知識（knowledge）或信仰（belief）的命題意義，「自我」依存於社會及人際關係，言語活動中展現的自我與發言者在「言說語境」（context of utterance）扮演的角色是息息相關的（頁339）。例（7）到（11）中的「也」字句被賦予迥然相異的言說效力，就反映言說語境中的自我表達作用。

句末語氣詞是和語境關係最密切的言說主觀成分。句末帶語氣詞的句子往往因為和語境意義高度結合，功能多變，但仍是以規約功能為起點。如例（34）中的「也」字句，就是從規約的指認功能衍生出來的：

(34) 公都子曰：「冬日則飲湯，夏日則飲水，然則飲食亦在外也？」（《孟子・告子上》）

---

29 普通動詞「願」、「請」搭配第一人稱主語，必然具有表達主觀意願的意思，然而單是發言主體意願的展現，或是伴隨著發言者對人際關係的自覺，從文字記錄實在難以分辨，故而本書不討論這類案例。如果有明確的證據顯示不只表達發言主體的意願，例如用「請」揭露恭敬態度，那麼就在本書的討論範圍內。

30 具體例證請參閱劉承慧（2011b; 2018）以及第四、五兩章。

　　此例背景為孟季子和公都子爭論「恭敬」僅為外在表現，還是內心本性使然。孟季子先推論「敬叔父則敬，敬弟則敬，果在外，非由內也」，意思是無論對叔父或弟弟的恭敬都只是外在表現，無關乎人的內在本性，公都子順勢以例（34）回應。

　　郭錫良（1997: 58）指出「然則飲食亦在外也」的功能在反駁對方，反詰語氣是來自語境，而不是「也」。這裡讓我們從「也」的直陳語氣談起。公都子根據上述孟季子的邏輯，從「冬日則飲湯，夏日則飲水」類推出「飲食在外」為真並使用「也」明白指認；但大家都曉得冬天喝熱飲、夏天喝涼水是出自人的內在本能，為「飲食在內」，按照孟季子的邏輯卻推導出「飲食在外」，反襯出「恭敬在外」的謬誤，可說是反諷或反唇相譏。由於文字記錄並沒有留下語調及表情，究竟反詰或反諷哪一種解釋比較貼近交際實況，無可察考，然而不妨礙兩種解釋並行同時也互相補充。如果以現代帶句末語氣詞的句子為佐證，語氣迂曲的句子被賦予多層次的言說主觀是可能的。「也」字句順隨言說語境而延伸出指認以外的意義，先秦文獻很常見。[31]

　　最後要強調，傳統語法討論語氣往往止於句末語氣詞和語氣副詞。Lyons 所說「言說主觀性」範圍大於此，較接近呂叔湘（2014）的主張。呂叔湘指出語氣有廣狹之分，廣義的語氣包括「可能」、「必要」、「設想」等，雖然和通行看法有別，卻與 Lyons 把「情態」納入言說主觀範疇一致。不過呂叔湘是以「概念內容相同的語句，因使用的目的不同所生的分別」（頁 360）界定語氣，Lyons 則是聚焦在發言主體。兩者

---

31 劉曉南（1991）列舉先秦「也」字句的多種功能，可作證明。

交會於「言說語境」──語言使用發端於表達目的，語言表現反映出發言自我的社會和人際關係。

　　本書將言說主觀的範圍最大化，是為了從宏觀的角度詮釋先秦表態系統，但囿於論旨，無法照應所有的成員。第四章專論言說主觀成分，僅以若干具有代表性的例證提出討論，清單詳列於第四章開頭。

（三）基本文篇 [32]

　　圖 1.4 示意基本文篇介於組成和實現之間，是詞、詞組、小句合成體等組合形式被用為語體的前一階段的構式。語法形式無論組成繁簡如何，都在此階段取得某種文篇類型特徵，語體的言說效力即是由組合形式所屬文篇類型特徵連結語境意義而來。基本文篇以〔＋空間〕、〔＋時間〕、〔＋言說主觀〕、〔－言說主觀〕四種認知概念把使用前的組合形式區分為描寫、敘述、評議、說明，[33] 如表 1.1 所示：

表 1.1：基本文篇的概念特徵

認知類型	文篇類型	概念特徵
時空	描寫	〔＋空間〕
	敘述	〔＋時間〕
人我	評議	〔＋言說主觀〕
	說明	〔－言說主觀〕

表 1.1 左邊的欄位顯示我們把「時空」和「人我」視為不同的

---

32 本小節為劉承慧（2018; 2021a）部分內容的重整，不一一註記。
33 基本文篇名稱與一般寫作教學之文體類目的關係，請參閱序言。

認知類型,是基於對包含關係與對待關係不相統屬的假設。簡言之,人存於時空並且包含於時空,而人與人之間由於互動而形成往來對待關係,兩者認知向度不同。

　　表中所列文篇類型被視為「基本」是出自兩方面的理由。首先它們都聯繫著基本認知概念──描寫聯繫著空間,敘述聯繫著時間;評議與說明都涉及人我有別的認知,評議使用言說主觀成分揭露自我,說明不用言說主觀成分,適合用來隱藏自我。其次它們都涉及語法構式的對立──文篇受語法的制約,與詞類、基本句型都有對應。

　　先秦漢語中動詞謂語和名詞謂語相對立,申小龍(1988)以此主張動詞謂語組成的施事句和名詞謂語組成的主題句為漢語句型的基本對立。劉承慧(1996)指出主題句和施事句分別對應著「議論」和「敘事」兩種篇章類型,劉承慧(2011a; 2011b; 2011c)進一步指出〔行為者-行為活動〕組成的施事句在敘事篇章被賦予極高的顯著性。本書把這種句式從施事句提取出來,稱作「行為句」,以便彰顯它在文篇建構上的特出地位。

　　行為句是由普通動詞搭配行為者主語組成,表述事件的發生,若按照發生時間順序連貫,即成敘述文篇。[34] 與此對立的是帶各種言說主觀成分的主題句,總括為「表態句」。表態句構成評議文篇。

　　基本文篇的類別主要反映在句式及小句連貫方式上,如表

---

34 劉承慧(2011b; 2016)繞過「敘述」和「敘事」的爭議,以「陳述」指稱具有動態特徵的文篇,不過劉承慧(2018)已從文篇語法的角度釐清「敘述」和「敘事」的區別,因此把「陳述」改回「敘述」,重新與常用術語接軌。

1.2 所示：[35]

表 1.2：基本文篇的語法表現 [36]

文篇類型	典型句式	典型的小句連貫方式
描寫	主題句	並列展開
敘述	行為句	時間／因果推進
說明	主題句	並列、因果連貫
評議	表態句	假設、轉折縮合

表中列舉的三種典型句式，反映出動態、靜態、言說主觀概念的對立。行為句是動態句，與靜態的主題句相對立；表態句以主題句為結構基底，用言說主觀成分表明發言立場與態度，與不帶言說主觀成分的主題句相對立。

敘述文篇使用行為句表述事件發生，典型的行為句是由普通動詞搭配行為者主語所組成。描寫文篇和說明文篇的常用句式都是主題句，組成方式是〔題旨－表述〕，然而描寫的表述大多是形容性的，說明的表述大多是指稱性的。評議文篇中必然包含表態句，同時兼用主題句交代評議的背景或顯示評議的對象。

其次看基本文篇中的小句連貫方式。描寫文篇是由主題句並列，將靜態物象或動態事況平行鋪展開來。敘述文篇由行為句按照時間線索推進，形塑出動態因果歷程。說明文篇或者以並列的方式敘陳事實，或者透過因果關係縮合實存之原因與結果。評議文篇使用虛說的假設關係、違反因果預期的轉折關係

***

35 各類型的例證請參閱劉承慧（2011a; 2011b; 2013a; 2018）。
36 本表出自劉承慧（2021a: 295）表一，針對評議的小句連貫方式作了修訂。

縮合小句。

　　基本文篇內部成分的事理連貫方式不出並列、因果、轉折三大類。因果概括假設因果與實然因果，假設為評議類型的因果。實然因果包含敘述的動態因果和說明的靜態因果，表1.2由「因果推進」和「因果連貫」區別。

　　並列和因果是順承的，轉折是逆接的，凡是後接成分所述違反前行成分引發的因果預期，或是歧出於前行成分引導的語義脈絡，皆可納入轉折。正反對舉為轉折或並列，則取決於所屬文篇類型。

　　評議文篇中並不是每個小句都屬於表態句，但因與表態句組合，使全篇具有表態性質；表態句在文篇中佔比越高，言說主觀程度就越高。此外《左傳》中的對話記錄顯示，假設條件標記「若」和「苟」、讓步標記「雖」、轉折標記「然」乃至承接標記「然則」用於口語交際時都具有表態的意味，[37] 進入書面語後可能因為失去當面交際的語境而轉為事理標記。

　　基本認知概念和語法形式之間有常態對應，似乎是自然發生的。設若以「存在自覺」為起點，人的直觀首先覺察到的是自身所在空間的物象，與此相應的語言表現為「物象的指稱與描寫」，其次是隨著光陰流轉推進的動態歷程，與此相應的語言表現為「事件敘述」。再者是人我有別的對待關係，語言表現為「主觀評議」。

　　指稱事物或現象是辨認現實世界的初步，然後是對它進行描寫，而描摹大小、形狀、顏色、聲音、屬性乃至情感樣態的形容詞，都屬於描寫。如果思維從物理空間延伸到心理空間，

---

37 請參閱劉承慧（2010c; 2019b）。

那麼描寫對象也會從具體的人或物延伸到不同抽象程度的事況乃至情感，複雜性遠高於物象描寫。

先秦史書極少描寫，偶而有吉光片羽，如《左傳‧昭公十二年》描寫楚靈王衣飾「雨雪，王皮冠，秦復陶，翠被，豹舄，執鞭以出。僕析父從。右尹子革夕，王見之，去冠、被，舍鞭，與之語，……」所示，沈玉成、劉寧（1992: 97）已指出「如此細緻記敘人物的衣飾，《左傳》僅此一見」。

描寫在先秦子書同樣少見，[38]《莊子》有較多描寫片段，複雜度遠高於對楚靈王衣飾的描寫：

(35) 藐姑射之山，有神人居焉，肌膚若冰雪，（綽）【淖】約若處子。不食五穀，吸風飲露。乘雲氣，御飛龍，而遊乎四海之外。其神凝，使物不疵癘而年穀熟。（《莊子‧逍遙遊》）

(36) 庖丁為文惠君解牛，手之所觸，肩之所倚，足之所履，膝之所踦，砉然嚮然，奏刀騞然，莫不中音。合於桑林之舞，乃中經首之會。（《莊子‧養生主》）

例（35）描寫山中神人，從肌膚和身形到飲食、行動及精神力，使用形象鮮明的比況，如以「冰雪」、「處子」形容他的潔淨，「吸風飲露」形容他的飲食清新，「乘雲氣，御飛龍，而遊乎四海之外」形容他行動輕盈迅捷，在天地間遨遊，「其神凝，使物不疵癘而年穀熟」勾勒他的精神力。例（36）描寫

---

38 大量的描寫文篇見於先秦詩歌，如《詩經》、《楚辭》。這種現象反映出漢代以前詩歌和散文在表達上的分工。囿於本書論旨，不深入討論。

庖丁解牛當下，手、肩、足、膝的樣貌及運刀聲響「砉然」、「嚮然」、「騞然」，更以先王樂舞〈桑林〉、〈經首〉形容體態節律之美。

按照現實世界經驗來說，解牛的歷程隨著時間推進，然而庖丁解牛一段並不使用表述事件的行為動詞謂語重現，反而憑藉結構助詞「之」與「所」消去動態時間特徵，讓庖丁身形姿態與解牛聲響的片段在空間中平行並置。這種描寫已經超出對空間物象的樸素認知，可見描寫技法已是高度發展。

敘述重現隨著時間推移發生的事件及其所導致的變化。敘述文篇由指涉事件的普通動詞謂語搭配行為者主語組成行為句，以行為句的順時推進，展演出前因後果的動態歷程。例如：

(37) 四月，鄭人侵衛牧，以報東門之役。衛人以燕師伐鄭，鄭祭足、原繁、洩駕以三軍軍其前，使曼伯與子元潛軍軍其後。燕人畏鄭三軍，而不虞制人。六月，鄭二公子以制人敗燕師于北制。（《左傳‧隱公五年》）

例（37）敘述某場戰事的歷程：鄭人為了報復東門之役而入侵衛國邊境，衛人率同燕軍前去討伐，鄭國三名大將領軍在前，暗地派遣兩位公子繞過背面，燕軍被前方的三軍震懾住，沒有注意到背面，於是兩位公子帶領制人打敗燕軍。

評議文篇泛用各種表態成分，包括反問句、祈使句、假設句、轉折句，以及語氣副詞、句末語氣詞等。例如「士誠小人也」在表述成分之前用語氣副詞「誠」強調「（為）小人」所言屬實，又使用「也」向受話者指認自己為小人屬實，表態的

意味濃重。又如：

> (38) 冬十月，滕成公來會葬，惰而多涕。子服惠伯曰：「滕君將死矣。怠於其位，而哀已甚，兆於死所矣，能無從乎？」（《左傳・襄公三十一年》）

例（38）記載滕成公在魯襄公的喪禮表現失態，子服惠伯預言他「將死」，接著解釋如此預言是因為滕成公怠惰且哀戚溢於禮制，已在死亡的場合顯露徵兆，死亡必將跟隨而來。「兆於死所矣」由「矣」註記評估語氣，「能無從」以反問為強調，又以「乎」示意委婉。子服惠伯的發言即是由多種言說主觀成分組成的評議文篇。

　　與評議相反的是不用言說主觀成分的「說明」文篇：

> (39) 齊侯之夫人三，王姬、徐嬴、蔡姬，皆無子。齊侯好內，多內寵，內嬖如夫人者六人：長衛姬，生武孟；少衛姬，生惠公；鄭姬，生孝公；葛嬴，生昭公；密姬，生懿公；宋華子，生公子雍。（《左傳・僖公十七年》）

例（39）列舉齊桓公的妻妾及她們的兒子是哪些人，不用言說主觀成分，與子服惠伯對滕成公的評議形成對照。

　　此例屬於說明，小句主要以並列關係連貫，唯有「齊侯好內，多內寵」藉由現實因果事況，將題旨從「夫人」轉到「內嬖」；它和前後小句不以時間關係聯繫，有別於例（37）由時間乃至隱含於時間的前因後果關係連貫小句。

　　本書依據表 1.1 和表 1.2 所顯示的四種認知特徵以及組合形式之間的穩定對應界定「基本文篇」：

　　　先秦語法規約的組合形式與四種不同認知概念特徵〔＋時間〕、〔＋空間〕、〔＋言說主觀〕、〔－言說主觀〕相配對，形成敘述、描寫、評議、說明四種類型的文篇，稱為基本文篇。

基本文篇構式源自組合形式與認知概念的配對，概念上的區別體現在不同的主語類型、謂語類型、言說主觀成分類型、主謂搭配及事理合成類型。基本文篇只有四種類型，是源自基本認知概念之故。

　　基本文篇根植於詞類、句型、小句合成體共同對應的認知特徵。以敘述文篇為例，「普通動詞－行為句－按照事件先後順序連貫的小句合成體」共同對應著時間特徵，即便是事件序列的繁簡程度不同，或者是因果情由的曲折程度有別，仍然可以基於共同的時間特徵而歸入敘述。每一種文篇對應的各級成分自成聚合，即確保基本文篇的穩定性，顯現出語法以簡馭繁的功效。[39]

（四）語體與文體

　　對應於朱德熙所謂的組成到實現，基本文篇是組成階段最高層的構式，語體則是文篇語法辨認的最高層構式。語體構式意義是文篇類型限定的組合意義連結使用條件限定的語境意義

---

[39] 更多的舉例與分析請參閱第五章第一節。

所衍生。

　　劉大為（1994）指出「語體是言語行為的類型」，言語行為的行為效力依附在言語活動。前面由圖 1.4 及相關文字解說指出語體是言語活動中的使用條件與基本文篇配對而來。基本文篇以時空及人我認知為概念基礎，語體實例兼具使用條件賦予的言說效力，如例（6）中「階也」、「席也」的指路功能即取決於使用條件。

　　語體是文篇語法體系最高層的構式。劉人為（2013: 3）把語體界定為「一種類型的言語活動得以實施而必須滿足的、對實施者行為方式的要求，以及這些要求在得到滿足的過程中所造成的、語言在使用方式或語言形式上成格局的變異在語篇構成中的表現」。引文中的「語篇」相當於本書關注的「文獻篇章」之「篇章」。[40] 本書沿用此一界說。

　　界說中所謂的「成格局的變異」建立在隸屬於特定基本文篇的詞組、句式及小句合成體等組合形式基礎上，但使用條件決定最終的格局。如例（38）中的預言反映基本文篇與使用條件的制約——子服惠伯以帶有言說主觀成分的評議組合表達對滕成公前途的預測，是沿用基本文篇的形式；至於他先提出預測再解釋理由，出於社會文化約定，此一約定已然內化到語法體系，成為先秦預言語體的常規格局。例（10）背景是魯昭公二十一年魯國發生日食，叔輒因此哭泣，昭子預言「子叔將死，非所哭也」，先作預測而後解釋如此預測的理由，同樣是套用預言語體格局。

　　語體格局要從社會文化約定和組合形式約定兩方面解說。

---

40 本書並未採取「語篇」的理由，已見於序言開頭的說明。

如預言語體格局是出自預言活動「對實施者行為方式的要求」，發言者作預測的同時，也負責任地指出如此預測的理由或依據。語法體系提供具有表態意義的組合形式而發言者對組合形式加以選擇，逐漸約定為慣例，才確立語體格局。

預言語體可歸類為文體。劉大為（2013: 15）指出「使用域」固定的語體跟文體很接近。把預言語體當作文體，是出於使用域固定。

再看行人辭令。例（30）中的「君若以德綏諸侯」、「君若以力」由「若」表明己方並沒有既定的立場，全看對方的意思，[41] 例（32）以謙敬請求構式〔若 X，則 Y〕表達意願，兩例都套用春秋行人慣用的交涉模式，一方面按照語法規約，以評議文篇表態，另方面按照社會文化的約定，放低自我以抬舉對方。行人辭令也因為使用域固定而像預言一樣，兼為文體。

語體若無固定使用域就不被視為文體。例（34）公都子所說「冬日則飲湯，夏日則飲水，然則飲食亦在外也」是不成文體的語體；例（9）伯有託夢說「壬子，余將殺帶也。明年壬寅，余又將殺段也」也是如此。兩例都是以表達目的為使用條件而實現的語體。

本書將使用域固定因而被視為文體的語體，歸入「限用性語體」。行人辭令和士大夫預言都是限用性語體。不為文體的語體，總稱為「通用性語體」。

因使用域固定而形成的文體是語體的分支，至於是否脫離語體，主要取決於是否脫離通用語言。語體的組合形式都來自通用語言之語法體系的規約，所以說語體有賴通用語言而成

41 請參閱劉承慧（2010c; 2018）及第四章第二（三）節。

立。當通用語言隨著時代的下移而改變，語體組合形式必然跟著改變，文體卻不一定改變。要是文體沒有跟著改變，就會逐漸脫離通用語言之語法規約，從而脫離通用語法體系，成為仿古或存古的構式。

　　語體的組合形式承襲自基本文篇。先秦文獻中的語體實例顯示基本文篇並不都以單一類型的文篇進入使用階段。如《左傳》中的簡短對話大都是由單一類型的文篇實現為語體；長篇敘事多是以敘述為主軸，穿插著評議與說明；議論則是以評議為基調，搭配不同比例的說明或敘述。敘事和議論語體的形式是來自多種類型文篇的組合。

　　基本文篇類型特徵和語體的言說效力息息相關。那麼組合型文篇又是以何種特徵連結語體的言說效力？先就敘事文篇而言，它是以敘述為主軸，穿插著評議和說明，實現為「史書敘事」或「子書敘事」。史書敘事的目的在重現歷史上的因果歷程，言說效力是認證史實，例證見於《左傳》。子書敘事的目的在以歷史因果支持思想家的政治主張，例證見於《韓非子》。[42] 再就議論文篇而言，大凡有意揭示自我立場與態度的文篇都屬於評議，以評議為基調所組成帶有我的印記的組合型文篇，被實現為具各種言說效力的議論語體，見於子書以及史書所載人物發言。

　　語體相應於言語活動的一面涉及使用條件的複雜性。按理說，語體的使用情況是可以無限延伸的，因此潛藏無窮創造的

---

42 子書歷史敘事是為了證成思想家的主張，因此跟議論的關係極為
　　緊密，這裡是為了作對照而依據同一性序列原則，從子書拆解出
　　歷史敘事。要是從嚴格的角度把子書中的歷史敘事視為議論語體
　　的局部，那麼先秦歷史敘事語體就只見於史書。

空間，但實際上卻是有類型的。劉大為（2013: 4）指出，語體是「……由特定類型的言語活動對行為方式的要求（功能動因層），以及這些要求在實現的過程中所造成的成格局的語體變異（語言變異層），二者相互制約而形成的雙層結構體」。

　　語體的類型取決於言語活動的類型，言語活動涉及特定社會文化背景下的諸多使用條件，致使語體實例有多重分類的可能性。[43] 劉承慧（2018）基於功能動因和語體格局，從《左傳》分出「君子曰」、「下對上建言」、「行人辭令」三種語體，如表 1.3 所示：

表 1.3：《左傳》語體類型舉例 [44]

文篇類型	議論		
組成配置	評議搭配不同比例的說明		
語體類型	君子曰	下對上建言	行人辭令
功能動因	提出道德評價	恭敬將事	維護邦交禮數
語體格局	先表態後說理 說理可有可無	先說理後表態 表態藏於說理	抑己揚人、設身處地的格套

這三種語體都是以評議搭配不同比例的說明所組成，都有固定使用域，因而也被視為文體。

　　使用域固定的語體，表達目的通常也較固定。例如下對上建言通常用於勸說或申論，行人辭令通常用於勸說或申辯。在另一方面，勸說、申辯、申論是通用性語體。下面對照《左

---

43 序言指出目前還沒有針對先秦通用性語體提出的分類研究。本書分辨語體類目，是為了示意多重分類的樣貌而非從多種角度進行廣泛的分類。
44 本表以劉承慧（2018: 69）表 2 為基礎並修訂左邊欄位的名稱。

傳》中的限用性和通用性語體實例，大略呈現從不同角度分類的情況。

　　表 1.3 顯示「君子曰」的功能動因是「提出道德評價」，語體格局為「先表態後說理，說理可有可無」。例如：

(40) 君子曰：「知懼如是，斯不亡矣。」（《左傳・成公七年》）

(41) 君子謂鄭莊公「于是乎可謂正矣。以王命討不庭，不貪其土，以勞王爵，正之體也。」（《左傳・隱公十年》）

例（40）針對魯國執政季文子的憂患意識而提出：季文子因為鄰近的郯國被吳國挾制而表達憂心，恐怕魯國也快滅亡了，史官讚揚說知道害怕就不會亡國；「知懼如是，斯不亡矣」屬於評議，用於「君子曰」取得褒貶效力。例（41）背景是鄭莊公攻下許國但未消滅，史官以評議的組合形式「可謂正矣」作出評斷，接著提出解釋。針對重人事件及其當事人提出褒貶評價是春秋史官的職責，原本無需解釋，解釋具有教化意義，《左傳》中的「君子曰」經常提出解釋，更甚而長篇大論，是實踐教化的表現。此例兼具褒貶和教化的效力。

　　然而褒貶並不是「君子曰」的專利。例（8）賈季回答酆舒詢問趙衰和趙盾父子誰比較賢能時所說的「趙衰，冬日之日也；趙盾，夏日之日也」雖然是通用性語體，但同樣用於褒貶評價。褒貶評價是通用性與限用性語體共享的表達目的，只不過「君子曰」受到使用域乃至格局套路方面的限定，通用性評價只要採取廣義的評議形式即可。

其次「下對上建言」的功能動因是「恭敬將事」，語體格局則是「先說理後表態，表態藏於說理」。例如：

(42) 五年春，公將如棠觀魚者。臧僖伯諫曰：「凡物不足以講大事，其材不足以備器用，則君不舉焉。君，將納民於軌、物者也。故講事以度軌量謂之軌，取材以章物采謂之物。不軌不物，謂之亂政。亂政亟行，所以敗也。故春蒐、夏苗、秋獮、冬狩，皆於農隙以講事也。三年而治兵，入而振旅。歸而飲至，以數軍實。昭文章，明貴賤，辨等列，順少長，習威儀也。鳥獸之肉不登於俎，皮革、齒牙、骨角、毛羽不登於器，則公不射，古之制也。若夫山林、川澤之實，器用之資，皂隸之事，官司之守，非君所及也。」（《左傳‧隱公五年》）

(43) 公問諸臧宣叔曰：「中行伯之於晉也，其位在三；孫子之於衛也，位為上卿，將誰先？」對曰：「次國之上卿，當大國之中，中當其下，下當其上大夫。小國之上卿，當大國之下卿，中當其上大夫，下當其下大夫。上下如是，古之制也。衛在晉，不得為次國。晉為盟主，其將先之。」（《左傳‧成公三年》）

例（42）事由是魯隱公打算到棠地去觀看漁夫捕魚，臧僖伯認為不合禮制而勸阻。他首先表明國君有所不為，接著指出國君的職守是「納民於軌、物」並界定「軌」、「物」，從而解說「亂政」，由此論斷「亂政亟行，所以敗也」。繼而話鋒轉到國君出行的常例，指出國君利用農閒時節出行，必須具備

社教意義，再指出國君不為祭祀或製作禮器、兵器的目的，就不射獵鳥獸，此後進入正題——有許多雜役的活動並不是國君所應從事，也包括伐木捕魚——回扣到勸阻的起點。這番話從各方面羅列通則與特例，全篇以最低限度表示立場，即便最後明白表示反對，也只是採取假設論斷形式「若夫……非君所及也」而不是禁制形式，具體展現下對上建言的含蓄態度。

臧僖伯的表達目的是「勸阻」。所謂「恭敬將事」及「先說理後表態」都是出於使用域的限定。下對上建言講究道理先行，道理要有事實依據，臧僖伯發言謹守此一分寸。反之則是例（44）叔服的發言，屬於通用性的勸阻：

(44) 晉侯使瑕嘉平戎於王，單襄公如晉拜成。劉康公徼戎，將遂伐之。叔服曰：「背盟而欺大國，此必敗。背盟，不祥；欺大國，不義；神、人弗助，將何以勝？」（《左傳・成公元年》）

晉侯派遣瑕嘉弭平了戎人和周人的仇怨，周王派單襄公到晉國去答謝。劉康公將趁戎人講和之際前去討伐。叔服勸阻，先以背棄盟約又欺騙晉國，論斷伐戎「必敗」，再進一步從兩方面申論，最後推導出「神、人弗助，將何以勝」。這段發言是以條件論斷明白地表態，不像臧僖伯提舉出大量的事證，以鞏固立場的正當性。

例（43）背景是晉國的荀庚和衛國的孫良夫同時到魯國，魯成公詢問臧宣叔接待兩人的順序，他指出大國下卿和小國上卿位次相當，而晉國為盟主，建議先接待荀庚。臧宣叔仔細條陳次國與大國、小國與大國之各級官員的相對地位，是為了斟

酌排序的正當性──正當性就在逐一陳說的條理之中。

　　此例是人臣秉持恭敬將事的態度的答話，例（45）孔子回答子貢詢問，則是直截的答話：

　　　(45) 子貢問「政」。子曰：「足食，足兵，民信之矣。」
　　　　　 子貢曰：「必不得已而去，於斯三者何先？」曰：「去
　　　　　 兵。」子貢曰：「必不得已而去，於斯二者何先？」
　　　　　 曰：「去食。自古皆有死，民無信不立。」（《論語・
　　　　　 顏淵》）

孔子指出為政的要務是「足食、足兵、民信之」，繼而子貢以刪除法詢問次序，孔子依序答以「去兵」、「去食」，「民信之」最優先，因為「自古皆有死，民無信不立」。[45]

　　若再進一步比較，同為答話，例（43）屬於限用性語體，例（8）和（45）屬於通用性語體。賈季採取隱喻性的說辭，是間接表態，孔子直白回應，坦率程度取決於問答雙方的社會人際關係。

　　語體和發言場合亦緊密相連。試看：

　　　(46) 公與之乘。戰于長勺。公將鼓之。劌曰：「未可。」
　　　　　 齊人三鼓。劌曰：「可矣！」齊師敗績。公將馳之。

---

45 孔子此說先提出評斷，然後說明原因，文篇的組成方式猶如預言和「君子曰」，然而預言和「君子曰」都是使用域固定的限用性語體，這番話是通用性的申論。兩種用例對照之下，更可以看出語體（較高層構式）加諸文篇類型限定之組合（較低層構式）的語義制約作用。更多的討論請參閱第六章。

劇曰：「未可。」下，視其轍，登軾而望之，曰：「可
矣！」遂逐齊師。（《左傳・莊公十年》）

例（46）記載魯莊公十年，齊侯討伐魯國，曹劇說服莊公同車
上陣。戰場上曹劇先以「不可」阻止莊公下令擊鼓進攻，直到
齊軍三度擊鼓以後才說「可矣」；等到齊軍敗陣後，又以「未
可」阻止莊公趁勝追擊，直到他上下察看，確認齊軍並非偽裝
失敗以後才說「可矣」。曹劇發言是下對上，但發言的場合是
生死交關的戰場，因此曹劇直白回應。[46]
　　又其次，「行人辭令」的功能動因是「維護邦交禮數」，
語體格局為「抑己揚人、設身處地的格套」。例如：

(47) 王以上卿之禮饗管仲。管仲辭曰：「臣，賤有司也。
　　有天子之二守國、高在，若節春秋來承王命，何以禮
　　焉？陪臣敢辭。」……管仲受下卿之禮而還。（《左
　　傳・僖公十二年》）
(48) 十一年春，滕侯、薛侯來朝，爭長。薛侯曰：「我先
　　封。」滕侯曰：「我，周之卜正也；薛，庶姓也，我
　　不可以後之。」公使羽父請於薛侯曰：「君與滕君辱
　　在寡人，周諺有之曰：『山有木，工則度之；賓有禮，
　　主則擇之。』周之宗盟，異姓為後。寡人若朝于薛，
　　不敢與諸任齒。君若辱貺寡人，則願以滕君為請。」
　　薛侯許之，乃長滕侯。（《左傳・隱公十一年》）

---

46 戰場有別於一般場合，也見於國君在戰場上與同車者穿著相同服
　飾。齊頃公在齊晉鞌之戰因與同車的逢丑父調換位置而逃過被俘
　的命運。請參閱楊伯峻《春秋左傳注》第 793 頁。

　　例（47）背景是周襄王在管仲的協助下與戎人講和，紛爭平息後，襄王以上卿之禮宴請他。管仲不敢僭越，表明齊國有上卿國氏、高氏，自己接受上卿之禮，如果未來國氏、高氏到王廷，將難以行禮。管仲這番推辭的正當性是源自封建階級分際，他得到嘉獎而不忘指出國氏與高氏為上卿的事實，由假設標記「若」、強調的反問句以及謙敬標記「敢」表示恭謹，發言很得體，因此得到周襄王嘉許。

　　例（48）記載滕侯和薛侯兩人到魯國朝覲，互爭先後。魯隱公派羽父去商請薛侯禮讓滕侯。羽父的發言就採取行人辭令格套——「寡人若朝於薛」是設身處地把自己改換到對方所處情境裡，「不敢與諸任齒」是謙抑自我，「君若辱貺寡人，則願以滕君為請」套用〔若 X，則 Y〕的請求構式，前分句意在抬舉對方，後分句委婉提出請求。

　　羽父的請求充分展現行人辭令的委婉。例（33）許行對滕文公說「遠方之人聞君行仁政，願受一廛而為氓」是通用性的請求，可作為對照。

　　從以上舉例來看，使用條件是多方面的，語體因而有多重分類的空間。表 1.3 列出的語體都有固定使用域，屬於限用性語體（文體），適用於不只一種表達目的，例（42）是勸阻，例（43）是答話也是建言；例（47）是拒絕，例（48）是請求。另方面，例（33）和（48）都是請求，目的相同，然而有通用性與限用性之別。

　　語體和文體的問題千絲萬縷，而本書並不是語體或文體的專論，再加上語體構式在先秦語法研究領域縱使不是全新，也是缺乏關注的課題。本書僅只以若干具有代表性的例證，討論語體的實現，還有《左傳》幾種常見的議論語體如何處於多重

分類網絡中，旁及語體與文體的源流與分化。

　　文體最初依附在語體，[47] 但成立後可能脫離語體，主要是因為語體採取通用語言，隨著通用語言的變化而變化，文體受到使用域的限定，語言形式相對保守甚且是存古的。如果語體已有改變而文體維持不變，就會出現分化。如《左傳》中的「君子曰」和行人辭令都有分化的跡象。[48]

　　語體與通用語言緊密聯繫，是文篇語法設定的最高層構式。源自語體的文體如果仍與通用語言保持聯繫，可逕由來源語體概括；即便偶有修辭創新，仍為語體的分支。若是脫離通用語言，即脫離通用語法體系的規約，就不再是通用語言的語法構式。[49]

三、小結

　　文篇語法以朱德熙所說的「弄清楚語法形式和語法意義之間的對應關係」為研究目標，按照激進構式語法以語義關係為根本的構式界說，探討先秦文獻篇章如何建構。第一（一）節由圖 1.4 示意文篇語法如何整併組成到實現，把基本文篇設定為「組合後、實現前」的過渡階段，闡述備用的組成單位如何成為言語活動中使用的實現單位。

　　第一（二）節指出激進構式語法所界定的「構式」超越了普通語言學設下的語法和語用藩籬，符合先秦文獻語言反映的

---

47 這並不包括文學創作。相關的說明見於本書序言。
48 詳見第六章第四節。
49 序言已經指出，文學性的文體也是形式與意義配對的構式，但因涉及文學或書寫體製等方面條件，超出語法和言語交際的使用條件，不屬於語法構式，不在文篇語法考慮範圍內。

功能成分橫跨語法和語用的語言事實。激進構式語法以「結構完形」解說構式現象，啟發我們對於缺乏形態的先秦語法體系如何確立語義關係的理解，把定中式、述賓式的構式意義乃至基本文篇賴以成立的認知概念都視為「語義完形」。語義完形對構式的制約猶如結構完形。

　　第二節分為四小節，解說文篇語法的核心術語：小句合成模式、言說主觀成分、基本文篇、語體，旁及語體與文體之辨。小句合成模式揭示複雜結構體的組成趨勢，言說主觀成分攸關發言立場和態度的表達，兩者屬於組成階段。基本文篇是組合形式被實現之前的調控機制，組合形式無論結構繁簡，都先取得某種文篇類型特徵的限定，而後用於言語活動。語體的構式意義來自文篇類型限定的組合意義連結語境意義。

　　本書據此提出的文篇語法的假設，如圖 1.11 所示：

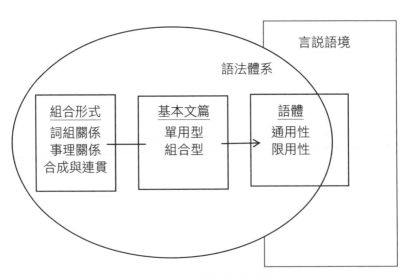

圖 1.11：文篇語法的假設

橢圓框代表文篇語法體系，內部三個方框對應著圖 1.4 上中下三層。

左邊的方框「組合形式」包含三種類型的語義關係，「詞組關係」對應傳統語法的詞組律，「事理關係」對應傳統複句研究所謂的事理邏輯，「合成與連貫」總括小句合成模式及言說主觀成分在組成過程的語義作用。

中間的方框「基本文篇」包含「單用型」和「組合型」，單用型的基本文篇是以基本認知概念區隔的描寫、敘述、評議、說明，先秦文獻常見的組合型文篇有兩大類，一是敘述為主軸的敘事文篇，二是評議為基調的議論文篇。兩個方框之間由直線聯繫是依循圖 1.4，示意組合形式進入基本文篇階段僅止於認知概念的歸類，組合意義被賦予某種概念類型的限定。

中間到右邊的方框依循圖 1.4 由箭號相聯繫，示意彼此有衍生關係。語體略分為「通用性」和「限用性」兩類，限用性語體是指使用域固定因而延伸出文體的語體，如《左傳》下對上建言、行人辭令、「君子曰」、預言等。不為文體的語體歸入通用性語體。

右邊的方框超出橢圓形的範圍，跨入言說語境，示意語體是出自言語活動和語法體系的交互作用。語體構式涵攝兩層意義，其一是表達內容，出自組合意義與能夠補充其語義空缺或使其指涉更加具體的語境意義相結合，其二是言說效力，出自文篇認知類型和語境意義相結合。

本書第二章聚焦在各級構式的聚合與組合，據以申論文篇語法根源於基本認知概念的構式化。

第三章辨析小句合成模式衍生的小句合成體與多重複句的異同之處，指出先秦文獻中複雜的小句合成實例大都是綜合運

用主謂關係和事理關係所衍生，結構越複雜，最高層構式為主謂式或並列式的可能性越高，其後將常見小句合成模式加以歸類。

第四章從呂叔湘（2014）所謂「廣義的語氣」出發，依據 Lyons（1995）給定的「言說主觀性」界說，梳理出先秦文獻常見的廣義語氣成員，展示它們的自我表達功能，最後根據例證分析的結果，為言說主觀成分提出另一種分類假設，亦即從「言說自我之於命題和人際照應」的角度作分類。

第五章針對基本認知概念在不同語法層級構式化之說，就句式及小句連貫方式兩方面，舉證析論複雜的基本文篇是如何層層組成。其次討論組合型文篇構式，指出「敘述為主軸搭配其他類型文篇組成的敘事」和「評議為基調搭配其他類型文篇組成的議論」是先秦最常見的組合型文篇。最後解說基本文篇對低層構式的語義制約。

第六章先以預言和「君子曰」為例，解說不同類型的語體如何由相同的小句合成模式組成，其次略舉若干文篇類型實現為語體的類目，再由《左傳》幾種議論下位的分支展示多重分類的情況，最後申論《左傳》中源自語體的「君子曰」和行人辭令如何基於使用域而分化。

第七章以文篇語法的要旨作為本書結論，其後就言說語境以及言說主觀的層次性，指出未來值得開展的研究課題。

本章最後針對書中舉例方式可能引起的疑問略作說明。

首先，文篇語法假設語法回應表達需求，因而啟動組成到實現的過程，逐步地拆解其中的語法運作，但未主張語法組合形式一律由小而大地生成。套用「現成話」符合語言使用的經濟原則，也合乎日常語言經驗。凡是從母語者個人方言詞庫抽

取出來直接運用的組合形式都是現成話。母語者的個人方言因
人而異，本書在這方面無可討論。文篇語法承認套用現成話為
語言使用的慣性表現。

　　其次是有關從書面長篇擷取基本文篇和語體例證的原則。
基本文篇和語體都自成意義整體，舉證時最理想的狀況是完整
引用。然而書面語體為主的先秦文獻語料以長篇大論居多，要
讀者完整理解並同時照應語法並非易事；若給予過多的文義解
說，難免會使語法方面的討論失焦。退而求其次的辦法應是從
長篇議論中擷取片段。本書是依循 Talmy（2000: 464-470）所
謂的「同一性序列結構」（the sequential structure of identity）
拆分出基本文篇及語體例證，把同一題旨下的片段視為一個意
義整體。

　　如第五章第二（三）節例（53）出自《荀子・儒效》，
扣住「大儒之效」舉證申說周公如何保全周朝，按照組成方式
歸類為論說文篇。又如第六章第二節討論言說效力，把擷取自
長篇的說明與論說的片段視同語體，也是因為可以收攏到同一
題旨，相當於獨立使用單位。這些都是示範性的樣本。第六章
第四節討論語體的分化與演變，則是完整引用。

第二章　文篇構式

　　文篇語法闡述先秦傳世文獻中語法形式的組成及語體的實現。儘管按照激進構式語法界定的「構式」辨認語法單位，範圍遠大於傳統語法，其實彼此有深厚淵源，例如朱德熙（1985）由「語法形式和語法意義之間的對應關係」解釋語法體系就已經涉及構式語法關注的形式與意義配對，只是注意力集中在語法形式的組成上，並沒有申論如何過渡到實現。文篇語法把小句合成體納入，同時擴展到被實現的語體，可謂語法形式與語法意義之對應研究的最大化。

　　從傳統語法的角度來看，文篇語法必須能夠回答下面三個問題：（一）語法成分和語用成分如何形成結構連續體？（二）能否由「聚合關係」（paradigmatic relation）與「組合關係」（syntagmatic relation）確認文篇內部各層級的成分都具有語法地位？（三）文篇語法主張語體是由文篇類型限定的組合意義連結使用條件限定的語境意義所衍生，如何證明此一主張合乎文獻篇章構成的實情？

　　有關語法到語用的結構連續性問題，文篇語法以激進構式語法界定的「構式」為解決方案。激進構式語法把每一個語言單位都視為構式，較大的或者說層級較高的構式都是由較小的或者說層級較低的構式組成。構式包含形式層與意義層，其間有「符號鏈接」（symbolic link）確保形式與意義配對為一個意義整體，「語義關係」（semantic relation）被視為語法的根

本，普通語言學區分的語義、語用、篇章功能三種屬性都歸入意義層，組合形式基於符號鏈接而取得組成關係。語法成分透過語義關係的層層建構確保組成到實現的連續性。

再看組合與聚合。語法成分都處在某種聚合與組合關係當中，例如述賓式是述語和賓語的組合，主謂式是主語和謂語的組合；述賓式的述語及主謂式的謂語都是語法成分，擔任述語或謂語的詞聚合為動詞。組合層級較高的語法成分同樣形成聚合，如敘述文篇中表述事件的小句自成行為句的聚合，評議文篇中帶言說主觀成分的小句自成表態句的聚合。行為句、表態句與其所屬基本文篇類型之間也有組合與聚合關係。

第三個問題比較複雜。朱德熙按照普通語言學的設定，把組成關係歸入語法而實現關係歸入語用。[1] 文篇語法按照激進構式語法的設定，由語義關係為本的構式解除語法和語用間的區隔，把語體視為語法體系最高層的構式，因而打開結構連續體的解釋空間。但獨立於語境之外的詞組如何能夠與依附於語境的語體形成結構連續體？我們認為組成到實現的過程中有兩個環節仍待論述，其一是複句以上的結構體，其二是組成到實現的語法調控機制。

傳統語法認為詞組律的適用範圍止於句子，句子之間主要憑藉事理邏輯關係綰合，更高層的結構則是隨機組成。但從句子到文篇並不全然是隨機的組合。例如 Chafe（1979: 170-172）已指出「人物－活動－場所」（character-action-location）是口語交際的「語流模型」（flow model）。

---

1 詞組律的產物不受語境影響因而具有可預測性，「組成」係就此而言；言語活動使用的形式隨著語境而變動，「實現」是就此而言。

Longacre（1979: 122）舉出的段落組成方式，如「聯合」
（conjoining）、「時間關係」（temporal relation）、「事
理關係」（logical relation）、「解說策略」（elaborative
device）、「報導策略」（reportative device），都是比句子層
級更高的結構體的合成模式。第一章第二（一）節的舉例可印
證 Chafe 和 Longacre 所言。換言之，比詞組或複句更大的組
成單位同樣受到語法的規約。

　　值得注意的是，複雜文篇中所謂的模型、關係或組織策
略，往往聯繫著特定認知概念。如「人物－活動－場所」表述
事件發生，固定聯繫著時間認知。又如某些事理關係或解說策
略關乎立場與態度的表達，聯繫著言說主觀性。言說主觀性和
時間都是自然語言共享的概念類型。

　　文篇語法以普遍存於自然語言中的認知概念〔＋時間〕、
〔＋空間〕、〔＋言說主觀〕、〔－言說主觀〕區別四種基本
文篇。語法組合形式不論組成繁簡，都基於概念特徵而歸入
某種類型的基本文篇。由「人物－活動－場所」組成的結構體
基於〔＋時間〕而歸入敘述文篇，解說策略組成的結構體基於
〔＋言說主觀〕而歸入評議文篇。

　　其實傳統語法對認知概念和語法成分類型之間的淵源早有
注意，特別是普通動詞和時間的關聯性。但是時間和語法的聯
繫並不止於普通動詞，普通動詞搭配行為者主語的行為句乃
至行為句組成的篇章同樣聯繫著時間。〔＋時間〕是敘述文篇
和內部成分共享的特徵，可以視為時間概念在不同組合層級的
「語法化」或「構式化」。空間概念乃至人我有別的概念都有
類似的構式化現象。

　　基本文篇是語體實現的調控機制。語體形式差距很大，簡

單的形式如第一章第一（一）節例（6）孔子為師冕引路時所說「階也」、「席也」，較複雜的形式如第一章第二（一）節例（16）孟子勸梁惠王行仁政的話，調控的機制就是在基本文篇。組合形式的繁簡取決於表達需求，組合形式實現為語體之前都先經過基本文篇的階段。基本文篇是語體實現前一階段的構式。

　　語體承襲基本文篇的組合形式及其意義，以此連結使用條件限定的語境意義而形成語體的構式意義。語體構式的言說效力在基本文篇階段並不存在，是憑藉語境意義所衍生。例如「階也」是說明類型的指認形式，連結孔子指路的語境而取得指引的言說效力。語境是語體的語義成分，可說是單有語義內容的語法「零形式」，也因此語體不可能脫離語境。

　　本章就上面提出的問題展開討論。第一節先說明文篇語法和傳統語法之間的淵源，然後以跨越（狹義的）語法和語用的「也」字式為例，闡述激進構式語法以語義關係為本的語法假設如何給予「也」字式體系性的詮釋。第二節申論基本文篇內部成分的聚合與組合，旁及小句合成模式的真實性。第三節就形式和意義配對闡述語法單位在同一認知概念範疇形成組合序列，反映出相同認知概念在不同結構層級的構式化，據此主張時間、空間、人我有別之認知範疇的構式聚合為四種基本文篇類型。第四節提出文獻篇章從組成到實現的假設。

一、從傳統語法到構式語法

　　漢語形態不發達，討論語法問題向來都倚重語序和虛詞。虛詞具有顯示實義成分之語義關係的作用，例如介於主語和謂

語間的結構助詞「之」註明整個詞組被用為相當於名詞的指稱成分。語序指的是實義成分在線性語流中的排序，例如主語在謂語的前面，賓語在述語的後面。實詞進入語法組合中，便取得某種語法功能，功能成分及其組合形式的種類如表 2.1 所示：

表 2.1：語法功能成分及其組合形式

功能成分	主語、謂語／述語、賓語、補語、定語／狀語
組合形式	主謂、述賓、述補、定中／狀中、並列

表 2.1 上層列舉功能成分，下層列舉組合形式。「定中」、「狀中」意指「定語修飾名詞性中心語」、「狀語修飾動詞性中心語」；「並列」意指平行成分的並立。[2]

　　實義成分由語義關係相結合，例如主語和謂語由表述關係結合，述語和賓語由支配關係結合，如表 2.2 所示：

表 2.2：語法組合形式及其語義關係

組合形式	主謂	述賓	述補	定中	狀中	並列
語義關係	表述	支配	補充	修飾	修飾	平行

表 2.2 顯示組合形式和語義關係是固定配對的。例如「主謂」為組合形式，與它相配的意義是表述關係，即謂語表述主語；「述賓」形式的意義是支配關係，亦即述語支配賓語，餘此類推。

　　其實傳統語法辨認組合形式的語義關係，與構式語法的思路一致。不同的是傳統語法將語序和虛詞視為不同類屬的語法

---

2 並立關係的成分又可依據語義類型再予細分，但與本章論旨無關，不再贅述。

現象，構式語法則併入構式。又傳統語法討論虛詞多侷限在虛詞的功能，例如〔主－之－謂〕就構式語法而言是不可拆分的整體，「之」是構式標記，傳統語法不認為「之」附屬於構式，而是把它當作獨立的語法標記。又傳統語法把〔主－之－謂〕中的組成分子「之」和具有指代作用的「之」當作外形相同但功能不同的兩種虛詞，構式語法則把它們視為兩種不同構式的組成分子，前者用於定型構式〔主－之－謂〕，後者用於述賓式充當賓語。[3]

上述功能成分或構式組成分子的解釋出入也存於先秦句末語氣詞。過去研究大多是從虛詞的功能立論，但其實帶句末語氣詞的小句也是構式。前面提到先秦句末「也」既與實義成分結合，又與交際語境密切互動，難以簡單地歸類為語法成分或語用成分。激進構式語法所界定的構式，超越傳統語法區隔語法和語用的思路，能夠給予先秦「也」字式合理的詮釋，故而文篇語法以之為論述文篇乃至語體構成的依據。

（一）語義關係為根本的構式語法[4]

句末語氣詞是先秦語法研究的難點。它的功能很抽象，又跟句子所在的語境緊密結合，顯得缺乏定性；郭錫良（1997）提出句末語氣詞是單功能或多功能的辨析，即本源於此。另一

3　另有一種「之」屬於修飾關係構式〔定語－之－中心語〕，其組成分子「之」相當於現代的結構助詞「的」。它標註實義成分的結構關係，功能近似〔主－之－謂〕中的「之」，但就構式語法而言，兩者所屬構式不同，宜分別對待。

4　本小節有關句末語氣詞的舉例與圖示均摘自劉承慧（2019a），惟分析文字基於本書的論旨多少有增補或改動，為利行文簡潔，不一一註記。

個過去沒有被特別強調卻無疑具有重要性的問題，即如下兩例底線劃出的「也」字式所示：

(1) 乃若所憂則有之：<u>舜，人也</u>；<u>我，亦人也</u>。舜為法於天下，可傳於後世，我由未免為鄉人也，是則可憂也。（《孟子・離婁下》）

(2) 尹士聞之，曰：「<u>士誠小人也</u>。」（《孟子・公孫丑下》）

例（1）中「舜，人也」、「我，亦人也」的「也」是與「人」、「亦人」相搭配還是與「舜人」、「我亦人」相搭配？如果按照標點，[5]「也」應是搭配謂語「人」、「亦人」。但例（2）中「士誠小人也」的「也」卻搭配主謂式「士誠小人」。[6]

　　由於「我，亦人也」和「士誠小人也」都屬於主謂式，自然引發的問題便是先秦句末「也」跟主謂式的謂語相結合，還是跟整個主謂式相結合？我們必須先排除「也」有時候搭配謂語，有時候搭配整個主謂式，否則無異是承認語法的不可預測性。但要主張搭配謂語的組合形式出自詞組律，搭配主謂式的組合形式出自語境，違反語法無關乎語境的假設。

　　這個問題若要在傳統語法的立場上回答是有難度的，若是就構式語法而言便相對單純。直陳句末語氣詞「也」無論是搭配謂語或主謂式，都是搭配某個語法層級的「表述成分」。[7]

5　此例標點依據楊伯峻《孟子譯注》第 182 頁。

6　此例標點依據楊伯峻《孟子譯注》第 98 頁。

7　劉承慧（2019a: 287）稱作「語境限定的表述成分」，本書改稱

例（2）的上下文顯示「士誠小人也」是尹士承認自己知錯。[8]
孟子有志難伸而離開齊國，尹士嚴詞批評他不曉得齊王不能成
為聖王，是識人不明；明知不可為而仍到齊國，是貪圖富貴；
決心離去卻走得不乾脆，根本是戀棧。孟子聽見高子轉述，激
動地加以駁斥，[9]於是尹士承認自己批評失當──「士誠小人
也」是表述成分，搭配的題旨不在句內，而是先前尹士對孟子
的批評，有別於例（1）搭配句內題旨。可見「也」搭配的表
述成分超越狹義的語法限定的詞組層級。

　　先秦句末「也」註記的表述成分以語境成分為題旨，這種
現象讓我們對區隔語法和語用是否真正契合先秦語法的實況感
到懷疑。

　　我們思考先秦句末「也」問題的依據是 Croft（2001: 203-
240）所謂的「不由句法關係理解構式」（comprehending
constructions without syntactic relations）。[10] 它和語境高度互
動的特性，近似英語的定冠詞 "the"。圖 2.1 是 Croft and Cruse
（2004: 285）為 "the song" 繪製的構式圖示：[11]

　　為「表述成分」。之所以取消「語境限定」，是因為〔題旨－表
　　述〕層層搭配，必然從句內走向句外，「語境限定」的名目毋寧
　　是畫蛇添足。

8　尹士發言背景見於第三章第二節例（13）。

9　孟子的反駁接連用反問形式並搭配句末語氣詞「哉」，揭露
　　他內心強烈的情意。有關「哉」的功能分析，請參閱劉承慧
　　（2013b）及第四章第三（三）節。

10　這裡以「句法」翻譯 "syntax"。在漢語研究中經常以「語法」稱
　　之，主要是考慮到漢語缺乏相對應的「形態」（morphology）證
　　據。第一章註 3 已經指出先秦漢語形態不發達，不存在形態證據
　　辨認的「句法」，因此都改稱為「語法」。這裡涉及英語的例
　　證，仍翻譯為「句法」。

11　圖 2.1 依據的應是 Croft（2001: 204）圖 6.1: The internal structure

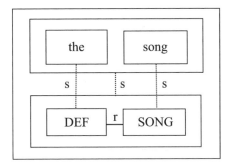

圖 2.1：構式中的語義關係

圖示內部由 "s" 聯繫的兩個方框，上面一個示意構式的形式層，下面一個示意構式的意義層。"s" 代表兩層之間的「符號鏈接」（symbolic link）。意義層內部兩個成分之間的 "r" 代表「關係」（relation）。意義成分以 "r" 連結。至於形式層未設立 "r" 連結，即否定形式成分獨立運作。

　　激進構式語法主張形式成分之間沒有直接的連結，它們的連結來自形式層與意義層的符號鏈接。第一章第一（二）節提到「時事評論」為定中式，而「評論時事」為述賓式，是取決於語義關係；先秦文獻中的「達人」為述賓式或定中式，同樣取決於語義關係。[12]

　　Croft and Cruse 的原圖上方有說明文字指出，形式關係在構式語法並不是絕對必要的，主要是就語言理解（language comprehension）而言；語言使用者在言語交際活動中所接收

------

of a construction without syntactic relations（不含句法關係的構式內部結構）。原圖示含括構式內部各結構環節的設想，就本書論旨來說太過繁複，因此未予引用。

12 詳見第一章第一（二）節有關語義完形的討論。

的其實是構式意義,形式成分之間的組成關係透過構式意義才得到確認。[13] 實義成分直接組合在古今漢語都很常見,辨認語法關係的憑據都是實義成分的語義關係。

　　回到先前提出的「也」字式例。以往的研究認為「也」附加到句尾就成為「也」字式,但未深究語用的「也」如何接軌語法的組成關係。構式語法主張取消詞彙、語法、語用的界線,傳統語法視為跨界的成分因此得以納入。圖 2.1 中的 "the" 在傳統語法被規定為語法成分,儘管它的指涉隨著使用條件而浮動;構式語法主張 "the" 跟 "song" 同樣都是構式成分,屬性差異不影響由概念化的語義關係 "DEF-SONG" 界定組成關係的正當性。句末「也」時而結合謂語,時而結合主謂式,不影響其〔表述-指認〕的語義關係。

　　以下由圖 2.3 和 2.4 呈現「士誠小人也」和「舜,人也」組成上的差異。在此之前先由圖 2.2 示意構式單元〔表述-也〕:[14]

---

13 較完整的討論請參閱 Croft（2001: 203-204）。

14 右側「組合形式」在 Croft（2001: 20）及 Croft and Cruse（2004: 260）圖示中使用的術語是「句法形式」（syntactic structure）,劉承慧（2019a）沿用。本章與第一章第一（二）節圖 1.5 作出整合,將原圖示中的「句法形式」改為「組合形式」。劉承慧（2019a）把圖 2.2 到 2.3 中的「表述」稱為「述謂」,係為配合「語境限定的表述成分」。註 7 已經指出本書把「語境限定的表述成分」改稱作「表述成分」,「述謂」名稱同步取消。劉承慧（2019a）稱作「指認述謂」的成分都改稱為「指認表述」,意思是帶有指認語氣的表述成分,見於圖 2.4、2.6、2.7、2.8。附帶補充,Croft（2001: 20）以及 Croft and Cruse（2004: 260）的圖示都表明一般構式語法認為形式層的成分之間也有關係（relation）,因此在形式層的成分之間也劃上連結線。激進構式語法否定形式成分具有直接關係,主張形式成分的關係源自意義

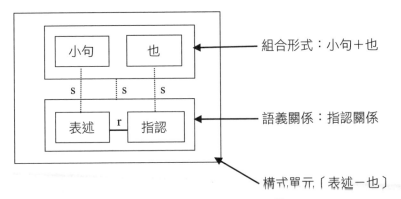

圖 2.2：「也」字式構式圖 [15]

圖中「組合形式」屬於構式的形式層，「語義關係」屬於意義層。形式層的「小句」與意義層的「表述」、形式層的「也」與意義層的「指認」乃至形式層的「小句＋也」與意義層的「表述－指認」之間都有符號鏈接。「也」行使「指認」功能是依據劉承慧（2008; 2013b）的分析，「也」字式的構式意義為「發言者指認表述的內容為真」。

　　圖 2.3 套用圖 2.2，示意「也」字式的個案「士誠小人也」的組成方式：

　　成分的關係，是由形式層與意義層的符號鏈接而來的，從 Croft（2001: 204）圖 6.1 可以確切得悉。

15 句末「也」用於註記發言者的指認語氣，圖示中的「構式單元」以語義關係為名，因此嚴格地說，應記為〔表述－指認〕。這裡記為〔表述－也〕是取其易於辨認。

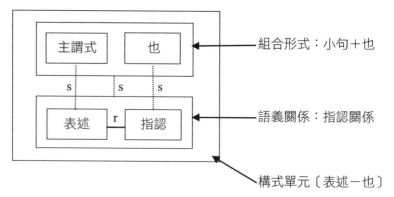

圖 2.3：「士誠小人也」構式圖

如前所述，「士誠小人也」由「也」收尾表示指認。它在形式層是以主謂式「士誠小人」和句末「也」相組合，分別鏈接到意義層的「表述」和「指認」，確立為構式〔表述－指認〕。主謂式的主語「士」納入「也」的指認範圍內。

　　另一方面，「舜，人也」是主謂式，主語「舜」鏈接到題旨，謂語「人也」則鏈接到具有指認意義的表述，如圖 2.4 所示：

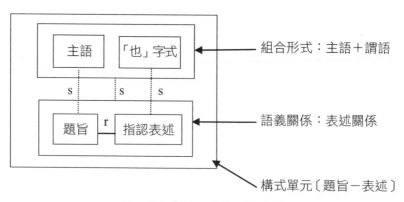

圖 2.4：「舜，人也」構式圖

形式層中的「也」字式鏈接的語義功能是「指認表述」，亦即帶有指認「也」的表述成分。主謂式的主語「舜」是「也」字謂語的表述對象，「也」的指認範圍僅止於謂語「人」。

以上透過激進構式語法圖示，解說單憑詞組律無法詮釋的兩種「也」字式如何取得一致的詮釋。圖示還表明語法的組合形式是透過語義關係層層建構的。「舜，人也」的組合是由句內的〔題旨－表述〕確立，「士誠小人也」的組合形式本身意義不完整，要憑藉高一層的題旨，亦即語境限定的「尹士對孟子的錯誤批評」，彼此形成〔題旨－表述〕關係，才會成為有意義的整體。

（二）構式的組合層次

句末語氣詞在小句的末尾。[16]「也」收尾的小句充當賓語時，「也」形式上居於主謂式末尾，但不註記謂語的語氣。再比較下面兩例中的「矣」：[17]

(3) 君子謂文公「其能刑矣，三罪而民服。詩云『惠此中國，以綏四方』，不失賞、刑之謂也」。（《左傳・僖公二十八年》）

(4) 及期而往，告之曰：「帝許我罰有罪矣，敝於韓。」（《左傳・僖公十年》）

---

16 本書以「小句」指稱具有表述性但充當較大組合形式之組成分子的語法單位。

17 兩例都轉引自楊永龍（2000: 23），我們根據楊伯峻《春秋左傳注》修訂了標點方式，同時增補上下文。例（3）見於第472頁。例（4）見於第335頁。

例（3）屬於〔君子謂某人 X〕的構式，引號標註發言的開始和結束，「君子謂文公」以下是發言內容，為史官對晉文公的評議。「君子謂文公其能刑矣」由「君子」和「謂文公其能刑矣」組成主謂式，謂語是言說動詞「謂」搭配主謂賓語「文公其能刑矣」；「其」複指文公，「矣」搭配「其能刑」註記史官的評估語氣。儘管「矣」在「謂」字句的末尾，但它所結合的謂語結構層級低於「謂」。

例（4）中的「有罪」指晉公子夷吾。已逝的晉太子申生對狐突顯靈，宣稱上天已經允諾懲罰夷吾，「矣」註記範圍是主謂式「帝許我罰有罪」，表明「上帝許可懲罰夷吾」為既成事實。[18]

再看下面一例：

(5) 齊人無以仁義與王言者，豈以仁義為不美也？（《孟子‧公孫丑下》）

此例見於楊永龍（2000: 24），同頁有「豈以仁義為不美也」層次分析圖：

豈 以仁義為不美 也〔M〕（〔M〕代表語氣要素）
━━━━━━━━━━━━━━━━
━━ ━━━━━━━━━ ━━

圖 2.5：「豈以仁義為不美也〔M〕」層次分析圖

圖中〔M〕是與反問副詞「豈」相配的「語氣要素」。楊永龍指出「以仁義為不美也」負載直陳信息,[19] 反問語氣由「豈」和不見於字面的〔M〕共同承擔,並且指出「漢語的語氣要素可以是語調,也可以是句尾語氣詞」（頁 24）。圖中的大寫字母 M 並非句尾語氣詞,應指「語調」。

　　由層次分析法為〔M〕定位,有利於解釋句末語氣詞的層次,但也揭露層次分析法的不足。簡單地說,反問語調伴隨著反問形式,應是依附在反問形式的音韻特徵;把〔M〕設定在更高的層級,是不是代表在反問之上還有另一反問成分?是不是合乎語言實情?

　　從激進構式語法的構式角度來看,音韻和句法屬性在形式層,與之鏈接的語義成分在意義層,若套用到「豈以仁義為不美也」,則如圖 2.6 所示:

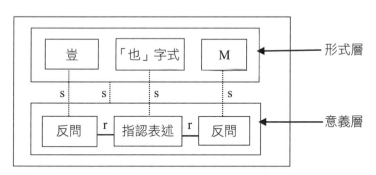

圖 2.6:「豈以仁義為不美也〔M〕」構式圖

圖 2.5 設定的語調〔M〕位在圖 2.6 的形式層,反問功能位在

---

19 楊永龍（2000）使用的術語是「陳述」,為了保持術語的一致性,這裡依照呂叔湘（2014）改稱為「直陳」。

意義層。意義層中的反問成分「豈」和語調〔M〕同步表示反問語氣，由於和「豈」屬於同一構式，不存在組合順序所導致的層級差異問題。

　　儘管與「豈」共現的語調〔M〕沒有保留在文字記錄，仍不妨透過現代口語的實況來推想：反問副詞「難道」是否必須伴隨著〔M〕，才成為反問句？現代反問副詞既可與〔M〕併用，也可以二者擇一。例（5）中「豈以仁義為不美也」固然可能是「豈」和〔M〕併用，也可能是「豈」單用。

　　圖 2.6 示意「豈」和〔M〕併用的組成方式。如果是反問副詞「豈」單用，組成方式應如圖 2.7 所示：

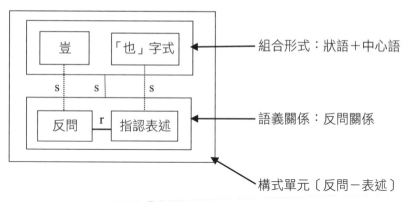

圖 2.7：「豈以仁義為不美也」構式圖

兩圖的區別在於「豈」是否伴隨著〔M〕出現：圖 2.6 是伴隨出現的情況，圖 2.7 是「豈」單獨表示反問。圖中「也」字式是帶有指認意義的表述成分，進入「豈」字式受到反問構式意義的約束；「也」字式亦為構式，「也」的指認功能僅止於構式內部相配的表述成分「以仁義為不美」，不及於高一層的反

問式。

　　例（5）中「齊人無以仁義與王言者」與「豈以仁義為不美也」由條件論斷關係組成，論斷項「豈以仁義為不美也」係針對條件項而提出，其中「也」字式搭配的主語「齊人」承上省略，完整形式為「豈齊人以仁義為不美也」。就組合先後而言，「齊人」先與指認語氣的「以仁義為不美也」組合，整個主謂式進入高一層的反問構式，如圖 2.8 所示：

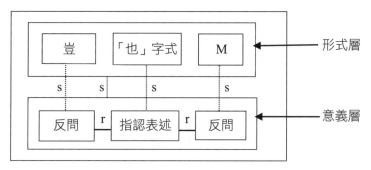

圖 2.8：「豈齊人以仁義為不美也〔M〕」構式圖

從圖 2.6 和圖 2.8 的比較可知，把「齊人」納入的結果是形式層中的表述改換為帶有指認語氣的主謂式，重要的是意義層的語義關係不變。

　　假使抽離語境，把「齊人豈以仁義為不美也」視為獨立句，那麼是由「豈以仁義為不美也」搭配題旨「齊人」，表述成分內部的語義關係如圖 2.6 所示。

　　最後還要補充一點。楊永龍（2000: 27）指出句末語氣詞共現，按照功能範疇而有組成的順序，依序是「直陳」＞「疑問」＞「反問」＞「感嘆」，反映結構層次之別。如果改由

構式的包含關係來說，那麼是感嘆包含反問、疑問或直陳，反問包含疑問或直陳，疑問包含直陳；感嘆位階最高，直陳位階最低。「豈以仁義為不美也」就是以直陳構式「以仁義為不美也」進入反問構式。

總之層次分析法對語法的闡釋可以轉換為激進構式語法的闡釋，而層次分析法潛藏的難題，可以從激進構式語法得到開解。

二、高層構式的聚合與組合

文篇語法憑藉語義關係闡述語言形式的組成，與傳統語法探討語法和語義的對應關係一脈相承，然而傳統語法偏重在不受句外條件影響的組合形式，帶句末語氣詞的小句和語境之間的關係並沒有得到充分的注意。文篇語法依循激進構式語法的思路，把語用和篇章功能都視為構式的語義屬性，語境制約的結構體就此納入先秦語法體系。這並不表示文篇語法排除傳統語法關注的詞和詞組，而是把語法範圍擴大。傳統語法透過聚合關係與組合關係論證詞和詞組是語法的基本單位，由小句連貫組成的複雜結構體乃至基本文篇都是語法單位，也可以從聚合關係與組合關係得到確認。

（一）高層構式的聚合

詞類為詞的聚合，構式類型為構式的聚合。由於單詞本身就是形式與意義的配對體，詞類並沒有被排除在構式的聚合關係外。倒是比詞組更大的構式如小句以及小句合成體是否也存在聚合，攸關文篇語法成立的正當性。

　　聚合關係源自組合關係，凡是在組合中行使相同功能的詞就自然聚合為相同詞類。例如主謂式的謂語、述賓式的述語基於表述功能而聚合為動詞，註記事理邏輯的成分基於連接小句的功能而聚合為連詞。層級更高的構式同樣可以從組合關係歸納出聚合關係。例如以行為者主語搭配表述其行為活動的普通動詞組成的句子固定用於敘述文篇而形成「行為句」的聚合，帶言說主觀成分的主題句固定用於評議文篇而形成「表態句」的聚合；表態句个用於敘述事件，行為句不用於表明立場與態度——這是從文篇類型歸納出來的句式的聚合。

　　句式類型和文篇類型之間的對應並不是出自語法研究者的規定，而是歸納自語言實例。古代歷史書寫分為「記言」與「記事」，《春秋經》屬於「記事」，且看魯隱公元年的經文如何記事：

(6) 元年春王正月。三月，公及邾儀父盟于蔑。夏五月，鄭伯克段于鄢。秋七月，天王使宰咺來歸惠公、仲子之賵。九月，及宋人盟于宿。冬十有二月，祭伯來。公子益師卒。（《春秋經‧隱公元年》）

經文記載了同年發生的六件大事，即魯隱公及邾儀父在蔑地會盟，鄭莊公在鄢地攻克共叔段，周平王派遣宰咺來致贈惠公、仲子的助喪物資，魯人及宋人在宿地會盟，祭伯來到魯國，公子益師辭世，都是以普通動詞謂語搭配屬人主語表述事件發生，其中五件事使用行為句。[20]

---

20 最後一句「公子益師卒」的「公子益師」不是行為者，因此這個

再看《左傳》記言之例：

(7) 祭仲曰：「都，城過百雉，國之害也。先王之制：大都，不過參國之一；中，五之一；小，九之一。今京不度，非制也，君將不堪。」公曰：「姜氏欲之，焉辟害？」對曰：「姜氏何厭之有？不如早為之所，無使滋蔓！蔓，難圖也。蔓草猶不可除，況君之寵弟乎？」公曰：「多行不義，必自斃，子姑待之。」（《左傳・隱公元年》）

例（7）記載鄭莊公和祭仲的對話。祭仲指出分封城邑的大小超過先王制度，將帶來災難，他指的是莊公把京城分封給弟弟共叔段的事。莊公說母親武姜要這樣，不可能避掉禍害。祭仲說武姜的貪欲沒有止境，不如趁早處置共叔段，以免到最後如蔓草一般不可收拾。莊公說不合道義的事情做多了，必將自我毀滅，要祭仲耐心等著看。兩人的發言都是評議性質，不用行為句。再請比較：

(8) 初，鄭武公娶于申，曰武姜，生莊公及共叔段。莊公寤生，驚姜氏，故名曰寤生，遂惡之。愛共叔段，欲立之。亟請於武公，公弗許。（《左傳・隱公元年》）

例（8）揭露鄭莊公出生時難產，讓武姜受到很大的驚嚇而憎

句子不是行為句，而是由普通動詞充當謂語表述事件發生的事件句。相關討論見於下文。

惡他，多次請求鄭武公改立共叔段為太子，武公並沒有答應。
與前一段對話相反，這段記載使用行為句敘述事件始末。

　　根據文獻語言表現歸納出來的高層構式聚合如表 2.3：

表 2.3：句子、小句合成體與篇章的聚合

聚合類型	聚合成分
描寫	描摹空間物象或空間存現之動態的主謂式
	描寫類主謂式以並列關係組成的合成體
敘述	行為者主語與表述其行為活動的謂語組成的主謂式
	行為類主謂式以時間關係組成的事件合成體
評議	使用言說主觀成分表態的主謂式
	表態類主謂式以虛說事理如假設、轉折等組成的合成體
說明	陳說事實或鋪排流程的主謂式
	說明類主謂式以並列或現實因果關係組成的合成體

左欄是四種基本文篇類型。每一種類型的聚合成分包括句子和
小句合成體。以下按照類型舉例。

　　描寫類型的聚合成分包括描寫類的主謂式及並列合成體。
例如：

(9) 子之燕居，申申如也，夭夭如也。（《論語‧述而》）

(10) 公曰：「請問，委蛇之狀何如？」皇子曰：「委蛇，
　　 其大如轂，其長如轅，紫衣而朱冠。其為物也，惡聞
　　 雷車之聲，則捧其首而立。見之者殆乎霸。」（《莊
　　 子‧達生》）

(11) 庖丁為文惠君解牛，手之所觸，肩之所倚，足之所履，

膝之所踦，砉然嚮然，奏刀騞然，莫不中音。（《莊子‧養生主》）

描寫類型的主語是被表述的題旨。例（9）以描寫性的「申申如」、「夭夭如」描繪孔子家居的樣子。例（10）中「其大如轂，其長如轅，紫衣而朱冠」比況「委蛇」外貌──身軀粗如車輪中心的圓木、長如車前架在馬上的直木，顏色好比穿紫衣戴紅冠；「惡聞雷車之聲，則捧其首而立」意思是委蛇厭惡如雷般的車聲，一聽見就昂首而立──昂首而立的習慣性行為形容牠對車聲的嫌惡。此例是以刻劃委蛇動靜的平行表述搭配題旨組成主謂式。

　　描寫大都以平行鋪排的方式展開。例（11）透過「所」字與「之」字構式，將解牛行為中手的觸摸、肩的斜倚、腳的踩踏及膝的抵剌等加以指稱化，原本在現實世界順時發生的事件就此被轉化為無時間性的動態存現，搭配形容解牛行為聲響的「砉然」、「嚮然」，組成主謂式；其後聚焦在「奏刀」上，搭配形容用刀聲響的「騞然」組成主謂式。

　　敘述類型的聚合成分包括行為者主語搭配表述其行為的謂語所組成的行為句，以及行為句按照事件發生時間連貫組成的因果合成體。例如：

(12) 楚武王侵隨，使薳章求成焉，軍於瑕以待之。（《左傳‧桓公六年》）

(13) 鄭人有且置履者，先自度其足而置之其坐，至之市而忘操之，已得履，乃曰「吾忘持度」，反歸取之，及反，市罷，遂不得履。（《韓非子‧外儲說左上》）

敘述類型的主謂式是行為句。例（12）以楚武王和他所主導的事件組成行為句。例（13）中的「鄭人有且置履者」是行為者，出發前先用尺量腳，到市集發現尺忘了帶，又回去拿，再到時市集已散，表述事件的小句按照事件發生的順序鋪排，敘述鄭人買鞋不成的歷程。

評議類型的聚合成分包括帶有言說主觀成分的主謂式，以及表示虛說事理的假設或轉折合成體。例如：

(14) 公曰：「多行不義，必自斃，子姑待之。」（《左傳・隱公元年》）

(15) 子游曰：「吾友張也，為難能也，然而未仁。」（《論語・子張》）

(16) 孟子曰：「養心莫善於寡欲。其為人也寡欲，雖有不存焉者，寡矣；其為人也多欲，雖有存焉者，寡矣。」（《孟子・盡心下》）

評議的主謂式帶言說主觀成分。例（14）中「多行不義，必自斃」的「必」是出於發言者的認識。例（15）中的「為難能也，然而未仁」表述子游對子張的評價，「也」註記的指認語氣及「然而」的轉折意味揭示子游的立場。例（16）的預設是欲望的多寡與本心善性的保存成反比，欲望越多，本心善性保存得越少，反之則越多。此例就著預設「養心莫善於寡欲」從正反兩面進行條件論斷。「寡欲」引起的預期是保有本心善性，由「雖有不存焉者」提出有違預期的條件，接著論斷其機率小，從反面強化預設立場。「多欲」以下按照相同的條理進行論斷。「雖」是提起虛說的成分，「矣」註記評估語氣。

　　說明類型的聚合成分包括不帶言說主觀成分的主謂式，以及並列、現實因果組成的小句合成體。例如：

(17) 德行：顏淵、閔子騫、冉伯牛、仲弓；言語：宰我、子貢；政事：冉有、季路；文學：子游、子夏。（《論語・先進》）

(18) 公問羽數於眾仲。對曰：「天子用八，諸侯用六，大夫四，士二。夫舞，所以節八音而行八風，故自八以下。」（《左傳・隱公五年》）

　　例（17）說明孔門四科「德行」、「言語」、「政事」、「文學」各科的代表人物。例（18）是眾仲向魯隱公說明，萬舞的人數每列八人，天子用八列，諸侯用六列，大夫用四列，士用兩列；萬舞係以八種樂器對應八方的風，所以至多八列。孔門四科及萬舞人數的說明都是並列鋪排表述成分，萬舞編制由來的說明則是現實因果。

　　由此可見小句合成體一如詞組，是基於內部成分的性質及規約的連貫方式對應到不同的功能類型，歸併為某種語法上的聚合。

（二）高層構式的組合

　　語法成分按照線性順序排列，但是組成先後卻不完全按照線性序列所顯現的次第。最簡單的主謂式為題旨和表述組成的單層結構，即如例（6）中的「祭伯來」所示。若題旨或表述本身也是合成結構體，自然形成多層次的組合。如「孟子見梁惠王」是兩層的組合，先由「見」與「梁惠王」組成述賓式，

再與「孟子」組成主謂式。「鄭伯克段于鄢」是「鄭伯」與「克段于鄢」組成的主謂式，較低一層的「克段于鄢」由「克段」和「于鄢」組成，「克段」為述賓式，「于鄢」為介賓式，共有三個層次。

小句合成體的結構比單句複雜，高度繁複的組合如第一章例（3）和例（16）在先秦文獻比比皆是，若不是對組成方式有所預期，則難以掌握整體意義。第一章第二（一）節提到從多層次結構體歸納出來的幾種小句合成模式應是先秦語法體系規約的編碼模式，也是解碼的優選模式，對小句合成體組成的預期乃至整體意義的掌握，是根源於模式一再被套用。

又先秦文獻中複雜結構體的最高層往往不是主謂式，就是並列式，亦為合成模式的套用。以主謂式為最高層構式之例如前所舉例（12）和（13），主謂式下位的三種組成方式的解說見於第一章第二（一）節例（12）到（15）。並列式為最高層構式之例則如第三章第三（二）節例（23）到（30）所示。

如果著眼於結構的層次性，語法成分都是由小而大層層組成。但若是就合成模式的慣性套用來設想，那麼高層構式之於其內部組成分子的語義限定也很可能在複雜的小句合成體生成過程中起到某種作用。試比較：

(19) 大人者，言不必信，行不必果，惟義所在。（《孟子·離婁下》）

(20) 公都子曰：「滕更之在門也，若在所禮，而不答，何也？」孟子曰：「挾貴而問，挾賢而問，挾長而問，挾有勳勞而問，挾故而問，皆所不答也。滕更有二焉。」（《孟子·盡心上》）

例（19）是輻射型主謂式，以題旨「大人者」充當主語，後續
三個並列的表述是謂語。例（20）底線標示的部分是網收型主
謂式，由五個平行的「而」字式並列為主語，搭配謂語「皆所
不答也」。

　　就信息合成的角度來說，並列關係的構式在高層主謂式的
限定下，自由充當謂語或主語，相當於主謂式內部的成分填入
或替換。下面沿用激進構式語法圖示提出解說。例（19）中的
並列式充當謂語，如下圖所示：

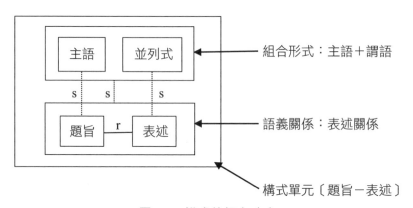

圖 2.9：構式的組合（I）

圖 2.9 顯示，例（19）是並列式進入主謂式的謂語位置，取得
構式之符號鏈接所賦予的表述功能。例（20）則是並列式進入
主謂式的主語位置取得題旨功能，如圖 2.10 所示：

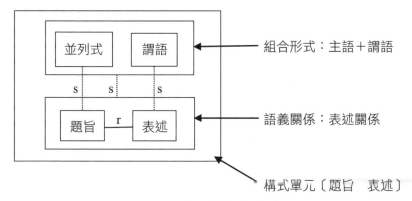

圖 2.10：構式的組合（II）

　　例（19）和（20）中並列成分進入〔題旨－表述〕的某個語法位置，被賦予該位置鏈接的語義功能。這種現象形同在主謂式內部填入並列成分或以並列成分替換單一成分。雖然主語或謂語隨著並列成分的填入而擴展，主謂式意義層的表述關係都將確保構式意義維持不變。

　　構式內部的語義關係是固定的，不隨著組成分子的變動而變動；組成分子則是可變動的，圖 2.9 和 2.10 清楚對照出並列成分填入主謂式的情形。主謂式的表述關係不因為並列成分填入主語或謂語位置而改變，這種組成特性對不由形態標示結構的先秦文獻語言來說，極具關鍵性。如果由第一章第一（二）節所說「語義完形」作解釋，那麼例（19）和（20）是以表述關係為高層構式的語義完形，足以限定或制約內部成分的功能。

　　構式都有自身的功能屬性，進入上一層構式充當組成分子時，通常會維持原功能屬性。例如定中式進入上一層定中式充當中心語，原有的指稱功能維持不變；或如述賓式進入上一層

主謂式充當謂語，仍然維持原本的表述功能。只是也有可能受到上一層構式的限定，致使原有功能屬性發生變化。若定中式充當上一層定中式的定語，自然會失去指稱功能；若是述賓式充當主謂式的主語，原本的表述功能即便不完全喪失，至少會被壓抑到不足以獨立表述的程度。例（20）中的五個並列成分都是以「而」連接兩個表述成分組成，在主謂式充當主語而失去獨立表述功能。[21]

　　高層構式的穩定性可以確保複雜的結構體不致因低層成分數量過多或其功能屬性與上層構式的語義限定不一致而造成混亂。高層構式的語義制約，確保複雜結構體的意義整體性，正是缺乏形態的先秦語法體系賴以成立的基石。

　　先秦複雜結構體大都以主謂式或並列式為高層構式，加上套用特定合成模式的傾向，無論結構多麼複雜，都有一定的可預測性。下面以具體例證來闡述。在此之前先簡化圖示，以利後續討論。

　　圖 2.9 和 2.10 是仿照 Croft and Cruse（2004: 285）繪製，適合凸顯構式的形式層與意義層的符號鏈接，但不適合展現多層次結構體的組成方式。圖 2.11 是為了顯示多層次組合而繪製的簡化圖示：

---

21 這裡的重點在「獨立表述」。「而」字構式本身具有表述性，即便充當主語，也不見得全然丟失表述意義。重要的是當「而」字構式充當主語時，就會由符號鏈接取得指稱功能，本身的表述意義便隱沒在指稱的背後。

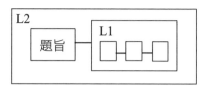

圖 2.11：多層次的組合（Ｉ）

圖 2.11 示意例（19）中不同層次的構式。內外方框的左上角由「L2」、「L1」代表層級，數字越大，意味著結構的層級越高。L1 內部方框代表並列的成分，相當於圖 2.9 中「並列式」的三個並列成分，橫槓表示互相組合，不加語義標籤，以利精簡。L2 是主語和謂語的組合，以其中一個成分的名稱代表整個構式。圖 2.11 以「題旨」代表〔題旨－表述〕，下面圖 2.12 中 L6 以「表述」代表〔題旨－表述〕。

　　簡化的圖示更適合展現複雜結構體的層次乃至語義關係。第一章第二（一）節例（16）是多層次的複雜結構體，可由此觀察成分的層級關係。重行舉出如例（21），以利討論：

(21) 王如施仁政於民，省刑罰，薄稅斂，深耕易耨；壯者以暇日修其孝弟忠信，入以事其父兄，出以事其長上，可使制梃以撻秦楚之堅甲利兵矣。（《孟子・梁惠王上》）

例（21）包含主謂式、並列式、條件式三種合成模式，條件式又包含條件論斷及假設論斷兩種小類，[22] 組成至少六個層次的

---

22 本書按照標記使用狀況，將條件式分為「條件論斷」、「條件推論」、「假設論斷」、「假設推論」四小類。如果前後兩項隱含

複雜結構體，如下頁圖 2.12 所示。

與圖示相應的文字說明如下：

① L6 主謂式：主語為「王如施仁政於民，……出以事其長上」，搭配謂語「可使制梃以撻秦楚之堅甲利兵矣」。

② L5 主謂式：主語為「王」，搭配謂語「如施仁政於民，……出以事其長上」。

③ L4 假設論斷式：假設項「如施仁政於民」，搭配論斷項「省刑罰，……出以事其長上」。

④ L3 並列式：兩個條件論斷式「省刑罰，薄稅斂，深耕易耨」和「壯者以暇日修其孝弟忠信，入以事其父兄，出以事其長上」平行組成。

⑤ L2-1 條件論斷式：條件項「省刑罰，薄稅斂」，搭配論斷項「深耕易耨」。

⑥ L2-2 條件論斷式：條件項「壯者以暇日修其孝弟忠信」，搭配論斷項「入以事其父兄，出以事其長上」。

⑦ L1-1 並列式：「省刑罰」平行搭配「薄稅斂」。

⑧ L1-2 並列式：「入以事其父兄」平行搭配「出以事其長上」。

條件關係卻不使用標記，屬於條件論斷式。後項使用推論標記「則」而前項不使用標記，屬於條件推論式。前項使用假設標記「如」、「若」等，後項不使用標記，稱作假設論斷式。前後項均使用標記，稱作假設推論式。詳見第四章第二（三）節。

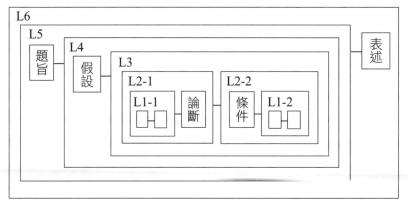

L6：〔題旨 L5－表述〕　　　L5：〔題旨－表述 L4〕　　　L4：〔假設－論斷 L3〕
L3：〔並列 L2-1－並列 L2-2〕　　L2-1：〔條件 L1-1－論斷〕　　L2-2：〔條件－論斷 L1-2〕
L1-1：〔並列－並列〕　　　　L1-2：〔並列－並列〕

圖 2.12：多層次的組合（Ⅱ）

圖 2.12 由上而下切分出六層構式，「入以事其父兄」、「出以事其長上」還可以由條件關係予以拆解，但無關宏旨，不再細分。

　　若單憑圖示，實在難以想像如何由左到右順序地理解不同層級的構式間的語義關係。不過從實際的閱讀經驗求證，我們往往會在線性推進過程中持續辨認能夠促進解碼的語流模型或組織策略。由於主謂式是先秦辨識度最高的兩種構式之一，很容易在慣性的驅動下由主謂關係得到整體的理解。

　　第一章第二（一）節圖 1.10 即是凸顯雙重主謂式：

圖 1.10：小句合成圖解（Ⅳ）

圖 1.10 框出兩層主謂式，即圖 2.12 中的 L6 和 L5。有別於圖
2.12 不分主次地列出小句以上的每一層構式，圖 1.10 以框線
標顯結構體上層的主謂式，更加符合閱讀理解經驗。然而此圖
未能顯示小句合成體中段的多重事理關係。以下將兩圖示整併
為圖 2.13：

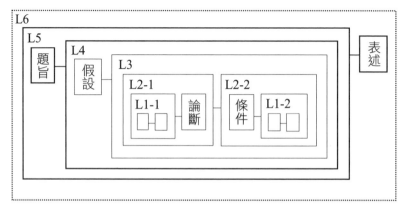

圖 2.13：多層次的組合（III）

圖 2.13 以粗黑外框標示 L6 和 L5 兩層的語義關係，示意在閱
讀理解的過程中，除了按照語流的線性順序為同層級的成分解
碼，也從高層構式為整個合成體進行解碼。

　　以高層構式解碼的設想有旁證可為支持。並列式是主謂式
以外另一個具優勢的高層構式，而文獻證據顯示，並列的條件
關係構式被賦予類推意義。例如：

(22) 故木受繩則直，金就礪則利，君子博學而日參省乎
　　 己，則知明而行無過矣。（《荀子‧勸學》）

(23) 離婁之明，公輸子之巧，不以規矩，不能成方圓；師

曠之聰，不以六律，不能正五音；堯舜之道，不以仁
政，不能平治天下。（《孟子・離婁上》）

例（22）由三個條件推論式〔X則Y〕並列組成。例（23）則
是由三個無標記的條件論斷式並列組成，論斷成分都是〔不以
X，不能Y〕。條件式的組合形式不同，但高層構式相同，都
是並列類推式。

　　例（22）中第三個並列成分「君子博學而日參省乎己，則
知明而行無過矣」是抽象的事理推論，本身的道理不容易得到
證明，然而與物理世界實存的「木受繩則直」、「金就礪則
利」並列，形成類推關係，即取得某種印證。例（23）也是以
並列推演事理。「堯舜以仁政平治天下」並不必然推導出「堯
舜不以仁政，不能平治天下」，但因為與「離婁、公輸子不以
規矩，不能成方圓」、「師曠不以六律，不能正五音」的現實
類比，就得到支持。

　　圖 2.14 是例（22）的簡化圖示：

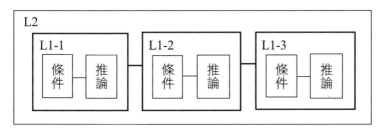

圖 2.14：多層次的組合（IV）

此例有兩層事理，L2 是三個並列成分，L1 中的成分由條件推
論關係合成。L2 中三個方框加粗，標示概念上具有顯著性。

亦即三個並列成分的語義關係並不止於語法地位相當之成分的散行鋪排，實有構式賦予的類推意義。援例設想例（23）則應包含三層方框，最高層 L3 是由三個互有類推關係的並列式組成，L2 中每一個並列的成分都是條件論斷式，L1 論斷成分是〔不以 X，不能 Y〕。[23]

　　表 2.2 顯示，詞組的形式與意義配對種類很有限，複雜的詞組都是經過多層次組合產生。同樣地，小句合成體的形式與意義配對種類也很有限，然而層層組合就衍生出無窮的形式變化。

（三）小句合成模式的真實性 [24]

　　小句憑藉語義關係組成結構體，統攝於 Chafe（1979）所說的「語流模型」或者 Longacre（1979）所說段落組織策略之類的高層合成模式。

　　劉承慧（2009）分析現代長句子的組成方式，歸納出五種不斷被套用的小句合成模式。劉承慧（2010b）在此基礎上觀察先秦傳世散文中的小句合成實例，發現古今漢語不但有許多共通之處，[25] 也有重大差異。例如現代規約為轉折的內容，在先秦文獻傾向採取無標記的平行對比：

　　(24) 今有無名之指，屈而不信，非疾痛害事也，如有能信
　　　　 之者，則不遠秦楚之路，為指之不若人也。（《孟子‧

---

23 以高層並列式進行事理類推，在先秦文獻很常見。《孟子》之例
　　請參閱劉承慧（2017b）。
24 本小節舉例及分析轉引自劉承慧（2010b），不一一註記。
25 古今共享小句合成模式的具體例證，請參閱劉承慧（2010b）。

告子上》）

(25) 現在有人，他無名指彎曲而不能伸直，雖然不痛苦，
也不妨礙工作，如果有人能夠使它伸直，就是走向秦
國楚國，都不以為遠，【而去醫治，】為的是無名指
不及別人。（楊伯峻《孟子譯注》第 247-248 頁）[26]

例（24）利用指認的「也」字式「非疾痛害事也」、「為指之
不若人也」形成正反對比。例（25）是《孟子譯注》的語體文
翻譯，添加「雖然」顯示讓步關係，同時把意動的小句「不遠
秦楚之路」拆解開來，改為假設論斷關係的「就是走向秦國楚
國，都不以為遠」。譯文根據現代的小句合成模式作了相當的
改動，把原本寬鬆的平行對比翻譯為多重事理的推演。

　　語法體系規約高層結構體的真實性，不僅可以從古今漢語
共享小句合成模式印證，也可以從古今的合成模式有所區別來
印證。讓我們以例（26）再次確認古今差異是真實存在的：

(26) ??? 現在有人，他的無名指彎曲而不能伸直，並非病
痛造成什麼妨礙，如果有人能夠使它伸直，就是走向
秦國楚國都不以為遠，是無名指不及別人。

此例是仿照《孟子》原文之平行對比形式所自擬的翻譯，前面
加上三個問號，表示即便不是全然無法理解，也是嚴重地違反
現代語感。[27]

---

26 此例轉引自劉承慧（2010b: 145），不過楊伯峻《孟子譯注》之
標點及頁碼均依據本書引用文獻所列版本修訂。下例亦同。
27 我們認為現代最貼近的組合方式應是「現在有人，他的無名指彎

　　正反對比在現代漢語常用轉折標記註明它的事理歸屬，但在先秦卻多半只是正與反的並列。類似差異還可以從《孟子譯注》中其他章節的語體文翻譯得悉：

> (27) 梓匠輪輿能與人規矩，不能使人巧。（《孟子・盡心下》）
>
> (28) 木工以及專做車輪或者車箱的人能夠把制作的規矩準則傳授給別人，卻不能夠使別人一定具有高明的技巧，【那是要自己去尋求的。】（楊伯峻《孟子譯注》第 302 頁）
>
> (29) 古之為關也，將以禦暴；今之為關也，將以為暴。（《孟子・盡心下》）
>
> (30) 古代的設立關卡是打算抵禦殘暴，今天的設立關卡卻是打算實行殘暴。（楊伯峻《孟子譯注》第 303 頁）

　　例（27）、（29）都是並列式。前者以「能」與「不能」對舉，後者以消極作為的「禦暴」和積極行動的「為暴」對舉。譯文都用轉折標記「卻」，如例（28）、（30）所示。

　　此外《孟子》有一種表示「通性與特例」對比的組合模式，現代漢語也傾向用轉折標記註明：

> (31) 萬取千焉，千取百焉，不為不多矣。苟為後義而先利，不奪不饜。（《孟子・梁惠王上》）

曲而不能伸直，並非病痛造成什麼妨礙，是無名指不及別人，如果有人能夠使它伸直，就是走向秦國楚國都不以為遠」。然而這種組合已偏離原句的組合方式，只是內容相近而已。

(32) 在一萬輛兵車的國家中，大夫擁有兵車一千輛；在一千輛兵車的國家中，大夫擁有兵車一百輛；這些大夫的產業不能不說是很多的了。但是，假若輕公義，重私利，那大夫若不把國君的產業奪去，是永遠不會滿足的。（楊伯峻《孟子譯注》第 2 頁）

(33) 好名之人，能讓千乘之國；苟非其人，簞食豆羹見於色。（《孟子・盡心下》）

(34) 好名的人可以把有十輛兵車國家的君位讓給別人，但是，若不是那受讓的對象，就是要他讓一筐飯，一碗湯，他那不高興神色都會在臉上表現出來。（楊伯峻《孟子譯注》第 304 頁）

(35) 五穀者，種之美者也；苟為不熟，不如荑稗。（《孟子・告子上》）

(36) 五穀是莊稼中的好品種，假若不能成熟，反而不及稊米和稗子。（楊伯峻《孟子譯注》第 252 頁）

例（31）、（33）、（35）都是歸納出某種通性，再用「苟」提舉特例，進行論斷。例（32）、（34）、（36）是《孟子譯注》的語體文翻譯，使用轉折標記「但是」或「反而」註記另有歧出於通性的特殊狀況。[28]

　　就《孟子》的語言來看，無論是正反對比，或通性與特例對比，都傾向由並列式表示，《孟子譯注》的翻譯按照現代語法的規約，由「卻」、「但是」、「反而」等把鬆散的平行

---

28 例（36）用「反而」翻譯，若是比照例（32）和（34）用「但是」，可以改譯為「五穀是莊稼中的好品種，但是如果不能成熟，就不及稊米和稗子」。

對比更改為轉折事理。近似概念由不同的合成模式編碼,反映出語法體系對意義與形式配對的限定;即便古今漢語有語源關係,仍隨著歷史語言變遷而浮現出上述的分歧。這種分歧正如古今共享的小句合成模式,反映出比句子層級更高的結構規約真實地存在於語法體系。

三、基本認知概念的構式化

　　語言傳達的內容是無限的,然而組織內容的方式受到語法體系限定,反映在各層級構式的組合與聚合。詞組與小句合成體是組成的產物,屬於尚未進入言語活動的組合形式。那麼組合形式如何實現為語體?

　　文篇語法為組成到實現設定了中間階段,稱為「基本文篇」。基本文篇包含四種構式,是由各層級組合形式按照語義特徵區劃出來的,如表 2.4 所示:

表 2.4:基本文篇構式

構式	主要表述成分及句式		小句連貫方式
敘述	普通動詞謂語	行為句	時間推進
描寫	名詞、形容詞謂語	主題句、並列句、隱喻句	空間並置
評議	情態動詞謂語	表態句、虛說的事理關係句	假設論斷、轉折
說明	名詞、動詞謂語	主題句、並列句、現實因果句	並列、現實因果

　　敘述的概念特徵是時間流動,普通動詞將時間的動態概念內化為詞彙意義,是建構敘述文篇的主要成分。普通動詞搭配

行為者主語組成動態行為句，表述順時發生的因果事件，即為敘述文篇。描寫的概念特徵是空間存有，描寫文篇源自對空間存有物的命名與描摹，名詞和形容詞為主要表述成分。名詞和形容詞謂語以描寫對象為主語，組成主題句，由並列關係模擬物象在空間中平行並置，由隱喻將抽象內容具體化，即為描寫文篇。敘述和描寫以時間性和空間性表述相對立。[29]

　　評議在實義成分組成的表述意義上揭露發言立場與態度，形塑出有別於時空概念的另一種類型。評議使用帶言說主觀成分的主題句，即「表態句」；表態句以及假設、轉折等虛說的事理關係句都屬於評議文篇的常規組合形式。

　　說明釐析現實世界中的條理，例如相關現象的羅列、施行步驟的鋪陳及實存原因和結果的呈現等。這些內容並非與時空概念無關，只是不像敘述或描寫「重現」（represent）存於時空中的動靜消息，而是揭示蘊含於其中的某種理路。說明文篇所使用的表述成分包括普通動詞，然而不搭配行為者主語，因此不是行為句；說明中的因果如「齊侯好內，多內寵」，是事理邏輯的組合，而非動態事件的組合，有別於敘述。說明像描寫不用行為句和表態句，以主題句為主要句式，但描寫與空間概念的淵源是說明所欠缺的，而說明涉及的現實因果事理不屬於描寫。說明以「不揭露言說自我」和評議相對立。

　　基本文篇只限於〔＋時間〕、〔＋空間〕、〔＋言說主觀〕、〔－言說主觀〕特徵區劃的敘述、描寫、評議、說明四種類型，正如詞組只有五種關係，是語法體系以簡馭繁的本質

---

29 時間性是動態表述的特性。如果概念是動態的，但以不具時間性的指稱化成分表出，就是憑藉語法手段轉化概念的性質。詳見下文。

使然。

　　基本文篇根源於普遍的認知概念，下面將以四個認知圖示呈現其對立。先看敘述。Langacker（1991: 213-216）指出由語言表達動態事件，攸關編碼的「選擇」（selection）。任何動態事件都可以從不同參與者的角度進行編碼。程序是從事件相關的「互動網絡」（interactive network）提取特定參與者所涉入的力的傳遞線索，亦即「行為鏈」（action chain），再從中切割出某個「表述域」（scope of predication），經過「剖析」（profiling）體現為某個動詞，完成語言編碼。

　　例如下面兩個句子出自不同的編碼角度：

(37) Floyd swung the hammer, thereby destroying the glass.

(38) The glass shattered from Floyd's hammer-blow.

兩例都引自 Langacker（1991: 214），是同一個表述域的概念經過不同角度的剖析編碼而成，體現在動詞的選擇——前者以 "swing" 指涉 Floyd 的行為活動，後者則以 "shatter" 指涉玻璃杯碎散一地的結果。Floyd、玻璃杯、槌子的語義角色全都取決於動詞。

　　按照 Langacker 的背景解說，事件起因於 Floyd 的妹妹 Andrea 整個上午不斷取笑他，他盛怒之下拿起一把槌子揮舞，打碎了 Andrea 最心愛的玻璃杯，玻璃碎片四散，其中一片劃傷她的手臂。媽媽趕過來關切，Andrea 說 "Floyd broke the glass"——Andrea 從她提取的行為鏈切割出一個表述域，剖析為 "break" 指涉的義涵。這同時例（37）和（38）指涉的動態面向乃至更多如 Andrea 所引起騷亂的責任、她的手臂受

傷流血等，都已經被排除在編碼的選擇之外。

　　上述編碼過程含括互動網絡、行為鏈、表述域、剖析四個階段，Langacker 以四個圖示呈現。其中行為鏈圖示拆解力的傳遞過程，與敘述文篇中的事件推進過程很類似，這裡比照繪製敘述文篇圖示：

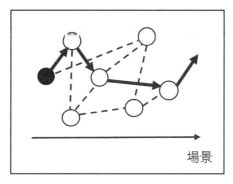

圖 2.15：事件敘述

此圖示意力的動態傳遞。上半部依據 Langacker（1991: 215）圖 2（b）「行為鏈」而有所調整。圓形代表事件，其間由箭號連成的敘述主軸是模擬事件順時推進的動態歷程，虛線代表有關聯卻未被劃入表述域的動態面向；與原圖不同之處是以實心的圓形標註力的起點，顯示行為者具有驅動的責任，此外在行為鏈的下方添加一道時間軸，顯示力的傳遞順時推進。[30]

---

30 Langacker 原圖示之 2（b）是四個連續的圖示之一。他以四個連續的圖示拆解現實世界發生的連續動態，找到相應於某個動詞指涉的剖析概念，完成編碼選擇。圖 2.15 由行為鏈示意動詞如何串接為模擬時間推進之動態歷程的敘述，箭號所代表的順時推進的動態是重要的，與此相應的是我們在底部添加的時間軸。

　　敘述文篇由行為句按照事件發生時間依序鋪排，行為者是引發動態因果的責任者。第二（一）節例（12）和（13）中的責任者是楚武王和買鞋的鄭人。動態歷程可能涉及多個行為者，如第一章第二（三）節例（37）記載鄭國報復衛國入侵，即同時出現多個行為者。[31] 圖 2.15 僅示意單一行為者所引發的前因後果歷程，多個行為者引發的因果涉及多線索的動態歷程，不適合由簡單的圖示呈現，但力的傳遞概念一致。

　　其次討論描寫文篇。如果是以空間物件為表述對象，按照空間中的相對位置如上下、前後或內外等，把它們平行連貫起來，透過「隱喻」（metaphor）將抽象的內容具體化，[32] 就成為描寫：

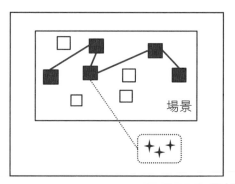

圖 2.16：物件描寫

圖 2.16 場景內的小方塊代表空間中的物件，實心方塊代表被選取的描寫對象，實線代表關聯性。物件是取其廣義而言，包

---

31 其他敘述之例請參閱第五章第一節。
32 這裡的「隱喻」翻譯認知語義學的 "metaphor"，與修辭格區別的「明喻」、「暗喻」（隱喻）無關。

含具體的人事物及抽象的情況。如果描寫內容抽象，就借助隱喻使其具體化。從場景向外延伸的虛線代表隱喻投射，實心方塊是本體，場景外的虛線方框為喻體。

圖 2.16 比照圖 2.15，以利區別敘述和描寫的差異。事件敘述涉及特定行為者驅動某個起點事件的發生，從而引起一連串事件順時推進的因果歷程。空間物件存於共時平面，描寫將存在物連同彼此的關聯性勾勒出來。

描寫用名詞和形容詞，或者性質相當的成分，如相當於名詞的指稱化成分、相當於形容詞的隱喻成分。第二（一）節例（11）借助結構助詞「之」和「所」，將解牛當下的行為轉化為無時間性的指稱「手之所觸，肩之所倚，足之所履，膝之所踦」，組成並列式題旨，搭配狀聲的「砉然」、「騞然」以模擬行為發出的聲響。第六章第五節例（49）以「玄鶴」聚集舞蹈以及「玄雲」引起大風大雨隱喻「清徵」和「清角」帶給聆聽者的精神震撼，也是描寫。

上面兩個例子都不是樸素的描寫。樸素的描寫之例如《左傳‧昭公十二年》以名詞並列描寫楚靈王的衣飾——「王皮冠，秦復陶，翠被，豹舃，執鞭以出」，在先秦傳世散文是罕見的。大段描寫集中於《莊子》。[33]

空間認知和時間認知具有普遍性，語言中亦有對應的語法成分。「時間」對應著行為句順時推進組成的敘述文篇。「空間」對應著主題句模仿人事物之存在的平行鋪排而組成的描寫文篇。單純的敘述和描寫無關乎人與人的交際往來。[34]

---

33 有關《莊子》描寫文篇的舉例與討論請參閱第一章第二（三）節例（35）和（36）以及第五章第一（二）節例（42）和（43）。

34 儘管敘述和描寫的核心概念是時間與空間，但發言者可以在其中

與人際互動對應的語言形式經常帶有表明發言立場與態度的成分，是源自人我有別的自覺。若伴隨著信息傳送表態，即為典型的主觀評議，如圖 2.17 所示：

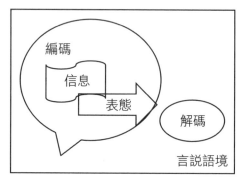

圖 2.17：主觀評議

圖 2.15 和 2.16 著眼於時空場景，圖 2.17 則著眼於交際實況。左邊的發言圖形代表編碼的一方，右邊的橢圓形代表解碼的一方。評議使用各種言說主觀成分表明自我的立場與態度。

評議文篇用於表態，發言者在發送信息的同時也揭露立場與態度。下一節例（39）顯示言說主觀其實有兩層，分別屬於基本文篇和語體。此外特定的語體有專屬的言說主觀成分，亦留待下一節討論。

在目的性的言語活動中有兩種相反的表現形式，或者使用言說主觀成分揭示自我的立場與態度，或者不使用言說主觀成分以避免表露自我。後者為事況說明：

展現自我情意。這種展現相當於「抒情」。抒情文和基本文篇的關聯性，請參閱本書序言。

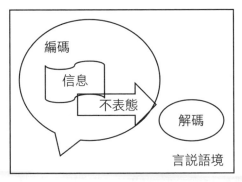

圖 2.18：事況說明

評議與說明的區別出自編碼時表態與否。圖 2.18 示意說明不揭露發言者的立場與態度，相應的語言表現即是不用言說主觀成分。

　　第二（一）節例（14）到（18）顯示評議和說明的差異。又第一章第二（三）節例（39）說明齊桓公的三位夫人都沒有子息，而他性好女色，內寵享有夫人待遇的六個人各自生出哪位公子。這段說明用於交代齊桓公身後宮廷奪權的背景──他還在病中群公子就開始爭取君位，他一死立即發生亂事，直到次年，齊孝公在宋襄公的幫助下繼位，齊桓公才得以安葬。整段記載不用言說主觀成分，意味史官如實陳說。

四、從組成到實現

　　文獻篇章都是語體實例，從語境無關的詞、詞組、小句合成體到語境相關的語體實例的形成過程即為組成到實現的過程。語體的言說效力是由言說語境連結使用條件衍生。如本章例（2）尹士所說「士誠小人也」是自我批評，句中有表示確

然的「誠」與表示指認的「也」共現，帶有強烈語氣，但止於尹士指認自己為小人；它用於特定的言語交際活動表達知錯，才衍生出道歉的言說效力。

就此而論，句末「也」的功能和「也」字式的功能不宜混淆。「也」在組成階段與表述成分組合，註記指認語氣，進入使用階段的是「也」字式，並不是句末「也」。

第一章第二（二）節例（34）中「也」字式表達複雜的意念，適合用來申論組合形式的言說主觀與使用條件賦予的言說主觀的語義層次。為利於討論，這裡重行列舉為例（39），並添補上文：

(39) 孟季子問公都子曰：「何以謂義內也？」曰：「行吾敬，故謂之內也。」「鄉人長於伯兄一歲，則誰敬？」曰：「敬兄。」「酌則誰先？」曰：「先酌鄉人。」「所敬在此，所長在彼，果在外，非由內也。」公都子不能答，以告孟子。孟子曰：「敬叔父乎？敬弟乎？彼將曰：『敬叔父。』曰：『弟為尸，則誰敬？』彼將曰：『敬弟。』子曰：『惡在其敬叔父也？』彼將曰：『在位故也。』子亦曰：『在位故也。庸敬在兄，斯須之敬在鄉人。』」季子聞之，曰：「敬叔父則敬，敬弟則敬，果在外，非由內也。」公都子曰：「冬日則飲湯，夏日則飲水，然則飲食亦在外也？」（《孟子‧告子上》）

孟季子問公都子「何以謂義內也」，他回答義是表現內在的恭敬，所以稱為「義內」。孟季子拿哥哥和比哥哥年長一歲的鄉

人作比較，問他該恭敬誰，他說「哥哥」，孟季子問如果斟酒，該先給誰，他說「鄉人」。孟季子說恭敬哥哥但卻先給鄉人斟酒，可見「義」是在外而非發自內心。公都子無話可答便告訴孟子。孟子要公都子去問叔父和弟弟該恭敬誰，預料孟季子會說叔父，再問弟弟擔任受祭的代理人，該恭敬誰，預料他會說弟弟，再問他怎麼先前說的是恭敬叔父呢，他會說因為弟弟在那個職位的緣故。這就可以類推「在位故也。庸敬在兄，斯須之敬在鄉人」，意思是因為場合的緣故，平常是恭敬哥哥，當下則因為場合而恭敬年長的鄉人。但孟季子卻給了出乎意料的回應，他說恭敬叔父是敬，恭敬弟弟也是敬，果然是外在表現，不是發自內心。於是公都子說「冬日則飲湯，夏日則飲水，然則飲食亦在外也」。

公都子所說的「然則飲食亦在外也」，由「也」指認「飲食在外」所述為真，代詞「然」指代孟季子的論斷「敬叔父則敬，敬弟則敬，果在外，非由內也」，「則」表示推論。[35] 公都子是仿照孟季子的邏輯，從冬天喝熱湯、夏天飲涼水推論出飲食只是外在行為，與內在本能無關，卻不符合普遍的生活經驗——飲用熱水或冷水應是出自人的內在本能反應，是「飲食在內」才對，但按照孟季子的邏輯卻推導出「飲食在外」，反襯出孟季子斷言「恭敬在外」的謬誤。

這句話經常被讀為反詰，[36] 然而反詰並非「也」的規約功

---

35 先秦「然則」由表示肯認的「然」和推論標記「則」組成，仍可分讀。詳見劉承慧（2019b: 21-22）。

36 郭錫良（1997: 58）認為「然則飲食亦在外也」是反駁對方之辭，楊伯峻《孟子譯注》第 238 頁使用問號，如例（39）所示，也是讀作反詰或反問。第一章第二（二）節例（34）指出還有讀為嘲諷的可能性，這裡不再重複。

能。反詰語氣是出自組合意義和語境意義相結合，反詰的讀法之所以成立，是因為上面提到的邏輯謬誤——「恭敬出自內在本能與否」無法從現實世界經驗推定，但「冬日則飲湯，夏日則飲水」出自人的內在本能；拿著類推得出的謬誤「然則飲食亦在外也」詰問並質疑孟季子，是很有力的反駁，由組合意義連結語境意義而來的反詰語氣便依附到「也」字式。

也就是「然則飲食亦在外也」涵攝兩層言說主觀，一層是發言者對命題內容的指認，與評議文篇的概念相符，屬於組成階段；另一層則是交際上的質疑與反駁態度，屬於實現階段。

例（39）中的質疑與反駁是出自公都子的表達目的。表達目的是語體成立的必要條件。有些語體實例除了表達目的，還取決於其他使用條件。《左傳》顯示周代社會文化約定的人際互動方式體現為可辨識的語體格局，自然就形塑出樣態紛呈的語體變異。試比較：[37]

(40) 乃使公孫獲處許西偏，曰：「凡而器用財賄，無實於許。我死，乃亟去之！吾先君新邑於此，王室而既卑矣，周之子孫日失其序。夫許，大岳之胤也。天而既厭周德矣，吾其能與許爭乎？」（《左傳・隱公十一年》）

(41) 鄭伯使許大夫百里奉許叔以居許東偏，曰：「天禍許國，鬼神實不逞于許君，而假手于我寡人，寡人唯是

---

37 下面兩段引文在《左傳》的記載順序正相反，鄭莊公先對許百里發言，然後告誡公孫獲。舉例改換了順序，將修飾較少的引文安排在前面，以利彰顯相近的發言內容如何隨著發言者的角色而有不同的語言形式選擇。

一二父兄不能共億，其敢以許自為功乎？寡人有弟，不能和協，而使餬其口于四方，其況能久有許乎？吾子其奉許叔以撫柔此民也，吾將使獲也佐吾子。若寡人得沒于地，天其以禮悔禍于許，無寧茲許公復奉其社稷，唯我鄭國之有請謁焉，如舊昏媾，其能降以相從也。無滋他族實偪處此，以與我鄭國爭此土也。吾子孫其覆亡之不暇，而況能禋祀許乎？寡人之使吾子處此，不唯許國之為，亦聊以固吾圉也。」（《左傳·隱公十一年》）

鄭莊公聯合齊、魯兩國去攻打許國，攻下許城後，讓許叔住在城東，委由許大夫百里事奉他，同時派遣公孫獲留在城西，以便就近監控。例（40）和（41）是莊公對公孫獲和百里兩人下達的指令，內容有重疊，但卻屬於不同的語體。

他對公孫獲說得很直白，凡是有價值的東西都不要放在許國，他一死就立刻撤離，正當周朝的國祚走下坡，千萬不要與許國強爭。「凡而器用財賄，無寘於許」、「乃亟去之」都是直白下命令。「王室而既卑矣」則用「矣」表明是對東周王室地位衰微的評估，「夫許，大岳之胤也」由「也」指認許國是山岳的後代，有強大庇蔭，「天而既厭周德矣，吾其能與許爭乎」以上天厭棄來解釋周朝衰微，強調與周王室同宗的鄭國不可能與許國相爭。

在另一方面，鄭莊公對許大夫百里一開口就表明是上天降禍許國，藉他的手來懲罰，他連家事都處理不好，更不用說長久保有許國。他請百里服侍許叔以便安撫國人，讓公孫獲留在許國協助。如果自己能善終，上天或許會後悔降禍許國，寧

願許公再次奉祀社稷，只向鄭國請謁，像老派的姻親一般地屈從，不要讓別國爭奪這塊土地。鄭國的子孫連國祚都不見得能保有，更不用說禋祀許國。當下的處置不僅是為許國，也是為了鞏固鄭國的邊境。一番話說得極盡委婉曲折。

且對照兩例中相應的片段：「若寡人得沒于地，天其以禮悔禍于許，無寧茲許公復奉其社稷」和「我死，乃亟去之」都表達自己死後鄭國就撤離許國；「吾子孫其覆亡之不暇，而況能禋祀許乎」和「吾其能與許爭乎」同樣表達鄭國無力佔有許國——對公孫獲發言使用直白的形式，對許百里發言卻是迂曲充滿修飾的言辭；「吾子孫其覆亡之不暇」連後代子孫都放進自我謙抑的脈絡，因而表現出極其柔軟的交際身段。

直白與文飾之別也清楚反映在句式的選擇。鄭莊公對公孫獲提出指令「凡而器用財賄，無寘於許」、「乃亟去之」，都是採取第二人稱代詞省略的樸素的祈使形式；對許百里說「吾子其奉許叔以撫柔此民也」、「無滋他族實偪處此，以與我鄭國爭此土也」屬於語氣和緩的「也」字祈使句，[38] 但在當時的語境下實為毫無商量餘地的命令。

例（41）為春秋時期的特殊語體，稱作「行人辭令」。[39] 第一章第二（四）節已經指出「抑己揚人，設身處地」是行人辭令的語體格局，只不過隨著交際語境而有各種變化。此例重在謙抑自我——鄭莊公為征服者，對許國下指令的同時更表明自己係基於對上天與鬼神的敬畏，更加凸顯抑己的一面。

---

38 劉曉南（1991: 78）對照「行也」和「行」語氣上的區別：後者強硬，前者和緩。劉承慧（2019a: 292-293）將前者視為定型構式，稱為「也」字祈使句。

39 沈立岩（2005: 345-406）對周代行人辭令的社會文化背景有詳盡的解說。本書討論見於第六章第四節。

　　第一章第二（四）節例（48）請求薛侯禮讓滕侯一段也是行人辭令，語氣上卻迥然有別。為利於討論，再次列舉為例（42）：

　(42) 十一年春，滕侯、薛侯來朝，爭長。薛侯曰：「我先封。」滕侯曰：「我，周之卜正也；薛，庶姓也，我不可以後之。」公使羽父請於薛侯曰：「君與滕君辱在寡人，周諺有之曰．『山有木，工則度之；賓有禮，主則擇之。』周之宗盟，異姓為後。寡人若朝于薛，不敢與諸任齒。君若辱貺寡人，則願以滕君為請。」薛侯許之，乃長滕侯。（《左傳‧隱公十一年》）

薛侯和滕侯同時造訪魯國，爭先行禮，互不相讓。魯隱公的使者羽父引用諺語「賓有禮，主則擇之」，向薛侯提示客隨主便；[40] 繼而指出諸侯會盟的慣例是「異姓為後」，暗示應禮讓和魯國同姓的滕侯；接著設想如果魯隱公到薛國，不敢與和薛國關係密切的任姓諸侯並立──「寡人若朝于薛，不敢與諸任齒」是以設身處地的方式表達魯國遵守會盟慣例的意向；最後更放低身段，套用謙敬請求的構式「君若辱貺寡人，則願以滕君為請」鄭重拜託。用「不敢」、「辱」是抬舉對方，也是謙抑自我，表明先接待滕侯的同時，也能顧及薛侯的情面。

　　例（41）和（42）的語言表現是由表達目的以及周代行人發言格套共同形塑出來的，反映穿梭於邦國之間的使者在表態

---

40 徵引承襲自西周行人文體，春秋行人語體並不強調徵引。詳見第六章第四節。

方式上的約定，明顯有別於例（39）之類單由表達目的形成的語體，故而本書區分「限用性語體」與「通用性語體」。[41]

五、小結

本書在激進構式語法「以語義關係為本」的立場上，設想先秦文獻篇章如何從組成到實現，提出先秦文獻篇章語法。文篇語法認為詞到詞組再到小句合成體的組成序列是通過詞組關係、事理關係以及合成與連貫關係，把語法成分一層層地建構起來。

與此相關的是幾個重要問題。首先是句末語氣詞。句末語氣詞多被視為語法成分而功能跨入語用，然而何以如此，過去並沒有很好的解釋。其次是小句合成體。先秦文獻篇章使用的複雜結構體往往出自小句合成模式，然而卻始終未被納入語法體系。再就是句式與篇章組成的淵源。敘述文篇由行為句按照時間順序鋪排，若就敘述文篇的構成而論，行為句是最顯著的構式，但長久以來囿於動詞為中心的語法觀而被併入普通動詞界定的施事句，連帶使行為句在篇章構成上的重要性得不到應有的關注。其他在篇章構成上具有顯著地位的句式如各類表態句，同樣沒有得到適當的注意。

本章以句末「也」為例，指出它註記的表述成分不僅搭配句內題旨，也搭配語境限定的題旨，從語法跨入語用，自然引起是否存在兩個不同性質的「也」的疑問；激進構式語法別出機杼，將語用和篇章功能屬性納入構式的意義層，疑問自然消解。又「也」字式基於語義關係和其他構式相組合，並沒有結

---

41 相關討論請參閱第一章第二（四）節與第六章第二到三節。

構層級的限制，因而出現位在句末卻無關全句語氣的「豈以仁義為不美也」之類的用例。

　　其次，先秦文獻中各式各樣內容迥異的複雜結構體，往往是依循相同的小句合成模式組成，可見小句合成模式就像詞組關係，是篇章組成的結構依據。文篇語法仿照傳統語法以詞的組合與聚合確認詞組及詞組關係的語法地位，透過句式與小句連貫方式的組合與聚合，確認小句合成體乃至基本文篇的語法地位。例如行為句以及行為句按照時間關係連貫所組成的小句合成體，是敘述文篇固定採取的組合形式，自成聚合。此一聚合向下聯繫到行為句內部的普通動詞，而普通動詞的聚合早已為傳統語法所肯認。

　　就此而論，「普通動詞－行為句－時間關係連貫之行為句組成的敘述文篇」序列支持敘述文篇是語法規約的組合形式，行為句和普通動詞是與組合關係相對應的聚合群。同樣地，「言說主觀成分－表態句－虛設事理關係連貫之評議文篇」序列顯示評議文篇是語法規約的組合形式，表態句和言說主觀成分是與組合關係相對應的聚合群。四種基本文篇內部成分的聚合狀況見於表 2.4。基本文篇內部成員共享相同的概念特徵，反映時空與人我的基本認知類型在不同語法層級的「構式化」。

　　確立詞組以上的語義合成模式對文篇語法來說極為重要，它證成語法規約不止於詞組關係。高度複雜的結構體甚至併用主謂式與多重事理關係，儘管表面上似無定規，但是就組成來說，合成體的結構越複雜，高層構式越穩定，往往不是主謂式就是並列式。較低層的構式也經常套用既有的合成模式，使語法標記不具使用強制性。若缺乏合成模式的限定或是伴隨著其

他的標顯意圖，則由語法標記顯示成分的語義關係。

　　有些小句合成模式在固有的構式意義上繁衍出新的合成意義並進而分化出新構式。先秦思想家經常套用並列合成模式表達「類推因果」，如第二（二）節例（22）將存於現實世界的因果事理「木受繩則直」、「金就礪則利」與「君子博學而日參省乎己，則知明而行無過矣」並列，後者原本是思想家信奉的道理，卻因與現實因果並列表出，儼然有了事理依據。這是在並列成分比較基礎上展演的事理認知，廣為先秦思想家採用而成為穩固的語義完形。

　　語法組合成分實現為語體並沒有形式限制，單詞或複雜的小句合成體都有可能在言語活動中實現為語體。那麼語體是由詞、詞組、小句合成體直接衍生還是由語法機制調控，就是值得探討的問題。文篇語法認為基本文篇的類型限定是組成到實現的調控機制。基本文篇的成立依據是時空與人我認知，而同一套認知概念亦內化於較低層的小句合成體、詞組、單詞。可見調控的根本在組合成分的語義同質性，所謂基本文篇的調控，就是在組合形式實現之前確立其認知類型以便確立言說效力的範圍。

　　言語活動中的使用條件對語法體系提出表達需求，語法體系以其規約的組合形式回應，即成語體。語體不只有表達內容，還具有言說效力，言說效力由文篇類型特徵連結語境意義產生。表達內容則出自組合意義與能夠補充其語義空缺的語境意義或能使其指涉更加具體的語境意義相結合。

　　總之文篇語法在既有的先秦語法研究基礎上，一方面為過去還沒有充分解答的問題找答案，另一方面順應先秦文獻語言形態貧乏的事實，從不同的角度設想語法體系的運作方式。我

們認為要釐清形式和意義的對應關係，不能不辨認出一種能超越語法和語用藩籬的語法體系，激進構式語法的「構式」界說很適合作為立論的依據。

本章大量使用構式及認知圖示，藉此讓文字解說得到更好的理解，以便引入語法的「旨趣」（significance）。圖示反映我們對語言表達旨趣的理解方式。如果改換圖示可達到同樣的解說目的，那麼就可以把幾種不同的圖示視為相同主張之下的不同呈現方式。如圖 2.9 和 2.11 都示意例（19）的構成方式，採取不同的圖示是出於揭示旨趣的適用性。又圖示隨著解說重點而有不同，圖 1.10 重在主謂式套疊，而圖 2.12 重在結構層次，整併即為圖 2.13。

第三章到第六章將按照目前勾勒的文篇語法雛形，逐步地舉證分析進而提出文篇語法的論述。

第三章　小句合成模式

　　本書依循劉承慧（2010b），將三個以上小句所組成的不只一層的語法結構體稱作「小句合成體」。傳統複句研究認為小句之間憑藉事理關係相結合，但小句合成體研究認為除了事理關係外，複雜結構體的組成還高度依賴〔題旨－表述〕關係的主謂式。先秦傳世文獻中的小句合成體往往是綜合運用主謂關係和多重事理關係所組成。

　　小句合成體富於形式變化，很容易讓人以為是任意組合的產物。事實上組合的彈性多存於低層級，越是到高層級，任意組合的彈性越小，可預測性越高。第二章第二（二）節已經指出主謂式和並列式是先秦文獻最佔優勢的構式，複雜的小句合成體最高層大都是主謂式或並列式。

　　本章專論先秦文獻中常見的小句合成模式以及組合變化，以證成小句合成體就像詞組受到語法體系制約。在此之前略述小句合成體與多重複句的異同及其組成特性。

一、小句合成體與複句

　　傳統語法把內含事理關係的句子稱為「複句」，包括「單層複句」和「多重複句」。單層複句大都由兩個小句組成，[1] 若是透過事理關係進一步與其他的小句組合起來，就成為多重

1　若為多個小句的並列，不受兩個成分的限制。

複句。

　　小句合成體與複句兩種研究的觀察對象都是句子以上的組合形式，然而分析立場與目的不同。試比較：

(1) 得志，與民由之；不得志，獨行其道。（《孟子‧滕文公下》）

(2) 居天下之廣居，立天下之正位，行天下之大道；得志，與民由之；不得志，獨行其道。富貴不能淫，貧賤不能移，威武不能屈，此之謂大丈夫。（《孟子‧滕文公下》）

例（1）是張春泉（2003: 78）所舉多重複句，由並列關係和條件關係組成。然而它是例（2）的局部。小句合成研究也關注例（2）整體的組成方式。

　　第一章第二（一）節指出「小句合成體」介於詞組和篇章，是總括性的術語。文獻中結構複雜的篇章大都是由多個層次的小句合成體所組成。傳統複句研究傾向解析其中的事理邏輯類型，如例（1）從篇章擷取局部，展示並列和條件關係組成的多重事理。小句合成研究把主謂式納入，以便解析複雜結構體如何交錯運用主謂式與事理關係。

　　例（2）中的最高層構式是網收型主謂式，包含以下的合成體：

居天下之廣居，立天下之正位，行天下之大道

得志，與民由之；不得志，獨行其道

富貴不能淫，貧賤不能移，威武不能屈

三個合成體中僅有一個是多重複句，其餘兩個是單層的小句並列。它們由並列關係組成板塊狀的題旨，搭配表述成分「此之謂大丈夫」，即成網收型主謂式。

　　根據本章開頭的界說，由三個以上小句所組成不只一層的語法結構體都是小句合成體，包括多重複句。分析小句合成體的目的是歸納小句合成模式，因此不排除像例（1）一樣僅擷取中間層的合成體。但是為了盡可能解說不同類型的合成模式，也把最高層的合成體納入討論。

　　傳統複句研究舉出的多重複句，有些很顯然涉及主謂式的綜合運用，但沒有被明白指出。例如：

(3) 子曰：「君子食無求飽，居無求安，敏於事而慎於言，
　　就有道而正焉，可謂好學也已。」（《論語・學而》）

例（3）是周法高（1961: 355）所舉「多合句」，也就是多重複句，其中包含平行關係與按斷關係：前半段「君子食無求飽，居無求安，敏於事而慎於言，就有道而正焉」是四個平行小句的並列，搭配按斷成分「可謂好學也已」。「按斷」成分無異於主謂式中的謂語。就此而言，例（3）可以分析為並列式主語搭配簡單的謂語。

　　若更仔細分析，四個並列的表述成分「食無求飽，居無求安，敏於事而慎於言，就有道而正焉」是以「君子」為共同的題旨，由此組成輻射型主謂式；然後整個充當題旨搭配收尾成分「可謂好學也已」，組成網收型主謂式。亦即此例由兩層主謂式組成，屬於兼用型主謂式。傳統的複句研究大都聚焦在事理關係，並未特別注意兩式綜合運用的事實。

　　例（3）中的四個並列成分，語義關係很單純，即便不考慮「君子」和四個謂語的關係，仍然可以解釋整體構成方式。例（4）卻不行：[2]

> (4) 王如施仁政於民，省刑罰，薄稅斂，深耕易耨；壯者以暇日修其孝弟忠信，入以事其父兄，出以事其長上，可使制梃以撻秦楚之堅甲利兵矣。（《孟子‧梁惠王上》）

此例也屬於兼用型主謂式，其中的「王」減省刑罰，減少稅賦，讓壯年人在閒暇時日修養品德——「壯者以暇日修其孝弟忠信」中的「壯者」不只是「修其孝弟忠信」的行為者，也是受到「王」指使的對象。[3] 指使的語義是主謂關係確立的，須予分辨，然而著眼於主謂關係卻偏離了基於事理關係解析複句的慣例。因此本書改用「小句合成體」，表明和多重複句有別。

　　過去有學者關注比複句更大的單位，例如王麗英（1991: 57）以「句群」來稱說「圍繞一個基本意思進行表述的句子集合體」。然而「一個基本意思」所指並不明確。若證諸文中舉出的「句群」之例，[4] 可知仍有探索空間：

2　此例很能夠從多方面反映複雜的小句合成體的特性，因此儘管已重複見於前兩章，這裡仍再次提出，目的是由一個典型的例證持續辨認小句合成體組成上的複雜性及整體性。

3　第一章第二（一）節指出，動詞「修」基於不同層級的主謂關係而有兩層指涉並存：就「王」而言是致使動詞；就「壯者」而言是行為動詞。

4　例（5）到（8）分別轉引自王麗英（1991: 58, 59, 57, 61）。

(5) 固哉，高叟之為詩也！有人於此，越人關弓而射之，
則己談笑而道之；無他，疏之也。其兄關弓而射之，
則己垂涕泣而道之；無他，戚之也。小弁之怨，親親也。
親親，仁也。固矣夫，高叟之為詩也！（《孟子·告
子下》）

(6) 夫尹士惡知予哉？千里而見王，是予所欲也；不遇故
去，豈予所欲哉？予不得已也。予三宿而出晝，於予
心猶以為速。王庶幾改之。王如改諸，則必反予。夫
出晝而王不予追也，予然後浩然有歸志。予雖然，豈
舍王哉？王由足用為善。王如用予，則豈徒齊民安，
天下之民舉安。王庶幾改之，予日望之。予豈若是小
丈夫然哉？諫於其君而不受，則怒，悻悻然見於其面。
去則窮日之力而後宿哉？（《孟子·公孫丑下》）

(7) 陳仲子豈不誠廉士哉？居於陵，三日不食，耳無聞，
目無見也。井上有李，螬食實者過半矣，匍匐往，將
食之，三咽，然後耳有聞，目有見。（《孟于·滕文
公下》）

(8) 晉人有馮婦者，善搏虎，卒為善，士則之。野有眾逐
虎。虎負嵎，莫之敢攖。望見馮婦，趨而迎之。馮婦
攘臂下車，眾皆悅之。其為士者笑之。（《孟子·盡
心下》）[5]

試問以上四例有何共通之處？是根據什麼標準歸入句群？

5　此例斷句方式依據梅廣（2015: 21）。

　　自然語言承載信息的組合形式可謂千變萬化，卻也存在「規約化的信息合成模式」（conventionalized information structure）。按理說，我們可以從各種組合形式梳理出規約化的信息合成模式。劉承慧（2010b; 2014; 2015b）已針對先秦規約化的小句合成模式提出初步的舉證與解說，本章加以統整，同時將舉證範圍擴大，提出進一步討論。

　　例（5）到（7）自成小句合成體。文篇語法把基本文篇界定為語法體系規約的最大組成單位，例（5）到（7）都是同類型的小句以某種認知概念線索連貫而成的基本文篇。如果複雜結構體的內部組成分子在認知概念類型上不具有同質性，那麼同類型成分的組合各自組成小句合成體。例（8）開場先說明馮婦很擅長與老虎搏鬥，後來向善，不再從事此道，士人把他當作好榜樣。接著敘述某日有一群人正追逐老虎，老虎倚靠著角落，沒人敢觸犯，遠遠看見馮婦就趕緊上前迎接，馮婦忘卻自己已經向善，高舉著手臂下車，大家都很高興，卻被士人譏笑。[6] 此例涉及事實說明和事件表述兩種不同的認知概念線索，因此不為單一小句合成體。[7]

　　與小句合成研究相關的除了「句群」，還有「句段語法」。[8] 梅廣（2015: 216-219）區分複句與句段的主題，前者是「句子層次的主題」（sentence topic），後者是「篇章層次的主題」（discourse topic）。本書在激進構式語法以語義關係為本的立場上由〔題旨－表述〕關係界定主謂式的構式意

6　這裡是按照例（8）的斷句方式解說大意。另見前註。
7　就文篇歸屬而論，此例屬於敘述為主軸的組合型「敘事」文篇。詳見第五章第二節。
8　請參閱梅廣（2015）以及本書第一章第一（一）節。

義，[9]只要是表述關係中充當題旨的成分就是「主語」。[10]

二、小句合成體的組成特性

　　小句合成體可分為「定型組合」與「自由組合」。定型組合套用的合成模式包括「主謂模式」與「定型化的事理關係模式」。自由組合並不是全然任意或隨機的組合，是在定型組合中作出變化。

　　小句合成體的最大範圍以基本文篇類型為限，同類型概念所組成具有語義連續性的結構體，都可納入同一小句合成體。小句合成體往往比句號標註範圍更大，如例（5）到（7）所示。又小句之間的事理關係未必以語法標記註明，結構層級有時候是模稜的，然而合成模式的類型有限，即便模稜，也不致造成理解的紛亂。

（一）自由或定型組合

　　第一章第二（一）節提到幾種定型合成模式，包括兼用型主謂式、正反對舉而後總收的合成模式。定型合成模式的產物可以單用，可以併用，甚至衍生各種變化。王麗英所舉句群之例，例（5）就是出於上述兩種模式併用。它的起首和收尾成分幾乎是重複的，如例（9）所示：

　　(9) 固哉，高叟之為詩也！……固矣夫，高叟之為詩也！

9　請參閱第二章第一節。

10　本書並沒有採取以往研究文獻使用的「主題」或「話題」來指稱主語的功能，理由說明已見於第一章第二（一）節註18。

(10) 子曰:「賢哉,回也!一簞食,一瓢飲,在陋巷,人
　　 不堪其憂,回也不改其樂。賢哉,回也!」(《論語‧
　　 雍也》)

試比較例(10):孔子讚許顏回「賢哉,回也」,相同成分在
起首和收尾的位置上重複出現,形成一種包覆結構的小句合成
體。例(5)亦然。這種合成模式其實就是前兩章多次提到的
兼用型主謂式,只不過兩例中的題旨和收尾成分不是直陳形式
而是感嘆形式。

　　 例(5)背景是公孫丑轉述高子對《詩經‧小雅‧小
弁》的批評,他說此詩語帶憾恨,是「小人之詩」。孟子聽到
轉述以後表示高子不知變通,理由就包覆在題旨和收尾成分之
間,如例(11)所示:

(11) 有人於此,越人關弓而射之,則己談笑而道之;無他,
　　 疏之也 (A)。其兄關弓而射之,則己垂涕泣而道之;
　　 無他,戚之也 (B)。小弁之怨,親親也。親親,仁也 (C)。

其中包含下標 A 到 C 註記的三個區段。A 和 B 指出人際的親
疏會影響對同一件事情的認知反應——如果有個越國人張弓射
向自己,他可以輕鬆談論這件事,是因為彼此關係疏遠;如果
是自己的哥哥張弓射向自己,那麼將灑淚談論,是因為彼此
關係很親近。收尾的 C 指認〈小弁〉有怨是因為「親親」之
故,是「仁」的表現。整體結構為正反對舉而後總收。[11]

---

11 此例開頭「有人於此」中的「人」是 A 和 B 的共同題旨,但收

例（11）的構成方式與例（12）相仿：

(12) 挾太山以超北海，語人曰「我不能」，是誠不能也(A)。
　　 為長者折枝，語人曰「我不能」，是不為也，非不能
　　 也(B)。故王之不王，非挾太山以超北海之類也；王
　　 之不王，是折枝之類也(C)。（《孟子‧梁惠王上》）

A 和 B 先以「挾太山以超北海」和「為長者折枝」對照「不
能」與「不為」，再以 C 指認「王之不王」並非不能，而是
不為，也是正反對舉而後總收。

　　 例（5）從組成上說，是例（10）和（12）之合成模式併
用產生。再看例（6）。此例包含三個平行的反駁成分，介於
其間的是兼用型主謂式與正反對舉而後總收的合成體。這裡增
補上文，重錄為例（13）：

(13) 孟子去齊。尹士語人曰：「不識王之不可以為湯武，
　　 則是不明也；識其不可，然且至，則是干澤也。千里
　　 而見王，不遇故去，三宿而後出晝，是何濡滯也？士
　　 則茲不悅。」高子以告。曰：「夫尹士惡知予哉？千
　　 里而見王，是予所欲也；不遇故去，豈予所欲哉？予
　　 不得已也(A)。予三宿而出晝，於予心猶以為速。王
　　 庶幾改之。王如改諸，則必反予。夫出晝而王不予追

尾成分 C 是總收兩種情況的正反對照，跟他是誰無關，有別於兼
用型主謂式如例（3）和（4）之類。儘管這種例遠不及兼用型
主謂式普遍，但也非罕見。例（56）和（58）就像例（11）是共
用題旨的網收型主謂式。

也，予然後浩然有歸志。<u>予雖然，豈舍王哉？王由足</u>
<u>用為善。王如用予，則豈徒齊民安，天下之民舉安。</u>
<u>王庶幾改之</u> (B)。予日望之。<u>予豈若是小丈夫然哉？</u>
<u>諫於其君而不受，則怒，悻悻然見於其面。去則窮日</u>
<u>之力而後宿哉</u>？」（《孟子・公孫丑下》）

尹士批評孟子說，看不清齊王無法成為湯武，是識人不明，分明曉得不可為而到齊國，是貪求祿位；遠道而來，沒有受到重用而離開，在晝縣停留了三個晚上才出城，何以如此拖泥帶水地延宕？雙底線劃出的是孟子針對尹士抨擊的反駁，首先指出尹士不了解自己，其次指出他自認並未延遲，反而走得太倉促了，最後強調自己並非被國君拒絕就立時惱羞成怒而用盡全力遠去的小人。單線部分是伴隨著反駁提出的解釋，A 屬於正反對舉而後總收的模式，B 屬於兼用型主謂式，起首和收尾重複同一成分「王庶幾改之」，最後追加「予日望之」強調自己的殷切期盼。

由此可見孟子如何利用定型的小句合成模式表達情感。A 形式上是正反對舉而後總收，然而總收的信息內容卻不是事理性的總結或推論，是自我表白「予不得已也」——他巧妙地利用總收成分的語義顯著性突出自己的心意。

B 以重複的起首與收尾成分「王庶幾改之」包覆四個並列合成體：

王如改諸，則必反予 (B-1)。
夫出晝而王不予追也，予然後浩然有歸志 (B-2)。
予雖然，豈舍王哉？王由足用為善 (B-3)。

王如用予，則豈徒齊民安，天下之民舉安 (B-4)。

B-1 承接「王庶幾改之」，從假設「王如改諸」推論出「則必反予」；B-2 接著指出與假設相反的現實情況「不予追」，使他決心離去；B-3 以讓步自陳仍有留下的念頭，因為「王由〔猶〕足用為善」；B-4 以假設條件「王如用予」呼應 B-1，由此推論齊王回心轉意，不僅安定齊國人民，也安定天下人民，至此重複「王庶幾改之」收束小句合成體。B-1 到 B-4 之間沒有使用連接標記，全都是並列鋪排。

　　例（7）是匡章以反問形式「豈不誠廉士哉」熱切主張陳仲子的廉潔，接著舉出事例表明何以如此讚許他——他拒絕不義之食，曾三天沒東西吃，餓到耳朵也聽不見，眼睛也看不見，迫不得已，拿蟲子吃剩的李子果腹。

　　多個謂語環繞著共同的主語進行表述而組成的輻射型主謂式通行於古今漢語，以直陳句為默認（default）形式。例（7）可視為下面這個直陳的輻射型主謂式的變化用法：

陳仲子誠廉士，居於陵，三日不食，耳無聞，目無見也。井上有李，螬食實者過半矣，匍匐往，將食之，三咽，然後耳有聞，目有見。

起首成分「陳仲子誠廉士」是直陳形式的題旨。例（7）可以視為在直陳題旨上作變化，將它轉為帶有情意的強調之辭「陳仲子豈不誠廉士哉」；「哉」註記情意波動，「豈不」以反問為強調，形成輻射型主謂式的變式。

　　例（5）到（7）是王麗英舉出的句群之例，透過與先秦小

句合成模式的比對可知，儘管它們看似隨機組成的複雜結構體，其實套用了定型合成模式，只不過在低層成分作變化，或在具優勢的合成模式內部包裹多成分的結構體，總之不是全然自由的組合。

（二）跨句與分層組合

上面的舉例有不少超出句號範圍的小句合成體。再看一例：

(14) 伯夷，非其君，不事；非其友，不友□不立於惡人之朝，不與惡人言；立於惡人之朝，與惡人言，如以朝衣朝冠坐於塗炭□推惡惡之心，思與鄉人立，其冠不正，望望然去之，若將浼焉。（《孟子・公孫丑上》）

其中留下兩個空格□，楊伯峻《孟子譯注》標句號。[12] 若是從主謂搭配的角度來看，句號之後的表述成分都沒有改換表述對象，即便用句號，仍有明確的連貫線索。

我們基於其中搭配的表述成分皆以「伯夷」為題旨，把它分析為一個輻射型主謂式，內部成分關係如圖 3.1 所示：

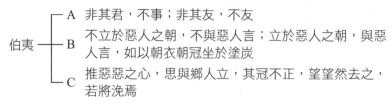

$$\text{伯夷}\begin{cases} \text{A} & \text{非其君，不事；非其友，不友} \\ \text{B} & \text{不立於惡人之朝，不與惡人言；立於惡人之朝，與惡人言，如以朝衣朝冠坐於塗炭} \\ \text{C} & \text{推惡惡之心，思與鄉人立，其冠不正，望望然去之，若將浼焉} \end{cases}$$

圖 3.1：小句合成圖解（I）

---

12 請參閱楊伯峻《孟子譯注》第 76 頁。

A、B、C 三個表述成分共同搭配題旨「伯夷」，而它們本身也是合成體。A 是由兩個否定條件論斷構式〔非 X，不 Y〕並列。B 表面是否定與肯定的平行對比，語義上卻是從對立面作解釋——「不立於惡人之朝，不與惡人言」是因為「立於惡人之朝，與惡人言」就好像穿著官服戴著官帽坐在泥炭堆那樣地令他難堪。C 則是「推」、「思」為中心語的兩個述賓式鬆散地鋪排，指出順著嫌惡髒汙之心，想像自己跟鄉人為伍而鄉人衣冠不正，怨望地離開，好像曾被汙染似的。A、B、C 並列表述伯夷不容玷汙的個性。

A 可謂定型模式的套用，B 則是定型模式的延伸應用，C 相對而言是自由的組合。亦即例（14）以三個定型程度不等的表述成分平行並列，搭配共同的主語組成輻射型主謂式，最高層是主謂式，次高層為並列式。

結構複雜的小句合成體必定包含多層次的成分，然而綰合小句的語義模式卻未必都用語法標記標示出來，致使組合層次有曖昧：

(15) 北宮黝之養勇也，不膚撓，不目逃；思以一豪挫於人，若撻之於市朝；不受於褐寬博，亦不受於萬乘之君；視刺萬乘之君，若刺褐夫；無嚴諸侯；惡聲至，必反之。（《孟子‧公孫丑上》）

此例也是輻射型主謂式，「北宮黝之養勇也」為題旨，後續的表述成分都以它為表述對象，包含六個平行的成分，如圖 3.2 所示：

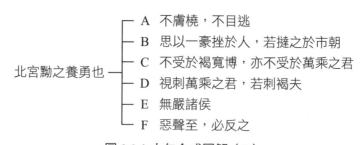

圖 3.2：小句合成圖解（II）

這六個成分也可重組為兩層的並列組合，即如圖 3.3 所示：

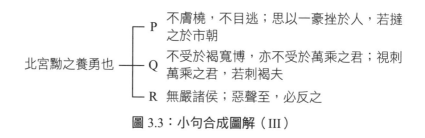

圖 3.3：小句合成圖解（III）

也就是題旨「北宮黝之養勇也」搭配 P、Q、R 三個並列的表述成分。P 包含圖 3.2 中的 A － B，Q 包含 C － D，R 包含 E － F。

　　由於缺乏語法標記，圖 3.2 和 3.3 示意的組成方式都是可能的，不過結構的層次反映成分之間的結合疏密關係，就理解內部成分之間的語義疏密而言，圖 3.3 更為精確，但無論如何都在輻射型主謂關係限定內。

三、合成模式的類型

　　第一章第二（一）節已經指出若干由小句合成模式組成的

複雜結構體，包括三種主謂式，還有以轉折縮合的成分為題旨，以及正反對舉而後總收的小句合成體。看似隨機組成的複雜結構體背後，往往有規約的組織條理。本節拆解複雜結構體的內部組成方式，揭示潛藏於背後的組織條理並予分類。由於每一種複雜結構體都含括多層語義關係，權且以最高層的語義關係為歸類的依據。

（一）主謂式的類型

　　主謂式是應用最為廣泛的定型模式之一，下位包括輻射型、網收型、兼用型三種分支。前面例（14）和（15）已由圖解呈現輻射型主謂式的組成方式，接下來看網收型的用例及圖解：

(16) 居天下之廣居，立天下之正位，行天下之大道；得志，與民由之；不得志，獨行其道。富貴不能淫，貧賤不能移，威武不能屈，此之謂大丈夫。（《孟子・滕文公下》）

此例已見於例（2），其中的收尾成分「此之謂大丈夫」是以整個前行成分為題旨，結構方式如圖 3.4 所示：

A　居天下之廣居，立天下之正位，行天下之大道 ┐
B　得志，與民由之；不得志，獨行其道　　　　　├─ 此之謂大丈夫
C　富貴不能淫，貧賤不能移，威武不能屈　　　　┘

圖 3.4：小句合成圖解（IV）

A、B、C 位在同一結構層級，並列為主語，搭配謂語「此之謂大丈夫」。A 和 C 各有三個並列成分，B 是兩個條件論斷句並列而成。

再看兼用型。例（4）和（5）均屬此類，不過例（5）的起首和收尾成分高度相似，例（4）的收尾成分是由連鎖條件論斷收束而來的總結。例（17）也是以總結收尾：

(17) 陳良，楚產也，悅周公、仲尼之道，北學於中國，北方之學者未能或之先也，彼所謂豪傑之士也。（《孟子・滕文公上》）

此例以「陳良」為題旨，搭配有關其出身與行跡的表述，最後由「彼所謂豪傑之士也」總結。如果著眼於「陳良」開啟話頭的功能，它是輻射型主謂式；如果是著眼於「彼所謂豪傑之士也」的總結功能，它是網收型主謂式，如圖 3.5 所示：

圖 3.5：小句合成圖解（Ｖ）

此圖仿照第一章第二（一）節圖 1.10 繪製，顯示兼用型主謂式歷經兩層的主謂式組合：「陳良」搭配平行表述成分 A 和 B 而後整個充當板塊狀的題旨，搭配表述成分「彼所謂豪傑之士也」。

先秦口語文獻有一種強烈表態的兼用型主謂式，起首和收

尾重複相同的言說主觀成分，如例（5）和（10）都重複使用
感嘆語氣詞。例（13）B 以祈使小句「王庶幾改之」起首，重
複以「王庶幾改之」收尾。再比較下面兩例：

(18) 子曰：「予欲無言！」子貢曰：「子如不言，則小子
何述焉？」子曰：「天何言哉？四時行焉，百物生焉，
天何言哉？」（《論語・陽貨》）

(19) 或曰：「雍也仁而不佞。」子曰：「焉用佞？禦人以
口給，屢憎於人。不知其仁，焉用佞？」（《論語・
公冶長》）

例（18）是孔子表示不想再說，子貢認為如果他不說，弟子將
無話可傳述，孔子以上天為榜樣，「天何言哉」強調上天並不
說什麼，而季節遞嬗、萬物滋長也沒有因此停滯，最後重複
以「天何言哉」強調上天不說什麼。例（19）是孔子回應他人
批評「雍也仁而不佞」，強調逞口舌之利讓人生厭，以「焉用
佞」起首，最後扣緊「仁而不佞」說「不知其仁」，再重複
「焉用佞」以加重強調。

　　類似的用例屢見於《論語》和《孟子》，顯示首尾成分重
複的兼用型主謂式可能起自強烈表態的口語模式。[13] 與下面的
例（20）到（22）作比較，可以看出此一合成模式有帶語氣與
不帶語氣之別。由於時隔久遠且囿於語料的限制，已無法充分

---

13 第五章第一（二）節例（42）舉《莊子・逍遙遊》斥鴳嘲笑大
　　鵬鳥的一段話「斥鴳笑之曰：『彼且奚適也？我騰躍而上，不過
　　數仞而下，翱翔蓬蒿之間，此亦飛之至也。而彼且奚適也？』」
　　可為進一步支持。

舉證重建發展的軌跡，但若是參照其他構式從口語到書面語的演變，仍然可以推測演變的概況。

簡言之，帶有強烈語氣之例幾乎只見於口語記錄，應是兼用型主謂式的濫觴。劉承慧（2019b）從語體的角度辨析先秦口語和書面語文獻中帶有轉折或推論意義的「雖然」和「然則」，指出它們是從口語中分讀的表態組合形式漸次固化並轉入書面語，此後因失去即時交際語境致使表態意義趨於冗贅，最後剩下連接前後小句的事理意義。[14] 首尾重複的兼用型主謂式或許有類似的發展。但無論如何，先秦文獻顯示這種合成模式之例同時見於書面語和語錄體中嚴整的論說：

(20) 榮辱之大分，安危利害之常體：先義而後利者榮，先利而後義者辱；榮者常通，辱者常窮；通者常制人，窮者常制於人：是榮辱之大分也。（《荀子·榮辱》）

(21) 君子有三樂，而王天下不與存焉。父母俱存，兄弟無故，一樂也。仰不愧於天，俯不怍於人，二樂也。得天下英才而教育之，三樂也。君子有三樂，而王天下不與存焉。（《孟子·盡心上》）

(22) 君子深造之以道，欲其自得之也。自得之，則居之安；居之安，則資之深；資之深，則取之左右逢其原，故君子欲其自得之也。（《孟子·離婁下》）

例（20）是對「榮辱」之分的論說，荀子認為榮與辱的根本區

---

14 請參閱劉承慧（2019b）以及本書第四章有關「若」、「然」、「然而」的討論。

別在於安危利害的常規，擺放「義」與「利」的優先順序決定一個人困阨還是通達，通達者經常掌控他人，困阨者經常受到他人掌控，就形成榮辱之分。例（21）主張「王天下」並非君子所樂，論證方式是界定君子的三樂，排除王天下；「王天下不與存焉」的「焉」指代「三樂」。[15] 例（22）主張君子為學應致力「自得」方能安穩深入，進而左右逢源。「自得之，則居之安；居之安，則資之深；資之深，則取之左右逢其原」由頂真的方式將前行推論作為後續條件，[16]「也」標註發言者肯認「君子欲其自得之」的立場。[17]

（二）多重事理合成的類型

單憑多重事理綰合的複雜結構體也有定型合成模式。下面以最高層構式為基準，按照並列、因果、讓步、轉折的順序依次解說。

1. 與並列相關的合成模式

並列式有廣義和狹義的分別。凡由對當語法成分平行列舉，都可以歸入廣義並列式，普遍見於文篇的各結構層級，它同時也是複雜的小句合成體最常運用的高層構式之一。狹義的並列式多採取重複的詞語及相同的句式，即修辭學所謂的「排

15　先秦句末「焉」主要功能是指代，但也引申出「核實」語氣。詳見第四章第三（四）節。

16　此例中的「之」很可能是代詞，約指「深造」、「自得」的對象或範圍，應屬於解惠全等（2008: 1136）引裴學海《古書虛字集釋》所說的「指事之詞也，口語謂之曰"他"。或有不蒙上，不探下，而凭空指者；……」之類。

17　此例收尾成分有因果推論標記「故」，留待第五節討論。

比」。但「排比」不全等於「並列」，如果是排比配合頂真而組成連鎖推論，概念上屬於廣義的因果式，如下文例（31）到（35）所示。

並列成分通常隱含「比較與對照」，梅廣（2015: 242-246）所舉「平行排比」、「遞進排比」、「對比排比」之例，有些可以基於「比較與對照」歸入狹義並列式。例如：[18]

(23) 好學近乎知，力行近乎仁，知恥近乎勇。（《中庸》）
(24) 然則一羽之不舉，為不用力焉；輿薪之不見，為不用明焉；百姓之不見保，為不用恩焉。（《孟子・梁惠王上》）
(25) 故王之不王，非挾太山以超北海之類也；王之不王，是折枝之類也。（《孟子・梁惠王上》）

例（23）和（24）是平行成分的排比，例（25）是正反成分的排比，隱含「比較與對照」之意。三者都是狹義的並列式。

下面也都是比較與對照成分排比而來的狹義並列合成體：

(26) 善則賞之，過則匡之，患則救之，失則革之。（《左傳・襄公十四年》）
(27) 君之視臣如手足，則臣視君如腹心；君之視臣如犬馬，則臣視君如國人；君之視臣如土芥，則臣視君如寇讎。（《孟子・離婁下》）
(28) 昔萬乘之國，有爭臣四人，則封疆不削；千乘之國，

---

18 以下三例依次見於梅廣（2015: 242, 244, 245）。

有爭臣三人，則社稷不危；百乘之家，有爭臣二人，
則宗廟不毀。（《荀子‧子道》）

(29) 君仁，莫不仁；君義，莫不義；君正，莫不正。（《孟
子‧離婁上》）

(30) 天子不仁，不保四海；諸侯不仁，不保社稷；卿大夫
不仁，不保宗廟；士庶人不仁，不保四體。（《孟子‧
離婁上》）

五例中的並列成分都是由條件關係組成，前三例以「則」註明
為條件推論關係，後兩例不用「則」或其他推論標記，是條件
論斷關係。例（26）列舉出國君如何按照臣民的表現給予獎
懲。例（27）列舉君臣對待之道。例（28）列舉出萬乘、千乘
之國以及百乘之家如何憑靠有規勸能力的諫臣維護既有的地位
與利益。例（29）列舉國君以品德為民表率的作用。例（30）
列舉出天子、諸侯、卿大夫、士庶人「不仁」將招致的後果。

　　最後補充說明，梅廣（2015: 244）將例（24）視為「興
體」遞進排比，認為「一羽之不舉，為不用力焉」及「輿薪
之不見，為不用明焉」是為了推演出「百姓之不見保，為不用
恩焉」，即所謂「藉彼生此」，語義重點在「此」。這種現象
儘管常見於排比，但也見於形式上不是那麼整齊的並列式，即
如第二章第二（二）節例（22）和（23）所示，都是出於「類
推」。類推的基礎在比較。如《孟子》和《荀子》經常利用並
列式提出相似情況的比較對照，進行事理的推演。[19]

---

19 有關《孟子》類推的分析，請參閱劉承慧（2017b）。

2. 與因果相關的合成模式

　　條件推論或條件論斷屬於廣義的因果，前面把例（26）到（30）都歸入「與並列相關的合成模式」，是基於高層構式為並列。就如同例（16）包含並列成分而高層構式為網收型主謂式，歸入「與主謂相關的合成模式」。

　　有一種排比形式的因果構式，是利用頂真將「則」註記的推論項轉作後續條件項，形成連鎖推論：

(31) 梏之反覆，則其夜氣不足以存；夜氣不足以存，則其違禽獸不遠矣。（《孟子・告子上》）

(32) 如是，則知者未得治也；知者未得治，則功名未成也；功名未成，則群眾未縣也；群眾未縣，則君臣未立也。（《荀子・富國》）

(33) 徭役多則民苦，民苦則權勢起，權勢起則復除重，復除重則貴人富。（《韓非子・備內》）

(34) 知斯三者，則知所以修身；知所以修身，則知所以治人；知所以治人，則知所以治天下國家矣。（《中庸》）[20]

(35) 人之城守，人之出戰，而我以力勝之，則傷吾民必甚矣；傷吾民甚，則吾民之惡我必甚矣；吾民之惡我甚，則日不欲為我鬥。（《荀子・王制》）

例（31）是兩個「則」註記的條件推論成分的組合，前者的推論項「夜氣不足以存」轉作後者的條件項形成連鎖推論。「梏

---

20 此例轉引自梅廣（2015: 243）。

之反覆，則其夜氣不足以存；夜氣不足以存，則其違禽獸不遠矣」其實相當於「梏之反覆，則其夜氣不足以存，則其違禽獸不遠矣」。此例採取排比的形式，但前後成分卻沒有比較或對照關係，屬於因果構式。利用頂真形成排比，最顯著的修辭效果就是彰顯推論順序。重複成分縱或被移除，也不會影響因果推論的條理，但將失去排比隱含的嚴整的順序感。

　　例（32）中的「是」指代上文的「執同〔勢同〕」，由此建立連鎖推論──人的地位相同，則有識之士得不到治國的機會，則無法成就功名，則與群眾沒有分別，則君臣階級無從建立。例（33）中的連鎖推論是勞役繁多，則人民辛苦，則權勢者興起，則攀附權勢即免除勞役的人數眾多，則尊貴者富有。[21] 例（34）中的「斯三者」即知、仁、勇，由「知斯三者」推及「知所以修身」乃至「知所以治人」而至「知所以治天下國家」。例（35）中的連鎖推論是武力侵犯他國則必將造成本國人民重大傷害，則人民必將極度痛恨，則越加不願意為國戰鬥。

　　另一種與因果相關的模式是「然而」和「則」連用所組成的「先轉折而後由此推論」之類，如第一章第二（一）節例（20）和（21）所示。再舉兩例：

(36) 伐其本，竭其源，而並之其末，然而主相不知惡也，則其傾覆滅亡可立而待也。（《荀子‧富國》）

(37) 刑范正，金錫美，工冶巧，火齊得，剖刑而莫邪已□然而不剝脫，不砥厲，則不可以斷繩。……彼國者，

---

21 此一解釋係按照陳奇猷《韓非子新校注》第 326-327 頁。

　　　　　亦彊國之剖刑已□然而不教誨，不調一，則入不可以
　　　　守，出不可以戰。（《荀子‧彊國》）

　　例（36）中的「本」、「源」分別指稱土地和人民，「末」指
糧倉和府庫，竭盡國家本源，把糧食財物聚集到末端，然而主
政者不知曉弊害，那麼國家的傾覆滅亡將指日可待。例（37）
以鑄劍喻治國：模型正，金屬材質好，冶金技術高，火候得
宜，一剖開模型就是莫邪劍，然而不拋光磨利，則連繩子都切
不斷；國家就好比模型剖開的莫邪劍，然而不教誨人民，不使
他們齊心齊德，則對內無法固守，對外無法征戰。

　　　例（37）留有兩處空格□，如果仿照例（36）在空格填入
逗號，標點方式與上面的結構分析一致。不過空格也不妨填入
句號。第一章第二（一）節例（20）用逗號，例（21）用句
號，[22] 已然顯示標點符號的使用具有彈性。只是標點會不會
影響先轉折而後由此推論的結構分析？

　　　句號的常見功能是標註結構體內部成分的組合疏密關係，
意味著逗號間隔的成分先組合了，再與句號間隔的成分相組
合，後者結構層級高於前者。那麼空格填入句號是否代表「不
剝脫，不砥厲，則不可以斷繩」先組合，然後才與「刑范正，
金錫美，工冶巧，火齊得，剖刑而莫邪已」相組合？填入句號
是不是對「先轉折而後推論」合成模式的挑戰？

　　　其實句號也用於提起對篇章類比成分的注意。「刑范正，
金錫美，工冶巧，火齊得，剖刑而莫邪已」和「彼國者，亦彊
國之剖刑已」分別是治國如鑄劍這個隱喻的喻體和本體，重複

───────────────

22 句號係依循陳奇猷《韓非子新校注》第 770 頁的標點方式。

出現的「已」即顯示兩者的關聯性，句號可以視為相應於此的標點方式。

第一章例（21）中的馬被太公望用來隱喻齊國東海上的居士「狂矞」和「華士」。這兩人既不臣服於天子，也不結交諸侯，主張自食其力，太公望認為不受爵祿應施以刑罰，於是就把他們處決了。周公質問為什麼殺害賢者，太公望以看似良驥但其實不聽使喚的馬為例，指出這種馬不受控制，連低下的奴僕都不願騎乘。「然而」前面的句號毋寧是提起注意。

在這種合成模式中，「則」註記的推論成分是就轉折而言。例（36）中的推論「其傾覆滅亡可立而待也」是針對整個轉折合成體「伐其本，竭其源，而並之其末，然而主相不知惡也」。例（37）中「則不可以斷繩」及「則入不可以守，出不可以戰」也是針對轉折合成體。但如上述，空格處標點方式有兩種選項：如果是反映合成體內部成分的語義疏密，就用逗號；如果是提起對類比成分或焦點成分的注意，就用句號。即便用句號，也不影響整個轉折合成體作為推論前提條件的語義關係。

另有一種「先轉折」的網收型主謂式也是先作轉折，只是不由「則」作推論，而是由句末「也」指認對轉折合成體所述的論斷：

(38) 夫砥礪殺矢而以妄發，其端未嘗不中秋毫也，然而不可謂善射者，無常儀的也。（《韓非子‧問辯》）

(39) 人之所欲生甚矣，人之惡死甚矣，然而人有從生成死者，非不欲生而欲死也，不可以生而可以死也。（《荀子‧正名》）

(40) 故王良、造父，天下之善御者也，然而使王良操左革
　　而叱咤之，使造父操右革而鞭笞之，馬不能行十里，
　　共故也。（《韓非子・外儲說右下》）

　　例（38）由「然而」標註前後成分的轉折關係，最後「無常儀
的也」指認對轉折合成體所述內容的論斷。此例已見於第一章
第二（一）節例（17），當時是基於前後成分允許解釋為表述
關係而分析為網收型主謂式。如果是著眼於事理關係，那麼可
以歸入廣義的因果。[23]

　　例（39）和（40）亦屬此類。前者的大意是人欲生惡死，
然而卻有人捨生赴死，是因為道義上的節制——「非不欲生而
欲死也，不可以生而可以死也」指認轉折成立的緣故。後者的
大意是王良、造父兩人都是馴馬高手，但若兩人在左右兩邊操
控，馬兒難以遠行，是因為兩人共同操控的緣故。

　　此一合成體在先秦文獻有下面兩種變式：

(41) 天非私曾騫孝己而外眾人也，然而曾騫孝己獨厚於孝
　　之實，而全於孝之名者，何也？以慕於禮義故也。
　　（《荀子・性惡》）
(42) 自直之箭、自圜之木，百世無有一，然而世皆乘車射
　　禽者，何也？隱栝之道用也。（《韓非子・顯學》）
(43) 且父母之於子也，產男則相賀，產女則殺之。此俱出
　　父母之懷袵，然男子受賀，女子殺之者，慮其後便、
　　計之長利也。（《韓非子・六反》）

---

23 此即邢福義（2001）所謂「由果溯因」。

(44) 昔關龍逢說桀而傷其四肢，王子比干諫紂而剖其心，
　　 子胥忠直夫差而誅於屬鏤。此三子者，為人臣非不
　　 忠，而說非不當也。然不免於死亡之患者，主不察賢
　　 智之言，而蔽於愚不肖之患也。（《韓非子・人主》）

前兩例把「何也」放在轉折合成體之後，形成自問自答的變
式，後兩例轉折標記用「然」而非「然而」，但先轉折而後指
認緣故的格局一致。

　　例（41）大意是上天沒有特別偏愛曾參、閔子騫、孝己，
可是他們超越眾人而有至孝的實質與名譽，是什麼緣故？是因
為致力於實踐禮義。例（42）大意是世界上不存在天生筆直的
箭或者天生渾圓的樹，然而大家卻都乘車打獵，是什麼緣故？
是因為採取器械手段製箭造輪。詢問原因的「何也」都在轉折
合成體後面，表明轉折成分先結合，然後才與指認成分相結
合。

　　例（43）大意是男女同為父母所生，但父母的態度及對待
方式不同，是因為考慮到他們的未來。例（44）指出古代的關
龍逢、比干、伍子胥都是忠臣，勸諫人主都有正當性，卻仍不
免橫死，是因為人主不明察而受到小人的蒙蔽。

　　例（41）到（44）一如例（38）到（40），都是套用先秦
文獻廣泛採取的因果與轉折併用的模式。

3. 與讓步相關的合成模式

　　利用「假言讓步」（或稱「縱予」）標記「雖」強化論
斷關係，也是先秦文獻常見的小句合成模式，可記為〔X，雖
Y，Z〕。X 與 Z 是條件成分與論斷成分的組合，中間以讓步

標記「雖」引出可能挑戰兩者關係的情況，結果卻是更加強化 X 與 Z 既有的條件論斷關係：[24]

> (45) 無威嚴之勢、賞罰之法，雖堯、舜，不能以為治。（《韓非子・姦劫弒臣》）
>
> (46) 交眾與多，外內朋黨，雖有大過，其蔽多矣。（《韓非子・有度》）
>
> (47) 以佚道使民，雖勞，不怨；以生道殺民，雖死，不怨殺者。（《孟子・盡心上》）
>
> (48) 故隆禮，雖未明，法士也；不隆禮，雖察辯，散儒也。（《荀子・勸學》）
>
> (49) 德之休明，雖小，重也。其姦回昏亂，雖大，輕也。（《左傳・宣公三年》）

以上各例 X 與 Z 之間都有條件論斷關係，「雖 Y」使關係更加鞏固。例（45）的大意是如果沒有威嚴及賞罰，即便是聖明如堯、舜，也不可能把國家治理好。堯和舜都被公認是治國的能人，標舉出來是為了表明 X 與 Z 的關係在任何極端情況下都依然成立。如果把「雖堯、舜」刪除，讓步的義涵自然消失，但卻不會影響 X 與 Z 的事理關係。

例（46）指出結黨之害——結交人數眾多，朝廷內外都是朋黨，即使犯下大錯，也有許多遮蔽。例（47）指出牧民之道——以求安逸的原則差遣人民，人民即便很辛勞，也並不埋

---

24 如果把「雖」當作獨用的功能成分，適合分析為縱予條件標記，但若就定型構式〔X，雖 Y，Z〕而言，「雖 Y」和 Z 之間是轉折關係。詳見以下討論。

怨；以求生存的原則懲殺人民，人民即使失去性命，也不怨恨懲殺者。例（48）對比「隆禮」的效用——尊崇禮法，即使了解得不透徹，仍舊稱得上守法之士；不尊崇禮法，即便明察能辯，只是缺乏紀律的儒者。例（49）背景是楚莊王詢問如何分辨鼎的大小輕重，王孫滿回答「在德不在鼎」——統治者的德行很美好，鼎即使小，仍是有重量；統治者的行為失序，鼎的形體即使很大，也是無足輕重。

其中的「雖」具有梅廣（2015: 111）所說的「縱使句」標記的特點，亦即它是針對 X 與 Z 之間的條件論斷關係提出假設性讓步。值得補充的是，此一合成模式中的論斷項 Z 必須與「雖 Y」前面的條件項 X 搭配才完整。「雖 Y」插入 X 與 Z 之間作讓步，不是任意讓步，是提出某種屬於 X 範圍的極端情況，目的在否決 X 與 Z 的關係。如例（45）中「雖堯、舜」的預設立場是堯和舜即便不用威嚴和賞罰，也能把國家治理好，用意是在否決 X 與 Z 的條件論斷關係，結果未能否決，反而更加鞏固。要是著眼於「雖 Y」的提出是為了導引出「非 Z」，結果仍是 Z，那麼 Y 與 Z 就有轉折關係。

下面四例屬於另一種讓步合成模式〔雖 X，Y，（則）Z〕，其中「雖 X」引起某種預期，然而從 Y 推演出來的結果 Z 卻不符合預期：

(50) 道雖邇，不行不至；事雖小，不為不成。（《荀子·修身》）

(51) 雖王公士大夫之子孫也，不能屬於禮義，則歸之庶人。雖庶人之子孫也，積文學，正身行，能屬於禮義，則歸之卿相士大夫。（《荀子·王制》）

(52) 迎之致敬以有禮；言，將行其言也，則就之。禮貌未
　　衰，言弗行也，則去之。其次，<u>雖未行其言也，迎之
　　致敬以有禮，則就之</u>。禮貌衰，則去之。（《孟子‧
　　告子下》）

(53) 雖有天下易生之物也，一日暴之，十日寒之，未有能
　　生者也。（《孟子‧告子上》）

　　例（50）大意是即使路途近，不採取行動也不會抵達；即
使事情小，不具體施為也不會成功。「道邇」的預期是容易抵
達，「不行」為妨礙抵達的條件，因而推演出違反預期的結果
「不至」。例（51）大意是即使為權貴的後裔，不能沿循禮義
立身，就降格為平民；即使為平民的後裔，積累知識、端正言
行，能沿循禮義立身，就升格為權貴。權貴子孫擁有繼承權是
普遍的預期，「不能屬於禮義」的條件卻推演出不符合普遍預
期的結果「歸之庶人」。

　　例（52）底線處的 X「雖未行其言也」與前行條件「言，
將行其言也」相反，如果按照前行成分的主張，相反條件下的
預期應是「則去之」，但後續條件「迎之致敬以有禮」消解了
預期，結果是 Z「則就之」。例（53）大意是即便容易生長的
植物卻處於寒冷與暑熱交替的環境，仍難以存活——X 引起的
預期是能夠存活，但由於 Y 之故，結果無法存活。

　　成分的排序不同，即是不同的構式。上面的「雖」字小
句跟它前後成分的語義關係不同。〔X，雖 Y，Z〕以「雖」
字小句提出一種極端情況，挑戰 X 與 Z 的關係，結果反而更
加鞏固。另方面，〔雖 X，Y，（則）Z〕是由「雖」字小句
提出不難預期結果的情況，卻因為 Y 的緣故，使結果違反預

期。

　上述構式中的「雖」可能來自強調標記「唯」。過去學者主張「雖」與表示強調的「唯」互有淵源，游文福（2009: 55-60）作了評述，更提出古文字的通假證據予以支持。劉承慧（2019b: 4-5）指出，《左傳》口語記錄中的「雖然」都有強烈的「借勢」表態的意味，發言者先肯認對方，就此轉出自己的意思，一如袁仁林《虛字說》及馬建忠《馬氏文通》所說。口語中表態的「雖然」或多或少保有強調義，揭示讓步義的端倪。

　又〔雖 X，Y，（則）Z〕在《韓非子》出現變式〔雖 X，然而 Y，Z〕：

(54) 今學者皆道書筴之頌語，不察當世之實事，曰：「上不愛民，賦斂常重，則用不足，而下恐上，故天下大亂。」此以為足其財用以加愛焉，雖輕刑罰，可以治也。此言不然矣。凡人之取重賞罰，固已足之之後也。雖財用足而厚愛之，然而輕刑，猶之亂也。（《韓非子・六反》）

此例大意是學者記誦書冊，不顧現實，認為上位者不愛惜人民，抽取重稅，結果人民財用不足，對上位者心生恐懼，造成天下大亂。韓非子指出這種想法是以為讓人民財用充足來愛護他們，即使減輕刑罰，也可以把國家治理好，他不以為然。他說刑罰應當施行於國家富足以後。即便人民財用充足且給予厚愛，但減輕刑罰，國家還是會趨於失序。

　底線劃出的兩個「雖」字合成體是不同的構式。為了便於

討論，下面抽取出來直接作對照：

> 足其財用以加愛焉，雖輕刑罰，可以治也。
> 雖財用足而厚愛之，然而輕刑，猶之亂也。

前者的意思是讓人民財用豐足來愛護他們，即便減輕刑罰，也可以把國家治理好。正如例（45）到（49），屬於〔X，雖Y，Z〕。後者的意思是雖然人民財用豐足又厚愛他們，[25] 但若是減輕刑罰，仍將走向動亂──「雖財用足而厚愛之」針對上文中的「足其財用以加愛焉」提出讓步，這同時將上文的讓步成分「雖輕刑罰」改用為轉折成分「然而輕刑」，由此推演出與「可以治也」相反的「猶之亂也」。前者以「雖」強化「足其財用以加愛焉」和「治」之間的因果關聯，同時壓抑刑罰的重要性。後者以「雖」就前行條件作讓步，肯認前行條件所言不虛，並且在同一立場上由「然而」轉出否決「可以治也」的另一項條件，即先前重要性被壓抑的刑罰。這時候刑罰被提舉為治亂關鍵。

可見儘管在不同的構式，「雖」字小句引起的預期都將被否定。再如：

(55) 鄭君問鄭昭曰：「太子亦何如？」對曰：「太子未生也。」君曰：「太子已置而曰『未生』，何也？」對曰：「太子雖置 (A)，然而君之好色不已，所愛有子，

---

25 這裡將「雖」讀為容讓的「雖然」是基於上文「凡人之取重賞罰，固已足之之後也」。韓非子應是在「已足之」的容讓立場上申論。

君必愛之，愛之則必欲以為後 (B)，臣故曰太子未生
也 (C)。」（《韓非子・內儲說下》）

例（55）是鄭國君臣對話，鄭君質問鄭昭為什麼已經有太子卻
說尚未出生，底線部分是鄭昭的回答。他說太子雖立，然而國
君好色，受寵幸者有了子息，國君也必定寵愛，必然想要立
為繼承人，所以才說太子還沒有出生。A「太子雖置」是鄭昭
針對質疑作讓步，B 是連續的條件式。由「君之好色不已」
論斷「所愛有子，君必愛之」，再從「愛之」推論「必欲以為
後」。C「臣故曰太子未生也」表明自己基於 B 可能推翻 A 而
指認「太子未生」。

　　例（54）和（55）即如例（50）到（53），由「雖」開啟
一段事理，差別在轉折標記「然而」的使用與否。如果說「然
而」顯示前後的轉折關係，那麼不用「然而」意味著轉折關係
不存在？或是轉折隱含於字裡行間？

　　這個問題目前難有確切答案，因為我們對「雖」的解釋相
當依賴現代的讓步語感，而先秦的「雖」或多或少保有來源的
強調義，某些用例仍然帶有強調的作用。如例（52）底線部
分「雖未行其言也，迎之致敬以有禮，則就之」係承接「迎之
致敬以有禮；言，將行其言也，則就之」，「未行其言也」否
定其中一項條件，由強調的「雖」註明，即凸顯出另一項條件
「迎之致敬以有禮」是必要條件。如此則「雖未行其言也」與
「迎之致敬以有禮」可以解釋為比較與對照，就先秦語法體系
而論應歸入並列。[26] 可見不用「然而」的 Y 未必都隱含轉折。

───────────

26 第二章第二（三）節已經指出，先秦漢語轉折遠不如現代漢語發
　達。只是這個問題並沒有得到充分討論，仍待日後繼續研究。

不過〔X，雖 Y，Z〕和〔雖 X，Y，（則）Z〕中的「雖」字
小句有共通之處，就是引起的預期將被否定，其中的「雖」都
有違反預期的轉折之意。[27]

4. 與轉折相關的合成模式

　　前面舉例顯示，轉折成分經常被包覆在最高層為主謂式或
因果推論式的小句合成體，已經討論過的內容不再重複，這裡
針對未盡之處提出補充。

　　先秦文獻偶有讓步與轉折標記共現之例，有些位在相同的
結構層級，如例（54）和（55）所示。只是也有些在不同的層
級，例如：

(56) [義與利者，人之所兩有也]。雖 [堯舜] 不能去民之
欲利，然而能使其欲利不克其好義也 (A)。雖 [桀紂]
不能去民之好義，然而能使其好義不勝其欲利也 (B)。
故義勝利者為治世，利克義者為亂世 (C)。（《荀子‧
大略》）

例（56）大意是義與利同為人的稟賦所有，即便聖王堯和舜，
也不能去除人民的欲利之心，然而可使欲利之心不壓過好義之
心；即便暴君桀和紂，也不能去除人民的好義之心，然而可使
好義之心敵不過欲利之心。所以說，好義之心得勝的時代為治
世，欲利之心得勝的時代為亂世。

---

27 要是把「雖」當作獨用的功能成分，那麼我們未必能夠主張它是
　轉折標記，但它作為兩種定型構式的組成分子，標註轉折的功能
　無庸置疑。

　　A 和 B 構成方式相同。A 之「然而」前項套用〔X，雖 Y，Z〕，「雖 Y」提出極端條件，目的是消解 X 與 Z 之間的論斷關係，但無法消解，更加鞏固了論斷關係；後項轉出新的論斷，形成逆接關係，由「然而」標註。「然而」連接的成分位在同一層，前項〔X，雖 Y，Z〕中「雖」連接的成分層級低於「然而」所連接的成分。也就是「雖」註記的讓步與「然而」註記的轉折不在同一層，組成方式如第一章第一（一）節例（4）。B 的構成方式與 A 相同，只不過前項中的 X 因承接上文而被省略。

　　總之「雖」與「然而」共現出自兩種不同的構式，讓步和轉折位在同一層級者如例（54）和（55）所示，讓步在轉折的下一層級者如例（56）和第一章第一（一）節例（4）所示。

四、合成模式的綜合運用

　　前一節梳理出先秦文獻常見小句合成體內部成分的語義關係。文獻中有直接套用小句合成模式的結構體，也有綜合運用多種模式的複雜結構體。由於綜合運用的可能性無窮，複雜結構體的組合形式自然是極富於變化。不過最高層級的構式大都為主謂式或並列式，組合變化多發生在較低的結構層級。以下略舉綜合運用之例。

（一）主謂式的擴展與變化

　　兼用型主謂式由題旨和收尾成分前後包覆，內部有自由組合的空間，發展為各種變異形式。如例（13）B 中段四個成分鬆散地鋪排，憑藉重複的題旨和收尾成分而被理解為一個意義

整體。但這樣鬆散的組合並不多見。大多是如例（21）由平行等立的成分並列遞進，或如例（22）由條件關係推導出嚴整的事理；此外有些像例（17），由散行的表述扣住共同題旨而後總收作結。較複雜如例（4）以簡單題旨「王」起首，從假設條件「施仁政於民」分裂出兩個平行推演的條件論斷式，最後由評估「可使制梃以撻秦楚之堅甲利兵矣」總收，亦為兼用型常例。

　　還有些擴展之例在題旨或收尾成分作變化。如例（57）重複題旨，形成兩個平行遞進的題旨鏈，由重複題旨的單一成分收尾：

(57) [治氣養心之術]：血氣剛強，則柔之以調和；知慮漸深，則一之以易良；勇膽猛戾，則輔之以道順；齊給便利，則節之以動止；狹隘褊小，則廓之以廣大；卑溼重遲貪利，則抗之以高志；庸眾駑散，則刦之以師友；怠慢僄弃，則炤之以禍災；愚款端愨，則合之以禮樂，通之以思索 (A)。[凡治氣養心之術]，莫徑由禮，莫要得師，莫神一好 (B)。<u>夫是之謂治氣養心之術也</u> (C)。（《荀子・修身》）

A 和 B 是平行遞進的兩個合成體，C 為收尾成分。A 是由九個〔X，則 Y〕成分並列而成，從九種狀態談論治氣養心；B 是〔莫 X（於）Y〕成分的並列，指出治氣養心最佳手段或途徑。[28] 收尾成分 C「夫是之謂治氣養心之術也」再次重複 A 和

---

28 這三個表述成分相當於「莫徑於由禮」、「莫要於得師」、「莫

B 的題旨。

例（58）是在網收型主謂式的收尾作變化。此例以敵我對舉而後總收，起首成分「用彊者」是對舉成分 A 和 B 共用的主語：

(58) [用彊者]，人之城守，人之出戰，而我以力勝之也，則傷人之民必甚矣；傷人之民甚，則人之民必惡我甚矣；人之民惡我甚，則日欲與我鬥 (A)。人之城守，人之出戰，而我以力勝之，則傷吾民必甚矣；傷吾民甚，則吾民之惡我必甚矣；吾民之惡我甚，則日不欲為我鬥 (B)。<u>人之民日欲與我鬥，吾民日不欲為我鬥，是彊者之所以反弱也</u>(C-1)。<u>地來而民去，累多而功少，雖守者益，所以守者損，是以大者之所以反削也</u>(C-2)。（《荀子‧王制》）

A 和 B 從敵我攻防的心理，分別推論出己方戰勝反激起敵方人民的鬥志，減損己方人民的戰鬥意願。兩者都是由〔X，則Y〕組成的連鎖因果推論式，以收尾成分 C 總收，為網收型主謂式。C 包含 C-1 和 C-2，同樣是網收型主謂式。C-1 中的主語「人之民日欲與我鬥，吾民日不欲為我鬥」重複 A 和 B 的推論，由「是彊者之所以反弱也」收束。C-2 進一步解釋大國擴充土地反而削弱國力的緣故，是因為戰勝帶來國土，人民卻因而離去，勞苦多而功績少，國土雖然有所增益，但是看守國

<hr>

神於一好」；字面上說的是沒有比遵從禮法更直接的，沒有比跟隨老師更關鍵的，沒有比專一更神妙的。亦即最直接的途徑是遵從禮法，最關鍵的途徑是跟隨老師，最神妙的方法是專心致志。

土的人民減少，國大反而削弱國力；「地來而民去」、「累多而功少」、「雖守者益，所以守者損」並列為主語，由「是以大者之所以反削也」收束。

共用題旨是主謂式的常見現象。複雜的合成體共用題旨很容易被讀作兼用型主謂式，然而有些毋寧是網收型主謂式。如例（56）以共同題旨「義與利者，人之所兩有也」開啟平行表述，由「故義勝利者為治世，利克義者為亂世」作結，好像是在題旨和收尾成分之間平行展開事理，然而 C 只就著對比成分 A 與 B 提出論斷，與共用題旨並沒有語義關係，宜歸入網收型主謂式。例（58）中的「用彊者」是對舉成分 A、B 的共用題旨，C 收束 A 與 B。例（11）以「有人於此」開啟話頭，然而整個合成體是以 A 與 B 作對照，歸結為 C；C 收束 A 與 B，也是網收型主謂式。

（二）構式內部的成分替換

兼用型主謂式包含題旨 A、中段表述 B、收尾成分 C 三部分，而結構簡單的兼用型主謂式，A 和 C 都是小句，B 是小句並列組成的單層構式，如例（21）所示。若 B 以多重事理的構式替換單層構式，即成多種模式的綜合運用，自然使結構層次增多，結構變得更複雜：

(59) 君子深造之以道，欲其自得之也 (A)。自得之，則居之安；居之安，則資之深；資之深，則取之左右逢其原 (B)，故君子欲其自得之也 (C)。（《孟子‧離婁下》）

(60) 人之情 (A)，食欲有芻豢，衣欲有文繡，行欲有輿馬，

又欲夫餘財蓄積之富也，然而窮年累世不知不足 (B) ，
是人之情也 (C) 。（《荀子・榮辱》）

例（59）已見於例（22），B 是由「則」標示的條件推論成分
並列，上層為並列式，下層為條件推論式。例（60）中的 B
由並列遞進與轉折組成，上層為轉折而下層是並列遞進。

　　又網收型主謂式收尾成分 C 以單一小句為基本式，下例
由〔X，雖 Y，Z〕成分替換，結果也是使結構複雜化：

(61) 暴其民甚，則身弒國亡 (A) ；不甚，則身危國削 (B) ，
名之曰「幽」「厲」，雖孝子慈孫，百世不能改也 (C) 。
（《孟子・離婁上》）

例（61）是以兩個對舉的條件推論成分「暴其民甚，則身弒國
亡」和「不甚，則身危國削」組成主語，搭配收尾成分「名之
曰『幽』『厲』，雖孝子慈孫，百世不能改也」；收尾以讓步
構式替換基本式的單一小句，造成整體結構複雜化。

　　下例底線部分是在定型構式〔X，然而 Y，（則）Z〕的
基礎上，以複雜成分替換簡單成分，由此擴充 X 與 Z：

(62) 聖王之子也，有天下之後也，勢籍之所在也，天下之
宗室也 (A) ，然而不材不中 (B) ，內則百姓疾之，外則
諸侯叛之 (C-1) ，近者境內不一，遠者諸侯不聽 (C-2) ，
令不行於境內，甚者諸侯侵削之，攻伐之 (C-3) ；若是，
則雖未亡，吾謂之無天下矣。（《荀子・正論》）

A 由四個並列的「也」字小句指認其高貴出身，B 由「然而」轉出「不材不中」，亦即欠缺良好稟賦，行事不切合禮義，然後由 C 展演事理。C 從內外、遠近、輕重逐步申論——C-1 以並列成分推論內外交迫；C-2 以並列成分論斷遠近不從；C-3 則是以遞進成分由輕而重地論斷其後果。

再回顧第一章第一（一）節例（3），這個結構極其複雜卻又有條不紊的小句合成體如何組成，現在就可以得到充分解釋了。為便於討論，重錄為例（63）：

(63) 夫新砥礪殺矢，彀弩而射，雖冥而妄發，其端未嘗不中秋毫也，然而莫能復其處，不可謂善射，無常儀的也 (A) □設五寸之的，引十步之遠，非羿、逢蒙不能必全者，有常儀的也 (B) □有度難而無度易也 (C)。（《韓非子・外儲說左上》）

兩個空格所區隔的是網收型主謂式的三個成分。A 指出若沒有固定的標的，拿著利箭閉著眼亂射，都能射中微小的東西，然而無法重複射到同一個位置，稱不上善射，是因為沒有固定標的；B 指出設置微小的目標從遠距離發射，若不是擅長射箭的后羿與逢蒙，不可能完全射中，是因為有固定標的；C 就著 A 和 B 提出論斷「有度難而無度易也」，整個屬於「正反對舉而後總收」模式組成的網收型主謂式。對舉的 A、B 都是拿複雜的結構體去替換簡單的成分，結構儘管複雜，仍是依循既定的合成模式展開，繁而不亂。

（三）主謂式和並列式的併用

先秦最顯著的合成模式是主謂式和並列式，篇章中的高層構式往往是兩式併用，如例（64）所示：

(64) 子墨子曰：「世俗之君子，視義士不若負粟者 (A)。今有人於此，負粟息於路側，欲起而不能，君子見之，無長少貴賤，必起之。何故也？曰：義也 (B-1)。今為義之君子，奉承先王之道以語之，縱不說而行，又從而非毀之 (B-2)。則是世俗之君子之視義士也，不若視負粟者也 (C)。」（《墨子・貴義》）

此例以「世俗之君子，視義士不若負粟者」起首，重複以「則是世俗之君子之視義士也，不若視負粟者也」收尾，屬於兼用型主謂式。中段「今有人於此」、「今為義之君子」分裂出兩個並列的合成體，具體對照世俗君子對「負粟者」和「為義之君子」的差別待遇。

例（65）孟子的發言也是以重複的起首和收尾成分組成兼用型主謂式，中段亦由並列式組成：

(65) 孟子對曰：「王！何必曰利？亦有仁義而已矣 (A)。王曰『何以利吾國』，大夫曰『何以利吾家』，士庶人曰『何以利吾身』，上下交征利而國危矣 (B-1)。萬乘之國，弒其君者，必千乘之家；千乘之國，弒其君者，必百乘之家。萬取千焉，千取百焉，不為不多矣。苟為後義而先利，不奪不饜 (B-2)。未有仁而遺其親者

也，未有義而後其君者也 (B-3)。王亦日仁義而已矣，
何必日利 (C)？」（《孟子・梁惠王上》）

B 包含三個並列的成分，先由 B-1 和 B-2 申說言利之害，然後
由 B-3 對照言義之益。B-1 是網收型主謂式，「矣」註記「上
下交征利而國危」出自發言者的評估。B-2 以表示必然性的平
行論斷成分「萬乘之國，弒其君者，必千乘之家；千乘之國，
弒其君者，必百乘之家」為前提，申論通性與特例——萬中取
千或千中取百，不能說不多，應該讓人感到滿足，這是通性；
再由「苟」註記特例，[29] 也就是把利益擺在道義前面，那麼不
掠奪就不滿足。

　　主謂式和並列式併用，形成各種組合變化，不止於兼用型
主謂式，網收型主謂式中兩個複雜的對舉成分組成的主語亦為
並列，如例（66）所示：

(66) 孟子曰：「牛山之木嘗美矣，以其郊於大國也，斧斤
　　　伐之，可以為美乎？是其日夜之所息，雨露之所潤，
　　　非無萌蘗之生焉，牛羊又從而牧之，是以若彼濯濯
　　　也。人見其濯濯也，以為未嘗有材焉，此豈山之性也
　　　哉 (A)？雖存乎人者，豈無仁義之心哉？其所以放其
　　　良心者，亦猶斧斤之於木也，旦旦而伐之，可以為美
　　　乎？其日夜之所息，平旦之氣，其好惡與人相近也者
　　　幾希，則其旦晝之所為，有梏亡之矣。梏之反覆，則
　　　其夜氣不足以存；夜氣不足以存，則其違禽獸不遠矣。

---

29 通性與特例對照的「苟」字式請參閱第二章第二（三）節。

人見其禽獸也，而以為未嘗有才焉者，是豈人之情也
哉(B)？故苟得其養，無物不長；苟失其養，無物不消。
孔子曰：『操則存，舍則亡；出入無時，莫知其鄉。』
惟心之謂與(C)？」（《孟子・告子上》）

此例將「林木在山」和「仁義在心」當作可比較的狀況，A 指
陳一座山如何失去它美好的天然林木，由此類比於 B，亦即人
如何失去他良善的仁義本心。

　　A 大意是牛山上的森林原本很茂密，只因為鄰近大國被砍
伐，失去天然之美。儘管日夜休養生息並受到雨露的滋潤，略
有新芽，又被牛羊侵踏嚼食，顯得光禿禿。人們見了還以為
未曾有過美材，這並不是山的本性。B 承接同一套理路推演因
果──人生來有仁義之心，只不過像刀斧砍伐林木般放縱以致
丟失，日復一日就枯竭了。儘管夜間休養生息並有清晨之氣滋
潤，日間行為的戕害使仁義之心反覆被桎梏終至耗盡，與禽獸
幾乎沒有分別，還以為不曾有良才，這並不是人的實情。類比
的 A 與 B 並列，再由 C 總收，也是主謂和並列的併用。

五、主謂式與條件式的淵源

　　主謂式由〔題旨－表述〕關係組成，有些表述具備論斷性
質，也容許歸入條件式。如第一章第二（一）節把例（13）歸
入網收型主謂式，「可亡也」被視為對「群臣為學，門子好
辯，商賈外積，小民右仗者」提出的論斷性表述。若就事理關
係而言，不妨把「可亡也」分析為可能性論斷，歸入條件論斷
式。例（59）和（64）是基於起首和收尾成分重複而歸入兼用

型主謂式,但若著眼於「故」、「則」的功能,同樣可以歸入條件推論式。

又例(38)到(40)基於內含多重事理關係被歸入先轉折而後指認緣故的條件論斷式,然而論斷成分也是對前行成分的表述。例(38)和(39)更在轉折合成體的末尾用「者」,與指認的「也」字小句組成表述構式〔X者,Y也〕,因而容許解釋為網收型主謂式。例(41)和(42)是自問自答,以「何也」把轉折合成體與論斷成分隔開,組成方式支持主謂式的解釋。例(43)和(44)也是轉折合成體之後用「者」。以上證據都顯示主謂式與條件式互有重疊。

Haiman(1978)主張「條件即題旨」(conditionals are topics),[30] 上述現象與此相符。值得注意的是條件不全等於題旨。在我們看來,條件成分是否容許理解為題旨,取決於條件項及其推論或論斷項所述有無時間差;若有時間差,則不容許解釋為主謂式,這時候條件成分就不是題旨。例如:

(67) 公子呂曰:「國不堪貳,君將若之何?欲與大叔,臣請事之;若弗與,則請除之,無生民心。」(《左傳·隱公元年》)

(68) 子犯請擊之。公曰:「不可。微夫人之力不及此。因人之力而敝之,不仁;失其所與,不知;以亂易整,

---

30 這裡以「題旨」而非「主語」翻譯"topic",是基於兩項理由:除了激進構式語法把語義關係視為成分組成關係的根本依據,漢語複句研究所謂的「條件」毋寧是就語義而言,譯為「題旨」應該要比「主語」更為切當。

不武。吾其還也。」亦去之。（《左傳・僖公三十
年》）

例（67）中的條件論斷句「欲與大叔，臣請事之」，前後小句
所述有時間差，亦即先有「欲與」而後有「事之」。這種組合
不允許理解為主謂式。例（68）中的「微夫人之力」所述情況
與事實相反，先有與事實相反的假設，而後有「不及此」的論
斷，不能理解為主謂式。

六、小結

　　篇章中由多個小句組成的複雜結構體，稱為「小句合成
體」，本章專門討論小句合成體的組成。第二章已經就小句的
組成依據是語義關係以及小句因為組合有先後而形成結構層次
提出申論，本章在這兩方面僅略作補充。

　　第一節辨析小句合成體與多重複句的異同，指出傳統多重
複句研究側重綰合小句的事理邏輯，並未充分注意主謂式之於
複雜結構體的作用。第二節討論組成特性，指出複雜的結構體
往往依循定型的合成模式衍生，即便有所變化，也不是全然任
意或隨機的創造，是在既定的小句合成結構基礎上延伸變化。
第三節梳理出若干常見的小句合成模式，印證層級高於句子的
複雜結構體亦受語法體系的規約。第四節展示合成模式如何在
篇章中被彈性運用，以此闡述形式紛繁的小句合成表象背後有
共同的結構支撐。第五節略述主謂式與條件式的淵源。

　　複雜的小句合成體可以視為多種合成模式層層套用的產
物，也可以視為構式內部成分替換的產物。舉例而言，最簡形

式的主謂式是簡單題旨搭配簡單表述組成，如果由多成分構式替換主語或謂語，就會使它複雜化；最簡形式的並列式為小句平行鋪排而成的單層結構體，以多成分構式替換某個或某幾個成分，自然形成多層次的組合，整體結構亦隨之複雜化。

　　小句合成模式為語法規約的構式，基本式的數量很有限，正如詞組只有五種基本式。先秦文獻中種種繁複的小句合成實例都是重複套用基本式進而延伸出許多變化。

第四章　言說主觀成分

　　文篇語法以人我有別的認知區劃出評議文篇，〔＋言說主觀〕是評議的特徵，專屬標記是言說主觀成分。

　　第一章第二（二）節已指出言說主觀成分有別於命題成分。言說主觀成分的功能是顯示發言自我，例如「那輛車真是大車」使用語氣副詞「真」標顯發言者對命題所述的確信，言說主觀程度高於「那輛車是大車」。儘管說一個物件是大或小涉及發言者的主觀，卻僅是出於詞彙語義相對性的判斷，並未揭露發言者的表態意圖。[1]

　　表示意願或請求的動詞如「願」、「請」等，未必註記言說主觀性。[2] 梁惠王對孟子說「寡人願安承教」，即如字面所顯示，是直白表示發言者的意願，和語氣副詞「真」依附在命題上揭露自我有區別。[3] 儘管不把請求義動詞「請」列入言說

1　除非在語調上伴隨重音，否則「是」不註記言說主觀。重音的作用相當於語氣副詞。由於文獻沒有重音記錄，已無從得悉確實的情況，因此不納入後續的討論。

2　本書所謂「言說主觀成分」排除指涉名物、行為活動乃至感知或屬性的實詞。有些實詞的內容涉及語義相對性的判斷，如正文舉例中的「大」，但無關乎自我表達，不列入言說主觀之類。

3　就組合意義而言，「寡人願安承教」表示第一人稱主語（梁惠王）的意願。這個組合形式具有向孟子請教的言說效力，不是出自組合意義，是組合意義連結語境意義，已涉入實現。發言者由特定組合成分表態，才是語法組成階段形成〔＋言說主觀〕之評議形式的關鍵。請比較第一章第二（二）節例（32）和（33）。

主觀成分,若「請」表示「祈願」則將列入。[4]

按照傳統的分類,典型的言說主觀成分是句末語氣詞和語氣副詞。我們依據呂叔湘(2014)所謂的「廣義的語氣」,把虛說成分納入言說主觀,包括表示可能與必要的情態成分以及假設句。假設句指的是帶有假設標記「若」或「苟」的句子。轉折標記「然」與讓步標記「雖」在先秦口語中用於虛說,一併納入言說主觀成分。

虛說成分的言說主觀性隨著語體而浮動。先秦口語中的讓步與轉折成分帶有高度的言說主觀性,在書面語的主要功能是註記讓步與轉折事理。假設成分的情況類似,口語中有明顯的表態意味,在書面語大都止於註記假設條件關係。

事理關係包含並列、因果、轉折三大類。並列事理不涉及言說主觀,除非是並列的小句內部帶有言說主觀成分,否則不具言說主觀性。因果分為現實因果、條件因果。條件因果又包含假設條件與非假設條件兩支,就我們目前所見,口語中帶言說主觀義涵的假設條件標記主要是「若」和「苟」。非假設的條件因果是否具有言說主觀性,取決於小句本身帶言說主觀成分與否。另方面,現實因果成分通常不與言說主觀成分共現。

先秦文獻中的言說主觀成分,數量很可觀。由於本書不是這方面的專著,僅能以具代表性的成員,略論常見言說主觀成分的類型及語法表現。

有關組合形式在使用中的言說效力,請參閱第六章及第七章第三節。

4 表示「祈願」的「請」很可能源自請求義動詞「請」。由於彼此具有同源關係,並不是截然可分的。我們的目的在辨析言說主觀成分的表達作用而非區隔兩種「請」,因此界線模糊亦不致造成論證困擾。

第一章第二（二）節已經指出，本書按照 Lyons（1995）界定的「言說主觀性」，以及呂叔湘（2014）所謂的「廣義的語氣」，由「言說主觀成分」總括下列語法成分：

A. 句末語氣詞和語氣副詞
B. 言語活動中表明人際照應的指代成分
C. 情態下位表示「必要」、「必然」、「可能」、「可行」的成分
D. 事理關係下位表示「假設」、「轉折」、「讓步」的成分
E. 定型的表態合成體

A 即是狹義的語氣成分。B 以「然」為代表。C 以必要性與可能性為範圍，是依據 Lyons 和呂叔湘的說法，我們把「必然」歸入廣義的「必要」，「可行」歸入廣義的「可能」。D 是呂叔湘所謂的「虛與實」之「虛說」成分而有擴充。此外將常見於《論語》、《左傳》的若干表態構式納入，歸為 E。

表 4.1 依 A 到 E 的次序列舉本章論及之言說主觀成員：

表 4.1：本章論及之言說主觀成員

語氣成分	句末語氣詞	乎、與／邪、夫、哉、也、矣、焉、耳
	語氣副詞	豈、若、請、尚、勿、其、殆、蓋、誠、信、實、敢、辱、惠、竊
指代成分		然
情態成分		能、可、必
事理成分		若、苟、然、雖
定型構式		〔不亦 X 乎〕、〔無乃 X 乎〕、〔其 X 乎〕、〔豈 X 乎〕、〔豈 X 哉〕、〔若 X，則 Y〕

　　句末語氣詞的功能很抽象，本章把重點放在過去學者最為關注的問題上。語氣副詞的數量較多，就只以反問、祈使、測度、確認、謙敬下位常見成員為代表；禁制的「勿」具有否定性，[5] 大都被歸類為否定副詞，但因涉及對受話者不作為或不採取行動的要求，可說是否定性祈使成分。

　　指代成分只舉「然」一種，不過句末「焉」也源於指代成分，表 4.1 按照慣例歸入句末語氣詞。情態成分限於表示可能與必要的成員，是因為呂叔湘（2014）和 Lyons（1995）都是以此為範圍。近年情態研究有很大的進展，[6] 但為避免在已然龐雜的分類下再添枝節，就簡單以「能」、「可」、「必」為代表。

　　至於假設、轉折、讓步成分與言說主觀表達的淵源，以往學者尚未給予充分關注，我們是根據近年觀察所得，提出初步設想。此外本章也論及幾種《左傳》、《論語》常見的言說主觀構式。

　　先秦文獻有諸多涉及言說主觀表達的成分，由於未能逐項檢視，不適合自行作分類，故而以呂叔湘（2014: 361）提出的廣義語氣分類為出發點。第一節辨析廣義語氣的類型，從言說

5　文獻中有「勿」、「毋」、「無」等寫法，這裡以「勿」為代表字。

6　文獻書目請參閱巫雪如（2018）。巫雪如（2018）針對先秦情態動詞提出廣泛而詳盡的分析，很值得參考。不過書中對情態動詞有所界定，看法未必與其他學者相同。如「敢」在多數著作被歸類為謙敬副詞，「請」被歸類為祈願或祈使副詞，「信」在楊伯峻、何樂士（1992）被歸類為推度副詞，巫雪如（2018）都歸入情態動詞。本書列入語氣副詞的下位。總之呂叔湘（2014）和 Lyons（1995）是本書討論言說主觀成分的主要依據，兩書情態方面的討論都環繞著可能性與必要性，本書從之。

主觀的角度予以重整，並拆分出「語氣」和「情態與事理」兩個表格（表 4.3 和 4.4）。第二、三節按照表格分類討論各類的典型成員如何與命題成分共同組成自我表達的實例。第四節根據前兩節討論結果提出另一套分類的假設，從言說自我之於命題及人際關係切入，劃分為「揭示自我」和「人際照應」兩大類，有待未來更深入仔細的檢驗。

一、言說主觀類別

　　本章雖然從呂叔湘（2014）所說的「廣義的語氣」出發，但是沒有沿用這個名稱，因為假設、轉折、讓步成分不是語法學者公認的語氣成分，表示可能及必要的情態成分，性質也有別於語氣副詞或句末語氣詞。我們基於「顯示發言自我」的共性，將廣義的語氣成分納入「言說主觀成分」。

　　我們從呂叔湘的分類架構拆解出「語氣」、「情態與事理」兩大類。語氣方面由直陳、祈使等「句類」（sentence class）以及肯定或否定為標準，按照言說主觀程度的高低設定小類，見於表 4.3，各小類的代表成員即如表 4.1 所列。情態與事理區分出屬於情態的可能、必要以及屬於事理的條件、轉折、讓步，按照言說主觀程度的高低列入表 4.4。

　　事理關係不總是強制使用標記。邢福義（2001）以「顯示」解說事理標記的效用——使用標記是為了顯示事理關係。那麼顯示或不顯示又有什麼區別？使用標記最重要的功能之一是使事理明確，例如「他吃飯看電視」可能指「他吃飯的時候看電視」，也可能指「他邊吃飯邊看電視」，標記顯示「吃飯」和「看電視」兩個成分的語義關係：「他吃飯的時候看電

視」的語義重點在「看電視」,「他邊吃飯邊看電視」的語義重點在兩種活動同時進行。

　　值得注意的是先秦有些事理標記不止於顯示事理邏輯,還標註「發言立場與態度」。劉承慧(2010c)以《左傳》行人辭令中的「若」和「苟」為例,對照兩種假設標記區別的發言立場與態度。假設為「虛說」,而「虛」的立場與態度就只有使用標記才能得到充分彰顯。又劉承慧(2019b)指出先秦的口語記錄顯示轉折標記「然」和讓步詞組「雖然」很可能起於人際照應。[7]

　　以下從呂叔湘的分類架構說起。

(一)語氣

　　呂叔湘(2014: 361)提出的「廣義的語氣」包含「語意」、「狹義語氣」、「語勢」三方面,如表 4.2 所示:

表 4.2：呂叔湘的語氣分類

語意	正與反	肯定	
		不定(是非問句)	
		否定	
	虛與實	實說	
		虛說	可能、必要等
			設想(假設句)

7　先秦「雖然」是讓步的「雖」和肯認的「然」組成,相當於現代漢語「雖然如此」。

表 4.2：呂叔湘的語氣分類（續）

語氣（狹義）	與認識有關	直陳（強調則為確認）	
		疑問	肯定性：測度
			中性：詢問
			否定性：反詰
	與行動有關	商量（建議、贊同）	
		祈使	肯定性：命令
			否定性：禁止
	與感情有關	感嘆、驚訝等	
語勢	輕與重		
	緩與急（緩：提頓）		

語勢涉及發言聲氣的輕重緩急，先秦文獻並沒有留下這方面的記錄，後續討論不考慮語勢。

　　表 4.2 分類中有些問題值得商榷。首先，就肯定與否定的對立來說，狹義語氣下位的「疑問」及「祈使」都區分肯定性與否定性小類，和語意下位的「肯定」與「否定」有什麼差異？何以另將「是非問句」歸入語意下位的「不定」而不併入「疑問」？在我們看來，這套分類反映出呂叔湘對主觀程度的關照，他認為肯定性疑問（測度）與否定性疑問（反詰）的言說主觀性高於是非問句。其次，「直陳」之下並沒有區分次類，只註明強調即確認，但從先秦句末語氣詞的表現來看，「直陳」下位有多種不同的言說主觀類型，應是最需要補充的空缺。

　　語意下位「正與反」、「虛與實」顯然是出於不同的分類角度，前者是就肯定與否定對立而言，後者是就命題內容是否屬實而言。「可能」、「必要」、「假設」都是非實的，出自

發言者的設想。依據相同標準,轉折與讓步亦屬虛說。虛說和狹義語氣有本質上的差異,因此把可能、必要、假設與轉折、讓步合併為「情態與事理」。

先討論狹義的語氣類別及代表成員。《論語》、《孟子》和《左傳》中的對話是觀察先秦時人如何表達言說主觀的理想素材,表 4.3 是我們依據三種文獻常見語氣成分的使用情況提出的再分類:

表 4.3:本章論及之狹義的語氣類別

	言說主觀程度低	言說主觀程度高	
直陳	中性直陳	非中性直陳	指認
			評估
			核實
			限止
			測度
			確認
			謙敬
疑問	中性詢問	肯定疑問（測問）	
		否定疑問（反問）	反詰
			強調
		不定疑問（商量）	
祈使	——	肯定性祈使	勸誘
			命令
			建議
			祈願
		否定性祈使（禁止）	
感嘆	——	沉吟感傷	
		情意波動	

表 4.3 最左欄的類目是傳統語法通稱的「句類」。句類的言說主觀程度取決於發言者揭露自我的程度。由於中性直陳句和中性詢問句的目的不在表明發言立場與態度，言說主觀程度低。中性直陳包含肯定與否定形式，[8] 中性詢問包含不帶反問意味的是非問和特指問。言說主觀程度高的句類，除了省略第二人稱主語的命令句，都用語氣成分註記。

　　先討論祈使句。肯定祈使句有「勸誘」、「命令」、「建議」、「祈願」四小類。[9]「勸誘」由句末語氣詞「來」標註。「命令」有常見的第二人稱主語省略形式，還有「也」字祈使句。[10]「建議」用「若」標註，很可能是源自表示不確定條件的假設標記「若」。[11]「祈願」的「請」源自請求義動詞，請求義削弱後就語法化為表態標記。「否定性祈使」常用表示禁止的「勿」。

　　其次討論疑問句。「肯定疑問」是帶有發言者預設立場的「測問」，由句末語氣詞「邪」、「與」標註。所謂「否定疑問」指反問，包括「反詰」和「強調」。[12] 呂叔湘（2014:

8　表 4.2「語意」下位「正與反」包含「肯定」、「不定」、「否定」三小類。「否定」與「肯定」對立，係就不帶語氣成分的直陳句而言，歸入中性直陳。「不定」歸入中性詢問。

9　表 4.2「肯定性祈使」僅只舉出「命令」一類，表 4.3 根據文獻實況劃分出四小類。

10　表示命令的「也」字句很可能引申自指認的「也」字句，主要是上位者用「也」字句向下位者指認自己的意願。《左傳》例證顯示命令在先秦已經成為常態，本書稱之為「『也』字祈使句」。詳見劉曉南（1991）及劉承慧（2019a）。

11　先秦「若」的分析請參閱劉承慧（2010c）。《左傳》用例顯示下位者對上位者提議或建言時表示不確定語氣的「若」，我們據此將「建議」列為「祈使」下位的小類。

12　反詰或強調取決於言語交際中的使用條件。詳見第六章第三節討論。

405）指出，「反詰實在是一種否定的方式：反詰句裡沒有否定詞，這句話的用意就在否定；反詰句裡有否定詞，這句話的用意就在肯定」。反問形式的強調亦然。要是發言者已有定見，卻要避免斷然的口吻，就用「不定疑問」。「不定」是為了照應受話者，因而語帶「商量」之意，即如〔不亦 X 乎〕、〔無乃 X 乎〕所示。[13]

直陳句之肯定與否定形式的對立不構成重要的語氣區別。語氣上的重要對立是「中性」與「非中性」。「中性直陳句」無關自我表達，言說主觀程度低，而「非中性直陳句」下位包含「也」、「矣」、「焉」、「耳」註記的「指認」、「評估」、「核實」、「限止」語氣，[14]另有語氣副詞註記的「測度」、「確認」、「謙敬」。

表 4.2 中「狹義語氣」下位的「直陳」註明「強調則為確認」。呂叔湘（2014: 379）指出「也」表示「一種確認的語氣」，劉承慧（2008: 57）認為先秦「也」的規約功能是「指認」，「確認」是出自語境引申。現代漢語功能近似句末

13 表 4.2「狹義語氣」下位「商量」以夾注號補出「建議」和「贊同」。呂叔湘（2014: 431）指出，「有所主張而不敢確定，要微求對方的同意，這是商量或建議的語氣。商量語氣一方面和祈使語氣相近，同是和行動有關；一方面又和測度語氣相近，同是定而不定之辭」，他還指出，「文言裡表示這種語氣，沒有特殊的形式，只是利用普通詢問語氣，『……何如？』；白話也用『怎麼樣？』或『好不好？』」我們對此有所保留。定型構式〔不亦 X 乎〕、〔無乃 X 乎〕都有跟受話者商量之意。因此在表 4.3「疑問」下位增設「不定疑問（商量）」。測度構式〔其 X 乎〕也是「定而不定之辭」，只是委婉主張的意味高於商量，歸入「直陳」下位的「測度」。
14 先秦直陳句末語氣詞的功能還有很大的討論空間。表 4.3 只是勾勒先秦語氣體系的輪廓。詳見本章第三（四）節。

「也」的繫詞「是」主要用於指認，若用於確認會伴隨著重音，然而文獻沒有重音記錄，無從置喙。在另一方面，先秦多以語氣副詞表示確認，如「誠」、「實」、「信」都是。

在表 4.2 中「感嘆」、「驚訝」是平行列舉的，表 4.3 則依據傳統的「句類」架構，將「感嘆」列為大類，以下劃分出「沉吟感傷」、「情意波動」兩類；前者以句末「夫」為代表成分，後者以句末「哉」為代表成分，[15]「驚訝」只是樣態紛呈之各式情意波動的一種表現。

（二）情態與事理

表 4.2 中的「可能」、「必要」及「設想（假設句）」未列入表 4.3。儘管「可能」、「必要」可視為廣義的語氣，但畢竟情態成分的性質有別於句末語氣詞和語氣副詞，因而另行訂立類目。「假設」通常被歸類為事理關係，但確實如呂叔湘所說，帶有表態的虛義。再者轉折標記「然」和讓步標記「雖」在先秦口語中也有表態功能。本書將「虛說」予以擴充並分立為「情態」、「事理」兩小類：

表 4.4：本章論及之情態、事理類別

	言說主觀程度低		言說主觀程度高	
可能	非主觀認定之能力	能	可能性認知	能、可
	非主觀認定之可行性	可	可行性認知	可
必要	現實世界之必然性	必	必然或必要性認知	必

---

15 先秦的句末語氣詞「哉」概括各種情緒反應，劉承慧（2011c; 2013b）總稱為「註記情意波動的標記」。

表 4.4：本章論及之情態、事理類別（續）

	言説主觀程度低		言説主觀程度高	
條件	無標記條件（含「則」字推論）		取決於對方的假設	若
	與人際無關的假設	若、使	己方所肯認的假設	苟
轉折	歧出或因果逆反事理	然、然而	人際照應	然
讓步	上下文照應	雖	人際照應	雖

表 4.4 最左欄的「可能」、「必要」直接抽取自表 4.2，「條件」擴充自「假設」。「轉折」、「讓步」在口語中帶有言説主觀性。第二章第二（三）節指出現代規約為轉折類型的「無標記對比」，在先秦屬於並列，因此未列入。

先討論條件句。呂叔湘（2014: 597-600）將廣義的因果句分為「若甲則乙，甲乙皆虛」的「假設句」、「既甲應乙，甲實乙虛」的「推論句」、「因甲故乙，甲乙皆實」的「因果句」。劉承慧（2010c: 223-224）基於「乙為虛」的共性將假設與推論合併起來，稱作「條件句」，這同時指出表示條件的前分句在沒有標註的情況下，虛實往往是曖昧的。試比較呂叔湘（2014: 597）所舉推論句與假設句對照之例——「他既是天亮就動身，晌午準可以趕到」、「倘若他天亮就動身，晌午準可以趕到」。透過比較很容易看出，前分句的虛實是由「既是」和「倘若」決定，若移除「既是」或「倘若」，則虛實無可分判。

先秦條件句的前分句經常不用語法成分標註其虛實。例如「凡諸侯有命，告則書，不然則否」（《左傳‧隱公十一年》）中的前分句「告」、「不然」是以肯定與否定條件對舉

形成比較，並不存在區別虛實的依據。[16] 又「不義，不暱。厚將崩」（《左傳・隱公元年》）中的「不義，不暱」也是前分句不用語法成分標註的條件句。[17] 前分句不用標記而後分句用「則」的條件句，如「告則書」為「條件推論句」，前分句和後分句都不用標記的「不義，不暱」為「條件論斷句」。

單用的「則」是言說主觀性低的推論標記，如「告則書，不然則否」所示。若為第一章第二（二）節例（32）所舉〔君若伐鄭，……則衛國之願也〕，「則」是委婉請求構式〔若X，則Y〕中的定型成分，整個構式屬於祈使下位「祈願」之類。也就是單用的「則」與委婉請求構式中的組成分子「則」不宜等同視之。

前分句不用標記，言說主觀程度很低。不過這是就前分句提出的條件而言。先秦許多條件句的後分句因為使用言說主觀成分，具有表態性質，如第一章例（1）中的論斷成分「可也」是在「受服而退，俟釁而動」的條件限定下，指認可行性，「也」表明論斷「可」出自發言者的指認。[18]

先秦有一組標註假設條件的「若」、「苟」、「使」。劉承慧（2010c）根據《左傳》的證據，把「若」、「苟」視為言說主觀上對立的成分。簡言之，「若」表明所提出的條件不涉及發言者的意願或立場，「苟」註記符合發言者意願或立場

---

16 其他舉例與相關解說見於劉承慧（2010c: 223-224）。

17 楊伯峻《春秋左傳注》第 13 頁以「不義則不暱」解釋「不義，不暱」，把前後分析為條件推論關係。不過這只是解釋上的權宜。「不義，不暱」中的條件關係是「無標」（unmarked）的，而「不義則不暱」用「則」，條件關係是「有標」（marked）的，屬於不同的條件構式。

18 此例屬於第三章第五節討論的主謂與條件兩可之類。

的條件。「使」如袁仁林（1989: 109）所說，是註記「未然假設」的事理成分。

　　此外時間副詞「既」隱然有標註推論成分之前分句的功能，如「既來之，則安之」（《論語・季氏》）所示，但若是按照解惠全等（2008: 319-324）彙整之傳統學者對於「既」的詮解，此例中的「既」仍為時間副詞。[19]

　　其次討論轉折。呂叔湘（2014: 476）指出，「凡是上下兩事不諧和的，即所謂句意背戾的，都屬於轉折句。所說不諧和或背戾，多半是因為甲事在我們心中引起一種預期，而乙事卻軼出這個預期。因此由甲事到乙事不是一貫的，其間有一轉折」。他認為「對待句」如「敏於事而慎於言」（《論語・學而》）以及「正反句」如「君子成人之美，不成人之惡」（《論語・顏淵》）也有轉折。[20] 但第二章第二（三）節已指出，正反對比在先秦以不用標記為常態，就先秦語法體系而論，「君子成人之美，不成人之惡」更適合歸入並列。又梅廣（2015: 186-214）主張「而」最初是轉折副詞，到春秋戰國演變為並列連詞，僅殘留轉折副詞的用法。準此則「敏於事而慎於言」中的「而」為並列連詞。

　　轉折指稱歧出的或違反因果預期的事理關係，先秦最具代表性的標記是「然」和「然而」。第三章第三（二）節提到一

19　現代「既是」、「既然」可能源自時間副詞「既」，只不過先秦尚未發展到標註事理的階段。劉承慧（1999: 577-579）曾討論時間副詞「既」、「已」的異同，指出先秦「既」字小句傾向後接另一個小句，「已」無此傾向，埋下「既」朝向「既然」發展的因子。劉承慧（2010a: 475-477）主張先秦時期「既」註記「既成體」（perfect aspect）。另見本章註 53。

20　兩例分別轉引自呂叔湘（2014: 470, 474）。

種先轉折而後總收的定型合成模式〔X，然（而）Y，Z〕，[21]由 X 提出無標記的條件，再由 Y 轉出違反該條件之因果預期的情況，Z 為此提出論斷，常見於議論，其中的「然」為事理標記，有別於言語活動中註記人際照應的「然」。

先秦口語文獻有註記人際照應的「然」，發言者用它肯認對方，藉此導入自己的立場。「然」與「而」組合，在書面語合讀為轉折標記「然而」，不過有些用例仍維持分讀；如果是分讀，「然」具有肯認上文所述的功能，和單獨註記轉折事理的「然」不同。[22]

正如口語中表示肯認的「然」具有人際照應功能，口語中表示讓步的「雖」也具有人際照應功能，同樣屬於言說主觀程度高的成分。

書面語中的「雖」經常用於構式〔X，雖 Y，Z〕，X 與 Z 是條件論斷關係，X 表示條件，Z 表示論斷；「雖」用於註記某種被預期為可以挑戰論斷關係的條件 Y，結果仍是 Z，反使 X 與 Z 的關係更加穩固。

梅廣（2015: 111）指出「雖」註記假設性命題，具有「縱使」的特點。不過就〔X，雖 Y，Z〕內部成分的語義關係而言，「雖」提示 Y 到 Z 的轉折。X 到 Z 的語義關係是發言者預先設定，「雖 Y」提出某種與 X 相關的極端條件，來挑戰 X 與 Z 之間的條件因果，結果仍是 Z，不改先前的預設；「雖 Y」到 Z 隱含著因果違逆，實具有轉折性。[23] 轉折是為了鞏固

---

21 見於例（38）到（40）以及例（43）和（44）。

22 請參閱劉承慧（2019b: 21-22）以及本章第二（四）節。

23 為了避免內容重複，讓步標記「雖」的討論分見於兩處。第三章第三（二）節「與讓步相關的合成模式」討論定型構式〔X，雖

預設的因果事理，有別於口語交際中的人際照應。

最後，情態包括「可能」和「必要」兩類。「可能」兼具言說主觀程度低的「能力、環境等非主觀認定之可能性」以及言說主觀程度高的「可能性認知」、「可行性認知」。「必要」則兼具言說主觀程度低的「現實世界之必然性」以及言說主觀程度高的「必然性認知」、「必要性認知」。

本書中的「主觀」以 Lyons（1995）界定的「言說主觀性」為準。呂叔湘（2014: 345）分辨主客觀的標準不同。他指出若分別而論，可能性包括「有指能力夠得到夠不到說的；有就旁人或環境或情理許可不許可說的。還有不含能力或許可的意思，僅僅估計將成事實與否的，這是最客觀的可能，即"或然性"」。呂叔湘把「估計將成事實與否」當作「客觀」是基於無關乎人的能力或環境或情理的許可與否。若是依據 Lyons 對言說主觀性的認定標準，「估計將成事實與否」涉及發言者的認知，是言說主觀的體現。[24]

再看必要性成分。呂叔湘（2014: 352）指出「必要的觀念也有種種分別。有主觀的必要，即意志的要求；用動詞"要"和"欲"來表示」。這裡「主觀」涉及心理活動主體的「意志要求」，有別於 Lyons 所謂表示發言立場與態度的「言說主觀性」。如果「要」、「欲」像「寡人願安承教」中的「願」僅指意志力主體的心理活動，就不視為言說主觀成分。

根據 Lyons（1995: 328-331）的說法，傳統語法學與邏輯學對「情態」（modality）的關注偏重在「真值情態」

Y，Z〕與〔雖 X，Y，（則）Z〕。單用「雖」之例則見於本章第二（五）節。

24 下文中例（3）所謂的 "I-think-it-possible" 可以為證。

（alethic modality）方面，特別是「可能性」（possibility）
和「必要性」（necessity）的「逆反對立」（inverse
opposite），[25] 但是日常語言中的情態毋寧屬於「認知」
（epistemic）範疇。

　　Lyons（1995: 329-331）指出，按照日常使用語言的慣
例，例（1）表示的「可能性」並不屬於例（2）之類的「客
觀道義」（objective deontic），而是屬於例（3）之類「言
說主體的認知應許」（epistemic commitment of locutionary
agent）：

　　(1) He may not come.
　　(2) It is not permitted that he come.
　　(3) I-think-it-possible that he will not come.

換言之，他來或不來的可能性並不涉及絕對的真或假，不過是
發言者在言語活動當下基於某種信念或依據而給出可能性的應
許，即 "I think it possible"，是言說主觀的具體表現。

25　Lyons（1995: 328）舉出的「逆反對立」之例如下：
　　"Necessarily, the sky is blue." 邏輯上相當於 "It is not possible that
　　the sky is not blue."
　　"Possibly, the sky is blue." 邏輯上相當於 "It is not necessarily the
　　case that the sky is not blue."
　　呂叔湘（2014: 356）同樣也提到「可能」和「必要」的對立，
　　他說「否定甲的可能就成為非甲的必要，例如 "不可粗心" 等於
　　"必須不粗心"；否定甲的必要也就成為非甲的可能，例如 "不必
　　細說" 等於 "可以不細說"」。這是可能與必要逆反的證據。但
　　日常語言表現並非純邏輯的，因此也難以從邏輯角度全面地解
　　析相關的語言現象。餘見正文。

　　下一節討論「情態與事理」，舉證與分析就按照表 4.4 的順序進行。本書對情態與事理成分的看法與以往研究有出入，且以具代表性的例證提出初步論述。

二、情態與事理類型

　　表 4.4 顯示本章論及的情態成分僅止於「可能」和「必要」兩種，事理成分包含「條件」、「轉折」、「讓步」三種。表中已經載明每一種類別都有低言說主觀和高言說主觀的成員，以下逐一解說。

（一）可能性與可行性

　　表示可能性的「能」源自表示「有能力」的「能」。第一章第二（二）節例（28）中「舍豈能為必勝哉？能無懼而已矣」的「能無懼」指孟施舍無懼的能力，「舍豈能為必勝哉」容許兩解，或指不可能，或指沒能力。引申出可能性論斷應該是起於否定和反問的組合。《論語》、《孟子》中的用例多指有能力，有些兼具能力和可能性兩解，單指可能性論斷的並不多，常見於反問或者否定形式：

(4) 孟子曰：「周于利者，<u>凶年不能殺</u>；周于德者，<u>邪世不能亂</u>。」（《孟子・盡心下》）

(5) 吾豈匏瓜也哉？<u>焉能繫而不食</u>！（《論語・陽貨》）

(6) 子曰：「愛之，<u>能勿勞乎</u>？忠焉，<u>能勿誨乎</u>？」（《論語・憲問》）

例（4）意思是財貨充足的人，荒年不可能使他陷入絕境；德行充足的人，邪世不可能使他淫亂，「不能」為不可能性的論斷。例（5）中「焉能繫而不食」搭配第一人稱主語，儘管主語是意志主體，「繫而不食」並不指涉他的能力，而是指像匏瓜一樣懸掛著而不食用的狀態。孔子以反問「焉能繫而不食」強調讓他處在無用狀態的不可能性。例（6）中「能勿勞乎」、「能勿誨乎」同樣是反問，強調「勿勞」、「勿誨」的不可能性。

　　第三章第一節例（2）中的「富貴不能淫，貧賤不能移，威武不能屈」意思是富貴不能使他淫亂，貧賤不能使他移轉，威武不能使他屈服，「不能使」應為「不可能使」而非「沒能力使」，因為主語「富貴」、「貧賤」、「威武」都不是意志主體，就如同「凶年不能殺」、「邪世不能亂」，都表示「不可能使」。

　　可能性論斷帶有「致使結果」意味，是出自構式意義。如行為動詞「殺」在自由組合的情況下表述行為，從動詞本身固有的指涉無從取得結果義，「凶年不能殺」由構式意義取得結果義。[26] 字面組合不容許解釋為致使結果的「凶年不能殺」與字面組合容許解釋為致使結果的「邪世不能亂」前後並舉是基於相同的構式意義。「能勿勞乎」和「能勿誨乎」是類似的情況。「勞」可以按照固有指涉理解為「能不使他勤勞嗎」，但「誨」是典型的行為動詞，在自由組合的情況下難以理解為致使結果，得憑藉構式意義才容許讀為「能不使他得到教誨

---

26 前面以「使陷入絕境」解說「殺」，即是從致使結果的角度釋義。

嗎」。

　　表示可能性論斷的成分還有「可」，只不過「能」搭配的主語是施事或帶來某種結果的致使者，而「可」搭配的主語是受動詞支配的成分：[27]

> (7) 子曰：「甯武子，邦有道則知，邦無道則愚。<u>其知可及也</u>，<u>其愚不可及也</u>。」（《論語・公冶長》）

例（7）中「其知」、「其愚」的「其」都指甯武子。「其知可及也」相當於他的聰明是旁人能及的，「其愚不可及也」相當於他的傻笨是旁人不能及的。若就動詞「及」的支配常規來說，「其知」、「其愚」都是它的賓語，是出於「可」字式的組成約定而出現在主語位置上。

　　另有可行性論斷。第一章例（1）和（2）中的謂語「可也」和「可矣」都表示可行性。「可也」指認「受服而退，俟釁而動」為可行，「可矣」基於隨國發生人事間隙而評估用兵為可行。第一章第二（二）節例（29）以「千乘之國，可使治其賦也」指認子路治理千輛兵車的大國是可行的。

　　先秦「可」大都用為表態成分，偶有非表態之例如「秋，晉侯會吳子于良，水道不可，吳子辭，乃還」（《左傳・昭公十三年》）中的「水道不可」，表「水道不通」之意，指涉環境現實，不具表態功能。

---

27 有關先秦「能」、「可」構式內部成分的語義關係，請參閱劉承慧（1999: 573-577）。

（二）必然性與必要性

　　先秦表示必要性論斷最常見的語法成分是「必」。不過它除了指涉「發言者認定的必要性」，也指涉「現實世界之必然性」及「必然性論斷」。例如：

(8) 孟子曰：「孔子登東山而小魯，登泰山而小天下。故觀於海者難為水，遊於聖人之門者難為言。觀水有術，必觀其瀾。日月有明，容光必照焉。流水之為物也，不盈科不行；君子之志於道也，不成章不達。」（《孟子‧盡心上》）

例（8）包含兩種功能的「必」。「日月有明，容光必照焉」意思是日月明光必然照見所有透得過的縫隙，表述自然現象，不涉及言說主觀性。又「觀水有術，必觀其瀾」容許兩解，可以透過類推把「必觀其瀾」視為必然性論斷，但也可與上下文脫鉤，解讀為必要性論斷。

　　此外第一章第二（二）節例（26）中的「其取友必端矣」表示發言者評估的必然性，例（27）中的「遊必有方」則表示發言者認定的必要性。「必」指涉自然現象之必然性的用例不多見，同樣地，「可」指涉環境條件容許的可行性也不多見。前面提到「能」來自實指的「能力」，「必」、「可」如何從實指成分演變而來，從目前的證據無法得知。

　　如果情態成分連用，言說主觀類型取決於位置在前的成分所屬類型：

(9) 知莫大乎棄疑，行莫大乎無過，事莫大乎無悔，事至
無悔而止矣，成不可必也。（《荀子‧議兵》）

底線標示的小句「成不可必也」以「不可」否定「必」（必
定）的可能性，所屬言說主觀類型是可能性而非必然性。

（三）假設條件

表 4.4 顯示條件關係包含言說主觀性低的無標記條件關
係、推論關係及言說主觀性高的假設條件關係。假設條件用假
設標記「若」或「苟」，推論關係的典型標記是「則」。

先看言說主觀程度高的假設標記。假設關係是條件關係的
一種，前分句經常由「若」標註：

(10) 既而大叔命西鄙、北鄙貳於己。公子呂曰：「國不堪
貳，君將若之何？欲與大叔，臣請事之；若弗與，則
請除之，無生民心。」（《左傳‧隱公元年》）

(11) 士季曰：「備之善。若二子怒楚，楚人乘我，喪師無
日矣，不如備之。楚之無惡，除備而盟，何損於好？
若以惡來，有備，不敗。且雖諸侯相見，軍衛不徹，
警也。」（《左傳‧宣公十二年》）

例（10）中底線劃出的部分都是條件句，但條件的類別不
同——「欲與大叔」屬於不用標記的中性條件，「若弗與」
是用「若」的假設條件。例（11）中的「楚之無惡」為中性條
件，「若以惡來」、「若二子怒楚」都是假設條件。

劉承慧（2010c）指出「若」註記「相對」或「不確定」

條件，發言者常藉此表明自己的動向取決於對方。[28] 試看：

(12) 大國若安定之，其朝夕在庭，何辱命焉？若不恤其患，而以為口實，其無乃不堪任命，而翦為仇讎？（《左傳・襄公二十二年》）

(13) 齊侯曰：「以此眾戰，誰能禦之？以此攻城，何城不克？」對曰：「君若以德綏諸侯，誰敢不服？君若以力，楚國方城以為城，漢水以為池，雖眾，無所用之。」（《左傳・僖公四年》）

例（12）背景是晉國要求鄭國朝覲，子產代表鄭國出面抗議。他細數鄭簡公即位以來在晉、楚兩大國的夾縫中求生存的困境，強調鄭國已經疲於奔命。例中的「大國」指晉國，子產提出「若安定之」和「若不恤其患」兩種條件——若大國安定小國，小國不等吩咐就會隨時朝覲；如果不知體恤，以不朝覲為責難藉口，就是拋棄小國，逼使它成為敵人。「若」表明一切由晉國決定。例（13）是齊桓公率領諸侯聯軍南征楚國，楚國派遣屈完前往交涉，齊桓公向他展示軍力，屈完則回以「君若以德」和「君若以力」兩種選項——如果以恩德安定諸侯，誰都不敢不服從；如果是以軍力，楚國坐擁山河天險，齊國將無用武之地。「若」表明戰和都交由齊國決定。

　　先秦與「若」相對的假設標記是「苟」，註記發言者期盼實現的假設條件。例如：

---

(14) 衛侯使賂周歂、冶廑曰：「苟能納我，吾使爾為卿。」
（《左傳・僖公三十年》）

衛侯派人去賄賂周歂、冶廑並對他們說，接納我回國，我就封
你們為卿士，假設標記「苟」註記衛侯期望實現的條件。有別
於「若」註記沒有預設立場的不確定或相對條件，「苟」註記
立場明確的「絕對」條件。[29]

此一區別展現在行人辭令的功能分工上：

(15) 秋七月，鄭罕虎如晉，賀夫人，且告曰：「楚人日徵
敝邑以不朝立王之故。敝邑之往，則畏執事其謂寡君
而固有外心；其不往，則宋之盟云。進退，罪也。寡
君使虎布之。」宣子使叔向對曰：「君若辱有寡君，
在楚何害？脩宋盟也。君苟思盟，寡君乃知免於戾
矣。君若不有寡君，雖朝夕辱於敝邑，寡君猜焉。君
實有心，何辱命焉。君其往也！苟有寡君，在楚猶在
晉也。」（《左傳・昭公三年》）

(16) 公會吳于橐皋，吳子使大宰嚭請尋盟。公不欲，使子
貢對曰：「盟，所以周信也，故心以制之，玉帛以奉
之，言以結之，明神以要之。寡君以為苟有盟焉，弗
可改也已。若猶可改，日盟何益？今吾子曰『必尋
盟』，若可尋也，亦可寒也。」乃不尋盟。（《左傳・
哀公十二年》）

---

29 這兩種假設條件的對立應是出自「若」和「苟」的來源。詳見劉
承慧（2010c）。

例（15）是鄭國的罕虎藉著赴晉國道賀的機會向晉國表達難處：楚國要求鄭國去朝覲新即位的楚靈王，鄭國怕去了讓晉國誤以為鄭國「有外心」，但不去又違背兩國的友好盟約，左右為難。晉國使者叔向回覆說，一切都要看鄭國的態度，但凡鄭國存念著晉國，去楚國重申友好關係並無不妥。罕虎說「敝邑之往」、「其不往」未使用假設標記，意味罕虎提出不帶言說主觀的中性條件；叔向兼用「若」、「苟」——「君若辱有寡君」、「君若不有寡君」表明要看鄭國是个是存念著晉國，「君苟思盟」、「苟有寡君」則表明鄭國存念著與晉國的友好關係是讓晉國放心的絕對條件。例（16）是吳國要求魯國重溫舊盟，以便藉機勒索，魯國使者子貢指出，締結盟約是件嚴肅神聖的大事，但凡結盟就不容改動，如果還可以改動，即便天天結盟，也不會有實益；如果盟約可以重溫，那麼也可以冷淡以對。「若猶可改」、「若可尋也」用「若」表示對重溫舊盟的不確定態度；「苟有盟焉」用「苟」表明已經有盟約是魯國認定的絕對條件。「若」和「苟」顯示行人發言的軟硬姿態。

　　再回到例（10）。鄭莊公放任弟弟共叔段擴張勢力，大臣勸他及早處置，他始終不為所動，等到共叔段下令西部與北部邊境的人民都向自己效忠後，公子呂便以中性條件「欲與大叔」與假設條件「若弗與」提請莊公注意；後者的推論是除掉共叔段，公子呂用「若」表明此一選項不代表自己的立場，由莊公決定。例（11）中的「若二子怒楚」、「若以惡來」都是以「若」表明開戰的因素非己方所能掌控。

　　假設條件的表態功能只限於口語交際活動。《左傳》對話顯示「若」用於各種情境，表明發言者沒有立場，但是這種表態功能並未被書面語繼承。第五章第三節例（56）所引《儀

禮》之例顯示「若」註記中性假設條件。劉承慧（2019b）指出先秦口語帶有人際照應功能的「雖然」、「然則」進入書面語後，因喪失即時交際語境而連帶喪失表態意味，[30] 相同情況很可能發生在「若」、「苟」進入書面語後。語體類型改變致使某些即時交際的口語特徵連帶被削弱進而喪失。

　　前後項都不使用標記的條件句，如前面提到的「欲與大叔，臣請事之」，是言說主觀程度低的條件句。前項不用標記而後項用「則」註記推論關係的條件句亦然。以下分析「則」註記的推論內容。

　　首先「則」用於註記常規或慣例：

(17) 公問名於申繻。對曰：「名有五，有信，有義，有象，有假，有類。以名生為信，以德命為義，以類命為象，取於物為假，取於父為類。不以國，不以官，不以山川，不以隱疾，不以畜牲，不以器幣。周人以諱事神，名，終將諱之。故以國則廢名，以官則廢職，以山川則廢主，以畜牲則廢祀，以器幣則廢禮。晉以僖侯廢司徒，宋以武公廢司空，先君獻、武廢二山，是以大物不可以命。」（《左傳‧桓公六年》）

(18) 立敬歸之娣齊歸之子公子裯。穆叔不欲，曰：「大子死，有母弟，則立之；無，則立長。年鈞擇賢，義鈞則卜，古之道也。⋯⋯。」（《左傳‧襄公三十一年》）

例（17）是申繻為魯桓公解說命名的道理。周人死後有避諱的傳統，因此命名也有講究，避免採取國家、職官、山川、隱疾、畜牲、器幣等大物之名。「故以國則廢名」以下條陳人名與大物之名重複時的處理方式。例（18）的背景是魯襄公辭世，季武子擁立公子裯。穆叔表示反對，他指出太子死了，則擁立太子的同母弟，沒有同母弟，則擁立較年長的公子，公子年紀相當，擁立賢能者，否則就以占卜決定，即是「古之道」。兩例中「則」都是按照常規或慣例提出推論。

其次「則」註記的推論關係包括現實因果及類推因果。第二章第二（二）節例（22）兼有兩種關係的「則」：「木受繩則直，金就礪則利」的「則」註記準繩與筆直的木材、砥礪與鋒利的金屬之間的因果關係，然後通過類比推論出「君子博學而日參省乎己，則知明而行無過矣」。[31] 再看下面一例：

(19) 謂僕人曰：「沐則心覆，心覆則圖反，宜吾不得見也。……。」（《左傳・僖公二十四年》）

例（19）的背景是公子重耳回國即位為晉文公，曾為他管理財物的小臣頭須求見，他以洗頭為藉口推辭掉。頭須就跟他的僕人說，洗頭髮的時候身軀向下，心就是倒反過來的，心反過來就與圖謀相反，當然我不得見。「沐則心覆」的「則」註記現實因果，「心覆則圖反」的「則」註記類推因果。

王力（2004: 392）指出「"則"字前面的話總是時間修飾

---

31 第三章所舉推論之例還有例（27）中「君之視臣如手足，則臣視君如腹心」、例（28）中「昔萬乘之國，有爭臣四人，則封疆不削」等，不再重複。

或條件限制」。以上用例都屬於條件限制之類，下面兩例屬於時間修飾之類。亦即「則」註記有時間關係的結果成分：

(20) 命公子申為王，不可；則命公子結，亦不可；則命公子啟，五辭而後許。（《左傳・哀公六年》）

(21) 王之臣有託其妻子於其友而之楚遊者，比其反也，則凍餒其妻子。（《孟子・梁惠王下》）

例（20）的背景是楚昭王出征前自知將死於戰場。因此他指派公子申為繼承人，公子申不答應，就指派公子結，公子結也不答應，就指派公子啟，公子啟推辭了五次才許諾。例（21）說有個人出遊楚國前把妻兒託付給朋友，他回來以後發現朋友讓妻兒受凍挨餓。兩例中「則」註記有前後時間關係的成分。

時間和現實因果的淵源很深。不過楊樹達指出連詞「則」另有轉接用法：

(22) 滕文公問曰：「滕，小國也。竭力以事大國，則不得免焉。如之何則可？」（《孟子・梁惠王下》）

(23) 寡人願事君朝夕不倦，將奉質幣以無失時，則國家多難，是以不獲。（《左傳・昭公三年》）

兩例轉引自楊樹達（2013: 247-248），他認為「則」都是轉接連詞。「竭力以事大國，則不得免焉」應是基於因果違逆被視為轉接——小國盡全力服侍大國是為了免除災難，而「不得免焉」的結果與預期相反。又「則國家多難，是以不獲」是齊國晏嬰為齊侯沒能親自到訪晉國提出藉口——齊侯願意履行朝

觀義務，因為國家多難而沒有實現，就意願和實際行動扞格而言，亦有轉接關係。

上述轉接之例與例（24）到（26）有所關聯：

(24) 使子路反見之。至，<u>則行矣</u>。（《論語·微子》）

(25) 其子趨而往視之，<u>苗則槁矣</u>。（《孟子·公孫丑上》）

(26) 公使陽處父追之，及諸河，<u>則在舟中矣</u>。（《左傳·僖公三十三年》）

三例轉引自王力（1999: 452），文中指出「有時候，"則" 字所連接的兩項並不是條件和結果的關係，只是第二件事情的出現，不是第一件事情的施事者所預期到的，這時候也用 "則" 字」。例（24）中孔子要子路回去找丈人，子路到達時丈人已經離開；例（25）中齊人之子聽說父親揠苗助長，趕緊前往看視，結果苗草已經枯萎；例（26）中晉襄公派陽處父追趕秦國三位將領，陽處父追到黃河邊時他們都已經上船了。

三例都見於敘述文篇，「則」連接的兩件事情有時間關係。[32] 回頭審視楊樹達所舉的轉接之例，小國竭力服侍大國是為了免除災難，結果未能逃過；齊侯願意常去晉國朝觀，是受限於國事而未能如願——「則」連接的小句儘管也有時間關係，違反因果預期的關係更為明顯。

---

32 更確切地說，例（24）到（26）是以組合型構式〔X，則 Y 矣〕表示 Givón（1984: 282-283）所謂「脫序」（out-of-sequence）關係。亦即事件 X 和 Y 發生順序為 Y > X，但由於行為者先採取 X 行為才見到 Y 的已經發生，敘述順序是 X > Y。請參閱劉承慧（2007: 750; 2008: 65-66）。

　　無論超乎預期或違反預期，應該都是從時間關係隱含的前因後果概念延伸而來。超乎預期的事件由「則」連接，未必完全脫離時間關係，違反因果預期的轉折事理關係卻顯然壓制了時間關係。就構式語法來說，形式相同而意義不同就是不同的構式。例（22）和（23）中的「則」字組合與因果逆反的轉折意義相配對，意味著表示轉接的「則」字構式已然成立。轉接意義的「則」字構式和表 4.4 所列之推論的「則」字構式是互有淵源的不同構式。

（四）轉折

　　先秦文獻中標註轉折的典型成分是「然」與「然而」，在第三章第三（二）節已有舉例。這裡把重點放在「然」的言說主觀性上。

　　轉折通常被視為事理關係，但傳統學者解釋「轉」並不侷限在事理上。袁仁林《虛字說》指出「『然』字之聲，承上轉下，別伸一意。……用以起聲，則口然而意別掉轉，殊多借勢，正從不沒前文處借他一點，而掉轉之勢已成，此『然』字之所以為轉語辭也」，又指出「將飛者翼伏，將奮者足踢，將噬者爪縮，將文者且樸，此借勢之事理也」。[33]「借勢」應是指藉著對上文的肯認轉出其他意思，也就是引文中所謂「別伸一意」。後來《馬氏文通》補上「將轉者先諾」，[34]「諾」的意思是「應諾」，係就「然」的肯認功能而言。

　　劉承慧（2019b）指出《左傳》和《荀子》對話中的「雖

---

33 請參閱袁仁林（1989: 14）。刪節號部分是對形容詞詞綴「然」的解說，因與本處論旨無關，權且略過。

34 請參閱呂叔湘、王海棻編《《馬氏文通》讀本》第 511 頁。

然」和「然則」都有人際照應作用，應是源自肯認對方意見的
謂語「然」：[35]

(27) 惠公之在梁也，梁伯妻之。梁嬴孕，過期。卜招父與
　　 其子卜之。其子曰：「將生一男一女。」招曰：「<u>然</u>。
　　 男為人臣，女為人妾。」（《左傳・僖公十七年》）

例（27）記載招父和他的兒子為梁嬴占卜，他兒子預言「將生
一男一女」，招父順著兒子的話，說「然。男為人臣，女為人
妾」，「然」相當於「是這樣」，是由指示代詞作謂語，表示
對其子所言的贊同。
　　這種態度清楚展現在口語交際使用的「然則」、「雖
然」：

(28) 王送知罃，曰：「子其怨我乎？」對曰：「二國治戎，
　　 臣不才，不勝其任，以為俘馘。執事不以釁鼓，使歸
　　 即戮，君之惠也。臣實不才，又誰敢怨？」王曰：「<u>然
　　 則</u>德我乎？」（《左傳・成公三年》）

(29) 王曰：「子歸，何以報我？」對曰：「臣不任受怨，
　　 君亦不任受德，無怨無德，不知所報。」王曰：「<u>雖
　　 然</u>，必告不穀。」（《左傳・成公三年》）

(30) 及楚，楚子饗之，曰：「公子若反晉國，則何以報不
　　 穀？」對曰：「子、女、玉、帛，則君有之；羽、毛、

---

35 以下有關「然」的舉例與解說引自劉承慧（2019b），不一一註
　 記。囿於篇幅，擇要舉例，其他請參閱論文。

齒、革，則君地生焉。其波及晉國者，君之餘也；其何以報君？」曰：「雖然，何以報我？」（《左傳·僖公二十三年》）

例（28）背景是楚共王將釋放被拘留的晉國大臣知罃，臨行前問「子其怨我乎」，知罃謙敬表示不敢怨，於是楚王順勢以「然則德我乎」問他是否感恩——「然則」先以「然」肯認對方，再順著對方所說逆勢發問。例（29）是後續，共王問知罃將如何報答，知罃說「不知所報」，共王就以「雖然，必告不穀」堅持知罃給個說法；「雖然」也是在「然」肯認對方的前提下逆勢將對話導回先前的脈絡。例（30）記載晉公子重耳流亡時行經楚國，楚成王設宴款待，問他如何報答，重耳說楚國有豐沛的人才與物產，強調無可報答，但成王以「雖然」轉回先前提問，堅持重耳給個說法。

肯認的「然」源自指示代詞，[36] 從肯認功能衍生出人際照應功能，而後生出轉折功能。「然」演變為轉折成分的關鍵是從「發言者透過贊同的態度示意對受話者的關照」延伸出「站在對方的立場上設想」，形成人我交互照應：

(31) 公曰：「吾不能早用子，今急而求子，是寡人之過也。然鄭亡，子亦有不利焉。」（《左傳·僖公三十年》）

例（31）是鄭文公商請早先並未受到重用的燭之武去勸說秦穆公退兵，承認危急時刻才找他，是自己的過錯，隨即指出如果

---

36 先秦「然」有多種功能，請參閱解惠全等（2008: 548-561）。

鄭國滅亡，他也將蒙受不利；「然」肯認過錯，是從自己的立場表達對燭之武心有不滿的理解，其後轉出的說辭則是站在對方立場上設想。

轉折標記「然」很可能衍生自人際交互照應功能，發端於交際條件和上下文條件的重疊效應。簡言之，轉折的「然」屬於事理關係標記，註記事況的關聯與對照，要是「然」註記的人際交互照應同時涉及上下文成分顯示的不同立場的關聯與對照，那麼「然」就兼有兩種功能，如例（32）所示：

(32) 韓宣子問於叔向曰：「楚其克乎？」對曰：「克哉！蔡侯獲罪於其君，而不能其民，天將假手於楚以斃之，何故不克？<u>然胖聞之</u>，不信以幸，不可再也。楚王奉孫吳以討於陳，曰：『將定而國。』陳人聽命，而遂縣之。今又誘蔡而殺其君，以圍其國，雖幸而克，必受其咎，弗能久矣。……。」（《左傳・昭公十一年》）

(33) 景王問於萇弘口：「今茲諸侯何實吉？何實凶？」對曰：「蔡凶。此蔡侯般弑其君之歲也，歲在豕韋，弗過此矣。楚將有之，<u>然壅也</u>。歲及大梁，蔡復，楚凶，天之道也。」（《左傳・昭公十一年》）

以上兩例出自同一段記載。魯昭公十一年楚靈王殺掉蔡靈侯，根據例（33）萇弘所說，這年是豕韋年，而前一次豕韋年是蔡靈侯弑父奪位的那年，萇弘預言蔡國將遭遇凶險。例（32）韓宣子問叔向「楚其克乎」，關心的是楚國能不能征服蔡國，叔向先針對韓宣子的提問回答說「克哉！蔡侯獲罪於其君，而不

能其民，天將假手於楚以斃之，何故不克」，緊接著說「然胗聞之」，以下轉出大套的說辭，顯示叔向關心的是楚國能不能保有蔡國。其中「然」正如例（31）註記人際的交互照應。

在此同時，還有轉折的讀法。叔向預言楚國將會消滅蔡國，但是不守信用卻僥倖收穫的事情不會重複發生。楚國曾以欺騙的手段併吞陳國，現在又去誘殺蔡侯，更進而圍城，即便僥倖攻下，也必然要承擔此事帶來的災禍，亦無法長久保有蔡國。「然」在這樣的上下文很容易從原本註記彼我照應延伸為註記韓宣子和叔向所關心的「征服蔡國」和「長期保有蔡國」的關聯與對照。

人際交互照應先於事況關聯與對照，一旦前者被重新解釋為後者，「然」就演變為轉折標記。例（32）中的「然」兼具兩種功能，可視為演變過渡例證。例（33）記載周景王詢問萇弘各國的吉凶，萇弘預言蔡國將遭遇凶險，楚國將把蔡國據為己有，但是也將因此而壅積邪惡。「然」只註記楚國「據有蔡國」和「壅積邪惡」的關聯與對照，即為轉折標記。

註記人我交互照應的「然」帶有高度的言說主觀性。不過一旦引申出句中成分的關聯與對照，如例（33）所示，就可以獨立作為事理關係標記。第三章第三（二）節例（43）中「此俱出父母之懷衽，然男子受賀，女子殺之者，慮其後便、計之長利也」以及例（44）中「此三子者，為人臣非不忠，而說非不當也。然不免於死亡之患者，主不察賢智之言，而蔽於愚不肖之患也」的「然」都是轉折事理標記。不涉及人際照應而單作轉折標記的「然」和「然而」大都見於書面語體。如果按照「雖然」、「然則」的演變歷程推論，「然」註記轉折的功能很可能因為用於書面語而更加鞏固。

（五）讓步

讓步標記「雖」在第三章第三（二）節已有舉例，這裡把重點放在言說主觀性上。前一小節例（29）和（30）中的「雖然」由讓步標記「雖」和肯認謂語「然」所組成。這種「雖然」在《左傳》都用於回應否定或相當於否定的反問，符合前引袁仁林所說的「正從不沒前文處借他一點，而掉轉之勢已成」，「借勢」與發言態度相關。[37]

言語交際中的「雖」要不是搭配「然」，就是搭配從交際語境中提舉的照應成分，如例（34）所示：

(34) 鄭之未災也，里析告子產曰：「將有大祥，民震動，國幾亡。吾身泯焉，弗良及也。國遷，其可乎？」子產曰：「<u>雖可</u>，吾不足以定遷矣。」（《左傳・昭公十八年》）

鄭國發生大火前，里析預先警告子產將會有大難，詢問遷都的可能性，子產順著里析的問題「其可乎」回答說「雖可，吾不足以定遷矣」——「雖可」照應里析，這同時「雖」示意有後話。從接下來的說辭可知，子產的執政權並不足以決定遷都大事。

例（34）中的「雖」是實在的讓步，也就是所謂的「容讓」，容讓範圍是里析問話的焦點「其可乎」，有強烈的人際照應意味在內。下面兩例儘管在言辭上並沒有重複，仍有人際照應的意味：

---

37 其他的例證請參閱劉承慧（2019b: 4-6）。

(35) 齊侯與晏子坐于路寢。公歎曰:「美哉室!其誰有此
乎?」晏子曰:「敢問,何謂也?」公曰:「吾以為
在德。」對曰:「如君之言,其陳氏乎!<u>陳氏雖無大
德</u>,而有施於民。……。」(《左傳‧昭公二十六
年》)

(36) 秋,公至自晉,欲求成于楚而叛晉。季文子曰:「不
可。<u>晉雖無道</u>,未可叛也。國大、臣睦,而邇於我,
諸侯聽焉,未可以貳。史佚之志有之曰:『非我族類,
其心必異。』<u>楚雖大</u>,非吾族也,其肯字我乎?」公
乃止。(《左傳‧成公四年》)

例(35)記載齊景公感嘆華美的屋室不知後來歸誰所有,晏子
問景公是什麼意思,景公說應該歸給有德之人,晏子說那麼是
陳氏吧!料想會引起齊景公不快,所以晏子接著指出「陳氏雖
無大德,而有施於民」──以「雖無大德」讓步,推演出陳氏
對人民施加恩惠,因此有恩德。例(36)記載魯成公去晉國朝
覲但晉景公態度輕忽,因此他回到魯國就打算向楚國求和而背
叛晉國。季文子不贊同,以「晉雖無道,未可叛也」、「楚雖
大,非吾族也,其肯字我乎」迎合魯成公的認定──「晉雖無
道」針對晉景公行禮不敬作讓步,用「雖」示意有後話,導入
「未可叛也」的指認;同樣地,「楚雖大」針對魯成公投靠楚
國的意向作讓步,導入「非吾族也,其肯字我乎」的反問。

可見表示容讓的「雖」註記發言者的交際態度,先站到對
方立場上,再提出迥異於對方的主張。此外有一種純屬於人際
照應的構式,由「雖」提出虛設的容讓以示自謙:

(37) 吳子諸樊既除喪，將立季札。季札辭曰：「曹宣公之
卒也，諸侯與曹人不義曹君，將立子臧。子臧去之，
遂弗為也，以成曹君。君子曰『能守節』。君，義嗣
也，誰敢奸君？有國，非吾節也。<u>札雖不才</u>，願附於
子臧，以無失節。」（《左傳·襄公十四年》）

(38) 王曰：「吾惛，不能進於是矣。願夫子輔吾志，明以
教我。<u>我雖不敏</u>，請嘗試之。」（《孟子·梁惠王
上》）

例（37）背景是吳國季札以曹國子臧為榜樣，推辭繼立為國
君。底線部分「札雖不才，願附於子臧，以無失節」先以「不
才」自謙，然後表達願望。例（38）背景是孟子以「行仁政而
王」打動了齊宣王，宣王表示願意虛心求教。「我雖不敏」也
是虛讓表示自謙。

　　註記容讓的「雖」從人際照應延伸出上下文成分的照應：

(39) 令尹享趙孟，賦大明之首章。趙孟賦小宛之二章。事
畢，趙孟謂叔向曰：「令尹自以為王矣，何如？」對
曰：「王弱，令尹彊，其可哉！<u>雖可</u>，不終。」（《左
傳·昭公元年》）

例（39）背景是楚國的令尹公子圍設宴款待晉國的趙孟，宴席
間賦詩，揭露他為王的野心。事後趙孟問叔向的看法。叔向說
楚王弱而令尹強，有可能奪取王位，然而不得善終；「其可
哉」答覆趙孟所問「何如」，「雖可」承接先前對可能性的肯
認同時暗示仍有後話。

　　應答證據顯示「雖」的演變是起於人際照應功能衍生出讓步功能。例（34）子產先以「雖可」肯定遷都的可能性，然後評估自己權限不足，而不是直接表明權限不足，很可能是避免直接拒絕。例（35）和（36）利用「雖」避免站在國君的對立面。這類的讓步都屬於容讓。例（37）和（38）以「雖」謙抑自我，而後表達意願，可說是容讓的極致。

　　例（39）應是這種照應的延伸。簡言之，趙孟詢問叔向對楚公子圍「自以為王」的看法，叔向表示「其可哉」，接著說「雖可，不終」。「哉」註記情意波動，然而由於語境不充分，無從得悉情意內容。劉承慧（2013b）指出「哉」可用於表示附和。就此而論，叔向有可能是附和趙孟的意向，順勢說出「其可哉」，從而說出「雖可」，「雖」兼有人際照應和行文承接功能。

　　承接上文的「雖」若肯認上文所述，即為「容讓」；若從反面作讓步，就表示假設性的「縱予」：

(40) 知莊子、范文子、韓獻子諫曰：「不可。吾來救鄭，楚師去我，吾遂至於此，是遷戮也。戮而不已，又怒楚師，戰必不克。雖克，不令。成師以出，而敗楚之二縣，何榮之有焉？若不能敗，為辱已甚，不如還也。」（《左傳・成公六年》）

(41) 文子曰：「君忌我矣，弗先，必死。」并帑於戚而入，見蘧伯玉，曰：「君之暴虐，子所知也。大懼社稷之傾覆，將若之何？」對曰：「君制其國，臣敢奸之？雖奸之，庸知愈乎？」遂行，從近關出。（《左傳・襄公十四年》）

以上兩例中的「雖」字句都是承接某種論斷，由「雖」從反面虛設條件，導入另一種論斷。

例（40）背景是楚國因為鄭國靠向晉國而出兵討伐，晉國派兵相救，楚國撤軍，然後晉國侵入蔡國，楚國救蔡。晉國大臣對於是戰是和分為兩派意見。一派主張對楚開戰。另一派認為出兵是為了救鄭，攻蔡是轉移殺戮陣地，不知停止又觸怒楚國，開戰必定不會得勝；即便得勝，也不會有好下場。「雖克」從「戰必不克」反面提出縱予條件，目的是進一步否定主戰派的正當性。

例（41）記載孫文子懼怕衛獻公加害而準備叛變，碰見蘧伯玉，他聲稱懼怕獻公暴虐使社會傾覆，問蘧伯玉怎麼想。蘧伯玉說國君主掌政事，臣下怎麼敢去干犯國君的職權；就算干犯，怎知會更好？「臣敢奸之」是帶謙敬副詞「敢」的反問形式，強調不敢，緊接著「雖奸之」從反面提出縱予條件以導入負面的論斷，質疑孫文子叛變的正當性。

呂叔湘（2014: 607）指出，「所謂讓步，即姑且承認之意」，又指出「大多數轉折句，其中下句所表事實和上句所引起的預期相反，這種情形在容認句更容易看出，到了縱予句尤為明顯」。也就是讓步句無論虛實，都是表明發言者「姑且承認」的態度；從上面的舉例推想，「姑且承認」應是起於人際照應。讓步句就像轉折句用於預示「違反預期」。

再由例（42）設想註記縱予條件的「雖」如何從人際照應功能延伸出上下文照應關係：

(42) 孟子見梁惠王，王立於沼上，顧鴻鴈麋鹿，曰：「賢者亦樂此乎？」孟子對曰：「賢者而後樂此，不賢者，

雖有此，不樂也。」（《孟子・梁惠王上》）

梁惠王在沼澤地上，環顧林園內的飛禽走獸，詢問孟子「賢者亦樂此乎」，孟子把梁惠王的主謂句改換為條件句「賢者而後樂此」，繼而將反面條件套入〔X，雖Y，Z〕，組成「不賢者，雖有此，不樂也」。「雖有此」不僅照應提問「賢者亦樂此乎」，也照應前行條件句「賢者而後樂此」，轉出相反的指認「不樂也」。

反之，例（43）與人際照應無關：

(43) 迎之致敬以有禮；言，將行其言也，則就之。禮貌未
衰，言弗行也，則去之。其次，雖未行其言也，迎之
致敬以有禮，則就之。禮貌衰，則去之。（《孟子・
告子下》）

此例摘自孟子回覆陳子詢問「古之君子何如則仕」所說。孟子認為接待君子最理想的態度是「迎之致敬以有禮；言，將行其言也」，其次是「雖未行其言也，迎之致敬以有禮」。「雖未行其言也」提出的縱予條件僅是就理想狀況「言，將行其言也」而發，不涉及人際照應。

例（37）和（38）中的「札雖不才」、「我雖不敏」純然是向受話者示意自謙。例（34）到（36）中「雖可」、「陳氏雖無大德」、「晉雖無道」、「楚雖大」用於照應受話者的立場。這些都可視為發言者表示友好或善意而作出容讓，屬於人際照應之類。

例（39）到（42）中的「雖可」、「雖克」、「雖奸

之」、「雖有此」照應受話者並照應前行成分。「雖可」承接
上文「其可哉」，屬於容讓，其餘三例是就上文所述提出反面
條件，都屬於縱予。例（43）中的「雖未行其言也」就著上文
提出縱予條件，全不涉及人際照應。

　　歷時演變是漸進的，都存在新舊並行的中間階段。設若某
個語法成分的功能從 A 演變為 B，必然經過 A 與 B 並行的階
段。例（40）到（42）都屬於 A 與 B 並行階段，而例（43）
中的「雖」獨立表示縱予，意味著脫離中間階段，完成分化。

　　儘管具體的交際情境中有各式各樣的「雖」字組合，但從
整體上來看，引發演變的關鍵應是例（40）到（42）之類從上
文所述之反面提出假設性讓步的縱予之例。我們目前所見不涉
及人際照應的「雖」字句都表示縱予，不僅是例（43）表示縱
予，第三章第三（二）節舉出的讓步之例全部都不涉及人際照
應，「雖」都註記縱予。

　　那麼兼具註記人際照應和縱予事理雙重功能的「雖」又是
如何失去人際照應功能的？我們無法從「雖」找到確切的證
據，若按照劉承慧（2019b），最初註記人際照應的「雖然」
和「然則」在語流中發展出註記事理關係的功能，又隨著它們
應用到書面語，失去了人際互動的語境，就自然分化出單只註
記縱予事理的標記。功能的分化意味著構式的分化。縱予標記
「雖」在縱予構式成立於書面語後即脫離人際照應的「雖」而
完成分化。

三、語氣類型

　　語氣成分包括句末語氣詞和語氣副詞，也包括具表態功能

的定型構式。語氣副詞數量很可觀，分類結果往往視分類標準而異，仍有諸多疑問等待解答，本節以少數具代表性的成員解說語氣副詞的功能，如表 4.1 所列。句末語氣詞的類別與功能多是依據郭錫良（1997; 2007）以及劉承慧（2007; 2008; 2010a; 2011c; 2013b; 2019a）。[38]

過去學者對句末語氣詞為單功能或多功能的問題抱持不同見解，從郭錫良（1997）和劉曉南（1991）可以窺得分歧的由來：大抵單功能是指規約功能，多功能包括實際使用中衍生的功能。前者是就組成而言，後者涵蓋組成和實現。

句末語氣詞受語法體系規約。本書第一章開頭即由《左傳》的「可也」、「可矣」展示「也」和「矣」即便都是搭配謂語「可」，仍有語氣差異，證明規約功能真實存在。多功能現象起於帶句末語氣詞的小句以其組合意義與使用條件限定的語境意義相結合。第一章第二（二）節例（34）中「然則飲食亦在外也」的語氣內容超出句末「也」的指認功能，就是小句的指認意義結合語境意義衍生的。

語法體系都具有穩定性，先秦句末語氣詞有穩定的功能分工。整體而言，「也」、「矣」、「焉」、「耳」註記直陳語氣，「乎」、「與／邪」註記疑問語氣，「哉」、「夫」註記感嘆語氣。不過語法規約的意義和語境意義相結合因而引申是自然語言的普遍現象，通常引申意義會隨著語境消失，只有再三重現的引申可能定型為新起的語法常規。引申義有時保留在構式中，例如「也」字祈使句很可能是從直陳的「也」字句

---

38 本節有許多句末語氣詞的舉例和分析轉引自劉承慧的論文，為利於行文簡潔，不一一註記。

衍生的，源自上位者對下屬指認自己的願望。上位者的願望對
下屬而言必須要執行，其實無異於命令，但畢竟不是直接下命
令；祈使句「行也」之所以帶有劉曉南（1991: 78）所說的緩
和口氣，應該是保留了來源直陳句的間接表態意味。

下面由疑問、祈使、感嘆、直陳語氣依序討論。

（一）疑問語氣

疑問句如果目的僅止於詢問，表態程度不高，語氣不明
顯；如果目的是探詢對方的意向，就有表態意味；用於反詰或
商量，則語氣更為顯豁。

我們先看表態程度最低的詢問之例：

(44) 子路曰：「衛君待子而為政，子將奚先？」（《論語・
子路》）

(45) 長沮曰：「夫執輿者為誰？」子路曰：「為孔丘。」
（《論語・微子》）

(46) 三日，棄疾請尸。王許之。既葬，其徒曰：「行乎？」
（《左傳・襄公二十二年》）

例（44）和（45）由疑問代詞提出詢問，「子將奚先」詢問孔
子，執掌政權將優先處理什麼事，「夫執輿者為誰」詢問那位
駕車的人是誰。例（46）背景是楚康王令尹子南及子南的寵臣
觀起行事僭越被殺，子南的兒子棄疾得到康王的許可，把屍體
移出朝廷下葬，而後隨從問他「行乎」。三例都是詢問，前兩
例屬於疑問代詞註記的特指問，後一例相當於是非問。

疑問形式常用於表示反問，可區分為反詰與強調兩種。如

例（11）中的「何損於好」強調「無損於好」。下面「何以別乎」則是反詰：

(47) 子游問孝。子曰：「今之孝者，是謂能養。至於犬馬，皆能有養；不敬，<u>何以別乎</u>？」（《論語・為政》）

例（47）分辨奉養父母的「養」和豢養犬馬的「養」，關鍵在態度。奉養父母是發自內心的敬意，若非如此，即與豢養犬馬沒有分別——「何以別乎」表面上是詢問如何分別，其實是否定有分別，即呂叔湘說的「反詰實在是一種否定的方式」。[39]

反問是疑問形式在語境中的使用常態。當發言者已經有定見，同時希望提起注意，就使用疑問形式以為否定，連結語境意義表示強調或反詰，帶有明確的表態意味。

此外還有發言者探測受話者意向或態度的詢問，稱作「測問」，由「與／邪」標註：[40]

(48) 有子曰：「其為人也孝弟，而好犯上者，鮮矣；不好犯上，而好作亂者未之有也。君子務本，本立而道生。孝弟也者，<u>其為仁之本與</u>？」（《論語・學而》）

(49) 子猶受之，言於齊侯曰：「群臣不盡力于魯君者，非不能事君也。然據有異焉。宋元公為魯君如晉，卒於

---

39 此例用「何以別」就足以表示反詰，帶上句末「乎」，語氣較委婉。詳見下文討論。

40 先秦文獻中的測問標記有「與／歟／邪／耶」多種寫法，反映戰國文字的地域性。有關測問的詮釋，請參閱魏培泉（1982）、李佐丰（2004: 218-219）；字形變異以及有關測問的文獻回顧，請參閱巫雪如（2010）。

曲棘；叔孫昭子求納其君，無疾而死。<u>不知天之棄魯
邪</u>，抑魯君有罪於鬼神故及此也？……。」（《左傳・
昭公二十六年》）

(50) 曰：「虞不用百里奚而亡，秦穆公用之而霸。不用賢
則亡，<u>削何可得與</u>？」（《孟子・告子下》）

　　例（48）中「孝弟也者，其為仁之本與」並不是對「孝弟
為仁之本」有疑問，而是在已有定見的情況下，探測受話者是
否認同，即所謂的「測問」。「與」註記測問語氣。此例與
例（46）不同，例（46）為發言者對命題內容有疑，此例的疑
問不在命題內容，而在於有子想了解受話者是否贊同自己的意
見，有人際照應之意，相當於多問一句「你覺得呢」或「你認
為呢」。

　　例（49）背景是子猶接受了季氏的賄賂，阻止齊侯送昭公
回魯國，由於齊侯警告不准接受魯國賄賂，這段話也就說得格
外曲折。他先聲明魯國群臣不為昭公盡力並非不能事君，其
次用轉折小句「然據有異焉」把話鋒轉向自己，帶到曾為魯君
奔走的「宋元公」和「叔孫昭子」先後死於非命，再提出「不
知天之棄魯邪，抑魯君有罪於鬼神故及此也」。這句話表面上
說的是不知，但兩種情況都指向魯昭公有罪，受到上天鬼神的
遺棄。「邪」並非註記詢問，而是探測齊侯接不接受「天之棄
魯」的說法。

　　例（50）中「削何可得與」是疑問代詞「何」組成的反問
形式「削何可得」加上測問的「與」；「削何可得」強調「削
不可得」，意思是不任用賢能的下場是滅亡，不只是國家削弱
而已，發言者用「與」探測對方是否有同感。

先秦副詞「豈」專用於反問。[41] 例如：

(51) 公曰：「晉，吾宗也，<u>豈害我哉</u>？」（《左傳・僖公五年》）

(52) 子曰：「其然！<u>豈其然乎</u>？」（《論語・憲問》）

如果表示反詰，「豈」相當於現代漢語的「難道」。例（51）中的「豈害我哉」即相當於「難道會害我嗎」。如果表示強調，「難道」似乎太強了，例（52）中的「豈其然乎」毋寧相當於「真是這樣嗎」。語氣差異由「哉」和「乎」顯示。

共現的句末語氣詞和反問副詞自然形成語義互動。「豈害我哉」與「哉」共現，在詰問之上附加了情意波動。「豈其然乎」與「乎」共現，「乎」的不定口吻軟化了否定力道。

再以例（53）中的「則吾豈敢」作比較：

(53) 子曰：「若聖與仁，<u>則吾豈敢</u>？抑為之不厭，誨人不倦，則可謂云爾已矣。」（《論語・述而》）

反問之辭「吾豈敢」強調「不敢」，並沒有跟句末語氣詞共現，除非同時有未曾揭露於字面的語調表情，否則就沒有其他附帶語氣。

無論是強調或反詰，還是測問，都帶著鮮明的自我主張的立場。立場鮮明不必然表示態度堅決。劉承慧（2013b）指出

---

41 先秦「豈」註記否定疑問，除了表示反詰外，也可以表示強調。是反詰或強調取決於語境中的使用條件，另請參閱第六章第三節。

句末語氣詞的規約功能應該要回到《馬氏文通》所說的「傳信」與「傳疑」:「傳信」表明「確信」的態度,「傳疑」則表明「不確信」的態度。句末「乎」註記委婉語氣的功能應是從「不確信」而來,以「非斷然」口吻表明發言的態度:[42]

(54) 子路曰:「衛君待子而為政,子將奚先?」子曰:「<u>必也正名乎</u>!」(《論語・子路》)

(55) 子曰:「聽訟,吾猶人也,<u>必也使無訟乎</u>!」(《論語・顏淵》)

例(54)和(55)都是以必要性的指認之辭「必也」搭配發言者主張的「正名」、「使無訟」,最後由「乎」收尾。「乎」並不表示疑問,而是表示非斷然的口吻,以避免落入決絕的態度。

此外還有一組「商量」語氣的構式〔不亦 X 乎〕、〔無乃 X 乎〕:

(56) 子曰:「學而時習之,<u>不亦說乎</u>?有朋自遠方來,<u>不亦樂乎</u>?人不知而不慍,<u>不亦君子乎</u>?」(《論語・學而》)

(57) 仲弓問子桑伯子。子曰:「可也簡。」仲弓曰:「居敬而行簡,以臨其民,不亦可乎?居簡而行簡,<u>無乃大簡乎</u>?」子曰:「雍之言然。」(《論語・雍也》)

---

42 有關句末「乎」從註記「不定」引申出註記「委婉主張」語氣的設想,請參閱劉承慧(2013b)。

例（56）由並列的條件論斷式組成，「不亦說乎」、「不亦樂乎」、「不亦君子乎」都套用定型構式〔不亦 X 乎〕，帶有不確定口吻，應理解為交際態度的和緩，而非對命題內容的不確定。例（57）是仲弓針對孔子讚許子桑伯子「簡」提出的辨析，認為「簡」應以敬慎的態度從大節處擇要行政，要是以怠慢的態度去行政，未免太輕忽了。[43] 其中「不亦可乎」、「無乃大簡乎」套用〔不亦 X 乎〕、〔無乃 X 乎〕。「不亦」經常搭配正向表述的謂語，反之則是「無乃」多半搭配負向表述的謂語。《左傳》慣用的「無乃不可乎」與「不亦可乎」即為否定與肯定對立，顯示兩者的功能分工傾向。[44]

綜合以上舉證與討論，疑問語氣包括言說主觀程度低的詢問，以及言說主觀程度高的測問與反問。反問雖然是採取疑問形式，卻用於表示強調或反詰，取決於發言者與受話者的相對社會地位。[45] 又反問副詞「豈」與「乎」或「哉」共現，組成兩種不同的構式，〔豈 X 乎〕語氣委婉，〔豈 X 哉〕語氣激越，是源自句末語氣詞的規約功能。〔豈 X 乎〕就像〔不亦 X 乎〕、〔無乃 X 乎〕緣於「乎」而有委婉之意。

---

43 這裡同時從正反兩面來理解「簡」之所指。正面而言是「簡要」。反面而言是「簡略」，以態度來說是「不嚴謹」、「怠慢」，以行事來說則是「輕忽」。

44 其實「無乃」、「不亦」並不是均質分布的。《孟子》、《韓非子》沒有「無乃」的用例，《荀子》、《戰國策》各 2 例，《左傳》有 47 例，「無乃不可乎」就佔了 20 例。又「不亦」在《左傳》有 74 例，「不亦可乎」佔了 27 例；「不亦 X 乎」高達 73 例，只有 1 例未與「乎」共現。又《孟子》共出現 6 例「不亦」，4 例是「不亦宜乎」。可見「不亦」和「無乃」都有某種使用限制。

45 詳見第六章第三節。

（二）祈使語氣

　　肯定的祈使句分為「勸誘」、「命令」、「建議」、「祈願」四小類。以下是「勸誘」之例：[46]

(58) 孔子在陳曰：「<u>盍歸乎來</u>！吾黨之小子狂簡，進取，不忘其初。」（《孟子・盡心下》）

(59) 雖然，若必有以也，<u>嘗以語我來</u>！（《莊子・人間世》）

表示勸誘的句末語氣詞「來」不見於《左傳》、《論語》，但是《孟子》中有表示自我勸說的「盍歸乎來」，其中之一為例（58）。[47]「盍歸乎來」把自己當作言語交際的對象，勸誘自己返鄉。例（59）擷取自孔子與顏回的問答，顏回打算前往衛國，孔子指出顏回此行非但不能使衛國撥亂反正，還可能招致迫害，隨後勸誘說「雖然，若必有以也，嘗以語我來」，意思是儘管我這麼認為，你必然有理由，試著告訴我，「來」註記勸誘語氣。

　　其次，下命令在《左傳》常用「也」字句：

(60) 遂寘姜氏于城潁，而誓之曰：「不及黃泉，<u>無相見也</u>！」（《左傳・隱公元年》）

(61) 桓子曰：「……而能以我適孟氏乎？」對曰：「不敢

---

46 勸誘語氣詞「來」可能屬於地域方言。詳見劉承慧（2012; 2013b）。

47 相同的勸誘組合「盍歸乎來」在《孟子》共出現 5 次，其他 4 次則重複見於〈離婁上〉、〈盡心上〉。

愛死，懼不免主。」桓子曰：「<u>往也</u>！」（《左傳·
定公八年》）

根據例（60）和（61）設想，表示命令的「也」字句應是表示
指認的「也」字句在言語活動中衍生的。例（60）是鄭莊公平
定了謀反的弟弟後，把母親姜氏放逐到潁地，發誓「不及黃
泉，無相見也」；「也」的規約功能是「指認」，莊公指認有
生之年不再相見，實無異於下命令。例（61）的背景是魯國內
亂，季桓子在林楚駕駛的馬車上，混亂中對林楚說「而能以我
適孟氏乎」，這句話表面上好像是詢問，但因為季桓子是上位
者，其實是間接提出要求；林楚託辭不肯，這時候季桓子以
「往也」指認自己前往孟氏居所的決心，對林楚而言就是命
令。

　　這裡側重在指認的「也」字句如何演變為祈使的「也」字
句。從《左傳》的整體用例來看，上位者用「也」字句對下位
者指認意向或心願已經成為定型的「也」字祈使句。

　　再看「建議」之例：

(62) 王曰：「余殺人子多矣，能無及此乎？」右尹子革曰：
「<u>請待于郊，以聽國人</u>。」王曰：「眾怒不可犯也。」
曰：「<u>若入於大都，而乞師於諸侯</u>。」王曰：「皆叛
矣。」曰：「<u>若亡於諸侯，以聽大國之圖君也</u>。」王曰：
「大福不再，祇取辱焉。」（《左傳·昭公十三年》）

(63) 滕文公問曰：「滕，小國也。竭力以事大國，則不得
免焉。如之何則可？」孟子對曰：「……<u>君請擇於斯
二者</u>。」（《孟子·梁惠王下》）

例（62）背景是楚靈王窮途末路之際，右尹子革勸他不要絕望，提出三種可能的脫困方案。子革首先建議楚靈王說「請待于郊，以聽國人」，但靈王斷然地指認「眾怒不可犯」。此後子革改用「若」措辭。「若入於大都，而乞師於諸侯」、「若亡於諸侯，以聽大國之圖君也」都是以假設標記「若」委婉提出建議，委婉語氣應是延伸自假設標記「若」隱含的「不確定性」——臣子對國君建言講究委婉，特別是在險惡關頭，更要避免冒犯衝撞。[48] 例（63）記載滕文公詢問如何事奉大國才得免於災難，孟子向滕文公提出兩種選項，而後說「君請擇於斯二者」，「請」表示建議，如「請待于郊」。

　　其次是表示「祈願」的語氣副詞「其」、「尚」、「請」之例：

(64) 公曰：「不可。先君以寡人為賢，使主社稷。若棄德不讓，是廢先君之舉也，豈曰能賢？光昭先君之令德，可不務乎？吾子其無廢先君之功！」（《左傳·隱公三年》）

(65) 曰：「平公之靈，尚輔相余！」（《左傳·昭公二十一年》）

(66) 王曰：「吾惛，不能進於是矣。願夫子輔吾志，明以教我。我雖不敏，請嘗試之。」（《孟子·梁惠王上》）

---

48 雖然文字記載並沒有留下語勢，但仍可以根據子革直白建議「請待于郊」被楚靈王否決後轉而採取委婉的「若」字構式，想像當時的氛圍。

例（64）背景是宋穆公臨終前傳位給宣公之子與夷，但是群臣
擁戴他的兒子公子馮。他說宣公讓國給他，他讓國給與夷，是
發揚宣公的美德，希望不要荒廢宣公的功績，「其」註記祈
願語氣。例（65）是公子城在戰場上祝禱父親平公之靈能輔助
他，「尚」註記祈願語氣。[49]例（66）中「請嘗試之」沒有實
質請求，是齊宣王對孟子紆尊降貴的客氣話，「請」表示祈願
語氣。

此外有定型的「祈願」構式〔若 X，則 Y〕：

(67) 使告於宋曰：「君若伐鄭，以除君害，君為主，敝邑
以賦與陳、蔡從，則衛國之願也。」（《左傳‧隱
公四年》）

(68) 公使羽父請於薛侯曰：「君與滕君辱在寡人，周諺有
之曰：『山有木，工則度之；賓有禮，主則擇之。』
周之宗盟，異姓為後。寡人若朝于薛，不敢與諸任齒。
君若辱貺寡人，則願以滕君為請。」（《左傳‧隱
公十一年》）

例（67）是衛國的州吁向宋國表達共同攻打鄭國的意向，採取
祈願構式，由假設註記的不確定口吻提出請求「君若伐鄭，以
除君害，君為主，敝邑以賦與陳、蔡從」，而後以「則衛國之
願也」指認此即為發言者的願望。例（68）是同時造訪魯國的
薛侯與滕侯搶先行禮，魯隱公希望薛侯禮讓和魯國同姓的滕侯

---

49 語氣副詞「尚」用於特定場合，如在《左傳》中常用於占卜時表
示祈願語氣，如《左傳‧昭公十三年》中的「初，靈王卜曰：
『余尚得天下！』不吉」所示。

先行禮，故而向薛侯表達請求，「君若辱貺寡人，則願以滕君
為請」亦套用此一構式。

　　劉承慧（2010c: 233）指出祈願構式與動詞「請」的區別
在「請」表明發言者側重自身的願望，祈願構式〔若 X，則
Y〕可以淡化自我，彰顯決定權交給對方，暗藏著抬舉意味。

　　以上的例證顯示「請」和「若」都用於建議和祈願，可以
歸結為「請」搭配第二人稱主語表示建議，搭配第一人稱主
語表示祈願；「若」單用表示建議，用在定型構式〔若 X，則
Y〕表示祈願。

　　下面是「否定性祈使」：

(69) 蕭人囚熊相宜僚及公子丙。王曰：「勿殺，吾退。」
　　　蕭人殺之。王怒，遂圍蕭。蕭潰。（《左傳・宣公
　　　十二年》）

(70) 子曰：「非禮勿視，非禮勿聽，非禮勿言，非禮勿動。」
　　　（《論語・顏淵》）

兩例都由「勿」表示禁止。例（69）中的「勿殺」套入第二人
稱主語省略的祈使構式，就成了禁制之辭。例（70）是孔子指
導顏淵「為仁」條目，從反面提出行為的約束，「勿」表示禁
制之意。

（三）感嘆語氣

　　感嘆句以句末語氣詞「夫」、「哉」分為兩小類：

(71) 君子曰：「宋宣公可謂知人矣。立穆公，其子饗之，

命以義夫！……。」（《左傳・隱公三年》）

(72) 子在川上，曰：「逝者如斯夫！不舍晝夜。」（《論語・子罕》）

(73) 子路曰：「衛君待子而為政，子將奚先？」子曰：「必也正名乎！」子路曰：「有是哉，子之迂也！奚其正？」子曰：「野哉，由也！……。」（《論語・子路》）

郭錫良（2007: 120）指出，「夫」大都是表示「惋惜」、「哀嘆」，語氣比「哉」更「低沉」。例（71）背景是宋宣公當年把國君之位傳給弟弟穆公，穆公臨終前不顧群臣反對，傳位給宣公的兒子與夷；史官有感於宣公兄弟依循古禮傳位，反觀同時期各國奪權事件頻仍，讓人唏噓悵惘。例（72）記載孔子在川流上興起年華如流水般逝去的感懷。兩例都用「夫」傳達一種低沉的嘆息。與此相對的是「哉」廣泛用於各種類型的情意波動。例（73）記載子路請教孔子執政的優先要務，孔子回答「正名」，子路以「有是哉」表達對孔子意圖「正名」的驚疑，而根據下文「子之迂也」顯示子路的驚疑來自他認定孔子太過迂闊。「野哉」則表達孔子對子路竟然不顧政治應講求正本清源的憤慨。「驚疑」和「憤慨」是不同類型的情緒反應，然而在先秦同樣都是由「哉」註記。

　　句末「哉」註記的情意波動是交際中被激發出來的，因此情意的類型隨著語境而變動。下面一例註記的情意又不同：

(74) 反，誅屨於徒人費。弗得，鞭之，見血。走出，遇賊于門。劫而束之。費曰：「我奚御哉？」袒而示之背。

信之。（《左傳・莊公八年》）

例（74）中的「徒人費」是齊襄公的隨從，先前跟著襄公去狩
獵，襄公在林間受到野豬驚嚇，弄丟了鞋子，回到朝廷後怪罪
鞭打他，他匆匆離開宮廷被叛黨捉住，於是就激動地對叛黨說
他怎麼會抵抗，還拉開上衣出示背上的鞭痕──「哉」註記他
激動的語氣。

句末「哉」向來被歸類為感嘆語氣詞，不過「感嘆」所指
模糊，判讀時可能被忽略。「我奚御哉」只要順著語境就可以
讀出申辯之意，即便忽略「哉」的語氣內容，把它當作反詰
句，文意並無滯礙。但若不問「哉」的語氣內容，就會連帶忽
略它所註記的情意波動。「我奚御哉」因為「哉」而帶有情緒
性的神情語調，讓申辯更具說服力。這說明襲擊宮廷的叛黨何
以輕易信過徒人費而答應讓他在前面帶路，使他有機會設法營
救齊襄公，即便營救行動到最後是以失敗收場。

由句末「哉」傳達的各種情意中，有一種涉及對受話者的
人際照應：

(75) 庚辰，吳入郢，以班處宮。子山處令尹之宮，夫槩王
欲攻之，懼而去之，夫槩王入之。左司馬戌及息而還，
敗吳師于雍澨，傷。初，司馬臣闔廬，故恥為禽焉，
謂其臣曰：「誰能免吾首？」吳句卑曰：「臣賤，可
乎？」司馬曰：「我實失子。可哉！」（《左傳・
定公四年》）

(76) 右尹子革夕，王見之，去冠、被，舍鞭，與之語，曰：
「昔我先王熊繹與呂伋、王孫牟、燮父、禽父並事康

王，四國皆有分，我獨無有。今吾使人於周，求鼎以為分，王其與我乎？」對曰：「與君王哉！昔我先王熊繹辟在荊山，篳路藍縷以處草莽，跋涉山林以事天子，唯是桃弧棘矢以共禦王事。齊，王舅也；晉及魯、衛，王母弟也。楚是以無分，而彼皆有。今周與四國服事君王，將唯命是從，豈其愛鼎？」王曰：「昔我皇祖伯父昆吾，舊許是宅。今鄭人貪賴其田，而不我與。我若求之，其與我乎？」對曰：「與君王哉！周不愛鼎，鄭敢愛田？」王曰：「昔諸侯遠我而畏晉，今我大城陳、蔡、不羹，賦皆千乘，子與有勞焉，諸侯其畏我乎？」對曰：「畏君王哉！是四國者，專足畏也。又加之以楚，敢不畏君王哉！」……析父謂子革：「吾子，楚國之望也。今與王言如響，國其若之何？」（《左傳・昭公十二年》）

例（75）中的「可哉」和例（76）中的「與君王哉」、「畏君王哉」、「敢不畏君王哉」都註記對受話者的附和態度。

　　例（75）是吳國攻入楚國，先前離開吳國投效楚國的左司馬戌受了傷，詢問底下人誰能讓他的首級免於被擒獲，句卑表示可以幫助他達成心願，只恐怕自己地位太低，因此問「可乎」；司馬戌以「我實失子」表示對方的地位低下是自己的過失，然後說「可哉」——「哉」註記他內心的波動。然而是什麼樣的波動呢？且先看例（76）。

　　例（76）記載楚靈王問子革說，要是向周王求鼎，周王會不會答應；向鄭國索討被侵吞的許國，鄭國會不會答應；以往諸侯懼怕晉國，現在會不會懼怕自己。子革就著「王其與我

乎」、「其與我乎」、「諸侯其畏我乎」的提問順序，依次回
應說「與君王哉」、「與君王哉」、「畏君王哉」、「敢不畏
君王哉」，引起析父的強烈不滿，批評他「與王言如響」，是
靈王的應聲蟲。靈王連續提出的三個問題都顯現出擴張權勢的
野心，那麼子革作為臣下又是如何生出情意波動的？從析父對
子革的批評推測，子革的態度是一味地討好，「哉」字句都有
逢迎附和之意。

就此詮釋例（75）中的「可哉」。司馬戍懼怕自己的首級
被吳人擒獲而尋求下人協助，句卑挺身而出，他心中自然是有
漣漪的，又按照「我實失子」可知他種種繁亂心緒必然摻雜著
討好之意，「可哉」很可能顯示急切附和的態度。[50]

例（75）和（76）顯示附和的「哉」涉及對受話者的關
照。劉承慧（2013b）援引 Traugott（2003）所謂「交互主觀
化」（intersubjectification）予以闡述——發言者的關注焦點從
自身轉移到受話者，使得言說主觀性標記擴大功能，成為交互
主觀性標記。兩例中的「哉」延伸註記對受話者的照應，是交
互主觀化的案例。[51] 測問語氣的「與／邪」乃至具有人際照應
功能的「雖」、「然」都是交互主觀性標記。

---

50 根據例（32）和（39）叔向以「克哉」回應韓宣子詢問「楚其克
　　乎」、以「王弱，令尹彊，其可哉」回應趙孟詢問「令尹自以為
　　王矣，何如」，句末「哉」也可能從帶實質情意的附和成分分化
　　為謙虛的表態成分，至少《左傳》所顯示的叔向發言態度是如
　　此，但不排除是出於叔向個人的用語習慣。無論如何，情意波動
　　的強度在這種構式中就相對降低了。
51 不過先秦跨入交互主觀性的「哉」字例似乎僅見於《左傳》，就
　　此推測，這種分化現象可能只發生在特定的區域或社會方言。

（四）直陳語氣

表 4.3 顯示直陳句下位包含多種語氣類型，其中指認、評估、核實、限止由句末語氣詞標註，測度、確認、謙敬由語氣副詞標註。

1. 直陳句末語氣詞

句末語氣詞「也」、「矣」、「焉」、「耳」註記不同類別的直陳語氣。「也」、「矣」較「焉」、「耳」常用。[52]

第一章第一（一）節討論例（7）到（11）時指出「判斷句」不適合概括先秦「也」字句例。「也」是表明發言者指認命題所述為真的語氣。

上述「也」字句在言語活動中連結語境意義，致使語義功能範圍超出指認。例（7）史官以「聲子也」指認「誰是君氏」。例（8）賈季以「冬日之日也」、「夏日之日也」指認他對趙衰和趙盾父子的看法。例（9）伯有宣稱「壬子，余將殺帶也。明年壬寅，余又將殺段也」，是指認自己即將採取的行動。例（10）昭子以「非所哭也」指認預測子叔將死的理由。史官指認身分及預言者指認理由都不出「也」的規約功能範圍。但伯有的宣告語帶威脅，賈季以冬天和夏天的太陽隱喻趙家父子語帶褒貶，都超過規約的指認意義，是連結語境意義所衍生。例（11）季桓子所說的「往也」是套用「也」字祈使句。祈使和直陳句類不同，「也」字句引申出祈使語氣出自指認意義和語境意義相結合。

---

52 我們對句末「也」、「矣」作過較深入的觀察，本書囿於篇幅，無法細論。感興趣的讀者請參閱劉承慧（2007; 2008; 2011c; 2013b; 2019a）。

　　再看句末「矣」。「矣」註記評估語氣，也註記「既成體」，評估語氣可能是源自既成體標記。且由「也」、「矣」共現之例解析「矣」的功能：

(77) 諸侯之禮，<u>吾未之學也</u>；雖然，<u>吾嘗聞之矣</u>。（《孟子・滕文公上》）

(78) 今夫天下之人牧，<u>未有不嗜殺人者也</u>，如有不嗜殺人者，<u>則天下之民皆引領而望之矣</u>。誠如是也，民歸之，由水之就下，沛然誰能禦之？（《孟子・梁惠王上》）

(79) 女自房觀之，曰：「<u>子皙信美矣</u>，抑子南，<u>夫也</u>。夫夫婦婦，所謂順也。」（《左傳・昭公元年》）

例（77）中的「吾未之學也」指認沒學過諸侯之禮，「吾嘗聞之矣」表示已曾聽聞，「矣」標示「吾嘗聞之」為既成體，亦即發言當下「聞」的經驗已然發生。例（78）中的「未有不嗜殺人者也」指認「沒有不以殺人為嗜好的國君」為真，其後從對立面假設「如有不嗜殺人者」，推論出「則天下之民皆引領而望之矣」──如果有國君不以殺人為樂，人民都會引領企盼。「矣」標示「則」字推論出於評估。例（79）記載鄭國徐吾犯的妹妹對愛慕者子皙和子南的看法，「子皙信美矣」中的「信」註記對子皙「美」的確認，「矣」表示此一確認出自評估，「抑子南，夫也」則是指認她相信子南具有丈夫的氣概。

　　以上三例中的「也」都註記發言者對命題所述為真的指認，但「矣」的功能不相同。「吾嘗聞之矣」中的「矣」是Pulleyblank（1994）所說「既成體」（perfect aspect）標記，[53]

---

53 以往著作對 "perfect aspect" 有不同的翻譯，本書翻譯為「既

表明謂語所述事件在某個參照時間點上已經發生。此例的參照時間點是發言的當下，也就是「現在」。「則天下之民皆引領而望之矣」、「子皙信美矣」由「矣」註記評估語氣，可能是從既成體標記「矣」衍生出來的。

劉承慧（2007）指出先秦「矣」註記「時間」、「因果」、「感知與評價」，彼此有淵源。先比較「時間」與「因果」兩種例證：

(80) 三敗及韓。晉侯謂慶鄭曰：「寇深矣，若之何？」對曰：「君實深之，可若何！」（《左傳・僖公十五年》）

(81) 晉侯夢大厲，……公覺，召桑田巫。巫言如夢。公曰：「何如？」曰：「不食新矣。」（《左傳・成公十年》）

(82) 先軫朝，問秦囚。公曰：「夫人請之，吾舍之矣。」（《左傳・僖公三十三年》）

(83) 臾駢曰：「使者目動而言肆，懼我也，將遁矣。薄諸河，必敗之。」（《左傳・文公十二年》）

例（80）和（81）中的「矣」註記已然或將然，屬於時間範疇。例（82）和（83）中的「矣」註記現實因果之實存結果或條件因果之論斷結果，屬於因果範疇。[54]

成」，「既」取自註記 "perfect aspect" 的時間副詞「既」。相關討論見於 Pulleyblank（1994）以及劉承慧（2007; 2008; 2010a; 2015a）。有關 "aspect" 的討論，請參閱 Comrie（1976）。

54 劉承慧（2007）在「因果」下位區分「實存結果」與「推論結果」，然而「推論」在本書中專指「則」註記的事理關係。按照本書使用的術語，條件句後項由「則」標註的成分稱為推論，若無標記，稱為論斷。

　　標註既成體可能是「矣」的初始功能，發言者用它把某個參照時間點之前發生的事件註記為既成事件。既成體普遍採取的參照時間點是「現在」，現在之前發生的事件為「已然」。如果是以未來時間為參照點，「矣」註記預期在該時間之前發生的事件，則稱為「將然」。

　　例（80）中的「寇深矣」註記已然，例（81）中的「不食新矣」註記將然。[55] 與兩種時間功能平行的現象是「矣」註記現實因果句或條件因果句的結果成分，例（82）中的「吾舍之矣」表述實存結果，例（83）中的「將遁矣」表述條件因果之論斷結果。

　　時間和結果互有重疊。「夫人請之，吾舍之矣」表述現實因果事件，「矣」註記實存結果；若是就「矣」字小句本身而言，「吾舍之矣」表述已然事件，「矣」註記時間。又「使者目動而言肆，懼我也」和「將遁矣」表述事理上的條件與論斷關係，「矣」註記評估後的論斷結果；就小句來說，「將遁矣」表示將然，「矣」註記時間。

　　時間與結果的重疊應是出於時間到因果的引申。至於表示發言者的評價，如例（79）中「子皙信美矣」的「矣」，若援引 Traugott（1989）的說法，就是語法成分的意義「越來越倚重言說者對命題的主觀信念或態度」，亦即論斷功能經歷了「主觀化」（subjectification），引申出評價功能。[56]

---

55 就字面而言，「不食新矣」相當於「吃不到新麥了」，實際上是對死亡的預告。

56 以上分析摘自劉承慧（2007），係以《左傳》中的「矣」字句例為主要證據。戰國晚期文獻所見「矣」字句例超出《左傳》常規，顯示已有變化，不更細說。

　　Lyons（1995: 293-342）把「指代」、「時態」、「體貌」、「情態」、「語氣」都視為言說主觀性的體現。[57] 幾種功能是流動的。第二（四）節討論的轉折標記「然」是從指代到語氣，「矣」則是從體貌到語氣。

　　句末「焉」、「耳」在先秦文獻的使用頻率比「也」、「矣」低得多，語氣上各有分工。先看「耳」：

> (84) 子之武城，聞弦歌之聲，夫子莞爾而笑曰：「割雞焉用牛刀？」子游對曰：「昔者，偃也聞諸夫子曰：『君子學道則愛人，小人學道則易使也。』」子曰：「二三子！偃之言是也，<u>前言戲之耳</u>！」（《論語‧陽貨》）

孔子到了武城，聽見城內弦歌聲飄揚，微笑著說「割雞焉用牛刀」，意思是治理小地方難道用得著音樂教化，「焉」是疑問副詞。子游指出孔子曾經說「君子學道則愛人，小人學道則易使也」。於是孔子向在場的人聲明子游說得很對，剛才的話只是戲謔罷了。「偃之言是也」用「也」指認相信子游說得對，而「前言戲之耳」用「耳」表明「僅止於此」，即《馬氏文通》所謂「止此」。[58]

---

57 第一章第二（二）節註 24 提到本書按照慣例把 "mood" 譯為「語氣」。漢語其實不存在完全對應印歐語 "mood" 形態變化的語法現象，印歐語透過形態變化標註的句類（sentence class）在漢語主要用句末語氣詞註記。儘管缺乏嚴整的對應，仍有可相參照之處。

58 請參閱呂叔湘、王海棻編《《馬氏文通》讀本》第 570 頁。此外表示限止語氣的成分還有「爾」、「而已」，本書從略。

先秦「焉」的用例大多可以解釋為指示代詞，[59] 只不過有些隱含比指代義更抽象的言說主觀意味。《馬氏文通》說「其為口氣也，案而不斷」，又說「『焉』，代字也，及為助字，概寓代字本意」。[60] 引文所謂「案而不斷」應相當於「核實而不作判斷」，「核實」與「焉」的指代功能高度相關，與「及為助字，概寓代字本意」的說法互相呼應。

從指代到核實的關鍵在於「指示」。梅廣（2015: 26）指出「表達實然情態是『焉』的一個基本功能」；「當它不承上文，沒有確定的句內指稱對象時，『焉』的指示性質就會被人忽略，而被認為是一個表達語氣的句尾詞，但它其實還是具有指示的實存意義（在那裡）」。「實然」精確指出「焉」的語義，但「在那裡」似乎不是始終保留著。言說主觀成分存在跨類別的演變，「焉」就像「然」揭示從指代成分演變為語氣成分的傾向。

且看下面一組對照之例：

(85) 子曰：「篤信好學，守死善道。危邦不入，亂邦不居，天下有道則見，無道則隱。邦有道，貧且賤焉，恥也，邦無道，富且貴焉，恥也。」（《論語・泰伯》）

(86) 子適衛，冉有僕。子曰：「庶矣哉！」冉有曰：「既庶矣，又何加焉？」曰：「富之。」曰：「既富矣，又何加焉？」曰：「教之。」（《論語・子路》）

(87) 子曰：「眾惡之，必察焉；眾好之，必察焉。」（《論

---

59 請參閱魏培泉（2004: 69-75）、李佐丰（2003: 246-254; 2004: 239-245）、李小軍（2008）、梅廣（2015: 25-37）。

60 請參閱呂叔湘、王海棻編《《馬氏文通》讀本》第 574 頁。

語・衛靈公》）

(88) 子貢問曰：「何如斯可謂之士矣？」子曰：「行己有恥，使於四方，不辱君命，可謂士矣。」曰：「敢問其次？」曰：「<u>宗族稱孝焉，鄉黨稱弟焉</u>。」（《論語・子路》）

(89) <u>子謂子產有君子之道四焉</u>：其行己也恭，其事上也敬，其養民也惠，其使民也義。（《論語・公冶長》）

前三例中的「在那裡」可以從前行成分得悉。例（85）中「邦有道，貧且賤焉」和「邦無道，富且貴焉」的「焉」複指前行成分「邦」。例（86）中兩個「又何加焉」的「焉」複指前行成分「庶」、「富」。例（87）中「眾惡之，必察焉」、「眾好之，必察焉」的兩個「焉」或者指代民眾好惡之情事，或者指代引起民眾好惡的情由。不過例（88）中「宗族稱孝焉，鄉黨稱弟焉」和例（89）中「子謂子產有君子之道四焉」字面上缺乏可複指的前行成分。

例（89）中的「焉」是構式〔有 X 焉〕的組成分子。梅廣（2015: 37）指出表示存在的「有」屬於空間概念，和相當於「在那裡」的「焉」共現，應是概念性質相同的緣故；即便缺乏前行成分，仍可能基於「有」而用「焉」。否定構式〔無 X 焉〕也是如此：

(90) 君子<u>病無能焉</u>，不病人之不己知也。（《論語・衛靈公》）

例（90）中的「焉」缺乏前行成分照應，但「無」為「有」之

否定，屬於空間概念而與「焉」共現。

　　例（88）中的「焉」不和「有」、「無」共現。我們認為除了空間概念外，應該有其他的詮解方式，那就是根據《馬氏文通》所謂「案而不斷」闡述「焉」的語氣內容，「焉」表明發言者認為謂語所述為實情。試比較「焉」字小句和「也」字小句並舉之例：

(91) 子曰：「十室之邑，<u>必有忠信如丘者焉</u>，<u>不如丘之好學也</u>。」（《論語・公冶長》）

(92) 子夏曰：「雖小道，必有可觀者焉；致遠恐泥，<u>是以君子不為也</u>。」（《論語・子張》）

(93) 子曰：「<u>見賢思齊焉</u>，見不賢而內自省也。」（《論語・里仁》）

以上發言者都是先由「焉」字小句提出實情，再由「也」字小句指認信念。例（91）中的「十室之邑，必有忠信如丘者焉」用「焉」註記存在的實情，也就是家戶聚居之地必定有忠信如我者，「不如丘之好學也」用「也」指認發言者的信念，也就是都不如我好學。例（92）中的「雖小道，必有可觀者焉」以「焉」註記實情，即「縱使為小道，也有可觀摩之處」，「致遠恐泥，是以君子不為也」由「也」指認信念，也就是小道恐怕對君子負重行遠有所拘泥，所以君子不為。例（93）中的「見賢思齊焉」用「焉」註記對美好事物抱持著嚮往是普遍存在的實情，「見不賢而內自省也」則由「也」指認儒家自省以修身的信念。

　　三例中的「焉」都有前行成分，也都隱含著指示意義「在

那裡」，指示意義確保「焉」與「也」的語氣分工。如果就此解說例（90），「君子病無能焉」應是指實情，「不病人之不己知也」則是指孔子的信念。實情之說適用於缺乏前行成分的例（88），亦即「焉」註記「宗族稱孝」和「鄉黨稱弟」為實情。例（89）中的「焉」儘管用於空間構式〔有 X 焉〕，同樣可以由此解說，就是「焉」註記子產行事符合四種君子之道為實情，而非孔子個人的認定。

最後扼要分辨「焉」和「矣」。先觀察李小軍（2008:183）舉出的《左傳》之例：[61]

> (94) 八年春，晉侯使韓穿來言汶陽之田，歸之于齊。季文子餞之，*私焉*，曰：「……。」（《左傳・成公八年》）
>
> (95) 宋穆公疾，*召大司馬孔父而屬殤公焉*，曰：「先君舍與夷而立寡人，寡人弗敢忘。若以大夫之靈，得保首領以沒；先君若問與夷，其將何辭以對？請子奉之，以主社稷。寡人雖死，*亦無悔焉*。」（《左傳・隱公三年》）
>
> (96) 盈曰：「雖然，因子而死，*吾無悔矣*。我實不天，*子無咎焉*。」（《左傳・襄公二十三年》）

例（94）中的「私」指「私下交談」，「私焉」的「焉」複指前行成分「韓穿」。例（95）記載宋穆公臨終前將殤公囑託給孔父，「屬殤公焉」用「焉」複指「孔父」；他對孔父表示讓殤公繼位奉祀社稷，雖死而無悔，「亦無悔焉」用「焉」註

---

61 為便於討論，引用範圍略有增減，不一一註明。

記無悔為實情。例（96）背景是流亡在外的欒盈偷潛回封邑曲沃，告訴曲沃大夫胥午說打算起事，胥午認為不會成功，他就以「因子而死，吾無悔矣」表明依靠對方仍無法成功，自己無可後悔，「矣」註記欒盈自認為「無悔」的評估語氣；接著聲明「我實不天，子無咎焉」，「焉」註記「子無咎」為實情。

句末「焉」和「矣」語法分布重疊，把「寡人雖死，亦無悔焉」和「因子而死，吾無悔矣」改為「寡人雖死，亦無悔矣」和「因子而死，吾無悔焉」，仍合乎語法，只是句意因為句末語氣詞改換而有改變。不同的是，「矣」要求時間參照點，時間上欠缺參照的「焉」都不能由「矣」替換。例如：[62]

(97) 初，公築臺，臨黨氏，見孟任，從之。閟。而以夫人言，許之，割臂盟公。生子般焉。（《左傳・莊公三十二年》）

(98) 齊侯將為臧紇田。臧孫聞之，見齊侯。與之言伐晉，對曰：「多則多矣，抑君似鼠。夫鼠，晝伏夜動，不穴於寢廟，畏人故也。今君聞晉之亂而後作焉，寧將事之，非鼠如何？」乃弗與田。（《左傳・襄公二十三年》）

例（97）中「生子般」發生在一連串事件最後，但「焉」並不能由「矣」替換，原因是「生子般」缺乏註記「既成」的參照時間。例（98）背景是魯國的臧紇因故逃亡齊國，齊莊公將賜

---

62 以下兩例轉引自梅廣（2015: 34）。例（97）增補上下文以利討論，標點方式按照楊伯峻《春秋左傳注》第 1085 頁。

給他土田，他一聽說就去求見，莊公談及攻打晉國，他故意拿老鼠作類比，指出齊國趁晉國有亂而去攻打，等到亂事平定後又將事奉，像老鼠畏人。於是齊莊公打消賞賜的念頭。「今君聞晉之亂而後作焉」中的「焉」也因為欠缺「既成」要求的參照時間，無法由「矣」替換。

何謂欠缺參照時間？劉承慧（2007; 2008）曾經比較《左傳》敘述事件和人物發言使用的「矣」。人物發言之例已見於例（79）到（83）。以下是敘述事件之例：

(99) 公使陽處父追之，及諸河，<u>則在舟中矣</u>。（《左傳‧僖公三十三年》）

(100) 及夕，子產聞其未張也，使速往，<u>乃無所張矣</u>。（《左傳‧昭公十三年》）

例（99）是例（82）後續記載。先軫發現秦將被釋放後憤怒地宣洩不滿，晉襄公立即派遣陽處父去追趕，追到黃河邊，三位秦將已經上船。「則在舟中矣」係以陽處父抵達黃河邊的時刻為參照，「矣」表示他們在此之前上船。例（100）背景是諸國在平丘會盟，子產要手下找地方搭帳篷，但是被子大叔阻止。晚上子產聽說帳篷還沒搭好，就要人趕緊前去，結果已經沒有空地。「乃無所張矣」是以子產手下到達紮營地的時間為參照，那個時間之前紮營地已經被佔滿了。兩例中的「矣」顯示前後成分所述事件的時間關係。[63]

---

63 例（99）已見於例（26）。註32指出例（24）到（26）都使用表示脫序的構式〔X，則 Y 矣〕，亦即事件 Y 發生在 X 之前。例（100）的形式是〔X，乃 Y 矣〕，我們傾向合併為〔X，則／

回頭審視例（82）中的「夫人請之，吾舍之矣」，「矣」意味著「舍之」事件在說話的當下已然發生。這句話出自晉襄公，背景是晉國在殽地打敗秦國，俘虜三名秦國大將，先軫上朝詢問三人的狀況，晉襄公說因為母親文嬴要求，已經把他們放走了。這種「矣」不可能用「焉」替換。例（97）中的「生子般焉」雖然位在一連串事件最後，卻未與任何前行事件形成時間上的參照，例（98）中的「今君聞晉之亂而後作焉」僅止於順時表述事件，「聞晉之亂」和「作」並沒有哪個作為另一個的參照時間，都不能用「矣」。

先秦直陳句末語氣詞的語氣內容一向是研究的難點，以上針對「也」、「矣」、「焉」提出對比分析，大略勾勒彼此的功能分工。

2. 語氣副詞

表 4.3 非中性直陳語氣下位，除了句末語氣詞標註的指認、評估、核實、限止，還有語氣副詞標註的測度、確認、謙敬三種分支。以下逐項簡述。

谷峰（2016: 549）指出，表示不確定語氣的副詞，確信程度不相同，下面 6 個語氣副詞相對的確信程度由左而右遞升：

其、或者＜或、其諸＜蓋、殆

儘管確信程度有別，但都用於註記發言者的測度語氣。以下就選取確信程度高的「蓋」、「殆」和程度低的「其」略作說

___

乃ㄚ矣〕。在以順時表述為常的先秦敘述文篇中，這種構式顯得很特別，篇章作用值得深入觀察。

明。

　　表 4.2 顯示呂叔湘把「測度」語氣定位在「與認識有關的疑問」下位的「肯定」之類。按照呂叔湘（2014: 415-417）的解說，測度介乎直陳與詢問之間，跟或然率相關；測度語氣是出自發言者的估計，意思是沒有百分之百的把握，但大概是如此。谷峰（2016: 548）指出，上古的「殆」多用於直陳句和感嘆句，「蓋」大多用於直陳句，就句式來看，確信程度較高。

　　以下是「蓋」之例：

(101) 子曰：「我未見好仁者，惡不仁者。好仁者，無以尚之；惡不仁者，其為仁矣，不使不仁者加乎其身。有能一日用其力於仁矣乎？我未見力不足者。蓋有之矣，我未之見也。」（《論語・里仁》）

(102) 子曰：「蓋有不知而作之者，我無是也。多聞，擇其善者而從之；多見而識之；知之次也。」（《論語・述而》）

例（101）中的「蓋」與「矣」共現，代詞「之」指代「一日用其力於仁而力不足者」，「蓋有之矣」表明「有之」出自測度，「矣」強化了測度意味。例（102）中的「蓋」表明「有並不確知而憑空造作的人」出自測度。谷峰（2016: 546）歸納上古用例指出「"蓋"字句一般是敘述往事、解釋原因、歸納總結、補充說明。不用於推斷」。[64] 也就是「蓋」表示的測度

---

[64] 例（101）中的「蓋」雖與「矣」共現，但未搭配條件成分，即如谷峰所說，不用於推斷。

有所依據，只不過發言者未曾親身體驗而已。

　　值得注意的是，「蓋」的測度對象為命題所述內容，測度
表示的立場與態度就只針對命題「有之」。至於是否針對受話
者表態端看句末語氣詞，如「蓋有之矣」用「矣」向受話者表
明「蓋有之」是出自發言者的評估。「蓋有不知而作之者」只
限於測度「有不知而作之者」。

　　再看以下一組「殆」之例：

(103) 子服惠伯謂叔孫曰：「天<u>殆</u>富淫人，慶封又富矣。」
　　　（《左傳‧襄公二十八年》）

(104) 趙盾曰：「彼宗競於楚，<u>殆將斃矣</u>。姑益其疾。」
　　　乃去之。（《左傳‧宣公二年》）

(105) 吾聞勝也好復言，而求死士，<u>殆有私乎</u>！（《左傳‧
　　　哀公十六年》）

例（103）中的「天殆富淫人」由「殆」表示「讓淫亂的人富
有」是出自測度，未與句末語氣詞共現。例（104）和（105）
中的「殆」都與句末語氣詞共現。「殆將斃矣」由「殆」與
「將」組合，表示對未來事況的測度，「矣」向受話者出示
「殆將斃」為發言者的評估。「殆有私乎」表示委婉測度，
「殆」註記的測度是針對命題「有私心」，「乎」註記的委婉
是發言者對受話者表明發言態度。

　　先秦最常用的測度副詞是「其」。袁仁林（1989: 43）指
出：「凡口頭虛指，雖虛活輕婉，亦指著而言也。此等句尾必
用疑辭接之，使頭腳相應。」例（48）中的「其為仁之本與」
是「其」、「與」共現，支持句尾用疑辭的說法。上面引文所

謂「口頭虛指」或「指著而言」的「指」應與「其」的指代作用相關。先秦「然」和「焉」都有從指代功能朝向語氣功能演變的跡象，我們不排除「其」也是如此，但無疑需要進一步論證。

表示測度的「其」不僅是獨用的副詞，還是定型構式〔其X乎〕的組成分子，構式意義概括「其」的測度以及「乎」的委婉表態：

(106) 曰：「……仲尼曰：『始作俑者，其無後乎！』為其象人而用之也。如之何其使斯民飢而死也？」（《孟子‧梁惠王上》）

例（106）是孟子轉述孔子以嚴厲的「無後」譴責用人偶殉葬的統治者。「其無後乎」套用的定型構式〔其X乎〕由表示測度的「其」和表示委婉主張的「乎」所組成，被賦予溫婉的調性；「無後」的批評儘管很嚴厲，套入委婉測度的構式就產生語氣上的調節作用。

這種定型構式在《左傳》最具代表性的用例見於吳國公子季札到訪魯國聆賞周樂一段記載：

(107) 請觀於周樂。使工為之歌周南、召南，曰：「美哉！始基之矣，猶未也，然勤而不怨矣。」(A) 為之歌邶、鄘、衛，曰：「美哉，淵乎！憂而不困者也。吾聞衛康叔、武公之德如是，是其衛風乎！」(B) 為之歌王，曰：「美哉！思而不懼，其周之東乎！」(C) 為之歌鄭，曰：「美哉！其細已甚，民弗堪也。是其

先亡乎！」(D) 為之歌齊，曰：「美哉，泱泱乎！大
風也哉！表東海者，其大公乎！國未可量也。」(E)
為之歌豳，曰：「美哉，蕩乎！樂而不淫，其周公
之東乎！」(F) 為之歌秦，曰：「此之謂夏聲。夫能
夏則大，大之至也，其周之舊乎！」(G) 為之歌魏，
曰：「美哉，渢渢乎！大而婉，險而易行，以德輔此，
則明主也。」(H) 為之歌唐，曰：「思深哉！其有陶
唐氏之遺民乎！不然，何其憂之遠也？非令德之後，
誰能若是？」(I) 為之歌陳，曰：「國無主，其能久
乎！」(J) ……。（《左傳・襄公二十九年》）[65]

季札到魯國，請求聆賞周樂。每當樂工演奏一個樂段，他就
提出評註。由於整段記載篇幅較長，例（107）擷取前面十段
評註，如下標 A 到 J 所示。其中包含許多帶句末語氣詞的句
子，由「也」收尾的是指認的直陳句，「矣」收尾的是評估的
直陳句，「哉」收尾的是感嘆句。值得注意的是「乎」收尾的
句子，如底線部分所示。[66] 除了 A 和 H 外，其餘八段評註都
套用〔其 X 乎〕。D「是其先亡乎」、J「其能久乎」從樂曲
測度鄭國和陳國的前途，另外六段則是測度樂曲的由來。季札
的發言連續套用〔其 X 乎〕，語氣顯得委婉而從容。

---

65 例中標點係按照楊伯峻《春秋左傳注》第 1161-1164 頁。其中出
現多個「美哉」，標點方式頗有出入，或許是為了區別季札發言
節奏的緩急。底線標示的〔其 X 乎〕用驚歎號。我們認為「其 X
乎」表明季札評註樂曲時的不確定語氣，由於缺乏專屬的標點符
號，用驚歎號亦無不可。
66 詞綴「乎」註記的「淵乎」、「泱泱乎」、「蕩乎」、「渢渢
乎」不列入討論，因此未劃底線。

儘管袁仁林《虛字說》指出「其」與「疑辭」共現的趨勢，但仍有與非疑辭共現之例：

(108) 晉侯登有莘之虛以觀師，曰：「少長有禮，<u>其可用也</u>。」（《左傳・僖公二十八年》）

(109) 王叔之宰曰：「篳門閨竇之人而皆陵其上，<u>其難為上矣</u>。」（《左傳・襄公十年》）

(110) 季武子興，再拜稽首，曰：「小國之仰大國也，如百穀之仰膏雨焉。若常膏之，<u>其天下輯睦</u>，豈唯敝邑？」（《左傳・襄公十九年》）

(111) 然明曰：「蔑也今而後知吾子之信可事也。小人實不才，若果行此，<u>其鄭國實賴之</u>，豈唯二三臣？」（《左傳・襄公三十一年》）

以上四例轉引自楊伯峻、何樂士（1992: 348），可分為兩組。

首先，例（108）和（109）中的「其可用也」、「其難為上矣」和「也」、「矣」共現，超出《虛字說》所主張的「句尾必用疑辭接之」。楊、何認為和「也」、「矣」共現「表示一種肯定的判斷語氣」。此一出入可以透過兩層語氣的辨析得到解釋。「其」的測度是針對命題所述，而「也」、「矣」的肯定判斷是發言者向受話者出示立場與態度：「其可用」指認發言者的信念，「其難為上」則出於發言者評估。袁仁林所說的「用疑辭接之」反映語氣的一致性，亦即測度副詞與疑問語氣詞語義接近而互相組合。例（108）和（109）意味著兩層語氣彼此協作，「其」表示謂語所述出自測度而發言者分以指認和評估的語氣向受話者道出。

測度副詞「其」一如「蓋」、「殆」，是針對命題內容作測度，搭配句末語氣詞才有向受話者表態的意味。「蓋」大多用於直陳句，「殆」多用於直陳句和感嘆句，「其」傾向搭配疑問類型的「乎」、「與／邪」固然可以作為衡量測度副詞之確信程度的憑據，但只是傾向而非絕對的區別：正如同「其」可搭配「也」、「矣」，「殆」也可搭配「乎」，如例（105）中的「殆有私乎」所示。

其次，例（110）和（111）中的「其天下輯睦，豈唯敝邑」、「其鄭國實賴之，豈唯二三臣」都由測度副詞「其」和反詰副詞「豈」共現，前項指稱自身所屬的群體範圍，而後項指稱自身，「唯」相當於「只有」。[67]

確認副詞一如測度副詞，針對命題內容表態。例如：

(112) 世子曰：「然。是誠在我。」（《孟子·滕文公上》）
(113) 尹士聞之，曰：「士誠小人也。」（《孟子·公孫丑下》）

例（112）中的「誠」註記命題所述「在我」為確然，未搭配句末語氣詞。例（113）中的「誠」註記「小人」為確然，這同時由句末「也」指認「士誠小人」為真，亦即尹士對受話者表明相信自己真是小人。

此外「信」、「實」也是確認副詞：

---

67 由「豈唯」組成的〔（其）X，豈唯Y〕，構式意義是「全員皆如此，不止於自身」。《左傳》共有6例，只不過X之前未必用「其」；6例之中有4例見於魯襄公時期的記載，用「其」與不用各佔一半。

(114) 陳媯歸于京師,實惠后。(《左傳‧莊公十八年》)

(115) 子皙信美矣,抑子南,夫也。(《左傳‧昭公元年》)

例(114)和(115)轉引自楊伯峻、何樂士(1992: 353, 351),「實」與「信」就像「誠」表示「確實」之意。

楊伯峻、何樂士把「實」、「誠」都列入搭配名詞謂語的判斷副詞,把「信」列入肯定的推度副詞,與表示「大約」的推度副詞「其」同類。然而「實」與「誠」並不都搭配名詞性的謂語,如例(112)中的「誠」搭配「在我」,又如《左傳‧隱公四年》有「此二人者,實弒寡君,敢即圖之」,「實」搭配「弒寡君」,都是述賓式動詞組。它們是跟表述成分相結合,與詞性沒有必然關係。

我們根據呂叔湘的分類架構,在直陳語氣下位建立「確認」小類,但不見於楊伯峻、何樂士的副詞分類。若就語義而言,「信」與確認副詞「誠」、「實」的距離小於它和測度副詞「其」的距離,故而將它歸入確認副詞。

最後看謙敬副詞。謙敬副詞是針對受話者表態,有別於測度副詞和確認副詞針對命題內容表態。所謂的「謙敬」意為謙抑自我、敬重對方。李佐丰(2004: 200-201)指出古代表示自謙的副詞以「敢」、「竊」、「愚」、「伏」為常見,表示敬重則以「辱」、「惠」為常見。《左傳》見頻較高的幾種是「敢」、「辱」、「惠」:

(116) 乃使荀息假道於虞,曰:「……今虢為不道,保於逆旅,以侵敝邑之南鄙。敢請假道,以請罪于虢。」
(《左傳‧僖公二年》)

(117) 管仲辭曰:「臣,賤有司也。有天子之二守國、高在,
　　　若節春秋來承王命,何以禮焉?陪臣敢辭。」(《左
　　　傳‧僖公十二年》)

(118) 公使羽父請於薛侯曰:「君與滕君辱在寡人,周諺
　　　有之曰:『山有木,工則度之;賓有禮,主則擇之。』
　　　周之宗盟,異姓為後。寡人若朝于薛,不敢與諸任
　　　齒。君若辱貺寡人,則願以滕君為請。」(《左傳‧
　　　隱公十一年》)

(119) 齊侯陳諸侯之師,與屈完乘而觀之。齊侯曰:「豈
　　　不穀是為?先君之好是繼,與不穀同好如何?」對
　　　曰:「君惠徼福於敝邑之社稷,辱收寡君,寡君之
　　　願也。」(《左傳‧僖公四年》)

(120) 君若惠顧諸侯,矜哀寡人,而賜之盟,則寡人之願
　　　也,其承寧諸侯以退,豈敢徼亂?君若不施大惠,
　　　寡人不佞,其不能以諸侯退矣。敢盡布之執事,俾
　　　執事實圖利之。(《左傳‧成公十三年》)

例(116)和(117)中的「敢」是表示冒昧的謙辭。「敢請
假道」謙稱自己大著膽請求借路,「陪臣敢辭」的「陪臣」
意為臣子的臣子,[68] 是管仲自稱,「敢辭」是謙稱自己大膽地
推辭。「不敢」也是謙抑形式。例(118)中的「不敢與諸任
齒」字面上說的是不敢與任姓的諸侯同列,真正的用意卻是提
醒薛侯依循周禮規範的朝覲順序行禮。除了自謙的「敢」,還

---

68 齊桓公之於周天子為臣,管仲之於齊桓公亦為臣,因此管仲自稱
　臣子的臣子。

使用敬重對方的「辱」，見於「君與滕君辱在寡人」、「君若辱貺寡人」。例（119）中的「君惠徼福於敝邑之社稷，辱收寡君」兼用「惠」與「辱」。例（120）兼用「惠」、「豈敢」與「敢」。[69]

以上都出自行人辭令。《論語》、《孟子》大都用「敢」表示謙抑：

(121) 子曰：「若聖與仁，則吾豈敢？抑為之不厭，誨人不倦，則可謂云爾已矣。」（《論語・述而》）

(122) 萬章曰：「敢問不見諸侯，何義也？」（《孟子・萬章下》）

(123) 公西華曰：「由也問聞斯行諸，子曰，『有父兄在』；求也問聞斯行諸，子曰，『聞斯行之』。赤也惑，敢問。」（《論語・先進》）

(124) 魯平公將出。嬖人臧倉者請曰：「他日君出，則必命有司所之。今乘輿已駕矣，有司未知所之。敢請。」公曰：「將見孟子。」（《孟子・梁惠王下》）

例（121）中的「豈敢」即「不敢」，是孔子自謙。例（122）和（123）中的「敢問」是恭敬提問。例（124）中的「敢請」是謙抑請求。

此外，《論語》和《孟子》使用自我謙抑的「竊」：

---

69 此例摘錄自《左傳》名篇「呂相絕秦」，其中有豐富的謙敬修辭，可為進一步參考。

(125) 子曰：「述而不作，信而好古，<u>竊比於我老彭</u>。」
（《論語・述而》）

(126) 孟子曰：「王者之迹熄而詩亡，詩亡然後春秋作。
晉之乘，楚之檮杌，魯之春秋，一也。其事則齊桓、
晉文，其文則史。孔子曰：『<u>其義則丘竊取之矣</u>。』」
（《孟子・離婁下》）

(127) 充虞請曰：「前日不知虞之不肖，使虞敦匠事。嚴，
虞不敢請。<u>今願竊有請也</u>，木若以美然。」（《孟
子・公孫丑下》）

副詞「竊」相當於「私下」，是發言者自認資格不足，謙稱
私下這麼做。例（125）是孔子以「竊比於我老彭」自謙私下
和老彭相比。例（126）中「其義則丘竊取之矣」的「之」複
指「《詩經》褒貶之義」，[70] 孔子自謙私下採取《詩經》的褒
貶大義。例（127）充虞因孟子母親的棺木過於華美而提出疑
問，「今願竊有請也」表明是謙敬詢問。

四、小結

以言說主觀成分揭示發言立場與態度，是基本文篇之一的
評議的特徵。本章辨析先秦具有代表性的言說主觀成分的典型
用例，解說表態的語義內容。第一節從呂叔湘所謂的「廣義
的語氣」出發，根據廣義語氣成分的性質區分出「（狹義）語
氣」和「情態與事理」兩種。前者的主要成員是句末語氣詞和
語氣副詞。後者包含五小類，除了呂叔湘所說可能、必要、假

---

70 請參閱楊伯峻《孟子譯注》第 177 頁。

設，還納入轉折、讓步兩種類別。細目見於表 4.3 和 4.4。

第二節指出情態成分「能」、「可」、「必」都兼具表態與非表態功能，只是「可」、「必」的非表態之例其實很少見。我們懷疑偶發的非表態用例是表態構式的延伸應用，但是目前並沒有具體的證據，且留待日後再深入研究。書面語中註記假設條件的「若」和「苟」、註記轉折的「然」、註記讓步的「雖」可能源自口語中的人際照應，在轉入書面語的過程中失去交際語境因而演變為事理標記。

上述幾種事理成分是從高言說主觀成分發展出來的，與 Traugott 所說的「越來越倚重言說者對命題的主觀信念或態度」的主觀化路徑正相反。合理的推論是語法化機制不限於主觀化。我們認為這一組例證的演變與構式相關。如果是從形式與意義配對為構式的角度來說，語體是語法體系的篇章構式，口語、書面語為語體之分。口語成分進入書面語發生功能分化，是構式意義的限定使然，並不足為主觀化的反例。

第三節討論狹義語氣。我們根據《馬氏文通》所謂的「傳信」和「傳疑」將語氣區分為「確信」與「不確信」兩種。後者包括疑問、祈使、感嘆。言說主觀程度最低的疑問是單純的詢問，而反問與測問都屬於言說主觀程度高的分支；另有「定而不定」的委婉主張及商量，基於「不確信」而納入疑問之列。反問與測問的區別在測問指向對受話者的關注，反問是對命題的強調或質疑，兩者是不同的疑問類型。

祈使下位有多種分支。勸誘語氣用「來」，命令語氣除了第二人稱主語省略形式，還有「也」字祈使句。建議和祈願都用「請」，但主語不同：搭配第二人稱主語為建議，第一人稱主語為祈願。建議和祈願都用「若」，單用「若」的時候表示

建議，出現在謙敬請求構式〔若 X，則 Y〕表示祈願。

感嘆語氣下位主要是「夫」、「哉」。「夫」註記沉吟感傷，而「哉」註記情意波動。「情意波動」總稱發言者受到外在刺激而產生的即時情緒反應，具體內容有賴語境條件辨認。第三（三）節例（73）記載子路與孔子的對話，都用「哉」表示情意波動，具體內容不同，子路表現出驚疑，孔子顯露的是憤慨。「哉」更延伸出對受話者的關注，因而從「主觀性」跨入「交互主觀性」。

直陳語氣類型包括「也」、「矣」、「焉」、「耳」註記的指認、評估、核實、限止四種語氣，還有語氣副詞註記的測度、確認、謙敬語氣。「也」和「焉」註記發言者對受話者表示確信的態度，語氣內容的差異可以由例（90）到（93）加以比較：四例都是「焉」字句和「也」字句並列組成，從比較可以看出「焉」表示命題所述被發言者視為「不證自明」的實然存在，「也」則是表示命題所述出自發言者的指認，指認的依據固然包括實存現象，但不以此為限。

語氣副詞「誠」、「實」、「信」一如「也」、「焉」屬於確信之辭，但註記的語氣範圍不同。以「士誠小人也」為例，「誠」的語氣範圍是「小人」，而「也」的語氣範圍是整個命題「士誠小人」，發言者以此向受話者指認他相信命題所述為真。

本章根據《左傳》對話及《論語》、《孟子》的例證析論言說主觀成分的規約功能。事實上先秦文獻中的自我表達現象遠比本章所論複雜，〔不亦 X 乎〕、〔無乃 X 乎〕、〔若 X，則 Y〕之類的定型構式數量也比本章所舉更多。正如本章開頭所言，我們的目的是由具代表性的例證勾勒言說主觀範疇

的輪廓，不是廣泛分析言說主觀成員。

第二、三節的例證顯示先秦註記交互主觀性的成分數量也很可觀。劉承慧（2013b）指出《左傳》中使用的感嘆語氣詞「哉」涉及發言者的關注從自我轉移到受話者，已經從言說主觀性跨入交互主觀性。測問語氣詞「與／邪」也是照應受話者的交互主觀性標記。口語使用的假設標記「若」、「苟」以及轉折標記「然」、讓步標記「雖」，乃至各種謙敬副詞，都具有照應自我與受話者彼此關係的功能。要是把組合型構式也考慮進去，那麼帶商量語氣的構式也可以納入。也就是先秦口語使用的交互主觀成分數量應該比過去注意到的更多。

本章例證分析結果顯示，言說主觀成分除了表 4.3 和 4.4 設定的分類方式，還有其他的分類可能。有些言說主觀成分用於揭示自我，有些用於照應人際對待關係；就揭示自我而言，有些成分顯示發言者對發言內容所持立場與態度，有些顯示發言者對受話者揭露的立場與態度。若是以自我之於命題及人際關係的角度分類，則本章論及的言說主觀成分可以歸類如表 4.5：

表 4.5：自我之於命題及人際關係的言說主觀類別

表態	揭示自我	顯示對發言內容所持立場與態度	能、可、必 蓋、殆、其、誠、信、實
		對受話者揭露立場與態度	也、矣、焉、耳 乎、夫、哉、也_祈使 勿
	照應人際		若、苟、然、雖 敢、竊、惠、辱 與／邪、哉_附和 〔不亦X乎〕、〔無乃X乎〕、〔其X乎〕、 〔豈X乎〕、〔豈X哉〕、〔若X，則Y〕

最左欄的「表態」是言說主觀成分的共性，下位分為「揭示自
我」和「照應人際」兩大類，前者意指發言者所揭示的言說主
觀止於自身的立場與態度，後者則是指發言者揭示自我的同時
亦關照受話者。「揭示自我」的下位又基於表態的針對性分為
兩小類。

　　陸儉明（2003）指出語氣詞即如量詞是漢語語法的特點。
本章展示的言說主觀成分種類既多，又能夠互相組合，顯示先
秦語法體系有一個龐大的表態系統。本章勾勒其輪廓，諸多細
節都留待日後補充。

第五章　基本文篇

　　基本文篇是語法組成階段最高層的構式。不論詞、詞組或更複雜的結構體都由此進入實現階段，成為語體。

　　語法成分的組成依據是語義關係，包括詞組關係以及複句研究關注的事理邏輯關係。然而組合形式進入言語活動實現為語體，並不單是以語義關係確立的組合意義連結語境意義，而是以文篇類型限定的組合意義和語境意義相結合，共同形塑語體意義。基本文篇類型特徵的限定是組成到實現的關鍵。

　　被實現的組合形式必須是一個有意義的整體。語法組合形式差異極大，但都是以整體意義進入使用階段。簡約的形式如長嘆「唉！」基於〔＋言說主觀〕連結不同使用條件下的語境意義，衍生出同情、無奈、惋惜、遺憾、矯揉作態等言說效力。亦即長嘆的言說效力是由單詞形式的評議連結語境意義而來。第一章第一（一）節例（6）中的「階也」、「席也」是「也」字句的說明文篇特徵連結語境意義而取得指引效力。

　　簡單形式的文篇較容易辨識其整體意義，複雜形式需要細加分梳。如第三章第二（一）節例（13）孟子反駁尹士的大段發言小句數量多且結構繁複，表達內容為事實與情意的交互夾纏。要從如此紛繁的組合中直接抽繹出單詞或簡單詞組表達的概念，幾乎是不可能的。但就文篇類型特徵來說，它屬於〔＋言說主觀〕的評議，係以評議特徵限定的組合意義連結語境意義，形塑出自我辯解與反駁的言說效力。

　　基本文篇是語法體系回應表達需求而按照規約所組成,其類型特徵與內部成分的屬性乃至成分連貫方式都有淵源。請比較:

(1) 十一年夏,宋為乘丘之役故,侵我。公禦之。宋師未陳而薄之,敗諸鄑。凡師,敵未陳曰敗某師,皆陳曰戰,大崩曰敗績,得儁曰克,覆而敗之曰取某師,京師敗曰王師敗績于某。(《左傳‧莊公十一年》)

(2) 秋,宋大水。公使弔焉,曰:「天作淫雨,害於粢盛,若之何不弔?」對曰:「孤實不敬,天降之災,又以為君憂,拜命之辱。」(《左傳‧莊公十一年》)

例(1)記載魯莊公十一年夏天,宋國侵犯魯國,魯國趁著宋國還沒有擺好陣勢就進逼,在鄑地打敗宋國;其後史官順帶說明戰爭用語。[1] 例(2)記載同年秋天宋國遭逢水災,魯國派遣使者前去弔問;兩國夏天才剛兵戎相見,秋天因為天災而行禮如儀。

　　兩例的前半部都是敘述史事。「十一年夏,……敗諸鄑」及「秋,宋大水。公使弔焉」使用行為句記錄戰爭與外交大事,類型特徵是〔+時間〕。例(1)後半部由主題句說明戰爭用語,類型特徵是〔-言說主觀〕。例(2)中的對話使用表態句,類型特徵是〔+言說主觀〕。句式上的差異反映文篇概念類型之別。

1　楊伯峻《春秋左傳注》第 186-187 頁指出這一則戰爭用語說明並不符合《春秋經》記事實況。我們以此為例,是為了展示說明文篇中的小句連貫方式,不考慮與《春秋經》的關係。

　　魯國使者先以「天作淫雨，害於粢盛」說明慰問的理由，再由行人套語「若之何不弔」強調兩國交惡不足以阻止魯國在宋國遭遇重大天災時前往致意；宋國使者以套語「孤實不敬」、「拜命之辱」表明接受慰問，[2] 隱含和解效力——評議文篇類型特徵〔＋言說主觀〕連結交際目的，即取得和解的效力。

　　簡單的語體大都由單一類型的文篇實現，較複雜的語體往往由組合型文篇實現。第三章第一節討論例（8）時已經指出此例並非單一的小句合成體，因為其中包含說明和敘述兩種文篇。這裡將它拆解為兩段：

> 晉人有馮婦者，善搏虎，卒為善，士則之。（說明）
> 野有眾逐虎。虎負嵎，莫之敢攖。望見馮婦，趨而迎之。馮婦攘臂下車，眾皆悅之。其為士者笑之。（敘述）

前一段說明馮婦的背景，後一段敘述他向善以後，某次在路上遇到有人追逐老虎，忍不住技癢而重操故業，引來士人訕笑。

　　劃分文篇類型的標準不只是意義，而是形式與意義配對的構式。兩段在句式和小句連貫方式上都有明顯差異。表述馮婦背景的是現實因果句，為說明文篇的常用句式。表述馮婦重拾

2　這裡所謂的「套語」並不是指一字不變。《左傳・襄公十四年》記載，衛獻公因為孫文子之亂而出奔，魯襄公派厚成叔前去弔問，衛國由大叔儀應答，採取相同的套路——厚成叔以「聞君不撫社稷而越在他竟，若之何不弔」表明弔問的緣故，大叔儀則回以「……以為君憂。君不忘先君之好，辱弔群臣，又重臨之，敢拜君命之辱，重拜大貺」表明接受弔問。言語應答模式與例（2）相仿。

舊業經過的則是行為句,是敘述文篇的常用句式;把行為句按照事件的時間順序鋪排以呈現前因後果,是敘述文篇常見的小句連貫方式。[3] 馮婦故事由說明和敘述兩種文篇組成,屬於組合型的敘事文篇,以敘事的整體意義而不是說明或敘述的局部意義進入語境,成為具嘲諷效力的寓言語體。

基本文篇是組成階段最高層的構式,它對內部成分的語義制約可以藉傳統語法所謂的「活用」理解。結構複雜的文篇內部容或有個別詞語或句式屬性未盡符合文篇類型特徵,卻不妨礙整體意義的形成,是因為文篇構式意義制約內部成分的意義。

基本文篇是文篇語法的關鍵術語,第二章第三節已先以表2.4列舉四種文篇構式的主要表述成分、句式及小句連貫方式並扼要提出解說。本章第一節分就句式及小句連貫方式申論基本文篇的組成,第二節舉例展示先秦兩種最顯著的組合型文篇「敘事」和「議論」,第三節論證文篇構式對於內部組成分子的語義制約。

一、基本文篇的組成

所有的語言單位都是構式。被實現的語體層級最高,是基本文篇和使用條件相結合的產物。基本文篇則是組成階段中層級最高的構式,然而沒有實現為語體,無論結構多繁複,都只能視為一種等待實現的備用單位。

---

3 行為小句「望見馮婦,趨而迎之」持續省略行為者主語,意味著事件連續推進。行為者主語省略和事件連續性的關係請參閱屈承熹(2006: 225)、劉承慧(2011a: 58-59)。

　　句式與小句連貫方式都和基本文篇類型存有經常性的對應
關係，故而基本文篇的組合形式可以從句式和小句連貫方式兩
方面觀察。下面先分析句式，再由實例展示同類型的句式與小
句連貫如何彼此勾連，共組基本文篇。

（一）基本文篇的句式

　　本書以「句式」總括句型及句類。申小龍（1988）依據動
詞性和名詞性表述的對立以及事理關係的對立，而提出的施事
句、主題句、事理關係句三種句型，是本書劃分句式的起點。
為利行文簡潔，以下將事理關係句簡稱為「事理句」。

　　首先我們按照主語和謂語之間的語義關係，在施事句下位
區分出「行為句」和「非行為句」：

(3) 國定而天下定。（《荀子・王霸》）
(4) 楚一言而定三國。（《左傳・僖公二十八年》）

以往研究多以「普通動詞為謂語中心語」作為辨認施事句的標
準。例（3）和（4）中「國定」、「天下定」、「定三國」的
謂語「定」是普通動詞，三者都屬於施事句。但不同的是，
前兩種組合中的「定」表述狀態出現，主語「國」和「天下」
是進入此一狀態的客體。後一種組合中的「定」有致使義，以
「三國」為賓語且以致使三國進入安定狀態的「楚」為主語，
動態程度較高。

　　動態程度高低取決於「定」與何種主語搭配。例（3）中
的主語為進入動詞所述狀態的當事者。例（4）中的主語是讓

受使者進入動詞所述狀態的致使者，[4] 是行為者主語的一種。就文篇語法的角度而言，施事句按照動詞是否搭配行為者主語分為行為句和非行為句。行為動詞謂語搭配行為者主語所組成的行為句，是敘述文篇的常用句式。

句類分為直陳、疑問、祈使、感嘆四種，如第四章第一節表 4.3 最左欄所示。傳統語法分辨句型和句類是因為區隔語法和語用。文篇語法不區隔語法和語用，不分句型和句類，而是根據不同的概念類型區劃「行為句」、「主題句」、「事理句」、「表態句」四種句式。[5]

主謂式內部成分的語義關係是〔題旨－表述〕，行為句是動態的〔題旨－表述〕，基於它在敘述文篇構成上的顯著性而記為〔行為者－行為活動〕。其他類型的〔題旨－表述〕總稱為「主題句」。事理句的「事理關係」即並列、因果、轉折關係。表態句的下位包括疑問、祈使、感嘆以及帶有各種言說主觀成分的句子。

這四種句式經常相互搭配協作。行為句、主題句、表態句若內部結構較複雜，往往涉及事理關係。輻射型的行為句包含多個普通動詞謂語，往往涉及時間乃至前因後果。主題句若是以多層次的組合成分充當主語或謂語，就必然涉及多重事理關

---

4 先秦「定」屬於致使／狀態同形的動詞，有兩套規約化的選擇限制，可搭配當事者主語，也可搭配致使事件中的致使者主語。詳見劉承慧（2006）。

5 劉承慧（2006: 830）援引方光燾（1961）所用「表態」一詞，把表述「動作完成狀態」的句子稱為「表態句」，「態」指「完成狀態」。本書中「表態句」的「態」指「發言態度」，廣義而言可涵蓋價值觀乃至情感。以「表態」簡稱「表示發言態度」更符合當前的語言習慣。

係。表態句與假設、轉折、讓步等事理都有深厚的淵源。

行為句主要用於敘述文篇。「行為」一詞概括物理世界的行為活動以及心理世界的感知活動。[6] 表述行為活動、致使活動、被觸發之感知活動的普通動詞都屬於「行為動詞」；若行為動詞搭配的主語是物理世界的行為主體、致使主體或心理世界的感知主體，都稱作「行為者主語」。

行為者主語和行為動詞謂語組成行為句。如例（4）中的主語「楚」是致使者，歸入行為句。下面例（5）到（9）也都是行為句：

(5) 六月，[鄭二公子] 以制人敗燕師于北制。（《左傳‧隱公五年》）

(6) [楚武王] 侵隨，使 [薳章] 求成焉，軍於瑕以待之。（《左傳‧桓公六年》）

(7) 十一年夏，[宋] 為乘丘之役故，侵我。[公] 禦之，宋師未陳而薄之，敗諸鄑。（《左傳‧莊公十一年》）

(8) [逢蒙] 學射於羿，盡羿之道，思天下惟羿為愈己，於是殺羿。（《孟子‧離婁下》）

(9) [鄭人有且置履者]，先自度其足而置之其坐，至之市而忘操之，已得履，乃曰「吾忘持度」，反歸取之。（《韓非子‧外儲說左上》）

---

6 感知動詞的情況較為複雜。感知動詞指涉的心理狀態或者既存於感知主體的心理世界，或者由某種因素所觸發。廣義的行為包括被觸發的心理感知活動，這種情況下的感知者相當於心理世界的行為者。心理事件是推進物理世界之因果歷程的重要環節，因此將被觸發的感知活動納入廣義的行為範疇。

方括號標示行為者主語。例（6）中第二個方括號標示的「蒍章」被賦予雙重角色，是楚武王指使的對象，也是前去尋求和談的行為者。例（9）中的「鄭人有且置履者」意為「有個即將買鞋的鄭國人」，「有」所引介的「鄭人且置履者」是行為者主語。

　　例（5）到（7）和例（9）都使用表示行為的普通動詞。例（8）用三種普通動詞：「學」、「殺」指涉行為，「盡」指涉致使發生，「思」指涉感知活動。

　　回到例（3），「國定」、「天下定」中的「定」未搭配行為者主語，因此不屬於行為句。這種句子獨用的時候表示狀態，在敘述文篇中常用於順時排列的行為句後表示變化後的結果狀態。結果狀態句與行為句合稱為「事件句」。

　　不帶言說主觀成分的主題句是說明文篇的常用句式：

(10) 凡師 $_{(T)}$，敵未陳 $_{(t)}$ 曰敗某師。（《左傳・莊公十一年》）

(11) 齊侯之夫人三 $_{(T)}$，王姬、徐嬴、蔡姬 $_{(t)}$，皆無子。（《左傳・僖公十七年》）

(12) 次國之上卿 $_{(T1)}$，當大國之中，中 $_{(T2)}$ 當其下，下 $_{(T3)}$ 當其上大夫。（《左傳・成公三年》）

(13) 和戎有五利焉 $_{(T)}$：戎狄荐居，貴貨易土，土可賈焉 $_{(t1)}$，一也。邊鄙不聳，民狎其野，穡人成功 $_{(t2)}$，二也。戎狄事晉，四鄰振動，諸侯威懷 $_{(t3)}$，三也。以德綏戎，師徒不勤，甲兵不頓 $_{(t4)}$，四也。鑒于后羿，而用德度，遠至邇安 $_{(t5)}$，五也。（《左傳・襄公四年》）

題旨由英文字母註記，不同層級的題旨以大、小寫區分，同一
層級的題旨以數字區分。例（10）包含兩層主謂式，高層主謂
式由「師」與「敵未陳曰敗某師」相搭配，低層主謂式由「敵
未陳」與「曰敗某師」相搭配。例（11）由三個小句組成，第
二個小句「王姬、徐嬴、蔡姬」是針對第一個小句「齊侯之夫
人三」中的「三」加以說明，並作為第三個小句「皆無子」的
題旨。例（12）的「中」指「中卿」，「下」指「下卿」，承
接「上卿」而省略頭銜「卿」，三個主謂式中並列關係組合，
T1、T2、T3 位在同一層級。[7] 例（13）包含兩層題旨，高層
題旨 T 搭配五個並列的表述成分，為輻射型主謂式；五個表
述成分本身則是網收型主謂式，其中的題旨 t1 到 t5 都由多個
平行成分組成。

　　典型主題句的謂語都不含時間特徵，或者說典型主題句的
謂語都是普通動詞以外的成分。不過主題句也有普通動詞充當
謂語的組合，在這種情況下，動詞固有的動態特徵並未被充分
激活，如例（14）所示：

(14) 八月，宋文公卒，始 [厚葬]$_{(T)}$，用蜃炭，益車馬，
　　始用殉，重器備。槨$_{(t1)}$有四阿，棺$_{(t2)}$有翰、檜。（《左
　　傳 · 成公二年》）

此例以重大事件「八月，宋文公卒」開場，指出「厚葬」是從
這時候開始，接著就以「厚葬」為題旨，搭配說明喪禮器用的

表述，其中「用」、「益」、「重」都是普通動詞，[8] 只是以它們為中心語組成的述賓式謂語並未搭配行為者主語，不構成行為句。最後的「椁有四阿」、「棺有翰、檜」，謂語中心語都是「有」，與普通動詞所組成的述賓式為平行列舉，彼此間並無動態推進關係。

如果普通動詞不搭配行為者主語，固有的動態特徵就會因為缺乏適當的語義激發而無法充分展現。例（15）也是未能充分展現普通動詞固有動態的主題句：

(15) 初，<u>麗姬之亂，詛無畜群公子</u>，自是晉無公族。及成公即位，乃宦卿之適而為之田，以為公族。又宦其餘子，亦為餘子；其庶子為公行。晉於是有公族、餘子、公行。（《左傳・宣公二年》）

晉獻公因為驪姬的緣故廢除公族制度，等到晉靈公被殺、晉成公繼位，不僅恢復公族，更加上餘子和公行。底線部分「麗姬之亂，詛無畜群公子」中的「詛」是普通動詞，但「詛無畜群公子」卻搭配指稱事況的主語「麗姬之亂」。「詛」所組成的述賓式謂語沒有搭配行為者主語，以致動態特徵無法在組成過程中被充分凸顯或激活，屬於主題句。

例（10）到（14）都是由不帶言說主觀成分的主題句並列組成的說明文篇。例（15）則是由現實因果關係組成的說明文篇，底線標示的主題句陳說起因。說明文篇採用的事理句是並

8　更確切地說，「重」是形容詞憑藉組合關係衍生的致使動詞，被賦予普通動詞的動態特徵。正文直接稱作普通動詞，以利行文簡潔。

列句和現實因果句,從例(15)可以拆分出下面兩個現實因果成分:

> 初,麗姬之亂,詛無畜群公子(原因),自是晉無公族(結果)。
>
> 及成公即位,乃宦卿之適而為之田,以為公族。又宦其餘子,亦為餘子;其庶子為公行(原因)。晉於是有公族、餘子、公行(結果)。

前一個是現實因果句,後一個是表述現實因果的小句合成體,兩者並列,對照過去與當下的因果事況。並列和現實因果都是說明文篇常見的事理關係類型。

評議文篇就像說明文篇不用行為句,而是用主題句;評議性質的主題句帶言說主觀成分,歸入表態句。例如:

(16) 內史過往,聞虢請命,反曰:「虢必亡矣,虐而聽於神。」(《左傳‧莊公三十二年》)

(17) 子曰:「學而時習之,不亦說乎?有朋自遠方來,不亦樂乎?人不知而不慍,不亦君子乎?」(《論語‧學而》)

例(16)記載周朝的內史過因為虢公的所作所為,預測「虢必亡矣」,表示必然性的「必」和評估的「矣」揭示他的言說主觀。例(17)有三個平行主謂式,謂語「不亦說乎」、「不亦樂乎」、「不亦君子乎」都是定型構式〔不亦 X 乎〕組成的委婉評斷。

　　評議文篇使用的事理句大都涉及呂叔湘所謂的「虛說」的事理關係。例如假設因果句：

(18) 寡君以為苟有盟焉，弗可改也已。若猶可改，日盟何益？（《左傳・哀公十二年》）

例（18）背景是魯哀公和吳王在橐皋會面，吳王向魯國要求重溫五年前立下的盟誓，魯國不願再次供奉並受吳國支使，派遣子貢婉拒。子貢指出盟誓是為了鞏固互信，既然兩國已經在鬼神前交換誓辭，就無需重溫。「寡君以為苟有盟焉，弗可改也已」用「苟」註記發言者肯認的假設條件，此一條件下的論斷即為發言者的主張。「若猶可改，日盟何益」用「若」註記吳國的要求，發言者以此為條件提出論斷，「日盟何益」以反問形式強調在盟約可改的情況下，即便天天締結盟約也是毫無益處的。

　　此外評議文篇常使用轉折和讓步關係：

(19) 管仲相齊，曰：「臣貴矣，然而臣貧。」（《韓非子・外儲說左下》）

(20) 無威嚴之勢、賞罰之法，雖堯、舜，不能以為治。（《韓非子・姦劫弒臣》）

例（19）中管仲使用「然而」註記的轉折句，發言背後的預設立場為「貴」必然伴隨著「富」，實際卻是「貧」，不合乎預

設，因此為轉折。[9] 例（20）中的「無威嚴之勢、賞罰之法」
和「不能以為治」以否定形式提出條件論斷，肯認威嚴與賞罰
對國家治平的功效，讓步成分以聖王堯舜提出挑戰，結果仍然
相同，更加鞏固「威嚴之勢、賞罰之法」和「以為治」的條件
因果。[10]

　　表態句有針對性。有些是針對受話者而發：

(21) 公曰：「晉，吾宗也，豈害我哉？」（《左傳・僖
　　　公五年》）

(22) 孝弟也者，其為仁之本與？（《論語・學而》）

(23) 樊遲從游於舞雩之下，曰：「敢問崇德、修慝、辨惑。」
　　　（《論語・顏淵》）

例（21）背景是晉國向虞國借道去攻打虢國，虞公貪圖寶物，
準備出借，宮之奇勸阻，但虞公回應說，晉國是他的同宗，怎
麼會害他呢？──「哉」表明發言帶有情意波動，傳達虞公
對宮之奇勸阻的激烈反應。例（22）指出孝弟是君子求仁的根
本──「與」探測受話者是否認同。例（23）是樊遲陪同孔子
出遊途中向孔子提問，「敢問」表示對孔子的恭敬。

　　還有些表態是針對命題內容：

9　此例「然而」亦可分讀，「然」註記對前行成分「臣貴矣」的肯
　　認，再由「而」轉出有違預設的現實「臣貧」。

10　有關讓步標記「雖」的功能，請參閱第三章第三（二）節以及第
　　四章第二（五）節。虛說的事理句富於變化，第三章與第四章已
　　有舉例，這裡再行提出，只是為了和其他的句式作對照。

(24) 是故明君制民之產，必使仰足以事父母，俯足以畜妻子，樂歲終身飽，凶年免於死亡。（《孟子‧梁惠王上》）

(25) 夫尹公之他，端人也，其取友必端矣。（《孟子‧離婁下》）

(26) 子曰：「甯武子，邦有道則知，邦無道則愚。其知可及也，其愚不可及也。」（《論語‧公冶長》）

(27) 天下之為君者眾，而仁者寡，若皆法其君，此法不仁也。法不仁，不可以為法。（《墨子‧法儀》）

(28) 古之人與民偕樂，故能樂也。（《孟子‧梁惠王上》）

例（24）指出國君制定人民財產分額，必須讓他們養活父母和妻子、孩子，年歲好的時候終身飽足，不好的時候也不至於餓死；「必」表示「必要性」。例（25）指出尹公之他這個人很正直，所交往的朋友一定也是正直的；「必」表示「必然性」。例（26）記載孔子認為甯武子在國家有秩序的時候所表現的聰明，旁人有可能趕上，他在國家失序的時候所表現的傻笨，是旁人趕不上的；兩個「可」都表示「可能性」。例（27）中的「法不仁」指「取法不仁之人」，「不可以為法」則指「不可以此為法則」；「可」表示發言者認為可行，「不可」為其否定。[11] 例（28）中的「能」表示「與民偕樂」而得到快樂的可能性。各例中的言說主觀成分都是針對命題內容表示立場與態度。

---

11 此例大意為天下統治者眾多，但其中少有仁者。如果都取法統治者，就是取法不仁之人。取法不仁之人，不該被當作法則。

　　如果發言者表達的立場與態度同時針對命題內容與受話者，往往兼用多種表態成分。例如：

(29) 世子曰：「然。是誠在我。」（《孟子・滕文公上》）

(30) 率天下之人而禍仁義者，必子之言夫！（《孟子・告子上》）

例（29）背景是時為太子的滕文公在父親滕定公去世期間聽從孟子的建議，決定守喪三年，百官耆老都表示反對，滕文公再次徵詢，孟子表示一切都要看滕文公自己，就在他的師傅然友轉達孟子的意思後，滕文公表示同意說「然」，接著又說「是誠在我」；「然」向傳話的然友肯認孟子說得對，「誠」表示確實在我。例（30）擷取自孟子對告子的駁斥，「必」示意告子所言引導天下人嫁禍仁義的必然性，句末「夫」向告子表達沉痛與悲哀。[12]

（二）小句連貫方式

　　行為句與敘述文篇之間、表態句與評議文篇之間，都存有常態的對應關係。更進一步說，敘述文篇中的行為句按照時間順序相連貫，評議文篇中的表態句憑藉虛設的事理相連貫，也是常態的組合表現。文篇中的小句連貫方式就像句式反映基本文篇存在於先秦語法體系。

　　讓我們先看行為句在敘述文篇中的連貫方式：

---

12 先秦文獻中的表態句，無論種類或用例數量都很可觀，較完整的討論已見於第四章。這裡擇要列舉，以便與不帶言說主觀成分的主題句、行為句互相對照。

(31) 四月，鄭人侵衛牧，以報東門之役。衛人以燕師伐鄭，鄭祭足、原繁、洩駕以三軍軍其前，使曼伯與子元潛軍軍其後。燕人畏鄭三軍，而不虞制人。六月，鄭二公子以制人敗燕師于北制。（《左傳・隱公五年》）

(32) 庚辰，傅于許。潁考叔取鄭伯之旗蝥弧以先登，子都自下射之，顛。瑕叔盈又以蝥弧登，周麾而呼曰：「君登矣！」鄭師畢登。壬午，遂入許。（《左傳・隱公十一年》）

(33) 驪姬以君命命申生曰：「今夕君夢齊姜，必速祠而歸福。」申生許諾，乃祭于曲沃，歸福于絳。公田，驪姬受福，乃寘鴆于酒，寘堇于肉。公至，召申生獻，公祭之地，地墳。申生恐而出。驪姬與犬肉，犬斃；飲小臣酒，亦斃。公命殺杜原款。申生奔新城。（《國語・晉語二》）

　　例（31）敘述一場衛國與鄭國的戰役，起因乃是鄭國為報復前一年東門被圍攻，派兵入侵衛國近郊，衛人帶著燕人前去討伐，鄭國的三位大臣統御三軍正面交鋒又暗地裡派遣兩位公子率領制人駐紮埋伏在敵軍背面，燕人懼怕迎面而來的鄭國三軍，以致忽略後方，於是敗給背面埋伏的制人。整段因果歷程是由行為句順時連貫而成。

　　例（32）記載鄭國會同齊、魯兩國兵臨許國的城下，潁考叔率先舉起鄭莊公旗幟登上了城牆，出兵前跟他結下怨仇的子都從城下射暗箭，潁考叔就跌下來摔死了。瑕叔盈拿起旗幟登城並揮舞著大喊「國君登城了」，鄭國軍隊登上城牆，進入許國。整段因果歷程也是行為句的順時連貫；瑕叔盈呼喊的「君

登矣」依附在引語動詞「曰」所表述的發言行為上，並未打斷
行為句的連貫。

　　例（33）記載驪姬假借晉獻公的名義，要求太子申生去祭
拜他的母親齊姜並將祭品送到絳城，隨後驪姬下毒栽贓，迫使
他出奔。驪姬對申生下達的指令依附在「曰」所表述的發言行
為，行為句的連貫得以延續。[13]

　　敘述固定對應著時間和動態。隨著時間推移的動態事件由
行為者主語引領而展開，即成敘述文篇。這種結構方式是出自
定型的概念合成模式，行為者主語推進事件發展，謂語表述
其外顯行為或被觸發的感知活動。行為者主語省略是敘述文篇
常見現象，持續省略意味動詞所述事件是緊密關聯的。[14]敘述
中人物發言使用的表態句依附於「曰」，並不影響事件順時推
進。

　　其次看評議文篇中的表態句如何連貫：

(34) 冬十月，滕成公來會葬，惰而多涕。子服惠伯曰：「滕
　　君將死矣。怠於其位，而哀已甚，兆於死所矣，能無

---

13 行為句順時推進，敘述一段相對完整的因果歷程，基於「良好延
　　續性」（good continuation）而獲致比個別事件更顯著的認知，
　　因而建立起「圖形」（figure）的地位，是敘述文篇形成一個
　　有意義的整體的由來。有關良好延續性的說明，請參閱 Koffka
　　（1963: 153-154）。由引語動詞「曰」引出的發言成分則是以
　　事件為「背景」（ground）的高一層圖形。換言之，帶有人物
　　發言的敘事文篇包含兩層圖形，形成敘事學上所謂的「前景」
　　（foregrounding）與「後景」（backgrounding），囿於本書並非
　　敘事學專論，不更深入解說。有關《左傳》敘事文相對的圖形與
　　背景，請參閱劉承慧（2016: 112-113）。
14 請參閱屈承熹（2006: 225）、劉承慧（2011a: 58-59）。

從乎？」（《左傳・襄公三十一年》）

(35) 告子曰：「性，猶杞柳也；義，猶桮棬也。以人性為仁義，猶以杞柳為桮棬。」孟子曰：「子能順杞柳之性而以為桮棬乎？將戕賊杞柳而後以為桮棬也。如將戕賊杞柳而以為桮棬，則亦將戕賊人以為仁義與？率天下之人而禍仁義者，必子之言夫！」（《孟子・告子上》）

(36) 孟子曰：「規矩，方員之至也；聖人，人倫之至也。欲為君，盡君道；欲為臣，盡臣道。二者皆法堯舜而已矣。不以舜之所以事堯事君，不敬其君者也；不以堯之所以治民治民，賊其民者也。孔子曰：『道二，仁與不仁而已矣。』暴其民甚，則身弒國亡；不甚，則身危國削，名之曰『幽』『厲』，雖孝子慈孫，百世不能改也。詩云：『殷鑒不遠，在夏后之世。』此之謂也。」（《孟子・離婁上》）

　　例（34）記載滕成公參加魯襄公的喪禮「惰而多涕」，表現失態，子服惠伯預測他「將死矣」，接著解釋理由，是「怠於其位，而哀已甚，兆於死所矣，能無從乎」。就小句的連貫方式來說，「怠於其位」勾連到「惰」，「而哀已甚」則勾連到「多涕」，在子服惠伯看來，就是死亡的徵兆，導向最終以反問「能無從乎」強調無可避免。小句連貫依據是虛設的因果。

　　例（35）告子以杞柳及其製成的容器為喻，指出「人性」好比「杞柳」，「仁義」猶如「桮棬」，以人性造作仁義形同把杞柳製作成桮棬。孟子強烈駁斥，先由「乎」詢問按照杞

柳的本性製作桮棬的可能性；其次由「也」指認「以杞柳為桮
棬」是「戕賊杞柳之性」；再以假設與推論「如將戕賊杞柳而
以為桮棬，則亦將戕賊人以為仁義」搭配「與」，探測告子是
否同意，然而卻只是表面作態而已。無論告子同意與否，孟子
都已認定為如此，故而指出告子此說無異於「率天下之人而禍
仁義」，「夫」揭露他內心的沉痛與悲哀。

　　孟子每句話都由語氣詞收尾：「乎」註記疑問，「也」註
記指認，「與」註記測問，「夫」註記深沉嘆息。小句連貫的
線索是以發言者指認的前提為鋪墊，引導出虛設的因果。[15]

　　例（36）把堯、舜的君臣對待方式當作人倫之道的極致，
從而論斷違反此道的國君重則喪命，輕則危及國家，得到貶義
的諡號，縱使後世有孝順慈和的子孫，也無法更動。「孔子
曰」之前先作類比，把堯、舜的人倫典範類比為以直尺和圓規
劃定方圓，由此論斷為臣應如舜事堯，為君應如堯治民，然後
反向指認「不以堯之所以治民治民，賊其民者也」。「孔子
曰」之後憑藉引語帶出「不仁」將導致身後惡名，以〔X，雖
Y，Z〕強調身後的惡名無可改變。最後引用《詩經》舉出前
車之鑑。

　　全篇始於類推，繼而提出正反條件論斷，再由徵引承接反

---

15 句末語氣詞的解說請參閱第四章第三節。郭錫良（1997: 58）強
　調「也」字小句經常在語境中引申出反詰義，但反詰是「也」字
　句結合語境意義所衍生。正如劉承慧（2011a: 53）註9所說，此
　例中的四個句末語氣詞各有職司。第三句「如將戕賊杞柳而以為
　桮棬，則亦將戕賊人以為仁義」的測問恰是承接第二句「將戕
　賊杞柳而後以為桮棬」的指認而來。指認其所述為真將使第三句
　的質疑更具正當性。若把第二句直接讀為反詰，將失去從指認到
　測問的連貫線索。

面條件論斷,過渡到最後的條件論斷「名之曰『幽』『厲』」和「百世不能改也」,插入「雖孝子慈孫」予以強化。小句的連貫依據是虛設的因果、正反對立以及讓步關係。

基本文篇類型不只是認知概念上的區分,也是組成上的區分。例(31)到(36)表明,敘述和評議組成上的差異不僅是存於句式,也存於小句連貫方式。文篇類型是源自各層級組合形式共享的概念特徵。

再看說明。說明與評議都出於人我認知,只不過評議用於展現自我,說明則是避免揭露自我。例(37)到(39)是說明文篇之例:

(37) 齊侯之夫人三,王姬、徐嬴、蔡姬,皆無子。齊侯好內,多內寵,內嬖如夫人者六人:長衛姬,生武孟;少衛姬,生惠公;鄭姬,生孝公;葛嬴,生昭公;密姬,生懿公;宋華子,生公子雍。(《左傳‧僖公十七年》)

(38) 天子一位,公一位,侯一位,伯一位,子、男同一位,凡五等也。君一位,卿一位,大夫一位,上士一位,中士一位,下士一位,凡六等。天子之制,地方千里,公侯皆方百里,伯七十里,子、男五十里,凡四等。不能五十里,不達於天子,附於諸侯,曰附庸。(《孟子‧萬章下》)

(39) 大饗,尚玄尊,俎生魚,先大羹,貴食飲之本也。饗,尚玄尊而用酒醴,先黍稷而飯稻粱。祭,齊大羹而飽庶羞,貴本而親用也。(《荀子‧禮論》)

三例依循說明文篇的小句連貫方式，由並列或現實因果關係所組成，不含虛設的因果關係或事件的順時推進。

例（37）說明齊桓公的夫人、內寵和子嗣，由主題句並列，只有「齊侯好內，多內寵」是現實因果關係。開頭三個成分已見於前面的討論。後續成分「內嬖如夫人者六人」意思是地位形同夫人的內寵共有六人，「長衛姬，生武孟」以下六句承接此說，表述她們的子嗣。這六句話都是以普通動詞「生」為謂語中心語，搭配行為者主語，但受到文篇類型的制約，止於說明事實。[16]

例（38）說明周朝官爵制度和俸祿的等級，從天子到諸侯共分為五等，諸侯國內之君卿大夫士分為六等，天子到子爵與男爵的封邑分為四等；此外長寬不足五十里的地方都附於諸侯，稱為「附庸」。最後以表示總計的「凡五等也」、「凡六等」、「凡四等」或表示名稱的「曰附庸」收尾。

例（39）說明周代祭典「大饗」、「饗」、「祭」儀式及其意義，「貴食飲之本也」指認「大饗」用「玄尊」、「生魚」、「大羹」等原味祭祀，是對原始根本表示尊重；「貴本而親用也」指認「祭」淺嘗大羹而飽食美味，以便照應貴本的精神又能滿足祭祀者享用的需求。[17]

說明文篇的組成是以表述現實的主題句並列，條陳事況或事理；或者由因果連貫，表述實存之因果情由；即使包含普通動詞搭配行為者主語所組成的句子，也不以時間為連貫線索，

---

16 前面提到普通動詞需要搭配行為者主語，使固有的動態特徵被激活，不過還沒有指出動態句式如何受到文篇構式的制約，且留待第三節討論。

17 詳見李滌生《荀子集釋》第 424-425 頁。

故而時間特徵無從彰顯。又說明文篇不使用揭露發言立場的表態句,以句末「也」指認事實。

值得注意的是,「也」的指認功能兼及評議和說明。說明事實的謂語和表態的謂語都用「也」,如第一章第一(一)節例(7)到(11)所示,這裡重行列舉兩例以為對照:

(40) 夏,君氏卒。——聲子也。不赴于諸侯,不反哭于寢,不祔于姑,故不曰「薨」。不稱夫人,故不言葬,不書姓。為公故,曰「君氏」。(《左傳・隱公三年》)

(41) 酆舒問於賈季曰:「趙衰、趙盾孰賢?」對曰:「趙衰,冬日之日也;趙盾,夏日之日也。」(《左傳・文公七年》)

例(40)中的「聲子也」是魯國史官針對《春秋經》記載「君氏卒」之「君氏」所指何人提出說明,儘管「也」註記史官的指認,然而因為指認的是事實,並不涉及發言者的立場或態度。例(41)中的「冬日之日」、「夏日之日」是晉國賈季透過隱喻提出對趙家父子的褒貶,屬於評議。

例(38)用「凡五等也」指認爵位和俸祿的劃分,屬於言說主觀性低的說明謂語。例(39)中的「也」字句被歸入說明是基於它指認對祭典的規範。倘使涉及荀子對祭典的詮釋,則應歸入評議。

最後看描寫。先秦史書欠缺物象描寫,哲理散文如《孟子》、《荀子》、《韓非子》也不以描寫見長。《莊子》中的描寫片段多半是議論文篇的部件,如例(42)和(43)所示:

(42) 窮髮之北有冥海者，天池也。有魚焉，其廣數千里，未有知其修者，其名為鯤。有鳥焉，其名為鵬，背若太山，翼若垂天之雲，摶扶搖羊角而上者九萬里，絕雲氣，負青天，然後圖南。且適南冥也，斥鴳笑之曰：「彼且奚適也？我騰躍而上，不過數仞而下，翱翔蓬蒿之間，此亦飛之至也。而彼且奚適也？」此小大之辯也。（《莊子・逍遙遊》）

(43) 子綦曰：「夫大塊噫氣，其名為風。是唯无作，作則萬竅怒呺。而獨不聞之翏翏乎？山林之畏佳，大木百圍之竅穴，似鼻，似口，似耳，似枅，似圈，似臼，似洼者，似污者；激者，謞者，叱者，吸者，叫者，譹者，宎者，咬者，前者唱于而隨者唱喁。泠風則小和，飄風則大和，厲風濟則眾竅為虛。而獨不見之調調，之（刁刁）【刀刀】乎？」（《莊子・齊物論》）

兩例底線部分都是空間物象的描寫，為後續評議的對象。

　　例（42）中的底線部分描寫極地之北的「冥海」有體型巨大的「鯤」和「鵬」生活其中。大鵬背部如太山，翅膀如垂掛天邊的雲朵，乘風圓飛而上，達九萬里高空，穿過雲氣負載青天，而後向南飛行。接著是敘述「且適南冥也，斥鴳笑之曰：『彼且奚適也？……？』」——大鵬鳥形體的描寫與斥鴳嘲笑的敘述形成對照，[18] 發言者就此指認他的評議「此小大之辯也」。[19] 全篇為組合型的議論。

----

18 其中「且適南冥也」設定時間背景，相當於「（大鵬鳥）將要到南冥（的時候）」，「也」是題旨標記，不是句末語氣詞。

19 例中的「也」字句不像例（40）中的「聲子也」以現實世界為依

　　例（43）的底線部分描寫大地聲響，形容風吹著林木各種凹陷處發出的聲音變化，除了大量的平行比況，還採用重疊狀聲成分「翏翏」、「調調」、「刀刀」。假使整個段落完全都使用直陳形式的主題句，就屬於典型的描寫。但是「而獨不聞之翏翏乎」、「而獨不見之調調，之刀刀乎」卻是由第二人稱代詞「而」為主語組成的反問句，屬於表態句，兩度打斷聲響描寫的脈絡。全篇是評議搭配描寫組成的議論文篇。

　　描寫句以被描寫的物件為題旨，搭配不具時間性的表述，屬於主題句。描寫句基於空間延續性或事況相關性而平行連貫為並列合成體。然而被描寫的對象並不必然是靜物，也可能是動態的存現。如例（42）描寫大鵬展翅上天的「絕雲氣，負青天」是以大鵬鳥的行為「摶扶搖羊角而上」為題旨。此外動態形象的表述也有可能是經常性的行為。如第一章第二（三）節例（35）描寫神人日常生活「乘雲氣，御飛龍，而遊乎四海之外」，與其他主題句並列，表述成分並沒有在特定時間軸上形成動態推進的序列。

　　描寫動態事況的句式高度指稱化。如第一章第二（三）節例（36）利用結構助詞「之」與「所」消去庖丁解牛行為的時間特徵，轉化為空間身形姿態的描寫。例（42）中的「摶扶搖羊角而上者九萬里」利用結構助詞「者」將動態表述「摶扶搖羊角而上」轉化為非時間性成分，都是指稱化的產物。

　　總言之，基本文篇與句式及小句連貫方式的對應如下：

據。無論是大鵬存在的真實性或斥鴳嘲笑大鵬的真實性，都無法從現實世界得到印證。因此「此小大之辯也」並不是針對現實現象提出說明，而是針對虛設的可能世界提出評議。

✧ 行為句按照所述事件發生時間順序鋪排，即成〔＋時間〕的敘述。

✧ 表述物象或事況之屬性或情狀的主題句按照空間配置或仿空間配置的順序並列，即成〔＋空間〕的描寫。

✧ 帶有言說主觀成分的主題句或兩個以上的小句按照虛設事理如假設、讓步、轉折等相組合，即為〔＋言說主觀〕的評議。

✧ 以不含言說主觀成分的主題句、並列句、現實因果句，表述實存的事況或現實世界中的因果實情，即為〔－言說主觀〕的說明。

其中所謂的「空間配置」，意指空間中存在之物佔據的相對位置，「仿空間配置」則指把原本屬於時間的動態事況視同具體物件在空間中展開。例如描寫庖丁解牛身形的「手之所觸，肩之所倚，足之所履，膝之所踦」是利用語法手段把行為化為佔據空間的存現樣態，因而解除行為固有的時間順序，像描寫空間物件一樣地平行鋪排解牛的歷程。

二、組合型文篇

基本文篇有其形式與意義的限定，若要傳達超乎單一類型文篇承載的複雜意念，可由多種文篇共同組成，即為「組合型文篇」。組合型文篇就像單一類型的文篇，憑藉其類型特徵實現為語體。例如本章開頭提到的馮婦故事是以說明和敘述所組成以敘述為主軸的「敘事」文篇，實現為嘲諷的寓言語體。又如例（42）包含描寫、敘述、評議，例（43）包含描寫和評

議，都屬於評議為基調的組合型「議論」文篇。

敘事和議論是先秦最常見的組合型文篇。議論隨著評議的比重而有不同程度的言說主觀。其中有一種介於評議和說明的類型，目的在於評議，但卻以大篇幅的說明支持評議的正當性，因而有成就客觀事理的意味，即一般所謂「論說」。下面依序討論。

（一）以敘述為主軸的敘事

敘事是組合型的文篇，以敘述為主軸，穿插其他類型的成分。《左傳》即由敘事文篇重現歷史事件的因果歷程：

> (44) 三月，陳成公卒。楚人將伐陳，聞喪乃止。陳人不聽命。臧武仲聞之，曰：「陳不服於楚，必亡。大國行禮焉，而不服；在大猶有咎，而況小乎？」夏，楚彭名侵陳，陳無禮故也。（《左傳‧襄公四年》）

例（44）記載陳成公在魯襄公四年的三月間逝世，原本打算討伐陳國的楚國聽聞陳國有喪事，就中止了軍事行動，但陳國人仍不順服楚國，魯國臧武仲預言陳國必亡，因為大國都已經依禮行事了卻仍不順服；這樣的表現即便是在大國都無法免除責難，更何況是小國。果然到夏天，楚國的彭名率兵入侵陳國——以上敘述事件的動態發展。最後「陳無禮故也」是史官對楚國侵陳理由的說明。

這段簡短的記載包含楚國伐陳始末的敘述以及史官的說明，同時引用臧武仲對陳國行事的看法。臧武仲的發言從敘述主軸拉出一條評議，預言陳國未能得體回應依禮行事的楚國，

終將導致災難，揭示特定立場的價值判斷。

前面以例（31）到（33）解說行為句在敘述文篇中的連貫方式，指出由引語動詞「曰」將人物發言導入敘述脈絡，保持因果事件的推進；引語導入的表態句並不屬於敘述，形成敘述主軸中夾有評議的敘事文篇。亦即三例之中就只有例（31）是單純的事件敘述，其餘兩例為組合型敘事文篇。

下面一段記載也屬於組合型的敘事文篇：

(45) 晉荀息請以屈產之乘與垂棘之璧假道於虞以伐虢。公曰：「是吾寶也。」對曰：「若得道於虞，猶外府也。」公曰：「宮之奇存焉。」對曰：「宮之奇之為人也，懦而不能強諫。且少長於君，君暱之；雖諫，將不聽。」乃使荀息假道於虞，曰：「冀為不道，入自顛軨，伐鄍三門。冀之既病，則亦唯君故。今虢為不道，保於逆旅，以侵敝邑之南鄙。敢請假道，以請罪于虢。」虞公許之，且請先伐虢。宮之奇諫，不聽，遂起師。夏，晉里克、荀息帥師會虞師，伐虢，滅下陽。先書虞，賄故也。（《左傳‧僖公二年》）

晉國荀息建議向虞國借道去攻打虢國，請求獻公拿出良馬和璧玉作為賄賂，獻公態度遲疑，荀息告訴他如果借道成功，虞國就好像是晉國的外庫，寶物仍將屬於晉國。獻公對宮之奇有所顧忌，荀息指出宮之奇個性懦弱又在國君身邊長大，虞公與他很親暱，不會聽他的勸告。於是獻公派荀息交涉，荀息對虞公說，早先冀人侵犯虞國，晉國出兵協助，重挫冀人，現在虢國侵犯晉國南邊，請虞國借道讓晉國向虢國問罪。虞公應允更自

願擔任前鋒。宮之奇勸說不聽,夏天晉國里克和荀息率師會同虞軍討伐虢國,滅掉下陽。最後一句「先書虞,賄故也」是史官說明《春秋經》記載「虞師、晉師滅下陽」先提虞師,是因為虞公收受賄賂的緣故。

例(45)篇幅大於例(44),敘述主軸上的因果內情更豐富,然而都是以某個事件開啟一段動態歷程,沿循時間順序推進因果事件,人物發言透過引語動詞導入敘述脈絡,間或有史官提出的說明或評議。[20]

(二)以評議為主軸的議論

評議是表達立場與態度的文篇類型,《左傳》中的「君子曰」是典型的評議,更以評議為主軸,組成複雜的議論:

(46) 君子曰:「知懼如是,斯不亡矣。」(《左傳・成公七年》)

(47) 君子曰:「盡心力以事君,舍藥物可也。」(《左傳・昭公十九年》)

(48) 君子曰:「潁考叔,純孝也,愛其母,施及莊公。詩曰『孝子不匱,永錫爾類』,其是之謂乎!」(《左傳・隱公元年》)

(49) 君子謂鄭莊公「於是乎有禮。禮,經國家,定社稷,序民人,利後嗣者也。許,無刑而伐之,服而舍之,度德而處之,量力而行之。相時而動,無累後人,可

---

20 先秦敘事的代表作《左傳》正是在敘事文篇的結構基礎上,發展出以單篇呈現多重觀點的敘事體裁程式。相關舉例與解說,請參閱劉承慧(2011a; 2011b; 2013a; 2016)。

謂知禮矣。」（《左傳‧隱公十一年》）

(50) 君子曰：「秦穆之不為盟主也宜哉！死而棄民。先王
違世，猶詒之法，而況奪之善人乎？詩曰：『人之云
亡，邦國殄瘁。』無善人之謂。若之何奪之？古之王
者知命之不長，是以並建聖哲，樹之風聲，分之采
物，著之話言，為之律度，陳之藝極，引之表儀，予
之法制，告之訓典，教之防利，委之常秩，道之禮則，
使毋失其土宜，眾隸賴之，而後即命。聖王同之。今
縱無法以遺後嗣，而又收其良以死，難以在上矣。」
（《左傳‧文公六年》）

例（46）到（50）都是史官針對某個重要人物的所為所言表達
立場。[21] 前兩例單作評議，後三例同時指出理由或依據，組合
成評議為基調的議論文篇。

　　例（46）事由是吳國以武力逼使鄰近魯國的郯國歸順，魯
國執政大臣季文子為此表達憂心，擔憂魯國也快滅亡了。史官
由「矣」評估說，知道害怕就不致亡國。例（47）事由是許悼
公罹患瘧疾，服用太子進奉的藥物後就死了，於是太子出奔到
他國。史官由「也」指認竭盡心力去事奉國君即已足夠，不進
奉藥物是可以的。

　　例（48）事由是鄭莊公弭平共叔段之亂，把母親武姜遷到
潁城並發誓有生之年不再相見，但很快就反悔了，潁考叔獻計
讓他在不違反誓言的情況下與武姜重逢。史官用「也」指認潁

---

21 史官由「君子曰」作評議，第六章都直指為「評斷」。這裡「評
　議」是扣住文篇類型〔＋言說主觀〕而言，第六章用「評斷」則
　是依據言說效力。詳見第六章討論。

考叔「純孝」感動了莊公，引用《詩經》「孝子不匱，永錫爾類」為印證。

例（49）事由是鄭莊公聯合齊、魯兩國攻下許國，卻沒有併吞，把許莊公的弟弟安置在許國城東，指派許大夫百里事奉他。史官先提出評議，說莊公「於是乎有禮」，其次指認禮的效用為「經國家，定社稷，序民人，利後嗣」。接著說明莊公因為許國未能依循規範而去討伐它，順服了就放過它，以道德為處事分寸，衡量自己的能力採取行動，不拖累後代子孫，都是知禮的證據，以此為題旨，搭配表述「可謂知禮矣」。

例（50）事由是秦穆公過世，用善人殉葬，秦人賦詩悼念。史官評議說穆公沒有當上盟主可說是合宜，因為他「死而棄民」，然後提出解釋：「先王違世，……若之何奪之」指出古代的國君辭世都還留有嘉惠後世的法則，反觀穆公卻扼殺為民表率的善人，接著引述《詩經》說「人死了，國家陷入困病」就是指失去善人，質問穆公怎麼能剝奪國家的善人；其次再以「古之王者……而後即命」說明古時候的國君採取各種教化手段培養善人，讓社會各階層都能夠信賴，才離開人世，聖王皆是如此；最後以「今縱無法以遺後嗣，而又收其良以死，難以在上矣」論斷穆公不但沒有留下良法以嘉惠後代子孫，還把國家的善人也收走，註定他當不成盟主。全篇是以評議為基調搭配說明所組成的議論。

語義脈絡複雜的議論不只運用評議和說明。例（51）以寓言印證事理，而寓言是敘述：

(51) 上古之世，人民少而禽獸眾，人民不勝禽獸蟲蛇，有
　　 聖人作，構木為巢以避群害，而民悅之，使王天下，

號之曰有巢氏。民食果蓏蚌蛤，腥臊惡臭而傷害腹
胃，民多疾病，有聖人作，鑽燧取火以化腥臊，而民
說之，使王天下，號之曰燧人氏。中古之世，天下大
水，而鯀、禹決瀆。近古之世，桀、紂暴亂，而湯、
武征伐。今有構木鑽燧於夏后氏之世者，必為鯀、禹
笑矣。有決瀆於殷、周之世者，必為湯、武笑矣。然
則今有美堯、舜、湯、武、禹之道於當今之世者，必
為新聖笑矣。是以聖人不期脩古，不法常可，論世之
事，因為之備。宋人有耕田者，田中有株，兔走，觸
株折頸而死，因釋其耒而守株，冀復得兔，兔不可復
得，而身為宋國笑。今欲以先王之政，治當世之民，
皆守株之類也。（《韓非子•五蠹》）

每個歷史階段都有它時空條件下的難題，政治領袖審時度勢，
解決難題，以創造人民的福祉，自然受人景仰；如果無視於自
身所處環境，盲目推崇甚至仿效古代聖王，是不合時宜。

　　這段議論以說明開場，指出上古時期有巢氏和燧人氏為人
民解決居住和飲食安全問題，中古時期的鯀和大禹為人民解決
水患問題，近古時期的商湯和周武為人民推翻暴政，都是因
應難題謀求解決之道。其後用必然性論斷提出評議：中古仿效
上古聖王的領袖必然被鯀和禹嘲笑，近古仿效中古聖王的領袖
也必然被商湯和周武嘲笑；再由「然則」推論，當今治國者若
是歌頌中古與近古的聖王，必將被新起的聖王嘲笑。由此導向
韓非子的政治主張，就是聖人既不留戀美好的過去也不仿效公
認的常法，專注因應當下的情勢，作好準備。其後以「守株待
兔」的寓言類比——崇古之士就好像守在樹下枯等兔子撞死的

宋人一樣荒謬。

　　從歷史到現世的過渡成分是「今有構木鑽燧於夏后氏之世者，必為鯀、禹笑矣。有決瀆於殷、周之世者，必為湯、武笑矣」，它承接歷史，轉入對現世盲從古代的批判，推論出「是以聖人不期脩古，不法常可，論世之事，因為之備」，再以寓言強化論旨並導向總評。此例是以評議為基調搭配說明和敘述所組成的議論。

（三）說明和評議交織的論說

　　論說是議論下位的邊緣類型。它涉及言說主觀的表達，帶有評議性，以大篇幅的說明支持評議，也具備說明性。但只要帶有評議成分，就不屬於說明。論說可謂評議佔比低的議論，[22] 如例（52）所示：

　　(52) 吾嘗終日而思矣，不如須臾之所學也。吾嘗跂而望矣，不如登高之博見也。登高而招，臂非加長也，而見者遠；順風而呼，聲非加疾也，而聞者彰。假輿馬者，非利足也，而致千里；假舟楫者，非能水也，而絕江河。君子生非異也，善假於物也。（《荀子・勸學》）

開頭由「不如」構成的比較句，把「坐而思不如起而學」類比

---

22 論說和議論都屬於組合型文篇，主要差別在評議和說明的佔比高低。在我們看來，把論說視為議論的下位分支，或者相反，都只是分類的選擇。本書根據「夾敘夾議」為先秦常見的說理形式而將議論擺放在分類上較高的位置。

為「踮起腳看遠不如登高見得廣闊」。其後就「登高」展開四個平行的條件句,導向最後的論斷——君子跟其他人天生沒有兩樣,只是擅長借助外物學習。

當中包含四個條件句,前項不用假設標記,後項不用推論標記,屬於言說主觀性低的中性條件句。它們先由條件項提出某種借助外物的情形,再由論斷項指出狀況不變然而效果殊異,是條件使然,屬於事理說明。動詞「登」和「招」並沒有和行為者主語組成行為句,而是用於設定條件。「登高」承接「不如登高之博見也」,其後的「順風而呼」、「假輿馬」、「假舟楫」都是從「登高而招」類推而來。

此例不含強烈的語氣,但最後「君子生非異也,善假於物也」中的「也」具有評議性的指認功能。「吾嘗終日而思矣」、「吾嘗跂而望矣」中的「矣」是「既成體」標記,與時間副詞「嘗」共現,表示已然,[23] 屬於 Lyons(1995)所謂的言說主觀範疇,只不過言說主觀程度低於評估語氣。又「臂非加長也,而見者遠」等四個論斷成分都表述虛設的轉折事理。由高言說主觀性之評議成分在篇章中的佔比來看,此例為說明和評議交織的論說。

論說的特點是立場與態度都有現實依據。從「吾嘗跂而望矣」直到「而絕江河」,大都可以得到現實世界的印證。再看例(53):

(53) 大儒之效。武王崩,成王幼,周公屏成王而及武王以
　　　屬天下,惡天下之倍周也。履天子之籍,聽天下之斷,

---

23 請參閱第四章第三(四)節註53。

> 偃然如固有之，而天下不稱貪焉。殺管叔，虛殷國，
> 而天下不稱戾焉。兼制天下，立七十一國，姬姓獨居
> 五十三人，而天下不稱偏焉。教誨開導成王，使諭於
> 道，而能揜迹於文武。周公歸周，反籍於成王，而天
> 下不輟事周；然而周公北面而朝之。天子也者，不可
> 以少當也，不可以假攝為也；能則天下歸之，不能則
> 天下去之，是以周公屏成王而及武王以屬天下，惡天
> 下之離周也。成王冠，成人，周公歸周，反籍焉，明
> 不滅主之義也。周公【無天下矣】鄉有天下，今無天
> 下，非擅也；成王鄉無天下，今有天下，非奪也；變
> 勢次序節然也。故以枝代主而非越也；以弟誅兄而非
> 暴也；君臣易位而非不順也。因天下之和，遂文武之
> 業，明主枝之義，抑亦變化矣，天下厭然猶一也。非
> 聖人莫之能為。夫是之謂大儒之效。（《荀子‧儒
> 效》）

此例是以大段說明支持立場的論說。荀子歷數從武王駕崩以後
周公攝政到最終還政成王，申論大儒的功效。由單一題旨開啟
話頭，以「大儒之效」開始和結束，全篇採取兼用型主謂式。

底線標示的「履天子之籍」到「然而周公北面而朝之」都
是以荀子所認可的史實為基礎，鋪敘周公在武王辭世後的作
為，包含下面五部分：

> 履天子之籍，聽天下之斷，偃然如固有之，而天下不稱貪
> 焉。(A)
> 殺管叔，虛殷國，而天下不稱戾焉。(B)

兼制天下，立七十一國，姬姓獨居五十三人，而天下不稱
偏焉。（C）

教誨開導成王，使諭於道，而能揜迹於文武。（D）

周公歸周，反籍於成王，而天下不輟事周；然而周公北面
而朝之。（E）

A 指出周公站上天子大位，決斷天下事，態度安然，好像本來
就擁有天下，而天下並不說他貪婪。D 指出周公殺掉管叔，使
得殷國成為廢墟，而天下不說他暴戾。C 指出周公兼併掌控天
下，建立了七十一個國家，同姓國君獨佔五十三人，而天下不
說他偏頗。D 指出周公教誨開導成王，使他通曉道理，因而能
承襲功業。E 指出周公把大位歸還給成王，天下並不停止事奉
周朝，而後周公遵循為臣之禮朝覲。

　　A 到 C 都是由表示核實的「焉」收束。[24] D 中的「能」意
為「有能力」。E 中的「然而」應該分讀，代詞「然」複指前
述的情況，「而」為「而後」。按照梅廣（2015: 180），並列
連詞「而」從春秋到西漢發展至高峰，A 到 E 中的「而」適
合解釋為並列標記。

　　自「天子也者」以下是荀子依據上述史實提出的評議。他
認為天子不宜委由年幼者擔當，不宜假手他人代理。有能力則
天下歸順，沒有能力則天下背離，周公摒退成王，接續武王掌
理天下，是因為不樂見天下背離周朝。等到成王舉行冠禮，成
人了，他將大位歸還，回到封邑，明示「不滅主」的道理。這

---

24 這些「焉」也容許分析為指示代詞，指代周公所行之事。如果採
　　取這種分析，言說主觀性就更低了。

時候沒有天下了。先前有而現在沒有，不是禪讓，成王先前沒有天下而現在有，也不是搶奪，都是因應形勢的變遷而尊卑次第節然有序。所以說由旁系代直系不為僭越，以少弟殺兄長不為施暴，君臣互換不為忤逆。順應天下的平和，最終延續文武兩代建立起來的功業，闡明旁系與直系彼此對待的道理，雖說有變，但天下還是安然不變。要不是聖人就無法做到。

這段評議可以拆解如下：

天子也者，不可以少當也，不可以假攝為也；能則天下歸之，不能則天下去之，是以周公屏成王而及武王以屬天下，惡天下之離周也。(A)
成王冠，成人，周公歸周，反籍焉，明不滅主之義也。周公【無天下矣】鄉有天下，今無天下，非擅也；成王鄉無天下，今有天下，非奪也；變埶次序節然也。故以枝代主而非越也；以弟誅兄而非暴也；君臣易位而非不順也。(B)
因天下之和，遂文武之業，明主枝之義，抑亦變化矣，天下厭然猶一也。非聖人莫之能為。(C)

A 指出擔任天子的（不）可行條件，扣住史實「武王崩，成王幼」，其後由表示因果關係的「是以」分說周公摒退成王，接續武王統治天下，是不樂見天下背棄周朝，呼應全篇最開頭的說明「周公屏成王而及武王以屬天下，惡天下之倍周也」。B 以「成王冠，成人，周公歸周，反籍焉」再次回扣史實，就此提出「明不滅主之義也」的解釋，而後析論周公與成王身處的態勢，申明既非專擅亦非搶奪，是因應形勢的變遷而尊卑次第節然有序，更由此指認「以枝代主而非越也；以弟誅兄而非暴

也；君臣易位而非不順也」的主張。C 綜述周初遭逢政壇動盪而終究安然度過，歸因於周公的聖明。

後半部承接史實說明，表態肯定周公行事的正當性，「故以枝代主而非越也；以弟誅兄而非暴也；君臣易位而非不順也」中的「而」都註記違反預期的轉折關係，由連續的虛設事理加上正反對比組成評議文篇。

全篇以說明和評議的組合形式申論「大儒之效」，藉由大篇幅的說明引導出評議，屬於評議佔比低的論說。

三、文篇構式對內部成分的制約

基本文篇內部的句式及小句連貫方式與文篇類型有固定對應，表明基本文篇是組成關係的構式。本節在此基礎上進一步論證文篇構式語義完形對其內部成分的語義制約。

不帶語法標記的組合形式係由整體意義（語義完形）辨認其內部意義層成分之間的關係，第一章第一（二）節以「達人」組合為例——充當賓語的「達人」是指稱性組合，屬於定中式，充當謂語的「達人」則是表述性組合，屬於述賓式。定中式與述賓式為先秦語法規約的語義完形，兩種「達人」是由不同的語義完形所創生。

基本文篇也是語法規約的語義完形。例（15）以謂語「詛無畜群公子」搭配主語「麗姬之亂」組成主題句，謂語並沒有依照動詞「詛」的常規限定搭配行為者主語，顯示文篇構式對整個謂語動詞組有所制約，即如「達人」組合方式受到高一層構式制約。

普通動詞未能顯現常規語法表現，以往研究多稱為「活

用」。試比較：

(54) 魏絳戮其僕。（《左傳・襄公三年》）
(55) 專祿以周旋，戮也。（《左傳・襄公二十六年》）

普通動詞「戮」指涉「戮殺」，它的常規功能即如例（54）所示，搭配行為者主語及受事者賓語組成行為句；但亦可行使其他功能，如例（55）中的「戮」充當主題句謂語，指涉「（其罪）可戮殺」或「（其罪）當死」的義涵。[25] 這時候它的指涉已偏離原動詞，成為主題句限定的評議成分。

例（55）中的「戮」就像例（15）中的「詛」偏離詞義的規約，只是活用的結果不同——「詛無畜群公子」是針對「麗姬之亂」發生的事況提出說明，「戮也」是針對衛國孫林父以衛國的封邑向晉國投誠提出評議，涉及不同類型文篇對其內部主謂式的語義制約。

不僅是單詞如「詛」、「戮」有活用，小句合成體也有活用，同樣是受到文篇類型的語義制約。且看一段有關典禮施行步驟的說明：

(56) 士冠禮：筮於廟門。主人玄冠，朝服，緇帶，素　，
　　　即位於門東，西面。有司如主人服，即位於西方，東
　　　面，北上。筮與席、所卦者，具饌於西塾。布席於門
　　　中，闑西閾外，西面。筮人執筴，抽上韇，兼執之，
　　　進受命於主人。宰自右少退，贊命。筮人許諾，右還，

――――――――――

25 完整的分析請參閱劉承慧（1998: 79）。

即席坐，西面。卦者在左。卒筮，書卦，執以示主人。
主人受視，反之。筮人還，東面，旅占，卒，進，告
吉。若不吉，則筮遠日，如初儀。徹筮席。宗人告事
畢。（《儀禮・士冠禮》）

士冠禮的第一步是占筮行禮的日期。例（56）說明「筮日」儀
式的流程，參與儀式的包括主人、有司、筮人、宰、宗人，從
主人及有司的服裝、站位，到典禮器用擺放乃至典禮施行步
驟，各方面的細節都有講究。全篇不用言說主觀成分。

其中以典禮參與者為主語搭配普通動詞謂語所組成的句子
都是按照典禮的流程順序鋪排，雖然隱含時間先後，卻迥異於
行為句在敘述中順時推進，關鍵是缺乏具體發生的時間。它們
是在說明文篇構式制約下鋪排典禮的施行步驟。

如果抽離說明文篇，「筮人執筴，抽上韇，兼執之，進受
命於主人」將被優先理解為順時敘述的行為句。再與例（37）
略作比較：「長衛姬，生武孟」等六句都是行為者主語搭配
普通動詞「生」，若把其中的任何一句抽取出來獨立表述，都
會被當作行為句。它們用於說明事實是出自文篇構式的語義限
定。

發言者利用基本文篇制約內部成分的特性，調整文篇內部
成分的組成，以便回應表達需求，創造出各種不同的組合變
異。下面一段記載利用文篇限定把事件序列的敘述轉化為現實
因果的說明：

(57) 晉侯始入而教其民，二年，欲用之。子犯曰：「民未
知義，未安其居。」於是乎出定襄王，入務利民，民

> 懷生矣。將用之。子犯曰：「民未知信，未宣其用。」
> 於是乎伐原以示之信。民易資者，不求豐焉，明徵其
> 辭。公曰：「可矣乎？」子犯曰：「民未知禮，未生
> 其共。」於是乎大蒐以示之禮，作執秩以正其官。民
> 聽不惑，而後用之。出穀戍，釋宋圍，一戰而霸，文
> 之教也。（《左傳・僖公二十七年》）

例（57）記載晉公子重耳在魯僖公二十四年結束了十九年的流亡生活，即位為晉文公。他花兩年教導人民向他效忠，便要用人民作戰。子犯基於「民未知義」、「民未知信」、「民未知禮」，三度阻止他用兵，等到他使人民能安生、守信更進而遵循禮制沒有迷惑，最終在城濮一戰擊退楚國，成為霸主。這段說明之後是魯國史官據此提出晉文公稱霸原因的論斷，由說明進入評議，組成論說文篇。

底線部分所述涉及動態歷程及變化結果，但史官採取行為句鋪排事件的同時也採取「於是乎」顯示現實世界的因果情由；「出定襄王」、「入務利民」如標籤般並列總括一連串教民知義的具體施為，回應「民未知義」。其後的兩個「於是乎」由相同的模式組成。三個「於是乎」標顯的因果說明構式突出因果事理，相對壓制了時間性，也就壓制了敘述性。史官在事實說明的基礎上推導出「出穀戍，釋宋圍，一戰而霸，文之教也」的評議，組成論說，目的在鋪陳次年（魯僖公二十八年）晉文公對外用兵的背景。

例（58）則顯示發言者巧妙運用說明構式隱藏個人立場：

(58) 無終子嘉父使孟樂如晉，因魏莊子納虎豹之皮，以請

和諸戎。晉侯曰：「戎狄無親而貪，不如伐之。」魏
絳曰：「諸侯新服，陳新來和，將觀於我。我德，則
睦；否，則攜貳。勞師於戎，而楚伐陳，必弗能救，
是棄陳也。諸華必叛。戎，禽獸也。獲戎失華，無乃
不可乎！夏訓有之曰：『有窮后羿──』」公曰：「后
羿何如？」……於是晉侯好田，故魏絳及之。公曰：
「然則莫如和戎乎？」對曰：「<u>和戎有五利焉：戎狄
荐居，貴貨易土，土可賈焉　　也。邊鄙不聳，民狎
其野，穡人成功，二也。戎狄事晉，四鄰振動，諸侯
威懷，三也。以德綏戎，師徒不勤，甲兵不頓，四也。
鑒于后羿，而用德度，遠至邇安，五也。君其圖之！</u>」
公說，使魏絳盟諸戎。修民事，田以時。（《左傳‧
襄公四年》）

晉悼公與魏絳談論如何對待山戎諸國，魏絳先已接受求和的請
託，當晉悼公表示不如用兵時，他以新近歸順的諸侯與陳國為
口實，提出用兵的顧慮，再應承悼公對田獵的喜好，說了「后
羿窮兵黷武而亡」的故事。於是悼公立場鬆動，詢問是否該講
和。魏絳從「一也」到「五也」列舉五項足以強化講和意向的
說明，到最後「君其圖之」才略顯勸說之意，如底線所示。
　　說明性謂語「一也」到「五也」都以條件論斷式為主語：

戎狄荐居，貴貨易土（條件）－土可賈焉（論斷）
邊鄙不聳，民狎其野（條件）－穡人成功（論斷）
戎狄事晉（條件）－四鄰振動，諸侯威懷（論斷）
以德綏戎（條件）－師徒不勤，甲兵不頓（論斷）

鑒于后羿，而用德度（條件）－遠至邇安（論斷）

　　這些條件論斷式的主語全都導向勸和的主張，然而因為包裹在條列式的說明框架內，魏絳個人主觀也被隱匿到最低程度，而最後的「公說〔悅〕」顯示魏絳成功扭轉了晉悼公最初的「不如伐之」的想法。

　　魏絳從「諸侯新服，陳新來和，將觀於我」論斷「勞師於戎，而楚伐陳，必弗能救」，將會造成「是棄陳也。諸華必叛」的結果，兩個必然性的「必」揭露他的立場，但他很快地將話題轉入「后羿窮兵黷武而亡」的歷史；一覺察晉悼公用兵意向鬆動，立即採取說明形式，逐項列舉和戎的好處。這段發言把勸說的意圖隱藏於不表態的文篇類型，利用文篇構式對內部成分的語義制約，成功地壓抑了言說主觀性。

四、小結

　　本書以基本文篇總稱即將被實現為語體的組合形式，小自單詞，大至多層次的小句合成體，都是以基本文篇樣態進入使用階段。語法組合形式成為基本文篇的條件是自成一個意義整體。基本文篇按照認知特徵區分為四種類型，相同的認知特徵深植於組合形式的各個層級。詞、詞組、小句合成體都能成為基本文篇，是因為詞類、句式及小句連貫方式與某種類型特徵相符；結構繁簡不等的組合都能夠實現為語體，關鍵就在具備某種文篇類型的特徵。

　　基本文篇的構式意義是文篇類型限定的組合意義。「文篇類型限定」並不是單方面從認知概念區劃出來的，而是源自基

本認知概念在不同組合層級的構式化——四種基本認知概念與詞、句式、小句連貫方式都有穩定的對應。

第二章第三節表 2.4 已經指出基本文篇的認知特徵和詞類、句式、小句連貫方式之間的對應，本章第一節提出句式和小句連貫方式的證據予以支持。但既然各層級的形式具有語義同質性，為何不是詞組或小句合成體的組合意義直接結合語境意義而為語體？何須另行設定基本文篇？

複雜組合形式所表達的語義內容往往無法以單詞或簡單的詞組來概括，卻仍實現為語體，是基於文篇類型特徵。單一類型文篇固然自成整體，但以文篇組合為整體亦所在多有，如例（44）和（45）是敘事文篇，例（50）和（51）是議論文篇，例（52）和（53）是論說文篇，都屬於組合型文篇。[26] 它們並不是由內部單一文篇獨立實現為語體，而是組合的整體意義進入使用階段而實現為語體。[27]

基本文篇是組成階段最高層的構式，第三節舉出兩種例證論述基本文篇構式在組成階段對內部成分的制約作用。其一是內部成分基於文篇類型語義限定產生語義轉化，其二是發言者基於特定表達需求捨棄經常性的組合形式，創造出形式變異。

文篇構式限定導致的語義轉化之例如（56）中的「筮人執筴，抽上韇，兼執之，進受命於主人」。述賓式謂語雖然搭配行為者主語，卻受到說明文篇構式的制約而未能展現行為句表

---

26 組合型文篇在先秦書面語的發展情況，是值得深入的古典語文研究課題。

27 第一章最後已指出本書舉證的限制，這裡重申，本章第二節所舉的組合型文篇大都擷取自更大的篇章，其中只有「君子曰」之例是完整引用。本書擷取篇章的原則是 Talmy（2000）所說的同一性序列結構。

述事件發生的功能，只是順隨著說明文篇的限定，表述典禮的
儀式進行步驟。這時候行為者都是泛指的，普通動詞表述的行
為也欠缺具體發生時間。例（37）中的「長衛姬，生武孟」同
樣因為文篇的制約，不表述事件的發生。

　　基於表達需求而捨棄經常性組合的用例如（58），魏絳把
力勸講和的內容包裹在不帶言說主觀成分的並列主題句。又如
例（57）以現實因果標記「於是乎」把順時發生的因果事件轉
化為因果事理的說明。除了透過句式外，也可以透過語法標記
改變成分的語義關係，如例（42）中的「搏扶搖羊角而上者九
萬里」就是以結構助詞「者」將表述行為的成分「搏扶搖羊角
而上」轉化為對動態的指稱。前面多次提到的庖丁解牛一段更
是巧妙運用結構助詞將原本屬於敘述的內容轉化為描寫的高明
之作。

　　以往研究討論詞類活用的現象，側重在詞組對內部成分的
語義制約，如名詞作狀語出自狀中式的制約，例（14）中「重
器備」的「重」充當致使動詞是出自使動式的制約。文篇語法
把構式的範圍擴大，因此觀察到文篇對內部成分的制約與詞組
並無二致。例如「專祿以周旋，戮也」及「麗姬之亂，詛無畜
群公子」都是謂語詞性經過轉化的主題句，前者為評議句，後
者為說明句，[28] 顯示文篇類型對句式的限定。例（56）把行為

---

28 再補充一句，「麗姬之亂，詛無畜群公子」顯示成分組成方式與
　　文篇構式的關聯性。「麗姬」是造成「詛無畜群公子」事件發生
　　的行為者，那麼何不使用更直接反映事件的行為句「麗姬詛無畜
　　群公子」？這段記載說明晉國是從何時且因何故而中斷公族制
　　度，到何時又因何故恢復，更甚至新設餘子及公行制度。在說明
　　因果情由的文篇中「麗姬之亂」比「麗姬」更適合充當題旨。後
　　續成分「及成公即位」在說明框架下也不表述晉成公的繼承事

者與行為活動組成的主謂式按照典禮流程鋪排，利用說明文篇的小句連貫方式消解了行為動詞小句固有的事件表述功能，同樣顯示轉化發生在文篇構式。

以往「活用」這個術語提示詞性轉化源自語言使用，然而如果認為帶有言說效力的語體才是被實現的使用單位，那麼受到文篇構式制約的詞性轉化還是屬於組成階段，尚未進入使用階段。基本文篇類型對組合形式整體意義的制約在單詞與詞組相對不明顯，小句合成體的結構越複雜，則文篇特徵制約整體意義的作用就越加顯豁。

傳統語法學家指出無論詞或詞組都可以實現為句子，可見它們組成上雖有所區別，仍具有某種通性，因此都能夠連結語境意義而成為使用單位。文篇語法認為結構遠比單句或者傳統語法研究所辨認的複句更複雜的小句合成體，也具有組成上的通性，也透過成分的語義關係層層組成，直到成為基本文篇才進入使用階段連結語境意義而實現為語體。

件，而是表述時間，也就是公族制度恢復的時間點，因此後面的小句仍是在說明文篇構式限定下組成主題句。

第六章　語體與文體

　　語體是言語活動和語法體系交互作用而成的產物。語法體系回應言語活動的需求而按照規約組成某種合乎需求的形式，確立為特定類型的基本文篇，即為語體的備用樣態。其後中文篇類型限定的組合意義與使用條件限定的語境意義相結合而成為語體構式。

　　所謂「使用條件」指的是言語活動中足以影響語言表現的條件，包括交際媒介、表達目的、發言場合、發言身分及其背後的文化約定等。交際媒介主要是指口語的語音媒介和書面語的文字媒介，口語和書面語分屬不同語體。[1] 表達目的指言語活動的任務，如勸說或反駁；有些發生在特定場合，如行人辭令是使者在邦國之間傳遞交往的信息。發言身分與階級有關，下對上建言是源自周代社會對下位者言行分寸的規範，春秋士大夫謹守階級分際的態度體現在依禮行事的言語應答中。

　　第一章第二（四）節提到《左傳》常見的三種語體「君子曰」、「行人辭令」及「下對上建言」都是由評議或評議為基調的組合型文篇回應表達需求所產生，可以就功能動因和語體格局兩方面闡述。「君子曰」的動因是提出道德評價，格局為表態先於說理，出自周代封建社會賦予史官的褒貶權力。行人辭令的動因是維護邦交禮數，格局為抑己揚人、設身處地的

---

[1]　先秦文獻使用的書面語和口語的關係猶如現代語體文和口語的關係。東漢以後由於文言文脫離口語，就不再是語體之別。

格套，以維持友好關係。下對上建言的動因是恭敬將事，格局為表態藏於說理，由於涉及跨階級之間的溝通，講究事理正當性。它們固定用於制度化的使用場域，因而形成文體。

　　形成文體的語體按照使用域分類，未形成文體的語體則按照不同的標準而有多方面分類的可能性，例如口說和書寫的產物屬於口語和書面語兩種語體，問答和獨白也可視為不同的語體。語言的使用千頭萬緒，要為不成文體的語體作分類已有難度，要從歷史文獻語料篩檢出分類標準更難免失準。因此我們並沒有全面地為《左傳》語體作分類，而是以舉例方式呈現初步觀察結果。

　　第一節比較春秋士大夫預言和「君子曰」，辨析如何由相同的合成模式形成不同的語體構式。第二節展示幾種類型的文篇如何實現，以顯示表達目的和語體的關聯性。第三節從《左傳》抽取出若干議論類型的語體，勾勒多重分類的樣貌。第四節由「君子曰」和行人辭令解說語體和文體的分化。第五節以兩則源自語體的文體實例，略論文體修辭創新。

　　進入第一節之前，先說明如何從文獻中辨認「語體」單位。人物發言都自成語體單位，如前面提到的「階也」、「士誠小人也」自成語體，各自結合使用條件取得言說效力。前者由說明文篇特徵結合語境意義而取得指引效力，後者由評議文篇特徵結合語境意義而取得致歉的效力。

　　第五章第二（一）節提到敘事文篇屬於組合型文篇，以敘述為主軸穿插評議或說明組成，如例（44）中臧武仲的發言「陳不服於楚，必亡。大國行禮焉，而不服；在大猶有咎，而況小乎」既是由評議文篇實現的預言語體，同時也是附屬於敘述主軸的評議部件，整個敘事文篇實現為語體，言說效力是

「確立官方肯認的歷史事實」。亦即這段敘事涵攝兩層言說效力，一層屬於歷史世界的人物發言，另一層屬於史官對歷史世界的重現。[2]

一、語體構式

語體的構式意義與使用條件無法切割。組合形式相近且類型相同的文篇構式因為使用條件而成為不同的語體，如《左傳》預言和「君子曰」。

第一章第二（四）節例（41）是「君子曰」之例。史官先提出評斷「于是乎可謂正矣」，接著解釋「以王命討不庭，不貪其土，以勞王爵，正之體也」——鄭莊公在周朝擔任左卿士，以周王的名義討伐不朝覲的宋國，拿佔領的土地犒勞共同出兵的魯國，史官視為得體的政治操作。例（1）套用相同的模式：

(1) 君子謂鄭莊公「於是乎有禮。禮，經國家，定社稷，
　　序民人，利後嗣者也。許，無刑而伐之，服而舍之，
　　度德而處之，量力而行之。相時而動，無累後人，可
　　謂知禮矣。」（《左傳・隱公十一年》）

史官先作論斷「於是乎有禮」，然後說明「禮」的意義，解釋何以鄭國對許國的處置當得起「有禮」，歸結到鄭莊公「知禮」。兩例都屬於「君子曰」先論斷而後解釋的模式。

相同合成模式也用於預言，如以下底線部分所示，都是先

_____

2　有關《左傳》敘事的意義建構，請參閱劉承慧（2013a; 2016）。

論斷個人或國家的命運，然後解釋如此論斷的理由：

(2) 楚武王荊尸，授師子焉，以伐隨。將齊，入告夫人鄧曼曰：「余心蕩。」鄧曼歎曰：「<u>王祿盡矣。盈而蕩，天之道也。……。</u>」（《左傳·莊公四年》）

(3) 虢公敗戎於桑田。晉卜偃曰：「<u>虢必亡矣。亡下陽不懼，而又有功，是天奪之鑒，而益其疾也。</u>必易晉而不撫其民矣。不可以五稔。」（《左傳·僖公二年》）

(4) 將死，曰：「樹吾墓檟，檟可材也。<u>吳其亡乎！三年，其始弱矣。盈必毀，天之道也。</u>」（《左傳·哀公十一年》）

例（2）是楚武王的夫人鄧曼聽到武王抱怨「余心蕩」，即扣住「蕩」的動搖之意提出論斷「王祿盡矣」，接著解釋「盈而蕩，天之道也」。例（3）中的「虢必亡矣。亡下陽不懼，而又有功，是天奪之鑒，而益其疾也」合成模式相同——卜偃論斷虢國將滅亡，因為虢公被奪走了宗廟所在地下陽，卻不知儆懼，去攻打戎人又取得戰功，好比上天奪去他的鏡子，使他無法照見自己，更增添罪過。例（4）是伍子胥的遺言，「吳其亡乎」和「三年，其始弱矣」論斷吳國必將滅亡，三年後將開始走向衰弱，解釋是「盈必毀，天之道也」。伍子胥的解釋和鄧曼的解釋「盈而蕩，天之道也」很接近，可見春秋時人認為「滿盈」與「毀滅」是高度關聯的。

同為〔論斷－解釋〕模式組成的評議文篇，與不同使用條件限定的語境意義相結合，即實現為不同的語體構式，如圖6.1所示：

圖 6.1：使用條件限定下的語體實現

預言提出的論斷是預測人事的未來走向，「君子曰」的論斷是給予道德或價值評斷。「王祿盡矣」、「虢必亡矣」、「吳其亡乎！三年，其始弱矣」都是針對還沒有發生的事，體現在語氣成分的選擇上。

　　預測成分常用「矣」字句，以下三例亦然：

(5) 士蔿曰：「大子不得立矣。分之都城，而位以卿，先為之極，又焉得立？……。」（《左傳・閔公元年》）

(6) 叔向曰：「……子蕩將知政矣。敏以事君，必能養民，政其焉往？」（《左傳・襄公二十七年》）

(7) 后子出，而告人曰：「趙孟將死矣。主民，翫歲而愒日，其與幾何？」（《左傳・昭公元年》）

例（5）是晉獻公把宗廟所在地曲沃分封給太子申生，把下軍權柄交給他，讓他位極人臣，引起士蔿關注；「大子不得立矣」預測申生不會被立為國君，其後「分之都城，而位以卿，先為之極，又焉得立」提出解釋，「又焉得立」以反問形式強調申生「不得立」。例（6）是楚國子蕩到晉國去出席諸侯集會，叔向因為他言行得體而預測他將會執政。「政其焉往」表面上是反問「政權會跑到哪裡去」，實際上是強調「政權不會

跑到哪裡去」，也就是必將到子蕩的手上。例（7）是從秦國出奔晉國的后子拜訪趙孟，指出在位的秦景公雖無道，仍因上天的輔佐而有充裕的糧食，就算短命，至少也有五年的光景，趙孟表示不耐煩等待，后子預測「趙孟將死矣」，然後解釋趙孟為人民之主，漫不經心卻又急切地過日子，還能活多久呢？「其與幾何」以反問和測問形式，強調趙孟將不久於人世。[3]

對預測的解釋多半屬於帶有發言立場與態度的評議，如例（5）到（7）都使用反問形式表示強調，例（2）到（4）都用句末「也」指認解釋。但有援引事實的用例：

(8) 內史過往，聞虢請命，反曰：「虢必亡矣，虐而聽於神。」（《左傳‧莊公三十二年》）

(9) 公孫揮曰：「子產其將知政矣。讓不失禮。」（《左傳‧襄公二十六年》）

例（8）背景是有神明降臨虢國的地界，周朝內史過前往了解，聽說虢公向神請求賜予土田，於是預測「虢必亡矣」，解釋是「虐而聽於神」——虢公虐用人民而不聽人民的心聲，只想信靠神明；預測用「矣」表示「虢必亡」是出自評估，而解釋不用言說主觀成分，表示所述為事實。例（9）背景是鄭國子產跟隨子展討伐陳國有功，鄭簡公賜給他僅次於主帥子展的封賞，他以位階不符婉辭，最後接受與位階相襯的賞賜，公

---

3 根據楊伯峻《春秋左傳注》第 1215 頁的說法，「其與幾何」相當於「其幾何歟」。就此而論，這個小句不只以反問形式強調趙孟不久於人世，同時以測問語氣詞「與」探詢對方是否同意，具有高度的言說主觀性。

孫揮預測他將執政，因為他的謙讓符合禮制的規範；預測用
「矣」表示係出自評估，解釋並未使用言說主觀標記，同樣表
明其為事實。以事實作為解釋甚至比用反問強調更具說服力，
然而事實本身沒有評議功能，是在〔論斷－解釋〕的構式中取
得的。

　　回到預測成分。預測成分經常由「矣」收尾表示它出自發
言者評估；也有些以委婉測度的〔其 X 乎〕收尾，甚至只用
副詞「將」：

(10) 初，平王之東遷也，辛有適伊川，見被髮而祭于野者，
　　　曰：「不及百年，此其戎乎！其禮先亡矣。」秋，秦、
　　　晉遷陸渾之戎于伊川。（《左傳・僖公二十二年》）

(11) 文子退，告其人曰：「崔子將死乎！謂君甚而又過之，
　　　不得其死。過君以義，猶自抑也，況以惡乎？」（《左
　　　傳・襄公二十三年》）

(12) 於是叔輒哭日食。昭子曰：「子叔將死，非所哭也。」
　　　八月，叔輒卒。（《左傳・昭公二十一年》）

例（10）中的「不及百年，此其戎乎」套用〔其 X 乎〕表示
委婉測度。例（11）和（12）都是預測某人將死，「崔子將死
乎」、「子叔將死」因為用「乎」與否而有語氣之別。

　　儘管發言語氣有出入，預測成分必須合乎表達需求，針對
尚未發生的情況如重要人物未來的運勢或重大事件未來的走
向作論斷，因此「矣」與「將」共現很常見。例（3）中「虢
必亡矣」用「必」提出必然性評估，例（5）中「大子不得立
矣」用「不得」提出不可能性評估，雖然不用「將」，仍指向

未來。預言構式中的論斷只要針對人事未來發展,就已經符合最低限度要求,[4]同步顯現在語言形式上。

預言中的論斷針對未來,有預測性,「君子曰」中的論斷完全是針對已然事況。試看「君子曰」的評斷成分:

(13) 君子曰:「潁考叔,純孝也,……。」(《左傳‧隱公元年》)

(14) 君子曰:「信不由中,質無益也。……。」(《左傳‧隱公三年》)

(15) 君子曰:「石碏,純臣也。……。」(《左傳‧隱公四年》)

(16) 君子曰:「宋宣公可謂知人矣。……。」(《左傳‧隱公三年》)

(17) 君子謂鄭莊公「失政刑矣。……!」(《左傳‧隱公十一年》)

為利於簡潔,省略各例中的解釋成分,由刪節號註明。

例(13)背景是鄭莊公誓言不再與母親武姜相見,隨即又後悔,潁考叔為莊公解套,史官稱讚他「純孝」。例(14)背景是鄭莊公擔任周平王的卿士,平王有意任命虢公為卿士,卻在莊公表達不滿時表示絕無此事,於是兩國交換人質;平王死

4　上面的預言之例顯示某些語法形式享有優先性,如「矣」字句是預言構式中預測成分的優選形式,但是仍有其他的選擇,如用委婉測度的〔其X乎〕或者單用副詞「將」。可見優選形式只是慣例,最終仍取決於發言者的態度,要是他意圖表現出委婉,就會選擇〔其X乎〕而非「矣」。

後，周人按照他的心意把國政託付給虢公，莊公派人割取王畿的麥禾作為報復，兩國決裂。史官評斷說誠信若非發自內心，交換人質無濟於事。例（15）背景是衛國的石碏聯合陳國人剷除弒君的州吁，就連與州吁交好的兒子石厚也一併剷除，史官讚許他為「純臣」。以上三例都用「也」註記指認語氣。

例（16）背景是宋宣公當年傳位給弟弟穆公，穆公臨終前將大位傳給宣公的兒子與夷，史官褒揚「宋宣公可謂知人矣」。例（17）是鄭國的公孫閼和穎考叔在對許開戰前搶奪兵車結怨，公孫閼在攻城時從城下將穎考叔射死，戰後鄭莊公並沒有直接處分公孫閼，卻是要求大家共同詛咒射死穎考叔的人。史官評斷「失政刑矣」，指責莊公在政治上和刑罰上都失職。以上兩例用「矣」註記評估語氣。

儘管「君子曰」就像預言一樣先論斷後解釋，解釋在「君子曰」可有可無，因為史官被賦予褒貶權力，無需透過解釋表明其正當性。[5] 第五章第二（二）節例（46）和（47）是單作評斷而不加解釋之例。例（46）「知懼如是，斯不亡矣」並不是預測未來，而是史官對季文子眼見鄰國滅亡而知所儆懼這件事提出正面讚許，褒貶的言說效力是來自史官的職分，並不因缺乏解釋而喪失。

從比較可知，語義關係為〔論斷－解釋〕的組合形式結合使用條件，就成為不同的語體構式。

5　雖然「君子曰」不必由解釋鞏固評斷的正當性，《左傳》大部分的「君子曰」都包含後續的解釋成分，甚至長篇大論，應是為了教化目的。

二、表達目的和語體的關係

　　表達目的是語體成立的必要條件。第二章第四節例（39）是公都子和孟季子對恭敬在內或在外的辯論，公都子按照孟季子的邏輯而推論出謬誤命題「然則飲食亦在外也」，結合語境意義就實現為對孟季子的反駁與嘲諷。亦即「然則飲食亦在外也」由「也」指認違反普遍經驗的「飲食在外」為真，衍生出反駁與嘲諷的言說效力。

　　劉大為（1994）指出「語體是言語行為的類型」，然而沒有進一步界定「言語行為」。[6] 我們根據 Lyons（1995: 235），把「言語行為」（speech acts）界定為發言過程或活動（process or activity of uttering）。上述的反駁與嘲諷即是公都子的言語行為所產生的「言說效力」（utterance force; illocutionary force）。語體構式的意義是具有言說效力的組合意義。

　　言說效力不只存在於具體的人際互動。書面的論說，如第五章第二（三）節例（53）荀子主張周成王行冠禮之前由周公掌理周王的職權是正當的，具有「申論」的效力。《左傳》歷史敘事載錄春秋大事和人物言行，具有「官方認證」的效力。

　　先秦的歷史敘事分屬於子書、史書兩大系統，因表達目的不同而形成不同的語體。試比較例（18）和（19）：

6　言語行為（speech acts）曾在語用學領域被廣泛地討論過，學者各有界說，儘管大致相近，細節頗有出入。本書不是言語行為的專著，是藉由言語行為及隨之衍生的言說效力界定語體，因此將採取最簡約的說法。詳見正文後續討論。

(18) 鄭子產有疾，謂子大叔曰：「我死，子必為政。唯有德者能以寬服民，其次莫如猛。夫火烈，民望而畏之，故鮮死焉；水懦弱，民狎而翫之，則多死焉，故寬難。」疾數月而卒。大叔為政，不忍猛而寬。鄭國多盜，取人於萑苻之澤。大叔悔之，曰：「吾早從夫子，不及此。」興徒兵以攻萑苻之盜，盡殺之，盜少止。（《左傳・昭公二十年》）

(19) 子產相鄭，病將死，謂游吉曰：「我死後，子必用鄭，必以嚴蒞人。夫火形嚴，故人鮮灼；水形懦，人多溺。子必嚴子之形，無令溺子之懦。」故子產死，游吉不肯嚴形，鄭少年相率為盜，處於萑澤，將遂以為鄭禍。游吉率車騎與戰，一日一夜，僅能剋之。游吉喟然歎曰：「吾蚤行夫子之教，必不悔至於此矣。」（《韓非子・內儲說上》）

鄭國子產臨終時，曾經以水火為喻，提醒游吉治國「寬難」，游吉沒有接受子產勸告以致造成嚴重的動亂，後來即便強力壓制也只能稍微遏阻而無法根除，游吉因而感到很後悔。

　　兩種文獻都記載這段歷史，但子產的說辭有出入。《左傳》記載子產委婉地表達「治國用猛」的不得不然——「唯有德者能以寬服民」幾近排除以寬服民的可能性，因為春秋堪稱為「有德」的統治者寥寥無幾，這番話要表達的是「其次莫如猛」。《韓非子》直指子產主張「必以嚴蒞人」。又《左傳》記載子產以水火為喻，申論治國「寬難」，而《韓非子》以相同的譬喻推演出「子必嚴子之形，無令溺子之懦」。

　　兩段記載所述因果情由並無重大差異，但是情節鋪排方式

有出入。《左傳》記載游吉眼見動亂發生，後悔自己沒有接受子產的勸告，於是以武力弭平動亂，「盡殺之，盜少止」彰顯已無法完全壓制的現實。《韓非子》把游吉後悔的喟嘆安排在敘述「一日一夜，僅能剋之」後面，彰顯法家主張治國用猛的意義。

由於《韓非子》的目的在印證「必罰」之治國主張的正當性，子產的思慮並沒有完整呈現。《左傳》記載的子產發言反映出歷史實情，子產聲明「唯有德者能以寬服民」，表明治國理想應是寬大為懷，然而失去社會階級的尊卑秩序，也就失去了寬大治國的基礎，因此子產不得不提醒游吉務實執政。這正是春秋知禮君子面臨的治國困境。[7]

就組成而言，兩者都屬於敘述為主軸的敘事文篇，但《韓非子》透過歷史敘事支持法家的治國主張，情節鋪陳的方式是為了「印證」；《左傳》由敘事重現歷史現場，以便「確立官方肯認的史實」。

敘事和議論經常以組合型文篇的形式實現為語體。不過單一類型的基本文篇也可以獨立實現為語體，第五章第三節例（56）舉出的《儀禮・士冠禮》一段就是如此。這裡再次引用以利討論：

(20) 士冠禮：筮於廟門。主人玄冠，朝服，緇帶，素韠，即位於門東，西面。有司如主人服，即位於西方，東面，北上。筮與席、所卦者，具饌於西塾。布席於門

---

7 有關《左傳》所載子產生平的討論，請參閱劉承慧（2016: 120-124）。

中，闑西閾外，西面。筮人執筴，抽上韇，兼執之，
進受命於主人。宰自右少退，贊命。筮人許諾，右還，
即席坐，西面。卦者在左。卒筮，書卦，執以示主人。
主人受視，反之。筮人還，東面，旅占，卒，進，告
吉。若不吉，則筮遠日，如初儀。徹筮席。宗人告事
畢。（《儀禮‧士冠禮》）

先前已經指出這段文字儘管包含多個典禮參與者搭配普通動詞
組成的句子，然而不以時間為連貫的線索；它們受到說明構式
意義的制約，不像典型的行為句表述具體發生的事件，而是用
於陳說士冠禮的施行步驟。這是由說明文篇單獨實現為語體之
例，表達目的是指導典禮儀式的進行，言說效力在「確立操作
流程」。

　　例（20）是基於表達目的而成立的，例（21）亦然：

(21) 吾嘗終日而思矣，不如須臾之所學也。吾嘗跂而望
　　矣，不如登高之博見也。登高而招，臂非加長也，而
　　見者遠；順風而呼，聲非加疾也，而聞者彰。假輿馬
　　者，非利足也，而致千里；假舟楫者，非能水也，而
　　絕江河。君子生非異也，善假於物也。（《荀子‧
　　勸學》）

此例見於第五章第二（三）節例（52），當時側重在評議與說
明的配置，指出它以四個平行的條件句，導向最後對君子擅長
學習的指認，屬於說明與評議交織的論說文篇；它實現為語

體，言說效力在「申論」。[8]

例（21）完全是為了申論為學的道理，並沒有揭露申論背後涉及的人我分歧。反之是例（22）中孟子的發言，直接顯示意見衝突下的自我表達：

> (22) 告子曰：「性，猶杞柳也；義，猶桮棬也。以人性為仁義，猶以杞柳為桮棬。」孟子曰：「子能順杞柳之性而以為桮棬乎？將戕賊杞柳而後以為桮棬也？如將戕賊杞柳而以為桮棬，則亦將戕賊人以為仁義與？率天下之人而禍仁義者，必子之言夫！」（《孟子・告子上》）

此例的完整分析見於第五章第一（二）節例（35）。孟子批評告子拿杞柳與桮棬來類比人性與仁義，連用了四個由語氣詞收尾並帶有其他言說主觀成分的句子，對告子提出嚴厲而感傷的駁斥。

三、議論語體的多重分類——以《左傳》為例 [9]

例（21）和（22）表達目的不同，對言說主觀成分的選擇與運用亦有區別。又相同的言說主觀成分在不同的語體，也可能被賦予不同的言說效力，在句末語氣詞尤其明顯。此外其他

8　論說是議論下位各分支中語氣最不明顯的一種，但它仍使用言說主觀成分註記發言立場，並非純粹說明，只要與例（20）略作比較即可得悉。

9　本節文字與圖示摘自劉承慧（2021a）第四節，但切入問題的角度作了調整並據此修訂文字。

條件也會影響言說主觀成分的言說效力。先觀察發言身分和言
說效力的關聯性：

> (23) 郤獻子曰：「二憾往矣，弗備，必敗。」彘子曰：「鄭
> 人勸戰，弗敢從也；楚人求成，弗能好也。師無成命，
> 多備何為？」士季曰：「備之善。若二子怒楚，楚人
> 乘我，喪師無日矣，不如備之。楚之無惡，除備而盟，
> 何損於好？若以惡來，有備，不敗。且雖諸侯相見，
> 軍衛不徹，警也。」（《左傳・宣公十二年》）

晉楚邲之戰的前夕，楚國向晉國求和，但是兩國人員的小動作
不斷。晉國魏錡和趙旃獲准深入楚軍陣營，讓郤獻子感到很憂
心，於是提議備戰。郤獻子所說「二憾往矣」中的「二憾」就
是指魏錡和趙旃，他們兩人都是在職務上有所求而未獲滿足。
彘子認為戰和態勢明朗前，沒有理由備戰，以反問形式「多備
何為」反駁備戰的提議。士季以「備之善」贊同郤獻子，以
「若二子怒楚」表明不排除兩人激怒楚國，宜作準備，以免楚
人有機可乘。然後分別從「楚之無惡」和「若以惡來」兩方面
提出論斷：如果楚國沒有惡意，再解除防備，無損友好；若有
惡意，晉國已經預作防範，不致挫敗。最後由諸侯會面時「軍
衛不徹」的慣例，支持防備的正當性。士季反問「何損於好」
不表示疑問，是強調備戰不影響晉楚講和，條件句「有備，不
敗」回應郤獻子所說「弗備，必敗」。三人發言基於不同的表
達目的，分屬於勸說、反駁、申論三種語體。
　　這段記載中交談的三人是彘子、士季、郤獻子，他們職掌
有高下，彘子擔任中軍佐，士季是上軍主帥，郤獻子為上軍

佐。[10] 中軍主帥是全軍的統領，中軍佐次於中軍主帥，上軍主帥是次軍的領導，故而彘子和士季地位接近。郤獻子的地位最低，由條件論斷式「弗備，必敗」間接地勸說上位者備戰。彘子以「多備何為」反駁，即是作出裁決。士季贊同郤獻子又審慎地照應彘子，是為了兩面顧全。三人的發言呈現發言身分如何影響語言形式的選擇。

同樣是問句，彘子說「多備何為」，以反問為反駁，士季說「何損於好」，以反問為強調。是反駁或是強調，端看發言身分而定——反問通常表示強調，若用於上位者對下屬的發言即表示反駁。

發言身分與發言目的之間存有經常性的對應，然而要是情況特殊，就會有所調整。第一章第二（四）節例（46）已指出戰場為特殊情況，曹劌對魯莊公發言很可能因此捨棄下對上宜委婉的約定，改採平直的組合形式，如例（24）所示：

(24) 公與之乘。戰于長勺。公將鼓之。劌曰：「未可。」齊人三鼓。劌曰：「可矣！」齊師敗績。公將馳之。劌曰：「未可。」下，視其轍，登軾而望之，曰：「可矣！」遂逐齊師。（《左傳・莊公十年》）

另一種特殊情況是下位者對上位者捍衛自身立場的發言：

(25) 厲公入，遂殺傅瑕。使謂原繁曰：「傅瑕貳，周有常

10 三人在軍中的執掌，請參閱楊伯峻《春秋左傳注》第 721 頁。又第 656 頁指出，士季、士會為同一人。

刑，既伏其罪矣。納我而無二心者，吾皆許之上大夫
之事，吾願與伯父圖之。且寡人出，伯父無裡言。入，
又不念寡人，寡人憾焉。」對曰：「先君桓公命我先
人典司宗祐。社稷有主，而外其心，其何貳如之？苟
主社稷，國內之民，其誰不為臣？臣無二心，天之制
也。子儀在位，十四年矣；而謀召君者，庸非貳乎？
莊公之子猶有八人，若皆以官爵行賂勸貳而可以濟
事，君其若之何？臣聞命矣。」乃縊而死。（《左傳・
莊公十四年》）

例（25）背景是結束流亡的鄭厲公回國，拿上大夫的職位攏絡
原繁，卻同時對他不曾輸誠表示遺憾。原繁扣住厲公話中所說
的「無二心」，強調自己行事並沒有悖離人臣本分，自己是
對在位的國君效忠，倒是那些被厲公視為忠心的人，收受賄賂
而背叛在位十四年的子儀，未來有可能因為收受其他公子的賄
賂而再次背叛，說完就自殺了。「其何貳如之」、「其誰不為
臣」、「君其若之何」都是帶有測度副詞「其」的反問句，是
委婉強調的語氣。又「庸非貳乎」用反詰副詞「庸」提出質疑
的同時仍以「乎」示意委婉。可見原繁對發言身分有高度的自
覺，卻不得不維護名譽，表達目的和發言身分相衝突以至於犯
上，最後被迫自殺。

此例可謂原繁的自我辯解之辭。例（26）則是季孫的自我
辯解：

(26) 季孫練冠、麻衣，跣行，伏而對曰：「事君，臣之所
　　　不得也，敢逃刑命？君若以臣為有罪，請囚於費，以

> 待君之察也，亦唯君。若以先臣之故，不絕季氏，而
> 賜之死。若弗殺弗亡，君之惠也，死且不朽。若得從
> 君而歸，則固臣之願也，敢有異心？」（《左傳‧
> 昭公三十一年》）

此例背景是晉定公有意幫助流落在外的魯昭公返國，派遣荀躒
向季孫問罪。季孫以一連串的謙敬說辭申辯。例中的「君」都
指魯昭公。他先以「敢逃刑命」表示屈服。接著連續使用三個
假設的「若」字句，表明自知可能面臨的處分，任憑裁奪。其
後再以〔若 X，則 Y〕提出「從君而歸」的請求。最後用「敢
有異心」強調無異心。這是向荀躒輸誠，表明絕不忤逆晉定公
的調停。

　　原繁雖然接連使用避免武斷的「其」，畢竟是在上位者的
對立面，無法避開對上位者的質疑，衝撞意味超出一般的自我
辯解。季孫採取合作的態度，很容易套用謙敬構式表現他對晉
國的服從。兩相對照之下更可見語體隨著語境而有無窮變化的
可能性。

　　從語體分類的角度來看，原繁的自我辯解雖是下對上，但
卻逾越社會規範對下位者發言的限制，無法歸入制度化的文
體。季孫的自我辯解涉及晉國與魯國的跨國交涉，季孫採取行
人辭令的發言套路，是得體的。

　　本章前三節的舉例包含五種常見於《左傳》的通用性議論
語體——「評斷」提出價值判斷；「反駁」針對既定的主張表
達反對意見；「申辯」是為了辯解或辯護；「勸說」要人贊同
己見；「申論」用於推演事理——這些是基於表達目的劃分出
來的言說效力類型。「君子曰」、行人辭令、下對上建言屬於

制度化的限用性語體，不只用於單一的表達目的。圖 6.2 即按
照《左傳》實況，大略勾勒上述幾種議論語體類型的多重分類
乃至不同類別之間的交錯對應關係：

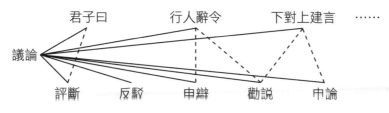

圖 6.2：議論語體的多重分類

圖示左側的「議論」總稱以評議為基調之組合型文篇所實現的
語體，有不同的分類方式，上方是以春秋社會制度化的使用場
域為條件作出的分類，下方則是基於表達目的所作的分類。右
側以刪節號代表其他未列入的類目。上下類目的關聯性由虛線
標示：「君子曰」常用於評斷重要的人物與事件，行人辭令常
用於勸說和申辯，下對上建言常用於勸說和申論。[11]

　　此外語體還有風格的差異。蔣紹愚（2019）為漢語史研究
設定了五階的語體風格連續統「俚俗－直白－平正－文飾－古
雅」。若依此分類，例（23）中郤子發言可謂直白，而郤獻子
和士季發言屬於平正。

　　單作褒貶的「君子曰」是直白的，若引經據典，就有文飾
風格；下對上建言屬於平正風格；行人辭令則是文飾的。三種
類目的關聯性如圖 6.3 所示：

11　各類例證請參閱第一章第二（四）節。

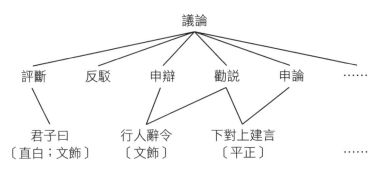

圖 6.3：《左傳》三種議論語體的定位

以上就表達目的、發言身分、語言風格為《左傳》的議論語體進一步分類。「君子曰」、行人辭令、下對上建言都有固定的表達目的與鮮明的風格取向。官式交際講究嚴謹,句式和風格表現都具有穩定性。

四、從語體到文體

　　語體和文體是研究文獻語言必須區別的一組術語。從發生順序來說,語體先於文體。語體源自語言的使用,聯繫著無處不在的言語活動,其中聯繫著特定社會功能的語體往往被辨認為文體。劉大為(2013: 15)指出,語體基於使用域產生的應用性變體,跟一般所謂的文體很接近:

　　　　本文第二節曾經論證語體的形成所依託的是言語活動而不
　　　　是使用域,按照使用域劃分出來的語體實際上是不存在
　　　　的。但使用域並非與語體無關,只是它不對語體的形成起
　　　　作用而只是關係到語體形成之後如何被使用——同一語體
　　　　為了適應不同的使用域,往往會形成該語體的應用性變

體，一種因為適應了具體使用域的內容而形式特徵變得更
為明顯的體式。……這樣形成的應用性變體或體式與通常
所說的文體是非常接近的。

引文所說的「使用域」意指使用的場域，如「法規」、「新
聞」等。語體源自交際活動中使用語言，基於言語交際的使用
條件所形成的語言變異，就是語體。語體形成後為適應使用域
而產生的應用性變體，又稱作文體。[12]

　　據此而言，應用於制度化使用場域的「君子曰」和行人辭
令應是先成為語體，然後基於使用域成為文體。通用性語體如
反駁、申辯、勸說等因缺乏固定使用域而未形成文體。

　　未形成文體的通用性語體必須透過文篇類型顯示其概念特
徵，故而文篇語法把基本文篇視為語法組合形式實現為語體過
程中的必經階段。圖 6.4 示意組合形式實現為語體的過程：

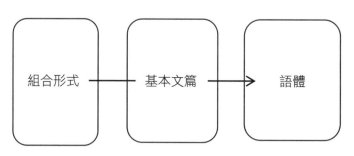

圖 6.4：語體的實現過程

無論是限用於制度化場域的語體，還是通用性的語體，同樣位

_____

12 序言已指出有些文體源自文學體製，超出文篇語法的範圍，不予
　討論。

在圖 6.4 最右邊的方框，是語法的最高層構式。

適用於制度化場域的語體被標舉為文體，最初應是語體下位的分支，如圖 6.5 所示：

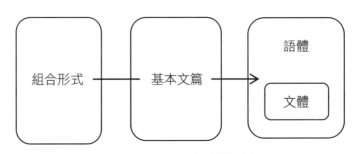

圖 6.5：語體與文體的關係

語法組合形式以其所屬文篇類型特徵進入使用狀態，其中有些因使用域之故而形成文體，例如「君子曰」和行人辭令。文體和它的來源語體最初應該是合體的，圖 6.5 中「文體」包含在「語體」方框內，代表初始情況。

語體和文體不見得總是維持合體。下面以「君子曰」和行人辭令為例，討論語體和文體的分化。

首先要指出，使用域是一種極為穩固的使用條件，文體一旦形成，使用域的限定即足以使特徵不相符的組合形式取得文體的言說效力。如以下例（33）中的「知命」並不是〔＋言說主觀〕形式，卻仍在「君子曰」文體行使評斷功能，與欠缺固定使用域的議論語體要求言說主觀成分迥然有別。

其次是文體在特定情況下可能脫離語體。行人辭令最初是西周王室與諸侯往來交流建立的語言表達模式，因為王室衰落而發生變動。東周春秋時期的諸侯已不再臣服於周天子，諸侯

與王室乃至諸侯彼此之間的交往關係複雜化，因應交流信息內容改變，發展出春秋行人語體，於是西周行人辭令就成為沒有語體支撐的舊形式。帶著舊文體特徵的用例與新起行人語體用例並見於《左傳》。

　　本節先以「君子曰」為例，闡述使用域限定如何凌駕語體對文篇類型特徵的依賴，形成文體半脫離語體的狀態。其次再以行人辭令為例，申論舊文體和新語體分化的過程。

　　前面指出「君子曰」的語體格局為〔對已然的評斷－解釋〕，解釋可有可無。多數的「君子曰」之例合乎此一格局，少數不合格局的用例需要憑藉使用域標記「君子曰」辨認言說效力。

　　先看合乎格局的用例：

(27) 君子曰：「潁考叔，純孝也，愛其母，施及莊公。詩曰『孝子不匱，永錫爾類』，其是之謂乎！」（《左傳‧隱公元年》）

(28) 君子曰：「仁人之言，其利博哉！晏子一言，而齊侯省刑。詩曰『君子如祉，亂庶遄已』，其是之謂乎！」（《左傳‧昭公三年》）

(29) 君子曰：「位其不可不慎也乎！蔡、許之君，一失其位，不得列於諸侯，況其下乎！詩曰：『不解于位，民之攸墍。』其是之謂矣。」（《左傳‧成公二年》）

(30) 君子曰：「莒展之不立，棄人也夫！人可棄乎？詩曰『無競維人』，善矣。」（《左傳‧昭公元年》）

(31) 君子曰：「管氏之世祀也宜哉！讓不忘其上。詩曰：『愷悌君子，神所勞矣。』」（《左傳‧僖公十二年》）

例（27）到（31）都是先提出帶有語氣的評斷，接著給予解釋，最後徵引經典作為支持。[13] 如例（27）褒揚潁考叔「純孝」，接著解釋他把對母親的愛延伸出去，影響了莊公對待自己母親的方式，最後徵引《詩經》支持解釋的正當性。

評斷都用句末語氣詞。例（27）用「也」指認「純孝」為真。例（28）和（31）用「哉」註記情意波動。例（29）將指認「不可不慎也」套入委婉的構式〔其 X 乎〕。例（30）以「莒展之不立，棄人也」指認莒國的展輿強奪群公子的俸祿而保不住國君之位，最後由「夫」註記沉吟嘆息的語氣。[14]

其次看徵引。「其是之謂乎／矣」是徵引常見的收尾形式，尤其是「其是之謂乎」。例（27）到（29）應該是常規格局的典型表現。

就此分析第五章第二（二）節例（50）中的長篇「君子曰」，則「秦穆之不為盟主也宜哉」是評斷，「死而棄民」是解釋，其後「先王違世，猶詒之法，而況奪之善人乎」展開一大段複雜的議論，相較於典型之例已頗見差異。

再看一個大篇幅擴增議論以致超出格局的用例：

(32) 君子曰：「讓，禮之主也。范宣子讓，其下皆讓。欒黶為汰，弗敢違也。晉國以平，數世賴之，刑善也夫！一人刑善，百姓休和，可不務乎！書曰：『一人有慶，

---

13 徵引可以視為解釋的部件，此前側重「君子曰」和預言的組成異同，把徵引併入解釋，這裡就「君子曰」內部組成方式進行分析，拆解為〔對已然的評斷－解釋－徵引〕。

14 解釋成分「人可棄乎」以反問形式強調「人不可棄」，沒有超過「君子曰」語體格局。

兆民賴之，其寧惟永』，其是之謂乎！<u>周之興也，其</u>
<u>詩曰：『儀刑文王，萬邦作孚』，言刑善也。及其衰</u>
<u>也，其詩曰：『大夫不均，我從事獨賢』，言不讓也。</u>
<u>世之治也，君子尚能而讓其下，小人農力以事其上，</u>
<u>是以上下有禮，而讒慝黜遠，由不爭也，謂之懿德。</u>
<u>及其亂也，君子稱其功以加小人，小人伐其技以馮君</u>
<u>子，是以上下無禮，亂虐並生，由爭善也，謂之昏德。</u>
<u>國家之敝，恆必由之。</u>」（《左傳・襄公十二年》）

例（32）亦包含評斷、解釋、徵引，但解釋和徵引都比典型之
例複雜得多，更在徵引後面加上長篇議論。

起首「讓，禮之主也」是評斷，「范宣子讓」以下到「可
不務乎」提出解釋，共分為三層。第一層「范宣子讓，其下皆
讓。欒黶為汰，弗敢違也」扣住評斷的事例——晉悼公指派
范宣子為中軍主帥，范宣子禮讓給比他年長的荀偃，此舉迫使
專橫的欒黶謙讓。第二層「晉國以平，數世賴之，刑善也夫」
以感嘆的口吻指認晉國享有幾世代的安定，是因為取法謙讓的
善行。第三層指出「一人刑善，百姓休和，可不務乎」，強調
積極取法善行的重要性。其後仍是就著「一人」與「百姓」徵
引「書曰：『一人有慶，兆民賴之，其寧惟永』，其是之謂
乎」。

若根據「君子曰」的常規，徵引意味著結束，然而此例卻
在徵引之後提出大段的議論，如底線部分所示。這部分從「周
之興也」、「及其衰也」兩方面立論，先引用《詩經》中的
「儀刑文王，萬邦作孚」揭示周代興盛的根本，再引用《詩
經》中的「大夫不均，我從事獨賢」表明「不讓」造成周代衰

敗。其後「世之治也」和「及其亂也」延續「周之興也」和「及其衰也」申論,對照君子能讓而使上下有禮的「懿德」與君子不讓以致上下無禮的「昏德」,歸結到國家敗壞起自互不相讓,呼應開頭的評斷之辭「讓,禮之主也」。如此長篇大論很顯然已經超出「君子曰」的語體格局,然而褒貶效力並未受影響,是使用域的限定使然。

另一方面,「君子曰」也有成分缺項的用例:

(33) 君子曰:「知命。」(《左傳‧文公十三年》)

(34) 君子曰:「善戒。詩曰:『慎爾侯度,用戒不虞』,鄭子張其有焉。」(《左傳‧襄公二十二年》)

(35) 君子曰:「惠王知志。夏書曰:『官占唯能蔽志,昆命于元龜』,其是之謂乎!志曰:『聖人不煩卜筮』,惠王其有焉。」(《左傳‧哀公十八年》)

(36) 君子曰:「詩所謂『白圭之玷,尚可磨也;斯言之玷,不可為也』,荀息有焉。」(《左傳‧僖公九年》)

(37) 君子曰:「『惡之來也,己則取之。』其先縠之謂乎!」(《左傳‧宣公十三年》)

(38) 君子曰:「『彼己之子,邦之司直』,樂喜之謂乎!『何以恤我,我其收之』,向戌之謂乎!」(《左傳‧襄公二十七年》)

前面提到「君子曰」中的必有成分是評斷。例(33)只有簡約的評斷之辭「知命」。例(34)和(35)在簡約評斷之後徵引《詩經》或《書經》。例(36)到(38)直接徵引,以徵引為評斷。

　　就語體的言說效力而論，徵引有「印證」的效力，此外有風格特徵，也就是前一節所說的「文飾」。從官式場合的發言記錄可知士大夫經常以徵引表現自身的文化素養。然而印證及文飾本身都不具評斷效力。例（36）到（38）把徵引當作評斷是依附於「君子曰」的使用域限定，「荀息有焉」、「其先穀之謂乎」、「樂喜之謂乎」、「向戌之謂乎」表明褒貶的對象，應是從「其是之謂乎」延伸出來的變體。符合語體格局之例自始即表明褒貶的對象，以徵引為評斷，褒貶對象只能安排在徵引後面。

　　套用語體格局是語言使用的一般傾向，《左傳》多數「君子曰」之例都合乎格局。不過上面的舉例顯示不合乎格局的用例亦非罕見，應該是出自使用域對言說效力有所制約。簡言之，文體成立後，只要出現關鍵成分「君子曰」，都會被視為具評斷意義的整體，未套用語體格局的例（33）到（38）可以由此取得褒貶的效力。

　　這種情況若是以通用性的語體如申論作比較，更容易理解。申論的表達目的是推演事理，語體格局建立在說明與評議交織而成的「論說」文篇。凡與此格局不相符的組合形式，都無法成為申論語體。也就是說，缺乏固定使用域的通用性語體都有賴文篇類型特徵辨識其表義功能。但若語體基於使用域而成為文體，就有可能脫離對文篇類型特徵的依賴。

　　我們已無從知悉「君子曰」語體初起階段的樣貌，只是按照《左傳》的經常性表現，將例（27）到（29）一類視為典型用例，從偏離典型的用例推論應是使用域降低了語法成分對語體格局的依賴。

　　例（34）到（38）中的收尾成分具有褒貶的效力，是出自

使用域限定。再以例（33）申論使用域的影響。為便於進一步解說，這裡補足上下文：

(39) 邾文公卜遷于繹。史曰：「利於民而不利於君。」邾子曰：「苟利於民，孤之利也。天生民而樹之君，以利之也。民既利矣，孤必與焉。」左右曰：「命可長也，君何弗為？」邾子曰：「命在養民。死之短長，時也。民苟利矣，遷也，吉莫如之！」遂遷于繹。五月，邾文公卒。君子曰：「<u>知命</u>。」（《左傳·文公十三年》）

邾文公命人占卜遷居，史官說，有利於百姓，但不利於國君。文公說有利於百姓就是有利於國君，上天樹立國君，是為了利益百姓；百姓既然可以得利，自己必定參與。左右問他何不為自己的長命打算，他說生命長短在時機，百姓的利益是最大的吉兆。於是邾文公遷居並於不久後辭世。

邾文公堅持利益人民，即便損及生命也在所不惜。史官評斷「知命」，絲毫不含語氣成分，只因用於「君子曰」而取得褒貶的效力。然而為什麼不採取指認形式如「知命也」？「知命」意指邾文公面對天命時的坦然豁達，假使史官是以「知命也」指認相信邾文公知命為真，反而潛藏著不為事實的解釋空間。

前面多次提到語體的構式意義是由文篇類型限定的組合意義連結使用條件限定的語境意義所衍生。例如孔子為師冕引路時所說的「階也」、「席也」都是在指認事實的組合意義上衍生出指引效力，與言說效力相配的〔－言說主觀〕是沿襲自說明文篇。例（39）中的述賓式「知命」缺乏評議的〔＋言說主

觀〕特徵卻用於下評斷，意味著使用域的限定超越文篇類型特徵。

基本文篇是組合形式進入使用前一階段的樣態，如果基本文篇實現為通用性語體，其言說效力自然建立在文篇類型特徵上。即便是實現為言說主觀性最低的申論，都必須包含言說主觀成分，否則就不成為申論。評斷更是依於言說主觀成分而成立的。「知命」不含言說主觀成分，卻用於「君子曰」作評斷，合理的推論是它並沒有經過基本文篇的階段，即實現為文體。

語體如果聯繫著使用域，那麼基於使用域而成立的文體特徵就可能凌駕組合形式所屬文篇類型特徵，引起語體和文體的分化，如圖 6.6 所示：

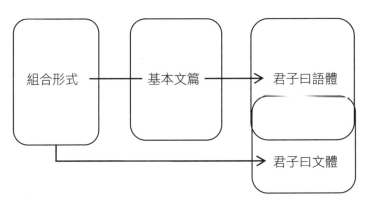

圖 6.6：「君子曰」語體和文體的分化

語體和文體最初是合體的，如圖 6.5 所示。如果所有的用例都保有基本文篇的類型特徵，意味著兩者依然合體。不過《左傳》已有不少超越文篇類型限定的「君子曰」用例，就表示分

化已經發生。圖 6.6 將分化之例理解為組合形式直接與使用域結合。儘管如此，語體格局是很穩固的，上述的分化似乎並未造成「君子曰」文體脫離其來源語體。

文體脫離語體，根本在語言的使用。語體會隨著通用語言變動，由通用語言形塑的語體也會隨著使用條件變動。要是使用條件有所變動，就有可能形成新的語體，與舊文體並行而產生新舊混用現象。《左傳》行人辭令就是如此。

春秋行人辭令繼承西周行人文體的傳統，然而順應時代的演進，形成春秋行人語體。簡言之，周王室的衰落影響到諸侯與王室乃至諸侯之間的對待關係，儘管這時候行人辭令的使用域並沒有消失，舊有形式已不足以因應新時代的需求，於是在春秋通用語言基礎上又創造出新的語體形式。在此同時，西周行人文體失去了通用語言的支撐，只有全然模仿，或是以舊文體格套混入新起語體，《左傳》行人發言採取各種新舊形式，即根源於此。

以下先舉出我們認為最接近西周行人文體的例證，其次舉出舊有文體與新起語體的對照，逐步地進行推論。我們盡量重複前幾章的舉例，以便減輕語言隔閡可能造成的壓力，專注在舊文體和新語體的辨析。

且看我們認為接近西周行人文體的例證：

(40) 十一年夏，宋為乘丘之役故，侵我。公禦之。宋師未陳而薄之，敗諸鄑。……秋，宋大水。公使弔焉，曰：「天作淫雨，害於粢盛，若之何不弔？」對曰：「孤實不敬，天降之災，又以為君憂，拜命之辱。」(《左傳・莊公十一年》)

(41) 公使厚成叔弔于衛，曰：「寡君使瘠，聞君不撫社稷，而越在他竟，若之何不弔？以同盟之故，使瘠敢私於執事，曰：『有君不弔，有臣不敏；君不赦宥，臣亦不帥職，增淫發洩，其若之何？』」衛人使大叔儀對，曰：「群臣不佞，得罪於寡君。寡君不以即刑，而悼棄之，以為君憂。君不忘先君之好，辱弔群臣，又重恤之。敢拜君命之辱，重拜大貺。」（《左傳‧襄公十四年》）

例（40）記載莊公十一年夏天魯宋兩國兵戎相見，秋天宋國遭逢水災，魯國派遣使者前往弔問。例（41）背景是衛獻公因孫文子之亂而出奔，魯襄公派遣厚成叔去弔問，衛國由大叔儀出面應答。

兩件事發生的時間相隔百年以上，但弔問之辭「若之何不弔」未見改變。又宋國使者的應答「孤實不敬，……又以為君憂」、「拜命之辱」和衛國大叔儀所說「群臣不佞，……以為君憂」、「敢拜君命之辱」儘管措辭有出入，無疑是相同的套路。這顯示如果是類似的交際需求，使者傾向依循舊有格局。

再看下面兩例：

(42) 十一年春，滕侯、薛侯來朝，爭長。薛侯曰：「我先封。」滕侯曰：「我，周之卜正也；薛，庶姓也，我不可以後之。」公使羽父請於薛侯曰：「君與滕君辱在寡人，周諺有之曰：『山有木，工則度之；賓有禮，主則擇之。』周之宗盟，異姓為後。寡人若朝于薛，不敢與諸任齒。君若辱貺寡人，則願以滕君為請。」

薛侯許之,乃長滕侯。(《左傳・隱公十一年》)

(43) 鄭伯使許大夫百里奉許叔以居許東偏,曰:「天禍許
國,鬼神實不逞于許君,而假手于我寡人,寡人唯是
一二父兄不能共億,其敢以許自為功乎?寡人有弟,
不能和協,而使餬其口于四方,其況能久有許乎?吾
子其奉許叔以撫柔此民也,吾將使獲也佐吾子。若寡
人得沒于地,天其以禮悔禍于許,無寧茲許公復奉其
社稷,唯我鄭國之有請謁焉,如舊昏媾,其能降以相
從也。無滋他族實偪處此,以與我鄭國爭此土也。吾
子孫其覆亡之不暇,而況能禋祀許乎?寡人之使吾子
處此,不唯許國之為,亦聊以固吾圉也。」(《左傳・
隱公十一年》)

　　例(42)是薛侯和滕侯同時造訪魯國,爭先行禮。魯國派
遣使者羽父勸薛侯禮讓。羽父首先引用周諺「賓有禮,主則
擇之」提示客隨主便;繼而指出諸侯會盟的慣例是「異姓為
後」,商請薛侯禮讓與魯國同姓的滕侯;接著假設「寡人若朝
于薛,不敢與諸任齒」,意思是魯隱公設身處地,想像自己去
到薛國不敢要求與和薛國關係密切的任姓諸侯平起平坐;最後
提出「君若辱貺寡人,則願以滕君為請」,套用謙敬構式〔若
X,則Y〕表明聽憑對方決定。羽父以謙抑的態度商請薛侯禮
讓滕侯,很可能是出自舊有的文體格局。

　　例(43)背景是鄭莊公攻下許城以後,把許叔安排在許城
東邊並委託許國的大夫百里照看。他的使者代言,一開口就先
表明是上天假借自己懲罰許國,自己連家事都處理不好,更沒
有能力長久保有許國,請百里照看許叔同時安撫國人,他將派

遣公孫獲留下來協助;自己離世後情願許叔重掌國政,希望許
國能屈從鄭國,如同通婚國一樣跟隨,目前的安排不僅是為了
許國,也是為了鞏固鄭國邊境。

　　這番話說得極盡委婉曲折。「若寡人得沒于地,天其以
禮悔禍于許」將一切歸諸上天,「寡人唯是一二父兄不能共
億」、「寡人有弟,不能和協,而使餬其口于四方」把治家無
方攤開來講,「吾子孫其覆亡之不暇」連子孫一併貶損。[15] 行
人辭令講究自我謙抑的初衷應是為了維護邦國之間的和諧,但
若是缺乏誠意,自然就流於形式。這番話使用大串謙辭,與鄭
莊公的勃勃野心不相襯;以極盡謙卑的姿態說出過於自貶的
話,有違征服者的發言身分。

　　春秋行人辭令有豐富的修辭,這裡為了聚焦,只討論謙敬
成分以及特定言說主觀成分的應用情況。[16] 下面一則記載保有
舊文體的修辭講究:

(44) 齊侯使晏嬰請繼室於晉,曰:「寡君使嬰曰:『寡人
　　　願事君朝夕不倦,將奉質幣以無失時,則國家多難,
　　　是以不獲。不腆先君之適以備內官,焜燿寡人之望,
　　　則又無祿,早世隕命,寡人失望。君若不忘先君之好,
　　　惠顧齊國,辱收寡人,徼福於大公、丁公,照臨敝邑,
　　　鎮撫其社稷,則猶有先君之適及遺姑姊妹若而人。君

---

15 第二章第四節例(40)和(41)把鄭莊公對許大夫百里說的這番
　　話跟他交代留守許國的公孫獲所說的話互相對照,從對照中很容
　　易看出這番話如何極力貶損自我。
16 春秋行人辭令的整體修辭特點,請參閱陳彥輝(2006: 105-
　　124)。

　　若不棄敝邑，而辱使董振擇之，以備嬪嬙，寡人之望
也。』」韓宣子使叔向對曰：「寡君之願也，寡君不
能獨任其社稷之事，未有伉儷，在縗絰之中，是以未
敢請。君有辱命，惠莫大焉。若惠顧敝邑，撫有晉國，
賜之內主，豈惟寡君，舉群臣實受其賜，其自唐叔以
下實寵嘉之。」（《左傳·昭公三年》）

例（44）背景是晉平公的寵姬少姜過世，晏嬰奉齊景公之命向
晉國表明希望繼續致送女子到晉國的宮廷。晉國由叔向出面代
表接受。

　　晏嬰指出齊景公願意按時到晉國朝覲，沒想到國家多難未
能如願；齊國先君的嫡女位列晉國內宮，光耀了景公，但沒
想到福薄早逝，讓景公失望。[17] 接著指出若平公不忘先君的友
好，加惠看顧齊國，委屈接納景公，向齊國的先人大公、丁公
求福，以照亮齊國並安撫社會，齊國還有若干人選。若是平公
不嫌棄，讓齊國慎重選派，使晉國後宮的人才齊備，就是景公
的願望。

　　晏嬰發言接連使用「若」型假設句，委婉地提出意願：

君若不忘先君之好，惠顧齊國，辱收寡人，徼福於大公、
丁公，照臨敝邑，鎮撫其社稷，則猶有先君之適及遺姑姊
妹若而人。君若不棄敝邑，而辱使董振擇之，以備嬪嬙，
寡人之望也。

---

17 第四章第二（三）節指出「則」最初是註記現實因果中的結果成
　分，後來引申表示出乎意料的結果，引申出轉折之意。

兩個「若」看似提出兩項假設，其實意思相同，就是請晉國同意齊國選派女子致送晉國，把各種謙敬的套語如「惠顧齊國」、「辱收寡人」、「不棄敝邑」、「辱使董振擇之」傾注其中，不避忌重複的謙敬口吻，應是沿襲自西周行人文體。話中極盡謙抑的語氣，反映出兩國的強弱關係。

晉國使者叔向的回應很含蓄。「在縗絰之中，是以未敢請」表明晉平公正值服喪的期間，並沒有主動提出請求；接著再說「君有辱命，惠莫大焉。若惠顧敝邑，撫有晉國，賜之內主」，感謝齊國惠賜宮內之主，表明接受；最後以「其自唐叔以下實寵嘉之」帶入晉國的先祖唐叔，以呼應晏嬰「徼福於大公、丁公」言及齊國先祖。晏嬰和叔向對語言形式的拿捏是出自彼此地位的權衡。可見行人辭令不只講究抑己揚人，也要合乎身分。

語言形式的選擇取決於多方面的條件，也包括發言態度。意思相近然而發言態度有差異，語言形式就不同。下面這段記載同時呈現晉國的隨季和趙括對楚國使者的回應，兩人的發言態度反映在語言形式上：

(45) 楚少宰如晉師，曰：「寡君少遭閔凶，不能文。聞二先君之出入此行也，將鄭是訓定，豈敢求罪于晉？二三子無淹久！」隨季對曰：「昔平王命我先君文侯曰：『與鄭夾輔周室，毋廢王命！』今鄭不率，寡君使群臣問諸鄭，豈敢辱候人？敢拜君命之辱。」彘子以為諂，使趙括從而更之，曰：「行人失辭。寡君使群臣遷大國之迹於鄭，曰：『無辟敵！』群臣無所逃命。」（《左傳・宣公十二年》）

晉楚邲之戰的前夕，楚國使者到晉國營地傳達楚莊王的旨意，指出楚成王、穆王早就往來於楚國和鄭國之間，本次行動是為訓定鄭國，不是冒犯晉國，請晉國軍隊不要久留。晉國的隨季出面回應說，往昔周平王命令晉文侯偕同鄭武公共同輔佐周王室，現在鄭國沒有遵循王命親近晉國，晉景公派遣群臣來向鄭國問罪，不敢勞動楚國官員，也不敢拜受楚王命令。但彘子認為隨季的態度過於奉承，[18] 另派趙括前去更正說，晉景公要群臣把楚國的行跡遷離鄭國，下令不可迴避敵人，群臣無所逃命。[19]

隨季完全扣住楚少宰的話提出回應。楚少宰以「二先君之出入此行」宣稱是楚國先君已有的軍事活動，隨季以更久遠的周平王之命，主張晉國與鄭國之間的長久淵源；楚少宰言明本次行動是針對鄭國而非衝著晉國，隨季則回應晉國行動是針對鄭國，與楚國無關。儘管言辭文雅，隨季表達不退讓的強硬立場。趙括指出群臣奉命把楚國趕出鄭國，也是不退讓，只不過隨季表明不與楚國為敵，趙括是正面宣戰。

趙括的發言並未使用謙敬成分，是否屬於行人辭令？行人辭令展現抑己揚人的姿態，係以雙方交好為訴求。春秋諸國因利益衝突而交惡，致使表達需求跟著改變，新的語言形式成為必要且自然的發展。趙括以行人身分發言，以遵奉晉景公之命為依歸，當屬春秋新起的行人語體。

新舊混用最具代表性的實例之一是齊桓公率領諸侯南向征

---

18 此例中的隨季與第三節例（23）中的士季是同一人。兩例出自晉楚邲之戰，互相參看可以了解中軍佐彘子和上軍主帥士季（隨季）的對待關係。

19 詳見楊伯峻《春秋左傳注》第 733-734 頁。

討楚國，楚國使者屈完憑藉辭令化解開戰危機：

(46) 四年春，齊侯以諸侯之師侵蔡。蔡潰，遂伐楚。楚子
使與師言曰：「君處北海，寡人處南海，唯是風馬牛
不相及也，不虞君之涉吾地也，何故？」管仲對曰：
「昔召康公命我先君大公曰：『五侯九伯，女實征之，
以夾輔周室！』賜我先君履，東至于海，西至于河，
南至于穆陵，北至于無棣。爾貢包茅不入，王祭不共，
無以縮酒，寡人是徵。昭王南征而不復，寡人是問。」
對曰：「貢之不入，寡君之罪也，敢不共給？昭王之
不復，君其問諸水濱！」師進，次于陘。夏，楚子使
屈完如師。師退，次于召陵。齊侯陳諸侯之師，與屈
完乘而觀之。齊侯曰：「豈不穀是為？先君之好是繼，
與不穀同好如何？」對曰：「君惠徼福於敝邑之社稷，
辱收寡君，寡君之願也。」齊侯曰：「以此眾戰，誰
能禦之？以此攻城，何城不克？」對曰：「君若以德
綏諸侯，誰敢不服？君若以力，楚國方城以為城，漢
水以為池，雖眾，無所用之。」屈完及諸侯盟。（《左
傳‧僖公四年》）

魯僖公四年春天，齊桓公因蔡姬事件率領諸侯攻打蔡國，然後
南征楚國。楚國派人質問，兩國地處南北，素無瓜葛，是為了
什麼緣故進入楚地。管仲追溯周朝立國初期召康公對太公望
的指令，以周朝諸侯領袖的姿態，責問楚國沒有履行對周王室
的供奉義務以及當年周昭王南征死於南方的罪過。楚成王認了
未履行義務之過，但拒絕承擔昭王死於南方的責任。夏天楚成

王派屈完前去交涉，齊桓公向他展示兵力，邀請楚國跟自己和好，屈完回應此話正合成王所願。桓公就轉而威脅他說，諸侯聯軍陣容壯大，沒有誰抵擋得了，也沒有哪座城攻不下來。這時候屈完就以「君若以德綏諸侯」、「君若以力」表達楚國的立場——齊桓公若以恩德則無人不服，若以武力則聯軍的人數雖眾，仍未必敵得過楚國的山河天險。用「若」表明是戰是和都交由桓公決定。於是雙方言和。

管仲回溯久遠以前的召康公之命，把齊國放在高於楚國的地位上，以確立齊國征討楚國的正當性。屈完則是堅持以同等的地位談判。且看屈完的兩段回應：

> 君惠徼福於敝邑之社稷，辱收寡君，寡君之願也。
> 君若以德綏諸侯，誰敢不服？君若以力，楚國方城以為城，漢水以為池，雖眾，無所用之。

他回應齊桓公的邀請時所說的「君惠徼福於敝邑之社稷」、「辱收寡君」，雖是沿用抑己揚人的套路，卻是以齊楚兩國對等的姿態，使齊桓公轉而以要脅的口吻逼迫他降低發言身段。屈完從兩方面相抗衡，一方面提醒齊桓公，他必須以恩德平服諸侯，另一方面展現楚國以自身地理優勢防衛到底的決心，化解開戰危機。屈完除了「若」，沒有使用其他的謙敬套語，揭示春秋行人語體的新趨勢。

春秋行人如何襲用舊有格套而又取得新需求下的言說效力？下面兩段發言很適合解說這個問題：

(47) ……君若惠顧諸侯，矜哀寡人，而賜之盟，則寡人之

願也，其承寧諸侯以退，豈敢徼亂？君若不施大惠，
寡人不佞，其不能以諸侯退矣。敢盡布之執事，俾執
事實圖利之。（《左傳・成公十三年》）

(48) ……大國若安定之，其朝夕在庭，何辱命焉？若不恤
其患，而以為口實，其無乃不堪任命，而翦為仇讎？
敝邑是懼，其敢忘君命？委諸執事，執事實重圖之。
（《左傳・襄公二十二年》）

例（47）背景是晉國的呂相奉派到秦國去宣布斷絕外交關係，
數落了對方在兩國長年交往中的種種不是，最後用「若」提出
選項，一是兩國締結盟約，二是晉國聯合盟軍對秦國發動戰
爭。例（48）背景是晉國要求鄭國朝覲，子產出面抗議，歷數
鄭簡公往返於晉楚兩國的經過，揭露小國在大國的夾縫中求生
存的困境，強調鄭國已經疲於奔命，必須先使它安定下來，若
不懂得體恤，就是拋棄它，讓它反目成仇。

　　例（47）和（48）即如例（46）用「若」提出對立選項：

君若惠顧諸侯，矜哀寡人，而賜之盟，則寡人之願也，其
承寧諸侯以退，豈敢徼亂？君若不施大惠，寡人不佞，其
不能以諸侯退矣。
大國若安定之，其朝夕在庭，何辱命焉？若不恤其患，而
以為口實，其無乃不堪任命，而翦為仇讎？

但例（46）提出不同的戰和條件讓齊國裁奪。例（47）的發言
流露出大國的強硬姿態與優越感，由於秦晉兩國已有令狐之盟
而秦國背棄，「若」提出締結盟約的選項只是虛招，絕交動武

的選項才是重點。例（48）指出「若不恤其患，而以為口實，其無乃不堪任命，而寘為仇讎」看似要脅，但「寘為仇讎」相當於「遭背棄而成仇」，[20] 這是要提醒晉國，如果鄭國背叛了，責任在晉國。

　　例（47）和（48）以「敢盡布之執事，俾執事實圖利之」、「委諸執事，執事實重圖之」結束發言，以反問為強調，以語氣副詞「敢」、「其」表示謙抑委婉的態度，都是舊文體的套路。例（47）使用謙敬構式〔若 X，則 Y〕，表面上是抬舉對方，但缺乏善意，謙敬流於空泛。例（48）表面上是小國提出要脅，其實是為了防止關係惡化。子產說完「寘為仇讎」後接著說「敝邑是懼，其敢忘君命」，就是強調沒有叛離的意圖，可見傳達的重點是「大國若安定之，其朝夕在庭，何辱命焉」。

　　根據上面的例證設想，《左傳》行人辭令之例分屬於舊有和新起兩支，即如圖 6.7 所示：

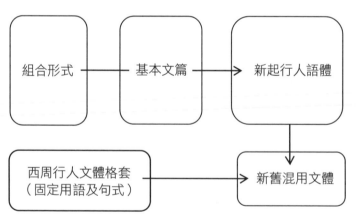

圖 6.7：行人辭令舊文體與新語體並行

20 這裡「寘」相當於「被寘棄」之意。請參閱楊伯峻《春秋左傳注》第 1067 頁。

圖示右上方「新起行人語體」是春秋時期的行人因應表達需求，使用同時期通用語言所衍生。右下方「新舊混用文體」是在回應表達需求的新起行人語體中套入西周行人文體的固定用語及句式所衍生。

　　陳彥輝（2006: 92）指出，周平王東遷後，東周及各國的朝廷很可能沿襲西周行人制度，然而此時周王室衰落，東周朝廷行人事務大幅縮減，反而是大國諸侯長年爭霸以致各國互動關係轉趨微妙，行人往來更加頻繁，基於實際需要而出現許多臨時性的兼職行人。[21]

　　西周時期形成的行人文體到了春秋已然轉化為僵固的表義格套，脫離了春秋通用的語言形式，於是為欠缺文體涵養而臨時被差遣的行人製造難題。更重要的是，春秋時期的政治局勢發生劇烈的變動，行人受命傳達的信息已經不是交好為訴求的舊有文體所能承擔，故而採取通用語言形式以滿足新起表達需求的語體應運而生。

　　從《左傳》行人辭令的實例設想語體與文體之間的關係，可以合理假設文體源自語體但有可能脫離語體。如果生活實質隨著時代的演進而改變，原先的語體格局無法因應新時代的表達需求，那麼發言者定當訴諸同時期通用語言而約定出合乎新需求的語體，自然和先前的文體脫鉤。如果是使用域的需求消失，文體跟語體會同步消失。如春秋行人辭令到戰國以後逐漸

---

21 前面舉出的行人辭令大都出自兼職行人。鄭莊公使者對許百里下指令或魯隱公使者商請薛侯禮讓時所使用的繁縟修辭，並不是每一位兼職行人都能夠掌握的，只有嫻熟宮廷禮儀的士大夫如子產、晏嬰、叔向之流才得以駕馭。例（45）和（46）顯示晉國的隨季和楚國的屈完對西周行人辭令應有相當的嫻熟度，因而有超乎一般行人的表現。

衰落，是因為各國之間的交往對待關係改變，最終被戰國縱橫家語體所取代。

例（47）和（48）顯示表達內容隨著時代而改變，即便是套用舊文體的發言，也已被賦予再創造的意義。例（46）顯示屈完採取舊有文體回應齊桓公的勸和邀請，不自失身分，當齊桓公態度轉為要脅，他善用「若」字構式提出選項，迫使桓公放棄動武。例（45）中隨季扣住楚國使者的發言作回應，表明雙方對等而己方理勝一籌，顯得不卑不亢；巍子把自己抬高，顯得虛張聲勢。

巍子認為隨季的回應為「諂」，另派趙括更正。[22] 如果就語體與文體的差異分辨，隨季屬於舊文體派，趙括屬於新語體派。隨季不僅沿用舊文體格套，而且遵循諸侯依附於周王室的觀念，把正當性歸因於往昔周平王下令晉國與鄭國「夾輔周室」。趙括把正當性歸諸晉景公的意志。由此推測巍子認定隨季為「諂」的理由，應是他不滿隨季跳過晉景公而直接訴諸周天子。但其實隨季只不過是保留西周行人文體的慣例，一如例（46）管仲追溯往昔的召康公之命。

五、文體修辭

語體若無固定使用域，則有賴基本文篇的特徵顯示其表達類型，圖 6.2 下方所列五種語體都需要憑藉言說主觀成分顯示它們的議論屬性。與此相反的情況是使用域固定的語體在組合

---

22 證諸《左傳》所載鄗之戰前夕晉楚兩國周旋始末，位高權重的巍子色屬內荏且統御無方，可與他派遣趙括前去更改隨季說辭這件事互相印證。

形式選擇上享有較大的自由度。即便組合形式本身欠缺類型特徵，如例（39）中的「知命」欠缺評斷要求的〔＋言說主觀〕特徵，「君子曰」使用域仍將其特徵覆蓋到組合形式上。這種用例超過組成到實現的語法常態，毋寧是使用域確立的文體所開展的創造。以文體為基礎而展開修辭變化，先秦子書已見端倪。下面舉出兩則敘事略作展示。

　　首先看一則「晉平公好音窮身」的故事，見於《韓非子‧十過》。大意是衛靈公前往晉國朝覲途中，聽到有人彈奏新曲，命令師涓記錄下來，在晉平公的宴席上提議獻奏。師曠不等演奏完畢就加以制止，平公堅持聽完全曲。後續情節如例（49）：

(49) 平公問師曠曰：「此所謂何聲也？」師曠曰：「此所謂清商也。」公曰：「清商固最悲乎？」師曠曰：「不如清徵。」公曰：「清徵可得而聞乎？」師曠曰：「不可，古之聽清徵者皆有德義之君也，今吾君德薄，不足以聽。」平公曰：「寡人之所好者音也，願試聽之。」師曠不得已，援琴而鼓。一奏之，有玄鶴二八，道南方來，集於郎門之垝。再奏之而列。三奏之，延頸而鳴，舒翼而舞。音中宮商之聲，聲聞於天。平公大說，坐者皆喜。平公提觴而起為師曠壽，反坐而問曰：「音莫悲於清徵乎？」師曠曰：「不如清角。」平公曰：「清角可得而聞乎？」師曠曰：「不可。昔者黃帝合鬼神於泰山之上，駕象車而六蛟龍，畢方並轄，蚩尤居前，風伯進掃，雨師灑道，虎狼在前，鬼神在後，騰蛇伏地，鳳皇覆上，大合鬼神，作為清角。今主君

德薄，不足聽之，聽之將恐有敗。」平公曰：「寡人老矣，所好者音也，願遂聽之。」師曠不得已而鼓之。<u>一奏之，有玄雲從西北方起；再奏之，大風至，大雨隨之，裂帷幕，破俎豆，隳廊瓦。</u>坐者散走。平公恐懼，伏於廊室之間。晉國大旱，赤地三年。平公之身遂癃病。（《韓非子‧十過》）

晉平公向師曠提出有關「悲音」的疑問並不顧反對，堅持師曠為他逐一地演示；由於他執意聆賞超乎自身德義的樂曲，引發三年旱災，自己也染上疾患。

底線標示的部分是隱喻，形容聆賞者的精神感應。師曠演奏「清徵」時吸引十六隻玄鶴飛來聚集並隨著樂音列隊鳴叫舞蹈，形容在座者隨著樂曲流動，心神也越來越受到吸引，進而達到亢奮。意猶未盡的平公要求演奏「清角」，於是有來自西北的玄雲示警，然後出現大風大雨，帶來毀滅性的災難，這是形容樂曲的震撼力超過聆賞者的精神負荷。前後兩個隱喻與時間軸上的事件敘述交織成亦實亦虛的故事情節，把心理世界的歡愉感與震撼感加以具體化，已達文學性文體的修辭表現。

前面已經指出描寫類型的文篇在先秦文獻並不多見，大都是像《莊子》夾入議論中作為舉例，以為論述對象。「晉平公好音窮身」屬於子書歷史敘事，底線標示的描寫就敘述因果歷程而言並非必要，毋寧是透過隱喻，把「清徵」和「清角」帶給聆賞者的心理感應具體化，是在文體確保言說效力的情況下所添加的形象性修辭。

其次看一則寓言：

(50) 齊人有一妻一妾而處室者，其良人出，則必饜酒肉而
　　後反。其妻問所與飲食者，則盡富貴也。其妻告其妾
　　曰：「良人出，則必饜酒肉而後反；問其與飲食者，
　　盡富貴也，而未嘗有顯者來，吾將瞷良人之所之也。」
　　蚤起，施從良人之所之，徧國中無與立談者。卒之東
　　郭墦間，之祭者，乞其餘；不足，又顧而之他，<u>此其
　　為饜足之道也</u>。其妻歸，告其妾，曰：「良人者，所
　　仰望而終身也。今若此──」[23] 與其妾訕其良人，而
　　相泣於中庭。而良人未之知也，施施從外來，驕其妻
　　妾。<u>由君子觀之，則人之所以求富貴利達者，其妻妾
　　不羞也，而不相泣者，幾希矣</u>。（《孟子・離婁下》）

例（50）故事的大意是有個齊國人每次外出，必定酒足飯飽地
回家，聲稱與富貴人共餐。妻子感到很懷疑，於是決定尾隨他
去查明實情，發現他前往墦間乞食。妻子羞愧而返，與家中
的小妾一同訕笑，終至潸然淚下，此人卻如平常回家向妻妾吹
噓。

　　故事開頭先交代背景，也就是齊人的行為習慣。接著進入
敘述主軸，即妻子跟隨他出門的歷程。就在敘述者說到妻子發
現真相的當下，出現一句「此其為饜足之道也」，由敘述者以
外的某個聲音道出實情；這個聲音在故事敘述結束後又一次出
現，揭示寓意──「由君子觀之，則人之所以求富貴利達者，
其妻妾不羞也，而不相泣者，幾希矣」。

---

23 這裡依據楊伯峻《孟子譯注》第 188 頁下標點，把「曰」之後的
　成分當作直接引語，「──」代表後話沒有被載入，即與第五章
　第三節例（58）中「夏訓有之曰：『有窮后羿──』」標點方式
　相同。

這則寓言不是歷史，卻模仿《左傳》敘事體裁程式，不僅仿照敘述和評議在篇章中的配置，更仿照「君子曰」提出道德評斷。[24] 孟子顯然有意透過歷史敘事體裁程式把社會上普遍存在的不擇手段追求利益的現象當作歷史真相，然而由於缺乏具體的歷史人物與事件，本質上仍屬於子書寓言。這則寓言藉由歷史敘事的手法強化道德寓意，可謂文體修辭創新。

基於修辭創新而衍生的文體實例，標誌著文體外於語體的發展。儘管仍舊是形式與意義配對的構式，但構式意義很顯然已經超過語法規約的組合意義和語境意義的結合，因此也超過文篇語法辨識的語法構式的範圍。

六、小結

文篇語法關注的最後階段是使用條件與文篇構式相結合，實現為語體。透過相同合成模式所組成的語法形式與不同使用條件結合，形成不同的語體構式。如士大夫預言和「君子曰」都是〔論斷－解釋〕，預言著眼於未來發展，「君子曰」著眼於歷史教訓，形成〔對未來的預測－解釋〕和〔對已然的評斷－解釋〕兩種語體構式。

使用條件包括交際媒介、表達目的、發言身分及場合等。語體構式可由多種條件共同形塑，而不可或缺的條件是表達目的。單憑表達目的就足以形成語體，評斷、反駁、申辯、勸說、申論都是基於表達目的而形成的通用性語體。

表達目的誘發言語行為。我們根據 Lyons（1995）的寬鬆界說「發言的過程或活動」把組成到實現的過程總括為「言語

---

24 有關《左傳》敘事體裁程式的詳情，請參閱劉承慧（2016）。

行為」，最終的產物是具有言說效力的意義合成體。「言說效力」純粹是就發言的一方而言。只要透過言語活動組成某種符合發言意圖的語法形式，並以其規約意義與使用條件限定的語境意義結合，就具備言說效力。例如勸說是表達目的，它所啟動的言語行為衍生出帶有「勸說」效力的語體。至於受話者是否被勸服，超出「勸說」語體的使用設定範圍。

　　表達目的配合其他條件形成多樣的語體類型。例如「申論」是常見的表達目的，配合發言者的身分，形成「下對上建言」，第一章第二（四）節例（43）臧宣叔的發言就屬於下對上的申論，我們將之重錄為例（51）以便討論：

(51) 公問諸臧宣叔曰：「中行伯之於晉也，其位在三；孫子之於衛也，位為上卿，將誰先？」對曰：「次國之上卿，當大國之中，中當其下，下當其上大夫。小國之上卿，當大國之下卿，中當其上大夫，下當其下大夫。上下如是，古之制也。衛在晉，不得為次國。晉為盟主，其將先之。」（《左傳・成公二年》）

晉國荀庚和衛國孫良夫同時到訪魯國，魯成公詢問接待順序，臧宣叔回答，大國下卿和小國上卿位次相當，晉國為盟主，建議先接待荀庚。

　　臧宣叔按照諸侯往來慣例，推敲接待外賓的先後，屬於申論，他逐一條陳不同等次國家官員之間的相對地位，以表明建議具有正當性，是配合發言身分與場合所衍生，因此歸入限用的「下對上建言」。本章例（21）也是申論，但是並沒有制度化使用場域的限定，主要是在勸學的目的下申論。

　　語言的使用條件是多方面的，故而語體經常處在多重分類關係中。《左傳》「君子曰」、行人辭令、下對上建言不僅受使用域的制約，也受表達目的制約，與按照表達目的分類的通用性語體彼此勾連，如圖 6.2 和 6.3 所示。

　　使用域固定的語體傾向被視為文體。文體和語體未必始終合體，必須是組合形式所屬的文篇類型特徵和語體的要求相符，才能夠維持合體。《左傳》下對上建言、士大夫預言都還處於合體狀態，「君子曰」和行人辭令則有不同程度的分化。「君子曰」的分化是文體脫離語體對文篇特徵的依賴，使用域的言說效力直接加諸組合形式。例（39）中的「知命」欠缺〔＋言說主觀〕特徵卻仍取得褒貶效力，應是出於使用域的限定。

　　語體與文體分化的另一種情況是語體因應表達需求改變，形式上亦有相應的變化，然而舊文體的格套依然流通，於是同一使用域出現新舊語體的混用。春秋新起的行人語體之例與混雜著西周行人文體格套的文體之例並行，導致《左傳》行人辭令語言表現分歧。

　　那麼語體和文體的分化是否形成比語體更高一層的構式？文篇語法把語體視為最高層級的「語法構式」。語法構式建立在通用語言的基礎上。文體固然是形式和意義的配對體，但要是脫離通用語言，就不再是語法構式。若文體仍採取通用語言形式，則是限用性語體，和通用性語體層級相同。

　　以「君子曰」和行人辭令略作比較。「君子曰」無論是大篇幅擴增議論或是成分有缺項之例，仍採取通用的語言形式，並未全然脫離語法構式。反之，極度套用舊文體的行人辭令之例如（40）到（41）很顯然與通用語言脫鉤，失去語法構式的

地位。

例（49）和（50）則反映發展成熟的文體演進。例（50）模仿《左傳》敘事體裁程式書寫寓言，應是為了使作品具備認證歷史真實的效力，只是缺乏具體的人物與時間，終究不為歷史。例（49）以文學的隱喻描寫故事人物聆賞樂曲當下的心理狀態，標誌文學敘事的萌芽。[25]

---

25 證諸先秦散文文獻，例（49）採取的文學修辭手法很顯然是超越
　　時代的。除了正文提到的譬喻手法外，譚家健（2007: 166）已指
　　出「師曠轉述黃帝與諸神合於泰山情景，與屈原《遠遊》有些相
　　近，結尾處帶有某些神奇色彩，但並不完全是神話。這則故事有
　　人懷疑出自陰陽家說；即使真是韓非所記，也屬於個別現象」。

第七章　結論

　　本書初步建構「先秦文獻篇章語法」，基於既有的先秦詞組句式研究，展開句子層級以上的合成模式、言說主觀性乃至使用條件等方面的討論。文篇語法的問題意識超出以句法為核心的狹義語法，擴及語用和篇章功能，以「語法」命名係依循 Croft（2001）的激進構式語法。

　　激進構式語法對語言構成的見解有別於普通語言學。後者先按照音韻、形態、句法、語義、語用等屬性區隔出不同的語言面向。激進構式語法著眼於語義關係的特性，將上述的屬性收攏到構式內部的形式層與意義層。先秦漢語形態不發達，無法就嚴格定義下的形式證據討論構成問題，因此文篇語法援引激進構式語法闡述先秦語法現象，主張其體系反映在構式由小而大按照層次依序組成終至實現的條理上。相關的內容見於第一章第一（二）節和第二章第一節。

　　本書勾勒先秦語法體系的梗概，論證（一）傳世文獻中再三出現的小句合成模式，見於第三章；（二）口語文獻中具代表性的自我表達類型及其成員，見於第四章；（三）組合形式如何實現為語體，見於第六章。本書的序言已經指出囿於引證的傳世文獻數量有限，第四章和第六章都只以常見的或是具代表性的用例為證。採證及論述方向於第一章第二節先行提示。

　　文篇語法假設組合形式在同一套機制調控下實現為語體：組合形式使用前的共同樣態是基本文篇，無論單詞或多層次的

複雜結構體，實現為語體之前都經過基本文篇的階段。第一章第二（三）節提出基本文篇的概念特徵，並提示與各類概念特徵相對應的組合形式，第二章第三節以「基本認知概念的構式化」解釋不同層級語法構式的淵源。

本書論證語法形式的「組成關係」，從具體的案例拆解出特定詞類、句式以及小句連貫方式，推導出時空與人我認知是語法組成階段的概念基礎；論證「實現關係」，則著眼於言語行為和言說效力，主張組合形式是以文篇類型特徵限定的組合意義與使用條件限定的語境意義相結合，從而衍生出言語活動中帶言說效力的語體構式。

本書的論證從組成角度切入，導致使用條件及其所限定的語境似乎只在實現階段中起作用，然而啟動組成過程的表達需求卻出自使用條件和語境。先秦口語文獻常見語法成分省略或無主語現象，如實反映出語境成分對組合形式生成的影響。第一章第一（一）節已經指出文篇語法並不由語用缺省的角度看待語法成分的省略，但是沒有給予充分解釋。我們認為語境成分參與組成過程實為語法成分缺項的根本因素——這是本書最後要提出的延伸討論之一。

另一個延伸討論的課題是言說主觀的層次性。先秦文獻常見言說主觀成分共現的組合形式，此外有些語體實例是出自間接的言語行為，兩種情況都顯示言說主觀有層次性。儘管已接近尾聲，考慮到自我表達的重要性，最後扼要提出我們的初步看法。

一、文篇語法的要旨

　　本書提出的文篇語法旨在解釋先秦文獻篇章構式的組成與實現。它一方面是承接朱德熙（1985）所說漢語語法的特點是從組成到實現，還有語法研究的目標是釐清語法形式和語法意義之間的對應關係，另方面援引 Croft（2001）的激進構式語法，解除句法和語用的區隔，將語言單位都視為構式並將實現關係衍生的語體視為最高層的語法構式。

　　先秦句法和語用的界線不明顯，證據之一是帶「也」的謂語可搭配句子內部的主語，如「舜，人也」以「舜」為主語；也可搭配外部的主語，如「士誠小人也」以尹士先前對孟子的不當抨擊為主語。如果認為句法和語用是語言的不同面向，應予區隔，那麼或者得承認先秦漢語兼有句法的和語用的兩種「也」，不然就得承認「也」的語氣範圍有時候取決於語境。但前者有違簡約原則，後者有違句法無關乎語境的假設。如果取消句法和語用的區隔，那麼無論主語在句內或句外，都只有一種「也」，註記謂語。

　　激進構式語法以語義關係為本的語法論述，建立在構式的形式層和意義層的符號鏈接。形式層的成分透過符號鏈接取得意義層的語義關係，很適合用來解釋漢語的「意合」特性。如「評論時事」為述賓式，「時事評論」為定中式，源自語義關係；「茶好」是主謂式而「好茶」是定中式，也是憑藉語義關係確立。語序不同則語義關係不同，從構式內部的形式層和意義層之間的符號鏈接可以得到合理解釋。複雜度超過句子的小句合成體，小句之間未必有銜接成分卻仍互相組合，仍是由符號鏈接取得語義關係。

　　言語活動使用的構式，無論繁簡，都歷經組成到實現的過程。孔子為師冕指路所使用的簡單結構體，與孟子駁斥告子把人性類比為杞柳而仁義類比為桮棬的複雜結構體，同樣是言語活動中實現的構式。它們的繁簡度差異很大，卻都能夠實現為語體構式，出自何種機制的調控？

　　文篇語法主張調控機制在介於組成關係與實現關係之間的基本文篇——基本文篇既是組成的終點，又是實現的起點，其成立依據為基本認知概念。組合形式都是在基本文篇階段先確立為一個表義的整體，然後以整體意義進入使用階段而成為語體。

　　組成上互有關聯的成分往往共享認知概念。如表述行為的普通動詞、行為者主語搭配普通動詞組成的行為句、行為句連貫而成的敘述文篇，都有〔＋時間〕特徵，意味著時間認知被內化到各層級的構式，可說是時間概念的構式化。語氣副詞和句末語氣詞組成的表態句以及假設、轉折事理標記連貫而成的評議文篇在人我有別的自覺下揭示自我，具有〔＋言說主觀〕特徵，可說是自我表達的構式化。

　　動詞反映我們對隨著時間推進的動態事件的認知，名詞、形容詞反映對空間物象及屬性的認知，表態的言說主觀成分反映人我有別的認知。不同類型的基本詞彙組成的句式按照認知類型所屬的語義關係連貫匯聚為敘述、描寫、說明、評議四種類型的文篇構式，即為基本文篇。

　　基本文篇的真實性有兩方面證據支持。一是語法常規：單詞、句式以及小句連貫方式具有同質性，顯示同類型的語法成分是在共同的語義脈絡上由簡而繁地層層建構，匯聚為四種基本文篇。二是概念特徵：語法形式所匯聚的文篇類型與時空、

人我有別的認知相符,是出自認知概念的構式化。

　　基本文篇為高層構式,對內部成分的組成方式有所制約。例如說明文篇列舉發生的事況,或者條列工作的流程或施行步驟時,都使用表示「發生」和「施行」的普通動詞,但受到說明文篇構式的制約,通常不搭配行為者主語;即便是搭配行為者主語,也不按照時間順序連貫小句,而是以「無時間性」的並列方式鋪排。

　　基本文篇是語法體系回應表達需求所組成,形式的繁簡取決於需求。語體則以文篇類型限定之組合意義在言語活動中連結使用條件限定的語境意義而取得某種言說效力。如孔子為師冕指路時說的「階也」具有指引的效力,賈季以「冬日之日也」、「夏日之日也」比較晉國的趙衰與趙盾父子,具有評比或褒貶的效力。

　　文篇類型特徵是語體衍生言說效力的基礎。「階也」指認事實,〔-言說主觀〕被語體所承襲。「冬日之日」與「夏日之日」並不是實指冬天的和夏天的太陽,而是賈季用來指認他的聯想譬喻,〔+言說主觀〕亦為語體所承襲。再如同樣講述歷史事件,史官和思想家基於不同的表達目的而形塑出不同的敘事分支,然而都以敘述文篇為主軸,〔+時間〕是承襲自敘述文篇的共性。春秋士大夫依循社會規範表達自我,以評議文篇為基調,衍生出多種不同議論類別,共同的〔+言說主觀〕承襲自評議文篇。

　　文篇語法把文篇類型特徵視為組合形式實現為語體的調控機制,結構繁複的組合形式只要確立其文篇類型特徵,即確保它如同簡單的詞組或句子以整體意義實現為語體。語體兼具表達內容和言說效力,言說效力是文篇類型特徵連結語境意義而

來，表達內容則是組合意義與能夠補充其語義空缺或能夠使其指涉更加具體的語境意義相結合而來。

先秦文篇語法根據先秦文獻語言例證歸納出組成到實現的語法常例。超過常例的，往往是以使用域為語義基礎所繁衍的修辭創造物。第六章第四節所舉超乎語體組合約定的「君子曰」之例、舊文體與新語體混用的行人文體之例，還有第五節所舉兩則子書敘事之例，都是修辭的產物。儘管它們仍舊是形式與意義配對的構式，但卻已經脫離了語法規約，不再是語法構式。

本書提出的文篇語法把形式與意義配對的研究從「語境無關」的詞組與句式擴展到「語境相關」的語體，以基本文篇為繁簡不等之組合形式進入語境的共同調控機制。整套主張雖是基於先秦傳世文獻語言證據，但詮釋效力很可能不止於先秦語法體系。現代漢語因為歷史淵源而與先秦漢語有平行的語法表現，又因為歷經演變而有所創新。劉承慧（2010b）比較先秦和現代小句合成體的異同，已初步展現詞組句式以上之語法構式的沿襲與創新。我們認為從基本文篇切入比較古今篇章構成上的變化，是未來值得開展的課題。

二、語境之於組成的作用

本書不斷提到「語境」，除了最初引用 Lyons 所謂「言說語境」把它聯繫到言說自我，其他幾乎都聯繫到使用條件，以言語活動中具有積極作用的條件界定語境。表達需求是開啟言語活動的使用條件，言語活動的參與者對語法提出需求而語法予以回應，就啟動了組成過程。那麼語境在組成過程發揮何種

作用？下面以 Lyons（1995: 258）所說「篇章和語境互補，彼此預設」為起點，[1] 沿用第一章第三節圖 1.11 申論語境成分在組成過程中的協同效應。

　　語體的組合形式來自基本文篇。簡單的形式如孔子指路時所說「階也」，複雜的形式如孟子對告子把人性與仁義比作杞柳與桮棬的駁斥乃至子書中各種長篇大論。圖 1.11 假設一切的組合形式都是語法回應表達需求的產物，然而並沒有觸及語境對組合形式的影響。

　　我們過去曾提出表達需求和語法從兩方面共同形塑篇章的假設，將 Martin and Rose（2003: 5）提出的圖示稍加調整，為篇章定位，見於劉承慧（2018: 60），即如圖 7.1 所示：

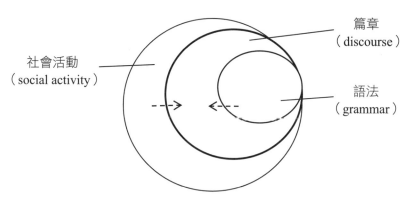

圖 7.1：語法和社會活動視角下的篇章定位

社會活動使用的篇章都是發言者對語法提出需求而語法予以回應所衍生，由兩道虛線箭號示意。

1　Lyons（1995: 258）原文為 "As we shall see, text and context are complementary: each presupposes the other."

　　圖中的「語法」指不涉及語言使用條件的語法,「篇章」則相當於文篇語法設定的最高層構式「語體」。此圖已然揭示被實現的語法單位同時受到組成和使用兩方面的條件制約,但沒有顯示語境在表達需求被提出的當下可能發揮的效應。這裡根據文篇語法的主張提出新的圖示。

　　第一章第一(一)節指出,從文篇語法的角度,小型句並非出於省略,而是語法回應表達需求的產物。我們認為表達需求被提出的當下,語境成分就伴隨著需求參與了語法形式的組成。第一章第三節圖 1.11 勾勒出文獻篇章從組合形式進入基本文篇而後實現為語體的路徑,圖 7.2 在圖 1.11 的基礎上,示意語境成分如何參與組成過程:

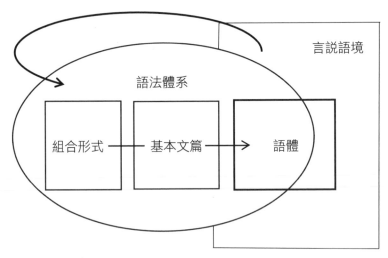

圖 7.2:語法體系和言說語境的互動

語法體系包含三個區塊,如橢圓形中的三個方形所示。組合形

式概括各種由語義關係組成的語法成分，進入使用前在基本文篇的階段確立其類型特徵，以該特徵連結語境意義而取得言說效力並以組合意義連結語境意義而取得表達內容，實現為語體。圖 7.2 的上方有一道弧形箭號從言說語境投射到語法體系，代表發言者對語法提出表達需求的同時，語境中某些成分伴隨成為協同組合的成分。

讓我們就此檢視以語境成分為題旨的「階也」、「士誠小人也」：它們是按照語法規約組成以代詞「此」或「是」為題旨的「此／是階也」、「此／是士誠小人也」而後在使用階段省略代詞？或是語境中的題旨伴隨著表達需求成為隱藏在組成過程中的語義成分，因而打從開始就不曾形諸組合？我們認為後者可能性較高。也就是「階也」、「士誠小人也」將語境中的題旨納入，成為參與組成的「零形式」。

這是依據 Lyons 篇章和語境彼此預設的主張，推論語境成分有可能成為語法組合之協同成分。雖然沒有直接證據，但有具說服力的旁證。日常非正式的言語活動中往往是合乎語法規約的（well-formed）與不全然合乎語法規約的（ill-formed）組合形式並行。如果語體一律起自語法規約形式，那麼不合乎語法規約的形式又是如何產生？與其說它們是語法規約的組合形式基於語境而有所省略，不如說語境中某些已知成分參與了語法形式的組成。

就此而言，不全然合乎語法規約的組合形式表面零碎但實質完整，因而得以實現為語體。非正式言語活動中使用的組合形式經常存有缺項，然而大都不致妨礙信息交換，正是因為發言者從言說語境帶入組成過程的零形式很容易在語境還原。即便就組成的角度來說失於破碎或零散，但因與語境彼此預設之

故而仍被理解為完整的意義體。

其實互補與彼此預設也適合解釋長篇內部成分的缺項。例如：

> (1) 宣子驟諫，公患之，$\varnothing_i$使鉏麑賊之。$\varnothing_j$晨往，寢門闢矣，$\varnothing_k$盛服將朝。尚早，$\varnothing_k$坐而假寐。麑退，$\varnothing_j$歎而言曰：「不忘恭敬，民之主也。賊民之主，不忠；棄君之命，不信。有一於此，不如死也。」$\varnothing_j$觸槐而死。（《左傳‧宣公二年》）

例（1）由 $\varnothing$ 標出的成分都是文篇中沒有出現的行為者主語，通常都解釋為基於上下文（co-text）已知而省略的主語，指稱的對象依序為 $\varnothing_i$「公」（晉靈公）、$\varnothing_j$刺客「鉏麑」、$\varnothing_k$「宣子」（趙盾）。被省略的成分和上下文成分互補。

此例主語省略是就行為者主語搭配行為動詞組成主謂式而言，辨認出被省略的主語所指，才能夠明確組合意義。然而沒有省略未必就不存在語義空缺，如「晨往」即便填入主語「鉏麑」，未曾形諸字面的「往」的目的地仍然需要憑藉行動的目的去推求。又即便「寢門闢矣」是完整的主謂式，仍然需要根據鉏麑的行動目的，才可能明確是誰的「寢門」。[2] 亦即不存在缺項的上下文成分彼此也是互補的，因而彼此預設並互相解釋。

一旦確認了這個事實，就不難明白為什麼簡單的文篇經常

2　傳統語法以省略、指示、稱代、連貫、呼應來解釋相關現象，然已超出文篇語法現階段設定的討論範圍。這裡舉例是為了揭示文篇內部成分和上下文的互補關係，不多贅言。

和語境互相解釋，而多個小句組成的複雜結構體往往並不依靠語境補充語義空缺，而是依靠文篇內部上下文互相解釋。文篇內部構式的層級低於文篇，上下文互補所形成的互相解釋必定先於文篇和語境之間的互相解釋。亦即文篇的內部形成互相解釋，然後才是文篇和語境的互相解釋。

三、言說主觀的層次性

　　本書提出先秦文獻篇章語法的假設，主題範圍很廣，個別語法現象的舉例和分析都受到限縮。第四章以較大的篇幅討論言說主觀成分，因為它們與自我表達息息相關，但也止於若干具代表性的例證。本節著眼於言說主觀的層次性，針對語氣成分共現及語氣詞收尾的句子如何衍生出言說效力略作補充。

　　語氣成分共現在先秦口語篇章可謂常見。共現的語氣成分未必在同一語法層級，層級反映語義力道的強弱，層級越高則力道越強。第二章第一（二）節例（5）中「豈以仁義為不美也」是「豈」與「也」共現，「豈」的層級高於「也」，反問力道較強。如果是「豈」與「哉」共現，「哉」層級較高，情意波動的力道較強。試比較：

　　(2)公曰：「晉，吾宗也，<u>豈害我哉</u>？」（《左傳‧僖公五年》）

例（2）中的「豈害我哉」最高層由「豈害我」和「哉」組成，這時「哉」的層級高於「豈」。

　　再比較下面「豈」和「乎」共現之例：

(3) 子問「公叔文子」於公明賈,曰:「信乎?夫子不言
不笑不取乎?」公明賈對曰:「以告者過也!夫子時
然後言,人不厭其言;樂然後笑,人不厭其笑;義然
後取,人不厭其取。」子曰:「其然!<u>豈其然乎</u>?」
(《論語・憲問》)

孔子聽說公叔文子「不言不笑不取」,向公明賈求證。公明賈
指出這種說法超出實際,公叔文子只不過是順應時機行動而
已。孔子聽了以後回應「其然!豈其然乎」,「其然」以測度
副詞「其」註記不確定的口吻,「豈其然乎」則是委婉表達反
對之意。那麼「豈」和「乎」結構關係如何?且看平行例證:

(4) 晏子立於崔氏之門外,其人曰:「死乎?」曰:「<u>獨
吾君也乎哉</u>,吾死也?」(《左傳・襄公二十五年》)

例(4)背景是齊國內亂,齊莊公被崔杼黨羽殺死,晏子站在
崔氏大門外,隨從問他是否殉死,他反問「獨吾君也乎哉,吾
死也?」

郭錫良(1997: 72)指出此例中的「獨」與「乎」結合表
示「反問語氣」。[3] 反問副詞「獨」與「乎」在同一層,而下
一層是帶有指認語氣的表述「吾君也」,晏子以委婉反問構
式〔獨 X 乎〕強調國君不獨獨是我一人的國君,不認為自己
該為莊公之死負責,最高層的「哉」顯示晏子說話時激動的

---

3 本書使用的術語是「反問形式」,以此形式表示強調或反詰,端
視組合情況而定。

樣子。委婉反問構式屬於封閉型構式，構式意義不等於內部成分結合的意義，因此「獨」與「乎」不能夠拆解。依此類推，「豈其然乎」出自委婉反問構式〔豈 X 乎〕，「豈」與「乎」層級相同。

　　例（4）末尾的「也乎哉」前後相鄰，但屬於不同層級，感嘆的「哉」位在最高層，中間一層是〔獨 X 乎〕，最下層是「也」。有時候相鄰的語氣詞是隔層的：

(5) 吾豈匏瓜也哉！焉能繫而不食！（《論語・陽貨》）

例（5）中的「豈匏瓜也哉」，最高一層由「豈匏瓜也」和「哉」組成，下一層的「豈匏瓜也」由「豈」與「匏瓜也」組成，「也」和「哉」前後相鄰，卻有兩層的差距。

　　第二章第一（二）節引用楊永龍（2000）所說的語氣詞共現位序，即「直陳」＞「疑問」＞「反問」＞「感嘆」。「豈匏瓜也」一如「豈以仁義為不美也」，「豈」的反問層級高於「也」的指認層級。例（3）和（4）則是委婉反問封閉型構式〔豈 X 乎〕和〔獨 X 乎〕的產物，反問副詞和「乎」位在同一層。從文獻中釐析封閉型構式讓我們得以更精準拿捏言說主觀的層次。

　　此外言語行為方式也會導致單一結構體包括多層次的言說主觀，常見於帶句末語氣詞的句子。例（6）中韓厥兩度發言分屬於語氣成分共現以及間接言語行為造成的多層次言說主觀之例：

(6) 十二月甲戌，晉作六軍。韓厥、趙括、鞏朔、韓穿、

> 荀騅、趙旃皆為卿,賞鞌之功也。齊侯朝于晉,將授
> 玉。郤克趨進曰:「此行也,君為婦人之笑辱也,寡
> 君未之敢任。」晉侯享齊侯。齊侯視韓厥。韓厥曰:「君
> 知厥也乎?」齊侯曰:「服改矣。」韓厥登,舉爵曰:「臣
> 之不敢愛死,為兩君之在此堂也。」(《左傳‧成公
> 三年》)

齊晉鞌之戰次年,晉國封賞作戰有功的將領。戰敗的齊頃公到晉國去朝覲,將行授玉之禮,鞌戰主帥郤克快步上前說,此行是因女子嘲笑受辱,我君不敢當。[4] 晉景公設宴款待頃公,席間頃公注視著韓厥,韓厥說「君知厥也乎」,頃公說「服改矣」,韓厥登臺敬酒說「臣之不敢愛死,為兩君之在此堂也」。

這段記載表面上沒有特別之處,不過韓厥兩度發言的態度值得玩味。他以「君知厥也乎」回應齊頃公的注視,「乎」是註記詢問還是委婉主張?若就可能性而言,兩者似乎都說得通;如果把語境納入考慮,委婉主張的讀法較為得體。

齊頃公與韓厥前一年在鞌地戰場上交手。頃公兵車緊追著韓厥,而韓厥戰前夢見父親要他避開左右,因此捨棄射手在車左的位置,站在兵車的中間。車夫邴夏告訴頃公說「射其御者,君子也」,頃公卻說「謂之君子而射之,非禮也」,就把

---

4 郤克接受魯、衛兩國的請託,與之共同攻打齊國,是因為他在魯宣公十七年出使齊國,齊頃公放任母親蕭同叔子躲在帷幕後面觀看使者行禮,她一看到跛行的郤克登上臺階便失聲而笑,使得郤克決心報復。有關這一段歷程的記載,請參閱楊伯峻《春秋左傳注》第 772 頁。

左右的人都射死。後來頃公兵車受困，因為車右逢丑父手傷無法下去推車助行而被韓厥追上，所幸稍早頃公趁機與穿著相同兵服的逢丑父調換位置，[5] 逢丑父因此代他受俘──這是兩人在宴會上互動的背景。

韓厥對齊頃公說「君知厥也乎」，表示他對頃公注視的理解，「君知厥也」是指認他相信頃公還認得自己，「乎」使得指認的口吻更為柔軟。如果把「君知厥也乎」讀為詢問，那麼語氣直白，與敬酒時所說「臣之不敢愛死，為兩君之在此堂也」的謙敬實不相襯。若採取委婉主張的讀法，則兩段的發言語氣一致。

韓厥所說的「臣之不敢愛死，為兩君之在此堂也」，組合意義是指認自己並非愛惜性命，是為了等待兩位國君在此相會。如果從「不敢愛死」來推敲，好像是他為自己沒有在戰場上效死提出辯解，但不合乎宴會當下情境。這句話的言說效力仍得從發言背景來理解。它顯然聯繫到戰場上齊頃公饒過韓厥一命，同時也聯繫到郤克在授玉典禮中譏刺頃公「此行也，君為婦人之笑辱也，寡君未之敢任」所表露的怨懟與憤懣情緒。韓厥是在不友善的宴會氣氛下，為自己僥倖逃死，向齊頃公表達善意。

韓厥依循春秋士大夫經常採取的言語行為方式，不直說自知僥倖得到齊頃公饒恕，而是透過謙抑自我的態度（「臣之不敢愛死」）引出正題（「為兩君之在此堂也」），發言意圖被隱藏在正題之後。這屬於「間接言語行為」（indirect speech

---

5　楊伯峻《春秋左傳注》第 793 頁指出，古代國君在戰場上穿著與同車的人一樣的兵服。

act），言說效力無法單憑字面推知，必須結合多方面的語境
條件才可能領會韓厥的深刻用心。

　　第六章第二節把言語行為界定為發言的過程或活動，發言
者透過此一過程取得某種言說效力。有些言語行為和言說效力
之間是直線關係，例如孔子為師冕指路所說的「階也」具有
指引的效力，直接反映發言的目的。這種行為屬於「直接言語
行為」（direct speech act）。有些語體實例取得言說效力的過
程頗為迂曲，例如公都子對孟季子所說的「然則飲食亦在外
也」，字面上是指認「飲食在外」為真，卻是刻意按照孟季子
的邏輯，把一個謬誤的命題指認為真，其言說效力並不在指認
命題的真或假，而是在反駁與嘲諷，是間接言語行為。

　　公都子與孟季子的辯論見於第二章第四節例（39），當時
已指出「然則飲食亦在外也」不只有一層言說主觀。其中一層
是「也」註記的主觀，亦即發言者指認命題所述為真，另一層
是這個句子結合語境意義顯現的言說主觀，當發言者把他按照
受話者的邏輯所推演出來的謬誤命題指認為真實，就成了對受
話者的反駁或嘲諷。同樣地，韓厥所說的「臣之不敢愛死，為
兩君之在此堂也」也包含兩層的言說主觀：慶賀齊晉兩國之君
同堂和好是出自組合意義，韓厥對齊頃公表達善意則是衍生自
語境。

　　句末「也」收束的直陳句在不同的語境被賦予不同的言說
效力。如果回推到前一階段的基本文篇，它們都是「也」註記
的指認句。換言之，並非「也」有多種不同的規約功能，而是
「也」字句帶著規約的指認功能進入使用階段，衍生出各種語
境限定的言說效力。

四、結語

　　本書行文中一再強調，文篇語法是依據先秦傳世散文文獻所見語法現象歸納而來。先秦文獻語言缺乏形態，形式證據不足以詮釋其語法體系，文篇語法正面看待此一語言事實，援引激進構式語法對構式的界說，嘗試提出一套適用於先秦文獻語言的語法假說。由於語言涵蓋不同的面向，文篇語法不可能全面概括先秦文獻語言事實。它的任務是探討先秦文獻篇章如何在語法運作下層層建構。本書環繞著《左傳》和有限幾部重要傳世文獻勾勒出文篇語法的輪廓，各方面的細節就留待後續研究補充與修訂。

引用文獻

方　梅，2007，〈語體動因對句法的塑造〉，《修辭學習》2007.6：1-7。

方光燾，1961，〈關於古漢語被動句基本形式的幾個疑問〉，《中國語文》1961.10-11：18-25。

王　力，2004，《漢語史稿》，北京：中華書局。

王　力，2015，《中國語法理論》，北京：中華書局。

王　力主編，1999，《古代漢語》，北京：中華書局。

王麗英，1991，〈《孟子》中的句群初探〉，《許昌師專學報》（社會科學版）1991.2：56-61。

申小龍，1988，《中國句型文化》，長春：東北師範大學出版社。

朱德熙，1985，《語法答問》，北京：商務印書館。

呂叔湘，2014，《中國文法要略》，北京：商務印書館。

呂叔湘、王海棻編，2001，《《馬氏文通》讀本》，上海：上海教育出版社。

巫雪如，2010，〈上古語氣詞「與」「邪」新探──以出土文獻為主的論述〉，《臺大中文學報》32：79-117。

巫雪如，2018，《先秦情態動詞研究》，上海：中西書局。

李小軍，2008，〈從指代到語氣，從句法到語用──以 " 者 "" 焉 " 為例試論主觀性對語氣詞形成的影響〉，《漢語史學報》7：175-185。

李佐丰，2003，〈上古漢語的“也”、“矣”、“焉”〉，《上古漢語語法研究》，223-254，北京：北京廣播學院出版社。

李佐丰，2004，《古代漢語語法學》，北京：商務印書館。

李滌生，1979，《荀子集釋》，臺北：臺灣學生書局。

沈玉成、劉寧，1992，《春秋左傳學史稿》，南京：江蘇古籍出版社。

沈立岩，2005，《先秦語言活動之形態觀念及其文學意義》，北京：人民出版社。

谷　峰，2016，〈上古漢語不確定語氣副詞的區分〉，《中國語文》2016.5：541-553。

邢福義，2001，《漢語複句研究》，北京：商務印書館。

周法高，1961，《中國古代語法：造句編（上）》，臺北：中央研究院歷史語言研究所。

屈承熹著，潘文國等譯，2006，《漢語篇章語法》，北京：北京語言大學出版社。

袁仁林著，解惠全註，1989，《虛字說》，北京：中華書局。

張伯江，2007，〈語體差異和語法規律〉，《修辭學習》2007.2：1-9。

張春泉，2003，〈從認知的角度看《孟子》多重複句中的條件關係〉，《湖南大學學報》（社會科學版）17.1：77-79。

梅　廣，2004，〈語言科學與經典詮釋〉，收入葉國良編，《文獻及語言知識與經典詮釋的關係》，53-83，臺北：國立臺灣大學出版中心。

梅　廣，2015，《上古漢語語法綱要》，臺北：三民書局。

郭錫良，1997，〈先秦語氣詞新探〉，《漢語史論集》，49-

74，北京：商務印書館。

郭錫良，2007，《古代漢語語法講稿》，北京：語文出版社。

陳奇猷校注，2000，《韓非子新校注》，上海：上海古籍出版
社。

陳彥輝，2006，《春秋辭令研究》，北京：中華書局。

陶紅印，1999，〈試論語體分類的語法學意義〉，《當代語言
學》1999.3：15-24。

陶紅印，2007，〈操作語體中動詞論元結構的實現及語用原
則〉，《中國語文》2007.1：3-13。

陸儉明，2003，《現代漢語語法研究教程》，北京：北京大學
出版社。

游文福，2009，《《孟子》雖字句研究》，新竹：國立清華大
學中國文學系碩士論文。

馮勝利，2010，〈論語體的機制及其語法屬性〉，《中國語
文》2010.5：400-412。

馮勝利，2018，《漢語語體語法概論》，北京：北京語言大學
出版社。

楊永龍，2000，〈先秦漢語語氣詞同現的結構層次〉，《古漢
語研究》2000.4：23-29。

楊伯峻編著，2009，《春秋左傳注》，北京：中華書局。

楊伯峻譯注，2010，《孟子譯注》，北京：中華書局。

楊伯峻、何樂士，1992，《古漢語語法及其發展》，北京：語
文出版社。

楊樹達，2013，《詞詮》，上海：上海古籍出版社。

解惠全、崔永琳、鄭天一編著，2008，《古書虛詞通解》，北
京：中華書局。

劉大為，1994，〈語體是言語行為的類型〉，《修辭學習》1994.3：1-3。

劉大為，2013，〈論語體與語體變量〉，《當代修辭學》2013.3：1-22。

劉承慧，1996，〈先秦實詞與句型——兼論句型和文章風格的關係〉，收入中國文學的多層面探討國際學術會議論文編輯委員會編輯，《語文、情性、義理——中國文學的多層面探討國際學術會議論文集》，25-44，臺北：國立臺灣大學。

劉承慧，1998，〈試論先秦漢語的構句原則〉，《中央研究院歷史語言研究所集刊》69.1：75-101。

劉承慧，1999，〈先秦漢語的結構機制〉，收入殷允美、楊懿麗、詹惠珍編輯，《中國境內語言暨語言學·第五輯·語言中的互動》，565-591，臺北：中央研究院語言學研究所籌備處。

劉承慧，2006，〈先秦漢語的受事主語句和被動句〉，《語言暨語言學》7.4：825-861。

劉承慧，2007，〈先秦「矣」的功能及其分化〉，《語言暨語言學》8.3：743-766。

劉承慧，2008，〈先秦"也"、"矣"之辨——以《左傳》文本為主要論據的研究〉，《中國語言學集刊》2.2：43-71。

劉承慧，2009，〈中文書面長句子的造句方式〉，收入李雄溪、田小琳、許子濱主編，《海峽兩岸現代漢語研究》，206-221，香港：文化教育出版社。

劉承慧，2010a，〈中古譯經「已」對近代「了」的影響——

語言接觸如何牽動語法演變？〉，《中央研究院歷史語言研究所集刊》81.3：467-512。

劉承慧，2010b，〈先秦書面語的小句合成體——與現代書面語的比較研究〉，《清華中文學報》4：143-184。

劉承慧，2010c，〈先秦條件句標記「苟」、「若」、「使」的功能〉，《清華學報》新40.2：221-244。

劉承慧，2011a，〈先秦敘事語言與敘事文本詮釋〉，《清華中文學報》5：45-87。

劉承慧，2011b，〈試論《左傳》文句、文篇與敘事文本的對應關係〉，《清華中文學報》6：81-114。

劉承慧，2011c，〈漢語口語特徵與先秦句式分析〉，收入侍建國、耿振生、楊亦鳴主編，《基於本體特色的漢語研究——慶祝薛鳳生教授八十華誕文集》，203-219，北京：中國社會科學出版社。

劉承慧，2012，〈上古到中古「來」在構式中的演變〉，《語言暨語言學》13.2：247-287。

劉承慧，2013a，〈先秦敘事文的構成與分類〉，《清華中文學報》9：81-121。

劉承慧，2013b，〈有關先秦句末語氣詞的若干思考〉，《漢學研究》31.4：1-18。

劉承慧，2014，〈從按斷多合句重探先秦複句問題〉，《東海中文學報》28：275-289。

劉承慧，2015a，〈中古梵漢語言接觸引發的一種語法演變——以表示相對過去之時間標記為論據的研究〉，*International Journal of Chinese Linguistics* 2.2: 300-315。

劉承慧，2015b，〈從《孟子》多重複句論先秦文篇語法〉，

收入張顯成主編，《古漢語語法研究新論：出土文獻與古漢語語法研討會暨第九屆海峽兩岸漢語語法史研討會論文集》，217-225，重慶：西南師範大學出版社。

劉承慧，2016，〈論《左傳》敘事文〉，收入李貞慧主編，《中國敘事學：歷史敘事詩文》，99-133，新竹：國立清華大學出版社。

劉承慧，2017a，〈《世說新語》文篇析論〉，《漢學研究》35.2：207-224。

劉承慧，2017b，〈試論《孟子》類推修辭〉，《清華大學學報》（哲學社會科學版）32.1：67-73。

劉承慧，2018，〈先秦語體類型及其解釋——以《左傳》為主要論據的研究〉，《當代修辭學》2018.1：59-73。

劉承慧，2019a，〈重探先秦句末語氣詞——激進構式語法的"也字式"分析〉，《歷史語言學研究》13：284-294。

劉承慧，2019b，〈語體角度的先秦語法演變分析——從《左傳》、《荀子》中的「雖然」、「然則」談起〉，《漢學研究》37.2：1-24。

劉承慧，2021a，〈先秦語體分類及語體、文體之辨——以激進構式語法為學理依據的論述〉，《漢學研究》39.2：289-320。

劉承慧，2021b，〈論《世說新語》敘事文〉，《清華中文學報》26：169-210。

劉曉南，1991，〈先秦語氣詞的歷時多義現象〉，《古漢語研究》1991.3：74-81、62。

蔣紹愚，2019，〈漢語史的研究和漢語史的語料〉，《語文研究》2019.3：1-14。

魏培泉，1982，《莊子語法研究》，臺北：國立臺灣師範大學國文研究所碩士論文。

魏培泉，2004，《漢魏六朝稱代詞研究》，臺北：中央研究院語言學研究所。

譚家健，2007，《先秦散文藝術新探》，濟南：齊魯書社。

Chafe, Wallace L. 1979. The Flow of Thought and the Flow of Language. In Talmy Givón (ed.), *Syntax and Semantics, Volume 12: Discourse and Syntax*, 159-181. New York: Academic Press.

Chao, Yuen Ren. 1968. *A Grammar of Spoken Chinese*. Berkeley: University of California Press.

Comrie, Bernard. 1976. *Aspect: An Introduction to the Study of Verbal Aspect and Related Problems*. Cambridge: Cambridge University Press.

Croft, William. 2001. *Radical Construction Grammar: Syntactic Theory in Typological Perspective*. Oxford: Oxford University Press.

Croft, William and D. Alan Cruse. 2004. *Cognitive Linguistics*. Cambridge: Cambridge University Press.

Givón, Talmy. 1984. *Syntax: A Functional-Typological Introduction*, vol. I. Amsterdam: John Benjamins.

Goldberg, Adele E. 1995. *Constructions: A Construction Grammar Approach to Argument Structure*. Chicago: University of Chicago Press.

Haiman, John. 1978. Conditionals Are Topics. *Language* 54.3: 564-589.

Koffka, Kurt. 1963. *Principles of Gestalt Psychology*. New York: Harcourt, Brace & World.

Langacker, Ronald W. 1991. *Concept, Image, and Symbol: The Cognitive Basis of Grammar*. Berlin: Mouton de Gruyter.

Longacre, R. E. 1979. The Paragraph as a Grammatical Unit. In Talmy Givón (ed.), *Syntax and Semantics, Volume 12: Discourse and Syntax*, 115-134. New York: Academic Press.

Lyons, John. 1977. *Semantics*. Cambridge: Cambridge University Press.

Lyons, John. 1994. Subjecthood and Subjectivity. In Marina Yaguello (ed.), *Subjecthood and Subjectivity: The Status of the Subject in Linguistic Theory*, 9-17. Paris: Ophrys.

Lyons, John. 1995. *Linguistic Semantics: An Introduction*. Cambridge: Cambridge University Press.

Martin, J. R. and David Rose. 2003. *Working with Discourse: Meaning beyond the Clause*. London: Continuum.

Pulleyblank, Edwin G. 1994. Aspects of Aspect in Classical Chinese. In Robert H. Gassmann and Leshi He (eds.), *Papers of the First International Congress on Pre-Qin Chinese Grammar*, 313-363. Changsha: Yuelu Press.

Talmy, Leonard. 2000. A Cognitive Framework for Narrative Structure. In *Toward a Cognitive Semantics, Volume II: Typology and Process in Concept Structuring*, 417-482. Cambridge, MA: MIT Press.

Traugott, Elizabeth Closs. 1989. On the Rise of Epistemic Meanings in English: An Example of Subjectification in

Semantic Change. *Language* 65.1: 31-55.

Traugott, Elizabeth Closs. 2003. From Subjectification to Intersubjectification. In Raymond Hickey (ed.), *Motives for Language Change*, 124-139. Cambridge: Cambridge University Press.

Tsao, Feng-fu. 1979. *A Functional Study of Topic in Chinese: The First Step towards Discourse Analysis*. Taipei: Student Book.

國家圖書館出版品預行編目 (CIP) 資料

先秦文獻篇章語法的初步建構：以<<左傳>>爲主要論據的
研究/劉承慧著. -- 初版. -- 新竹市：國立清華大學出版社,
2023.12
394 面；15×21 公分

ISBN 978-626-97249-4-9(平裝)

1.CST: 漢語 2.CST: 語法 3.CST: 先秦文學

802.6   112020085

先秦文獻篇章語法的初步建構
——以《左傳》為主要論據的研究

作　　者：劉承慧
發 行 人：高爲元
出 版 者：國立清華大學出版社
社　　長：巫勇賢
執行編輯：劉立葳
責任編輯：吳克毅
封面設計：陳思辰
地　　址：300044 新竹市東區光復路二段 101 號
電　　話：(03)571-4337
傳　　眞：(03)574-4691
網　　址：http://thup.site.nthu.edu.tw
電子信箱：thup@my.nthu.edu.tw
其他類型版本：無其他類型版本
展 售 處：紅螞蟻圖書有限公司 (02)2795-3656
　　　　　http://www.e-redant.com
　　　　　五南文化廣場 (04)2437-8010
　　　　　http://www.wunanbooks.com.tw
　　　　　國家書店 (02)2518-0207
　　　　　http://www.govbooks.com.tw
出版日期：2023 年 12 月初版
定　　價：平裝本新臺幣 500 元

ISBN　978-626-97249-4-9　　GPN　1011201741